丁玲作品
精选集

贺桂梅　选编

战斗是享受
丁玲散文精选

河北出版传媒集团
河北教育出版社

图书在版编目（CIP）数据

战斗是享受：丁玲散文精选 / 贺桂梅选编．
石家庄：河北教育出版社，2024．10．--（丁玲作品精
选集）． -- ISBN 978-7-5545-8844-4

Ⅰ．I267

中国国家版本馆 CIP 数据核字第 2024VP5240 号

书　　名　战斗是享受——丁玲散文精选
ZHANDOU SHI XIANGSHOU——DINGLING SANWEN JINGXUAN

编　　者　贺桂梅

出 版 人　董素山
策　　划　田浩军
责任编辑　刘宇阳　王　哲
校　　对　秦雅萌　李泽廷
装帧设计　郝　旭
出　　版　河北出版传媒集团
　　　　　河北教育出版社 http://www.hbep.com
　　　　　（石家庄市联盟路705号，050061）
印　　制　河北新华第一印刷有限责任公司
开　　本　787毫米×1092毫米　　1/16
印　　张　26.25
字　　数　353千字
版　　次　2024年10月第1版
印　　次　2024年10月第1次印刷
书　　号　ISBN 978-7-5545-8844-4
定　　价　82.00元

编 选 说 明

一、本套丁玲作品精选集所选作品贯穿丁玲 20 世纪 20 年代至 80 年代的创作历程，在系统整理丁玲小说、散文与文论的基础上，精选为三卷出版。

二、编选作品主要以文学性、思想性与历史性为标准，兼顾体现丁玲人生道路与文学史影响的篇目，供文学爱好者和研究者阅读。

三、小说卷以作品发表先后顺序排列，散文、文论卷以作品主题分类排列，在编排上参考写作与发表时间，灵活处理。文末的写作成文时间遵照作者原文，无写作时间的尽量按照发表时间排序。

四、入选作品以 2001 年河北人民出版社出版的 12 卷本《丁玲全集》为底本，为每篇作品标注最初版本信息，并参考作品初刊版本进行编校。涉及变更语义的字句或删改段落时，统一在脚注里说明。

五、由于创作时代不同，本书中的一些非错误性用字用词，在不引起歧义的前提下，尽量保留作品原貌，以保持丁玲原作的语言文字风格。

编　者

2024 年 8 月于北京

丁玲散文：自由而本色的写作

贺桂梅

一、作为散文家的后期丁玲

在许多人的印象中，丁玲主要是小说家。她创作的散文数量虽多，总量甚至多于小说，但得到的关注和研究却并不深入。自现代意义上的文学出现以来，散文是四大文类中最难界定的形式，散文研究也是推进较为薄弱的领域。丁玲散文及其研究也是如此。

本书收入的丁玲散文，涵盖除小说、文论（以及戏剧）之外丁玲的主要作品，包括小品、随笔、杂文、新闻报道、通讯、游记、回忆录、据口述整理而成的短文等各种形式。全书从 60 余万字的丁玲散文总体中，筛选出 60 余篇代表性作品，编成四辑，以期浓缩性地呈现丁玲散文的精华。同时也希望通过对丁玲散文的重新整理，更为完整地呈现丁玲文学。

1984 年，丁玲曾写过一篇题为《漫谈散文》的短文，专门谈她对散文的理解及其散文创作的历程。她开篇写道，"有人把散文看得比小说低一些，这是不正确的，也不符合历史的实际"[①]。但事实上，对于以"小说家"身份登上文坛的丁玲而言，这种把散文看得低于小说的想法也时隐时现，1942 年经历创作转型之前尤其如此。丁玲的第一部散文

---

① 丁玲：《漫谈散文》，《丁玲全集》第 8 卷，河北人民出版社，2001 年版，第 419–422 页。以下引用《丁玲全集》均为此版本。

特写集《一年》初版于 1939 年，主要表现 1937—1938 年间她在西北战地服务团期间的生活实录和人物速写。在此之前，丁玲虽也有部分散文小品和书信发表，但她专注于小说创作，对散文创作并不很在意。在为出版于 1938 年的小说散文集《一颗未出膛的枪弹》所写的"跋"中，她这样评价初到陕北时所写的战地随笔："我一向不喜欢写印象记和通讯，所以不满意，也不急于要出版。但又不肯动笔写小说，总嫌观察体验不深"[①]。可见，是写印象记和通讯类的散文还是写小说，对当时的丁玲来说，不仅有个人喜好问题，还有文学表现和书写的深浅问题。

随着创作实践的丰富，丁玲对散文的态度也在发生改变。1942 年毛泽东《在延安文艺座谈会上的讲话》发表之后，丁玲经历了一次大的创作转型，本书收入的《田保霖》《民间艺人李卜》《记砖窑湾骡马大会》等作品即是实践这种新的写作风格的产物。丁玲这样说："我把写散文当作一项严肃有趣的工作，是到了延安以后，那时，我经常下厂下乡，接触很多人，了解很多人。我想像《聊斋》那样，一个人物写一篇，要写得精练，有味道。我写这些人物，也是有意为以后写小说练笔打基础"[②]。这些作品于 1948 年结集为《陕北风光》。虽然采取的主要仍是以人物为主的通讯报道形式，但有两种新的因素出现了，其一是"对人物对生活都有了浓厚的感情"，其二是开始"有意识地在写这种短文时练习我的文字和风格了"[③]。这不仅意味着丁玲的写作立场和态度的变化，也是她散文创作的自觉。丁玲将英雄劳模人物的生平、故事和事件放在陕甘宁边区革命的大背景中，做了速写式呈现。在写作中，她有意识地隐藏或节制自己的主观情感抒发，而采取对人物的主观视角做客观呈现的写法，以表现人物思想和精神品格的历史性变化，从而形成一种不同于早期创作的新风格。

---

① 丁玲：《一颗未出膛的枪弹·跋》，《丁玲全集》第 9 卷，第 32 页。
② 丁玲：《漫谈散文》，《丁玲全集》第 8 卷，第 421 页。
③ 丁玲：《〈陕北风光〉校后感》，《丁玲全集》第 9 卷，第 52-53 页。

从《一年》到《陕北风光》，不仅记录了丁玲延安时期"自我战斗"①的成长轨迹，也标志着丁玲散文创作的成熟，并形成了她此后的两种主要书写风格。《陕北风光》中的人物速写和主观精神外在呈现的写法更多地表现在《太阳照在桑干河上》一书中，而《一年》中以"我"为线索的生活实录和随感，则主要体现在她20世纪50年代完成的创作中。

20世纪50年代的丁玲，念念不忘的是长篇小说《在严寒的日子里》，这部一直在丁玲计划中但终未完成的《太阳照在桑干河上》姊妹篇的写作。在许多人的印象中，50年代的丁玲似乎进入了创作的"停滞"期。但事实上，她的创作数量并未减少，毋宁说这个时期的丁玲主要转向了散文与文论创作。这个时期，她完成了一部游记散文集《欧行散记》、多篇重要散文《一个真实人的一生》《粮秫主任》《记游桃花坪》、文论集《跨到新的时代来》《到群众中去落户》及其他文章。从1949年6月进入北平城至1958年6月前往北大荒，在繁忙的行政工作和不稳定的创作环境中，丁玲的作品数量仍是颇为可观的。但丁玲自己并不满意。她这样解释："特别是50年代初，我的工作较多，不允许我集中精力写长篇小说，只得提起笔来，顺着自己的思绪和感情写散文"②。从丁玲的主观愿望来说，她更愿意"集中精力写长篇小说"，但因客观条件不许可而"只得"写散文。

但事实上，散文创作不仅在延安时期、50年代新中国时期是丁玲文学的重要组成部分，更值得提及的是，1979年丁玲复出至1986年去世，晚年丁玲的绝大部分创作都是散文。这包括一部游记散文集《访美散记》、两部回忆录《魍魉世界》《风雪人间》，尤其是《我所认识的瞿秋白同志》《她更是一个文学作家》《鲁迅先生于我》等多篇怀人散文，都已成为文学史上的名篇。意识到散文在丁玲创作中的重要地位，

---

① 丁玲：《〈陕北风光〉校后感》，《丁玲全集》第9卷，第50页。
② 丁玲：《漫谈散文》，《丁玲全集》第8卷，第422页。

首先需要打破那种仅仅将丁玲视为小说家的定见，更全面地把握丁玲的全部文学创作。如果说现代时期的丁玲，主要是以小说创作著称的话，那么，当代时期的丁玲，事实上已经成为散文家丁玲。关注并重视丁玲的散文创作，涉及对丁玲在两个不同时期，即"现代"与"当代"或"前期丁玲"与"后期丁玲"的理解和研究。这可以突破当前丁玲研究"重现代轻当代""重小说轻散文"的基本取向，更为完整地理解丁玲的全部创作，进而从整体上重构作为文学家的丁玲形象。

二、"自由的写作"

对丁玲而言，散文创作是"自由的"乃至"自发性"的写作。"顺着自己的思绪和感情写散文"，意味着她重视自己的"思绪和感情"，而且是"顺着"这种感性状态在从事散文创作。当然，这并不意味着丁玲散文就不考虑文章的整体布局、形式安排和主题发挥，事实上，她的不少散文名篇都带有小说化的叙事特点，从而在文类上难以区分是散文还是小说。如何理解"散文"作为一种文学形式的独特意义，关涉丁玲创作的一些根本性问题。

丁玲在从事散文创作和小说写作时，处在两种不同的创作状态。写小说，对她而言，需要集中的时间和专门的写作环境，而写作散文则是随时甚至随地都可以的；小说创作是一种工程式的经营和建构，而散文创作则是一种见缝插针、与生活融为一体的随机性写作。可以说，散文创作对丁玲来说，真正做到了"文从己出"，从而"文如其人"，文学创作和写作主体融为了一体。与此相比，小说创作似乎更需要做一种形式的经营，是一种与写作者的生活及精神世界有一定反思性距离的对象化产物。

从丁玲这种创作状态出发，或许需要思考的是"散文"作为一种既传统又现代的文学文类的独特性。不同于现代小说、诗歌及话剧明显的"舶来"性质，散文更接近于几千年中国文学传统中的"文""文章"这一写作形态。与其他三种文体都有比较严格的形式要求不同，散文实际上成了文字著述、文字表达本身的代名词。丁玲在《漫谈散文》中提到，中国散文有"悠久的传统和多种样式"，这也是说，散文与中国古典文学传统有着更为紧密的关联。陈平原曾这样写道，"对于 20 世纪的读者而言，小说的地位可能远在散文之上，可在漫长的中国文学史上，'散文'作为中心文类所受到的重视，远非'不登大雅之堂'的小说所能比拟"，"'散文'与其说是一种独立的文类，不如说是除诗歌、小说、戏剧以外无限广阔因而难以定义的文学领域"①。本书对丁玲散文文体内涵的界定，也与此相似。虽然早期丁玲主要将散文视为其文学创作的"副产品"，但如果突破狭隘的文类意识限制，将丁玲的文字和文章都视为其文学创作，那么，"丁玲文学"的涵盖面将宽广许多，对丁玲的整体创作也会有新的理解。这就需要思考丁玲的散文创作做出了怎样的创造性实践，如何突破乃至拓展了现代中国文学的边界。

丁玲创作生涯中一个值得分析的重要现象是，1948 年完成《太阳照在桑干河上》之后，虽然一直心心念念于小说创作，但事实上丁玲此后几乎没有很成功的小说作品。她本人将之解释为缺少足够的时间和安定的环境来完成写作。但较为明显的是，丁玲在创作《在严寒的日子里》的过程中，确实遇到了并非纯然外因的难题。无论是 50 年代初期，还是在 70 年代后期山西长治时期，也包括 80 年代复出之后，丁玲花费在这部作品上的时间并不少。从两个时期正式发表的章节来看，可以说《在严寒的日子里》并没有明显突破《太阳照在桑干河上》的艺术成就。或许相对客观的说法是，《在严寒的日子里》某种程度上显示出丁玲在创作上遇到了难题，这个难题与丁玲的小说探索直接相关。因此，在她复出后创作的近 200 万字的文稿中，除了一篇糅合了小说与散文文体特点的《杜晚香》之外，没有其他的小说作品。丁玲

---

① 陈平原：《中国散文小史》，北京大学出版社，2019 年版，第 2—5 页。

研究者由此就认为丁玲在当代时期已经"停止"了创作，或不再能创作出优秀作品。这显然并不是一种客观评价。丁玲晚年确如她自己所说，是"满腹文章"①，她以几乎每年一部作品集的速度创作了大量作品，只不过不是小说而已。如果读者尤其是研究者能够反思并抛开有意无意的"小说中心主义"，意识到散文创作的独特价值的话，或许能更为准确而客观地评价晚年丁玲及其创作。

丁玲从前期（青年）注重小说创作，到后期（晚年）专擅散文创作，或许可以与鲁迅从早期的小说创作转到后期的杂文创作相比较。在鲁迅研究中，存在着小说与杂文的二元对立，研究界较为普遍的观点认为后期鲁迅未能完成一部或几部长篇小说而专注于写杂文，是鲁迅作为"文学家"的某种失败。但鲁迅杂文却成为现代中国文学中最具独创性的文类。张旭东在近期的研究中提出，由小说向杂文的转化是鲁迅文学的"第二次诞生"，这次转化并没有终止鲁迅文学，而是将其带入一种"先前审美矛盾统一体解体后更高的综合、自觉和自由"②。这种思路也可以用来评价丁玲后期的散文创作。丁玲从小说到散文的创作转化，并不意味着丁玲文学创作的终止或停滞，而可以视为新的写作方式的生成。从写作主体与文学形式及体制的意识形态关系而言，这意味着丁玲突破了现代文学的体制性限制，而逐渐形成了一种真正的"实践文学"，即在革命实践中展开和推进的处于"行进中"状态的新的文学。源自西方的现代文学体制并非普遍性的"纯文学"，"以近代小说为中心的特殊历史主体（包括市民阶级个体与市民阶级民族国家）"的建构③，可以说是现代文学形式的意识形态特性所在。与 20 世纪中国革命同步诞生和发展的当代文学（或人民文艺），就诞生于这一

---

① 丁玲：《讲一点心里话》，《丁玲全集》第 8 卷，第 68 页。
② 张旭东：《杂文的自觉：鲁迅文学的"第二次诞生"：1924—1927》，生活·读书·新知三联书店，2023 年版，第 119 页。
③ 张旭东：《杂文的自觉：鲁迅文学的"第二次诞生"：1924—1927》，生活·读书·新知三联书店，2023 年版，第 119 页。

对现代文学体制的颠覆与超越的过程中。

从这种分析角度出发，丁玲散文也可以说是丁玲文学的"第二次诞生"，这种诞生是以新的历史主体的塑造和自我生成为前提的。这个过程包含了行动、思想、创作这三个层次的同步展开。冯雪峰曾如此描述这个过程："从意识或思想上说，一个革命者必须见诸实践，才能证明他的世界观上的改造和到达。从实践上说，一个革命者必须有思想意识的真实的改造和成长，才能证明他的实践的真实。从艺术创作上说，一个革命作家必须有艺术的实践成绩，才能证明他的改造和成长是真实的"①。其中，革命者的历史主体结构成为联结并统一实践、思想、创作的中介。如果说现代小说是以个体（以及与个体对应的国民国家）作为其历史主体的形式结构的话，那么当代文学则需要在"行进中"创造新的主体形式。这是打破了既有文类形式的限制之后的自由，同时也意味着一种新的综合。这个新的主体形式虽显现为"我"，但并非个人主义的"个我"，而是有着深厚历史与现实内蕴的"大我"；这种新的文类形式打破了既有文学体制的限制，表现为散文所具有的"自由性"，同时也在与实践的互动中，蕴含着"第二次诞生"和更高综合的可能性。

三、文与人

丁玲如是说："画家的山水画画得好，是因为他心中有山水，画的是自己心中的山水。如果心中没有山水，没有自己的感情，是不可能画好的。写散文也一样"②。散文之"文"与创作之"人"有着比其他文类更为密切的关系，即所谓"文如其人"。尽管并不是所有的散文创作都是作者的自我表现或表达，但从散文去接近、理解、研究写作者，

---

① 冯雪峰：《从〈梦珂〉到〈夜〉》，《中国作家》第 1 卷第 2 期，1948 年 1 月。
② 丁玲：《漫谈散文》，《丁玲全集》第 8 卷，第 420 页。

却是一条更为便捷的通道。这意味着从丁玲这个人出发去理解丁玲的散文作品，或反过来，通过其散文作品去理解丁玲这个人。

丁玲散文在叙述形式和角度上的突出特点，是创作主体"我"的凸显。怀人散文是丁玲散文创作的重要构成部分，留下了诸多文采斐然的名篇。这些散文从标题上就突出了"我"的存在，诸如"我所认识的瞿秋白同志""鲁迅先生于我""向警予同志留给我的影响"等。从叙述角度而言，这些散文都是从"我"的经历、体验、感受和见闻出发，来写那些曾与自己有过或深或浅交往的中共党史或文学史上的重要历史人物。丁玲在创作这些作品时，有意识地避开一些宏观论述，侧重从"我"的角度来写人物的细节、表情、行动和形象。在《忆弼时同志》的结尾处，她这样说道："我一直想写他。让我讲他的事情，我讲不出多少，也许是旁人写文章不值得一提的小事，但是我对他有一种感情，所以心里一直有这个愿望"①。在《谈谈写回忆录》一文中，她更明确地说："写回忆录不需要宏言谠论，而是需要具体形象""只写事实，写一生中最使你感动的事，最使你喜欢的人"。② 这也是丁玲散文的共同特点。她的作品写人、叙事不仅可以为重要人物与事件提供生动的历史细节和具体的历史情境，同时，这些具有浓厚自传性色彩的作品，也可以成为读者认识和理解丁玲的重要依据。事实上，了解丁玲的生平和革命、文学道路，最好也最生动深入的史料是她的散文作品。即便那些看起来作为"生活实录"的通讯报道文章，丁玲也会选择从富于个性的主观视角切入并展开描述。

这些散文创作所表现的对象和情境，不是客观化外在化的对象式存在，而更是丁玲的内在精神、思想与情致的体现，由此也打破了虚构与纪实、生活与写作的边界。但如果认为丁玲散文是她的"自我表现"也是不准确的。由于丁玲的创作实践和革命实践不仅是统一的，

① 丁玲：《忆弼时同志》，《丁玲全集》第 6 卷，第 331 页。
② 丁玲：《谈谈写回忆录》，《丁玲全集》第 8 卷，第 373–374 页。

也是互动互构并不断提升的，因此丁玲散文不仅是其生命体验的呈现，更是她所经历的革命实践的时代表征。从表现方式上，这些散文是"写人、叙事、描景、抒情"的情境性融合；而从表现对象和内容上，则是将主观体验与外在世界融为一体，进而通过包容外在的人与事而创造出了一个更大的精神世界。

由此也涉及丁玲散文的第二个特点，即"文缘事发"。丁玲散文很少做抽象的情感抒发，而是从她个人亲历的事件、事务出发来写文章。由于丁玲经历的丰富，同时也因为她始终处于 20 世纪中国革命的核心且前沿的场域，丁玲的一生也可以称为"中国革命的肉身形态"。丁玲亲历的人与事，都在她的散文中留下了印迹，并且与 20 世纪革命史、文学史形成了密切的互动关联。她是历史的亲历者与参与者，她的散文则是历史的见证。

与现代中国那些专事文学写作的纯文学作家不同，丁玲的文学创作（特别是到延安之后）具有饱满的实践性特点。王中忱曾使用"行为文学"这样的概念来描述丁玲的写作特点："1937 年'七七事变'以后，丁玲率领战地服务团奔赴抗战前线，写作则多是战地通讯、随笔，以及为宣传演出赶写的剧本，还有服务团的事务性杂记。而更多的工作，如行军、演讲、演戏等等，则不是可以用文字留存下来的，这一时期的丁玲是在用实际工作书写文字文学史无法记录的'行为文学'"[1]。这意味着 1936 年到达陕北之后，丁玲的文学创作具有了一种不同于一般专业化写作的特性，而呈现出一种新的特质，即一方面其文学创作即是革命实践，另一方面其行为也是文学性的。也就是说，丁玲的生活、工作及革命实践，和她的文学创作是互为一体的。尽管在采用小说还是散文的创作形式上存在分别，但文学创作不是与中国革命实践分离的行为，而是内在于整体性的革命工作之中。

---

① 王中忱：《现代中国知识女性命运的典型缩写》，《丁玲精选集》，燕山出版社，2015 年版，第 7 页。

某种意义上，这也是中国传统之"文"的一个重要特点。丁玲所说的"提起笔来，顺着自己的思绪和感情写散文"，并不是以游离于革命实践之外的旁观者视角写文章，而是从实践中一员的角度，从某些侧面、角度呈现革命工作整体中的一部分。如果缺少对整体工作"大局"的理解，仅仅将丁玲散文中的"我"理解为个人性视角，是难以准确把握文章的思想和情致的；而同时，正是"我"的视角将读者带入历史的具体情境之中，感受生动的时代质感和历史氛围。丁玲散文创作携带着生动、饱满的 20 世纪特点。当 20 世纪成为历史之后，读者能通过丁玲散文的文字，深入历史肌理而体认这一革命世纪的内在精神气质。

重视散文写作的实践性和事件性，并不意味着丁玲散文就丧失了文学的特点。这也涉及丁玲散文的第三个特点，即其文类自觉和多种形态的探索。

丁玲散文有多种形式，比如早期的《素描》，显然带有"小品"的特点；而在形式经营上颇为用心的《五月》，则更带有文艺散文的特点；延安时期丁玲自觉地提倡"杂文"，写作了《我们需要杂文》《"三八"节有感》等名篇；而初到陕北写作的战地随笔和西战团时期的《一年》，则带有生活实录、新闻报道和战地日记的综合形式；在写作《田保霖》等人物报道时，则有意识地采取了人物速写的写作风格；50 年代的《欧行散记》和 80 年代的《访美散记》，则带有明显的游记色彩，截取"我"的所见所闻所感，书写游历中的感受和见闻；80 年代的丁玲将很多时间花在写怀人散文上，这些文章既写人事，也写情感，为诸多党史和文学史上的重要历史人物留下了生动的篇什，且因其历史亲历者的丰富阅历和写作时的严谨态度，而使这些文章具有很高的思想价值与历史价值。

值得提及的是，20 世纪 50—80 年代丁玲的一些创作，有意打破了小说与散文的文类边界。比如《粮秣主任》《记游桃花坪》，可以说是采取小说笔法所写的散文，生动的人物形象与叙述人"我"的情感变化、游踪的展开互相交织在一起，极具可读性和情绪感染力；《杜晚香》则既是散文也是小说，丁玲自己说，"是把它当小说写的，但里面有很多散文的东西"①；又比如《我所认识的瞿秋白同志》（以及未收入书中的《回忆潘汉年同志》《回忆宣侠父烈士》等），采取小标题分节的形式，对人物形象的塑造和娓娓道来的历史事件、人事变迁，都带有小说的笔法，但还是从亲历者"我"的所见所感表现逝去的故人，弥漫于全文的情调都还是散文式的抒发。丁玲在散文文体的融合与创新上做出的探索，使她的散文在 20 世纪文学史上成为别具一格的存在，其价值和意义还需更深入的研究。

四、四个主题

丁玲散文的数量虽多，但总体来看，创作主题却相对集中。她正式出版的六部散文集，分别完成于延安时期、新中国时期和新时期。延安时期有 1939 年出版的《一年》与 1948 年出版的《陕北风光》；新中国时期有 1951 年出版的游记散文集《欧行散记》；新时期复出后，1984 年出版有美国纪游的《访美散记》和去世前完成的两部回忆录《魍魉世界》《风雪人间》。80 年代完成的多篇怀人散文，足可编成一部作品集。完成于上海时期的《五月》、延安时期影响很大的《彭德怀速写》《"三八"节有感》等小品、速写、杂文，也是丁玲散文的名篇。

为使读者更好地理解丁玲散文的全貌，本书按写作主题，编排成四辑：

第一辑"生命之歌"，侧重展示丁玲不同时期的散文名篇，重点突出丁玲这个"人"的人生经历和精神品格，尝试以散文作品串联呈现出一幅较为完整的丁玲画像。选入的 19 篇文章，从 1928 年正式发表的第一篇散文小品《素描》，到 1985 年躺在病床上口述、去世后才发

---

① 丁玲：《漫谈散文》，《丁玲全集》第 8 卷，第 421 页。

表的自传性回忆散文《死之歌》，涵盖了丁玲人生五个阶段的创作。丁玲本身就是一本大书，而且因其人生经历的传奇性和阅历的丰富性，关于她有无数的声音讲述过涂抹过，要理解"真正的丁玲"并不容易。回到丁玲自己的书写来读丁玲，不仅可以由文读人，而且可以窥见一个大生命成长不同阶段的风采和文采。

丁玲写过两部重要的自传性回忆录:《魍魉世界》讲述 1933—1936 年南京被囚的三年经历，《风雪人间》回忆她初到北大荒和"文革"时期的经历。这两部作品均写作于丁玲晚年的 80 年代。为了较完整地呈现丁玲的生命历程，本辑没有完全按照文章发表时间来排序，而是根据文章写作内容的时间，将《魍魉世界》中的四篇，即《绑架到南京》《方令孺女士的友情》《伤寒病》《我怎样来陕北的》，放置于 1933 年发表的《不算情书》与 1941 年写作的《战斗是享受》之间；而将《风雪人间》中的《初到密山》《远方来信》两篇以及《"牛棚"小品（三章）》，放在 50 至 70 年代这个时间段。

第二辑选入的是丁玲创作于陕北时期的 15 篇文章，另加 2 篇河北时期的相关散文。1936 年 10 月，丁玲到达保安，从此开始了她人生中极为重要的陕北时期（1937 年 1 月边区首府迁至延安，因此也称为延安时期）。至 1945 年 9 月抗战胜利后离开延安前往张家口，丁玲在陕北生活了近十年。这个时期的丁玲，无论是生活方式、精神状态和思想特点，还是其创作立场和文学形态，相对于此前都发生了极大的变化。这也是丁玲生涯中最具传奇色彩的时段，她从上海的摩登女作家一变而为一身戎装的女战士，毛泽东用"昨天文小姐，今日武将军"准确地描述了丁玲的变化；她的散文创作在这个时期，也主要集中于通讯报道和战地生活实录，具有越来越明晰的"行为文学"特点。丁玲所说的"我把写散文当作一项严肃有趣的工作"，指的正是这个时期。

这一时期的散文创作又分为四个时段：第一时段是丁玲刚刚到达陕北，在红军前线随军写作的四篇，包括《到前线去》《南下军中之一页日记》《彭德怀速写》《记左权同志话山城堡之战》。第二时段是

1937 年至 1938 年秋，丁玲率领西北战地服务团在山西、陕西等地用文艺形式宣传抗战，生活实录文章结集成《一年》。《西北战地服务团成立之前》《河西途中》《临汾》《冀村一夜》《孩子们》《马辉》《杨伍城》等七篇均出自其中。第三时段的文章，标志着丁玲一种"新的写作风格"的形成，即曾收入《陕北风光》中的四篇《田保霖》《三日杂记》《记砖窑湾骡马大会》《民间艺人李卜》。代表第四时段的《永远活在我们心中——关于陈满的记载》和《粮秣主任》，是丁玲在 20 世纪 40—50 年代之交沿着这一创作路径的推进。本辑以"陕北风光"为题，力图呈现丁玲从延安开始逐步探索的人民文学实践之路。

第三辑的 14 篇文章，是丁玲在两个历史时期出访东欧、苏联、美国后写下的纪行散文。丁玲是一个为中国与中国文学挣得了极大世界荣誉的作家。多部作品被译介成外文，在国际上产生很大影响，特别是她的长篇代表作《太阳照在桑干河上》获 1951 年度斯大林文艺奖金二等奖，是新中国时期中国作家获得的最高世界文学奖项。但人们常常忽略的是，丁玲也是以文学家身份参与当代中国外交事务和世界文化交往活动最多的作家之一。这些国际交往也在她的文字中得到了生动的记录和展现，既是丁玲散文的重要组成部分，也为了解、研究中国文学的国际影响提供了珍贵文献。尤其值得注意的是，丁玲在 40—50 年代和 80 年代这两个历史时期都曾多次出访并参与国际交流，留下了《欧行散记》和《访美散记》两部散文集。将两部散文集并置一辑，不仅可以看出丁玲纪游散文的总体风格特色，也可以读到丁玲精神品格的变与不变，更可从中窥见当代世界格局与中国国际形象的时代变迁。

《欧行散记》初版于 1951 年，记录和描述丁玲"三次欧行"的感受和见闻。这包括 1948 年 11 月至 12 月间，去布达佩斯参加国际民主妇联召开的世界民主妇女第二次代表大会；1949 年 4 月，去布拉格参加世界拥护和平大会；1949 年 10 月至 12 月间去莫斯科参加苏联十月革命 32 周年纪念大会。1981 年，时隔 30 余年后，丁玲接受邀请，在爱荷华大学国际计划写作班生活三个月。期间，她到美国重要大学和主要城市访问。丁玲在美国期间就开始写作，回国后在北京、大连、云南等地开会疗养期间，陆续写作了 25 篇文章，多以"我看到的美国"为副标题，1984 年以"访美散记"为题结集出版。这是晚年丁玲忙中偷闲完成的一部完整作品。丁玲不仅在观察美国这个最为现代化的国家，也在这里与过去的国际友人再次相遇，更在思考着中国和世界的未来走向。可以说，正是在美国的时间里，复出后的丁玲获得了将历史与现实、现在与未来相互碰撞、交融的思考契机和情思场域。

第四辑选录的是丁玲主要于 20 世纪 70—80 年代写作的有关柯仲平、向警予、瞿秋白、丁玲母亲、史沫特莱、贺龙、鲁迅、成仿吾等的文章，及去世前据其口述整理成文的《我与雪峰的交往》《林老留给我的印象》《忆弼时同志》，加上 40 年代的《风雨中忆萧红》《我们永远在一起》，50 年代的《一个真实人的一生》，共 14 篇。这一序列的散文数量较多，但丁玲生前没有单独辑录成书。这是丁玲散文的重要组成部分，非常鲜明地体现出丁玲创作的特色。写作对象多是文学史或中共党史上已经去世的重要历史人物，许多篇什都曾引起过文坛的广泛关注。将这些篇章列在一起可以看出，晚年丁玲也在有意识地创作一种介乎回忆录、自传和新文体探索的散文形态，她不仅在写人，也在写自己，更是在总结和回顾革命历史。这是生者与死者的生命交融，也是革命者看破生死的大境界的具体表现。从"我"出发而最终超越个我，将过往的人事包容、融汇在一种更富于情致、更具使命感的情感世界中，呈现的是晚年丁玲阔大的精神境界。

五、"战斗是享受"

丁玲是 20 世纪中国极具时代特点和个人风格的人民文学家，她的散文尤为鲜明地体现了其精神品格与个性。这部散文集的编选，既注重丁玲之文，也注重呈现丁玲其人，希望读者不仅可以领略丁玲的文笔和才华，更可由此领略革命的 20 世纪的内在精神气质，进而在当代性的历史语境中把握丁玲精神的内涵。

选入的文章都尽量考虑文笔更生动、情致更充沛的篇什。同类题材、同一主题的文章尤其如此。比如关于胡也频、冯雪峰、史沫特莱，丁玲在不同时期写过多篇文章，本书只各选了《一个真实人的一生》《我与雪峰的交往》《她更是一个文学作家》；又比如她的六本散文集，从中挑选的也是那些更具体生动地呈现了特定历史情境中的人与事的篇章。这或许更接近于丁玲所说的"文艺性的报道，或文学的散文"①。凸显丁玲散文的"文学性"，并不是强调那种将文学从政治中剥离出来的"纯文学"，而是要意识到，在丁玲与革命实践、历史情境水乳交融的书写中，正是那些"文学性"更高的作品，能够更为整全地把握事件与人事，进而使读者触摸到写作者丁玲的情致与精神，以及历史现场的氛围。

在考虑本书的总标题时，选择了丁玲一篇短文《战斗是享受》的篇名。"战斗"是丁玲喜欢的一个词。在 1941 年的这篇文章中，丁玲说："只有在不断的战斗中，才会感到生活的意义、生命的存在，才会感到青春在生命内燃烧，才会感到光明和愉快"。这是一种生命的积极能动状态，是一种能够认知、直面置身的处境进而有所作为的精神状态。在同时期写作的《"三八"节有感》中，丁玲谈到"愉快"，说"这种愉快不是生活的满足，而是生活的战斗和进取"；也谈到"幸福"，说"幸福是暴风雨中的搏斗，而不是在月下弹琴，花前吟诗"。同时也提及这种战斗者的品格："没有大的抱负的人是难于有这种不贪便宜，不图舒服的坚忍的。而这种抱负只有真真为人类，而非为自己的人才会有"。这种人生观并不是丁玲在一个时期的态度，而是此后持续终生，也是丁玲之为丁玲的主体逻辑。这是丁玲用自己的一生实践人民作家的内在精神动力机制，也是她留给当代读者的精神密码。

---

① 丁玲：《一二九师与晋冀鲁豫边区·自序》，《丁玲全集》第 9 卷，第 58 页。

需要特别提及的是，本书在编选过程中得到秦雅萌、李泽廷的极大支持和帮助。事实上，全书的版本校对工作都是由他们完成的。本书文章的版本，按照三本精选集的统一要求，以《丁玲全集》收入的文章为底本，参照作品的初刊本校对，以注释的形式对两个版本中的重要改动加以说明。这是一份耗时巨大的工作。全书第一、四部分的校勘由秦雅萌负责，第二、三部分由李泽廷负责，最后由我核校全书。这本作品选严格意义上应是我们师生三人一起工作的成果，尤其是雅萌，她搜集了几乎全部的丁玲散文作品，在反复筛选的过程中，给了我不少精彩的建议和意见。在此一并致谢！

目　录

战斗的亨受

丁玲散文精选

第一辑

生命之歌

素　描[*]

小引

　　我翻着^①三年前的《素描》，不禁追怀往日生活的恬适，和一种已逝的细致的心情。它真是一幅画像似的投射出我们年轻时的影。它不受时间所给予的残酷的表示和思想的蹂躏。我们是老了，丑了，粗野了，而它却依然显出一个一二十岁的人的脸，向什么东西都投过去亲昵的微笑。对于它，我不敢说一定含有一种嫉妒的愤怒，然而像普通人一样对于过去的追慕和感叹，却是很明显的。现在愿意把它再清理一次，也只是觉得住在这烦嚣的上海，又终日^②闷闭在三层楼顶，拿来作为最高的，其实是唯一的享乐，不见得不好，所以就一边挥着汗一边便把这《素描》看完了。

　　是的，在我自己看来，并没有觉得太无意识。然而这色调，就是那文字，从现在看来，是太不够用，太缺乏幽默，远写不出那时的一颗柔腻的心。但，却希望有人因这朴素的《素描》，憧憬起每个人都有的一生中最可怀忆的一段生活来。否则，只能怪我们的表现是太乏力了。

　　在《素描》的几十篇短文中，有一半是频君的，现在也由我重理

---

*　本文初刊于《中央日报》副刊《红与黑》1928 年 7 月 31 日、8 月 2 日，署名毛毛。收入《丁玲全集》第 5 卷。

①　初刊本作"重翻着"。

②　初刊本作"又像幽囚般终日"。

一下，在这里发表，想频君不至于不同意吧。

一九二八年七月二十日记

月影是如此的朦胧（一）

吃过夜饭不多久，我们又照例坐在院坝里了。菡姊不住地尽同着姆妈谈讲在师范时候的事。借依稀的天光，仿佛觉得姆妈也正显着一个颇高兴的脸。从有素馨花的花台边走过来的频，发出惊诧的声音：

"喂，又开了三朵呢。"

"怪不得我闻到一阵阵的香，没想到这小小花儿如此的香呢！"姆妈是更快乐了，用鼻尖吸着气，好像充满空气中的尽是素馨之气味。

我于是笑了，我笑姆妈。我凭所有的器官，都不能辨别出这院坝里放的有素馨花，因为花台隔我们坐的地方，远到二十步以外了。我说：

"恐怕是潮润的草香吧。"在这个大院坝里，高高低低不知有多少不知名的小草。

姆妈又嗅了一嗅，还说一定是素馨，并且站起身去数那心爱的花儿去了。

频悄悄向我说："我就没数，晚上，谁看得清，你瞧姆妈去数吧。"于是他也哧哧地笑了起来。

月影是如此的朦胧（二）

风微微吹着，却永远吹不开那鱼鳞似的薄云。那半弯新月，像捉迷藏似的一时躲在云层里面，一时又披着薄纱在对人微笑，频看着那衬在灰色天空中的城墙垛，像是用浓墨涂上去的一抹图案的线条。他提议上城去玩，但他刚说完便低声地向我耳边叹着气：

"唉，只怕姆妈又不准呢。"

菡姊却异常高兴地附和着。

大约姆妈也为了这朦胧的月夜，感到不能因为社会的习惯来委屈我们，笑了一声，觉得上城去玩，最合我的心愿一样，向我说："去，去玩一会儿吧，只是不要走得太远了，记得早一点儿回来。"

我于是跳起来，抓着菡姊的手，在朦胧的月光下，我觉得从没有表情的频的脸上，看出一种另外的光来。但刚一走到门边，回转头时，看见姆妈孤寂寂的一人坐在如许大的院子里，那白发回映着微薄的月光，放出一片淡淡的银光来，我感着抱歉似的硬要姆妈也去，而姆妈却严辞谢绝了。菡姊又嘲讽我，说毛毛这样大了，随便到什么地方去玩，总要拉姆妈陪着，真是可羞，我只好默默地随着菡姊向后门走去。

一走出院子，从厅屋里穿到侧院去时，菡姊就大大地叹了一口气："真是奇事，今晚怎么姆妈会这样大方起来！"

我听到频的皮鞋响声已跳到好远的后门边了。

月影是如此的朦胧（三）

我们三人并排坐在城垛上，回望我们的院子，看不清有没有姆妈还坐在那儿。然而我想，如若姆妈还在那里的话，她一定可以看见毛毛的影子正夹在菡姊和频之间的。我把脚挂在四丈高的向外边那方，划着划着，眼望那乡村的极远处，天与地的接壤处，迷迷蒙蒙像一抹浓雾懒懒地浮在那里，鱼鳞般的云，一堆一堆地散布在天空，从云边隙处，隐隐约约闪烁着几颗疏星。我望着朦胧的月亮，我以为我是睡在太空之中在银河洗脚呢。

频始终露着他唇边的一丝笑意，静默着。我觉得他眼中一定看到比我看到的更美的境界了。

菡姊只伊伊伢伢低声唱着她学校里的校歌。

忽然，一个"哑……吵……"的声音从城河传来，我们都把眼光投过去，慢慢地，在映着月光的水上，现出接着又隐去了一只小小的渔舟。

等到云越聚越密，把整个月亮全掩住了，不知到什么时候了，只觉得肩膀上湿润润的。三人摸索着试探着艰难地走下城来，频开始担着忧，怕转家时要听几句慈爱的责备。

到家后，姆妈还坐在黑暗的院子里，正在同杨嫲讲着乡间夏夜的轶事，素馨花和别的花都移在厅上了，姆妈说怕今夜会下雨呢。

五　月 *

是一个都市的夜，一个殖民地的夜，一个五月的夜。

恬静的微风，从海上吹来，踏过荡荡的水面；在江边的大厦上，飘拂着那些旗帜：那些三色旗，那些星条旗，那些太阳旗，还有那些大英帝国的旗帜。

这些风，这些淡淡的含着碱性的风，也飘拂在那些酒醉的异国水手的大裤脚上，他们正从酒吧间、舞厅里出来，在静的柏油路上蹒跚着大步，徜徉归去。

这些风，这些醉人的微风，也飘拂在一些为香脂涂满了的颊上，那个献媚的娇脸，还鼓起那轻扬的，然而也倦了的舞裙。

这些风，静静的柔风，爬过了一些花园，飘拂着新绿的树丛，飘拂着五月的花朵，又爬过了凉台，蹿到一些淫猥的闺房里。一些脂粉的香，香水的香，肉的香。好些科长，部长，委员，那些官们，好些银行家，轮船公司的总办，纱厂的、丝厂的、其他的一些厂主们，以及一些鸦片吗啡的贩卖者，所有白色的、黄色的资本家和买办们，老板和公子们都在这里袒露了他们的丑态，红色的酒杯，持在善于运用算盘的手上。成天劳瘁于策划剥削和压迫的脑子，又充满了色情，而倒在滑腻的胸脯上了。

这些风，也吹着码头上的苦力，那些在黄色的电灯下，掮着、推

---

* 本文初刊于《北斗》1932 年第 2 卷第 2 期，署名彬芷。收入《丁玲全集》第 5 卷。

着粮食袋，煤炭车，在跳板上，在鹅石路上，从船上到堆栈，从堆栈到船上，一趟，两趟，三十趟，四十趟，无休止地走着，手脚麻了、软了，风吹着他们的破衫，吹着滴下的汗点，然而，他们不觉得。

这些风也吹着从四面八方，从湖北、安徽，从陕西、河南，从大水里逃来的农民们，风打着他们饥饿的肚子，和鸣咽着妻儿们的啼声。还有那些被炮火毁去家室的难民，那些因日本兵打来，在战区里失去了归宿的一些贫民，也麇集在一处，在夜的凉风里打抖，虽说这已经是倦人的五月的风。

这些风，轻轻地也吹散着几十处、几百处从烟筒里喷出的滚滚的浓烟，这些污损了皎皎星空的浓烟。风带着煤烟的气味，也走到那些震耳的机器轧响的厂房里，整千整万的劳力在这里消耗着，血和着汗，精神和着肉体，呻吟和着绝叫，愤怒和着忍耐，风和着臭气，和着煤烟在这挤紧的人群中，便停住了。

在另外的一些地方，一些地下室里，风走不到这里来，弥漫着使人作呕的油墨气。蓝布的工人衣，全染污成黑色。在微弱的灯光底下，惯熟地从许多地方，捡①着那些铅字，挤到一块地方去。全世界的消息都在这里跳跃着，这些五月里的消息，这些惊人的消息呀！这里用大号字排着的有：

东北义勇军的发展：这些义勇军都是真正从民众里面，由工人们、农民们组织成的。他们为打倒帝国主义，为反对政府的不抵抗，为争取民族的解放，和劳苦大众的利益而组织在一块儿，用革命战争回答着帝国主义的侵略。他们一天天地加多，四方崛起。不仅在东北，这些义勇军，这些民众的军队，在许多地方都出现了。而在好些地方，那些终年穿着破乱的军服的兵士，不准打帝国主义，只用来做军阀混战的炮灰的兵士，都从愤怒里站起来，掉转了枪口②，打死了长官，成

---

① 初刊本作"检"。
② 初刊本此句作"背起了枪枝"。

千地反叛了。

这里也排着有杀人的消息：南京枪毙了二十五个，湖南抓去了一百多，杀了一些，丢在牢里一些。河北有示威，抓去了一些人，杀了，丢在牢里了。广州有同样的消息，湖北安徽也同样，上海每天都戒严，马路上布防着武装的警察，外国巡捕和便衣包探，四处街口都有搜查的，女人们走过，只穿着夹袍的，也要被摸遍全身。然而传单还是发出了，示威的事还是常常遇到，于是又抓人，杀了些，也丢在牢里一些。

这里还排着各省会和乡村的消息：几十万、几百万的被水毁了一切的灾民，流离四方，饿着、冻着，用农民特有的强硬的肌肉和忍耐，挨过了冬天，然而还是无希望。又聚在一块儿，要求赈谷，那些早就募集了而没有发下的；要求工作，无论什么苦工都可以做，他们不愿意摊着四肢不劳动。然而要求没有人理，反而派来了弹压的队伍，于是他们也蜂起了，还有那些在厂里的工人，在矿区里的工人，为了过苛的待遇，打了工头，也罢工了。

还有的消息，安慰着一切有产者的，是"剿匪总司令"已经又到了南昌，好多新式的飞机、新式的大炮和机关枪，也跟着运去了；因为那里好些地方的农民、灾民，都和"共匪"打成了一片，造成一种非常大的对统治者的威胁，所以第四次的"围剿"又成为很迫切的事了。不仅这样，而且从五月起，政府决定每月增加两百万元，做"剿匪"军用。虽说所有的兵士已经七八个月没有发饷了，虽说有几十万的失业工人，千万的灾民，然而这与他们有什么关系呢，他们要保护的是帝国主义的殖民地，是资产阶级的利益。

另外却又有着惊人的长的通讯稿和急电：漳州"失守"了。没有办法，队伍退了又退，旧的市镇慢慢从一幅地图上失去又失去。然而新的市镇却在另一幅地图上标出来，沸腾着工农的欢呼，叫啸着红色的大纛，这是新的国家呀！

铅字排着又排着，排完了苏联的五年计划的成功，又排着日俄要开战了，日本搜捕了在中东路工作的苏联办事人员，拘囚拷问。日本兵舰好多陆续离了上海而开到大连去了。上海的停战协定签了字，于是更多的日本兵调到东北，去打义勇军，去打苏联，而中国兵也才好去"剿匪"。新的消息也从欧洲传来，杜美尔的被刺，一个没有实权的总统，凶手是俄国人，口供是反苏维埃，然而却又登着那俄人曾是共产党，莫斯科也发出电报，否认同他们的关系。

铅字排着又排着，排完了律师们的启事，游戏场的广告，春药，返老还童，六〇六，九一四……又排到那些报屁股了，绮靡的消闲录，民族英雄的吹嘘，麻醉，欺骗……于是排完了，工人们的哈欠压倒了眼皮，可是大的机器还在转动，整张的报纸从一个大轮下卷出，而又折叠在许多人的手中了。

屋子里还映着黄黄的灯光，而外边在曙色里慢慢地天亮了。

太阳还没有出来，满天已放着霞彩，早起的工人，四方散开着。电车从厂里开出来了，铁轮在铁轨上滚，震耳的响声洋溢着。头等车厢空着，三等车里挤满了人。舢板在江中划去又划来，卖菜的，做小生意的，下工的，一夜没有睡、昏得要死的工人的群，上工的，还带着瞌睡，男人，女人，小孩，在脏的路上，在江面上慌忙地来来去去。这些路，这些江面是随处都留有血渍的，一些新旧的血渍，那些牺牲在前面的无产者战士的血渍。

太阳已经出来了。上海市又翻了个身，在叫啸、喧闹中苏醒了，如水的汽车在马路上流，流到一些公司门口。算盘打得震耳的响，数目字使人眼花。另一些地方在开会，读遗嘱，静默三分钟，随处是欺骗。

然而上海市要真的翻身了。那些厂房里的工人，那些苦力，那些在凉风里抖着的灾民和难民，那些惶惶的失业者，都默默地起来了，团聚在一起①，他们从一些传单上，从那些工房里的报纸上，从那些能

① 初刊本无此句。

读报讲报的人的口上，从每日加在身上的压迫的生活上，懂得了他们自己的苦痛，懂得了许多欺骗，懂得应该怎样干，于是他们无所畏惧地向前走去，踏着那些陈旧的血渍。

一九三二年五月 ①

---

① 初刊本无。

不 算 情 书*

我这两天心都不离开你，都想着你。我以为你今天会来，又以为会接到你的信，但是到现在五点半钟了。这证明了我的失望。

我近来的确是换了一个人，这个我应该告诉你，我还是喜欢什么都告诉你，把你当一个我最靠得住的朋友。你自然高兴我这样，我知道你"永远"不会离开①我的，因为我们是太好，我们的相互的理解和默契，是超过了我们的说话，超过了一般人所能理解的境地。其实我不告诉你，你也知道，你已经感觉到。你当然高兴我能变，能够变得好一点；不过也许你觉得我是在对你冷淡了，你或者会有点不是你愿意承认的些微的难过。就是这个使得你不敢在我面前任意说话，使你常常想从我这里逃掉。你是希望能同我痛痛快快谈一次天的，我也希望我们把什么都说出；你当然是更愿意听我的意见的，所以我无妨在这里多说一点我自己，和你。但是我希望听到你详细的回答。

好些人都说我。我知道有许多人背地里把我作谈话的资料的时候是这样批评，他们不会有好的批评的，他们一定总以为丁玲是一个浪漫（这完全是骂人的意思）的人，是好用感情（与热情不同）的人，是一个把男女关系看做有趣和随便（是撇烂污意思）的人；然而我自己知道，从我的心上，在过去的历史中，我真正地只追过一个男人，只有这个男人燃烧过我的心，使我起过一些狂炽的（注意：并不是那

---

*　本文初刊于《文学》1933 年第 1 卷第 3 期。收入《丁玲全集》第 5 卷。
①　初刊本作"离弃"。

末机械的可怕的说法）欲念，我曾把许多大的生活的幻想放在这里过，也把极小的极平凡的俗念放在这里过，我痛苦了好几年，我总是压制我。我用梦幻做过安慰，梦幻也使我的血沸腾，使我只想跳，只想捶打什么。我不扯谎，我应该告诉你，我现在可以告诉你了（可怜我在过去几年中，我是多么只想告诉你而不能），这个男人是你，是叫"××"的男人。也许你不会十分相信我这些话，觉得说过了火。不过我可以向你再加解释：易加说我的那句话有一部分理由，别人爱我，我不会怎样的。蓬子说我冷酷，也是对的。我真的从不尊视别人的感情。我们过去的有许多事我们不必说它，我们只说我和也频的关系。我不否认，我是爱他的。不过我们开始，那时我们真太小，我们像一切小孩般好像用爱情做游戏，我们造作出一些苦恼，我们非常高兴地就玩在一起了。我们什么也不怕，也不想，我们日里牵着手一块儿玩，夜里抱着一块儿睡。我们常常在笑里，我们另外有一个天地。我们不想到一切俗事，我们真像是神话中的孩子们过了一阵。到后来，大半年过去了，我们才慢慢地落到实际上来，才看出我们是一个男人和一个女人，是被一般人认为夫妻关系的；当然我们好笑这些，不过我们却更相爱了，一直到后来看到你。使我不能离开他的，是因为我们过去纯洁无疵的天真；一直到后来，使我同你断绝，宁肯让我只有我一个人知道，把苦痛秘密在心头，也是因为我们过去纯洁无疵的天真，和也频逐渐对于我的热爱——可怕的男性的热爱。总之，后来不必多说它，我自己也是一天一天对他好起来。总之，我和他相爱得太自然太容易了，我没有不安过，我没有幻想过，我没有苦痛过。然而对于你，真正是追求，真有过宁肯失去一切而只要听到你一句话，就是说"我爱你"！你不难想着我的过去，我曾有过的疯狂，想你，我的眼睛，我不肯失去一个时间不望你，我的手，一得机会我就要放在你的掌握中，我的接吻……，我想过，我想过（我到现在才不愿骗自己说出老实话）同你到上海去，我想过同你到日本去，我做过那样的幻想。假使不是也频我一定走了。假使你是另外的一副性格，像也频那样，你能够更鼓励我一点，说不定我也许走了。你为什么在那时不更爱我一点，为什么不想获得我？你走了，我们在上海又遇着，我知道我的幻想只能成为一种幻想，我感到我不能离开也频，我感到你没有勇气；不过我对你一点也没有变。一直到你离开杭州，你可以回想，我都是一种态度，一种愿意属于你的态度，一种把你看成最愿信托的人，我对你几多坦白，几多顺从，我从来没有对人那样过。你又走了，我没有因为隔离便冷淡下我对你的情感。我觉得每天在一早醒来，那些伴着鸟声来到我心中的你的影子，是使我几多觉得幸福的事。每当我不得不因为也频而将你的信烧去时，我心中填满的也还是满足。我只要想着这世界上有那末一个人，我爱着他，而他爱着我，虽说不见面，我也觉得是快乐，是有生活的勇气，是有生活下去的必要的。而且我也痛苦过，这里面不缺少矛盾。我常常想你，我常常感到不够，在和也频的许多接吻中，我常常想着要有一个是你的就好了。我常常想能再睡在你怀里一次，你的手放在我心上。尤其当着有月亮的夜晚，我在那些大树林中走着，我睡在石栏上，从树叶子中去望着星星。我的心跑到很远很远，一种完全空的境界，那里只有你的幻影。"唉，怎么得再来个会晤呢，我要见他，只要一分钟就够了。"这种念头常常抓住我，唉，××！为什么你不来一趟！你是爱我的，你不必赖，你没有从我这里跑开过一次。然而你，你没有勇气和热情，你没来，没有在我要你的时候来，你来迟了一点，你来在我愿意不见你了的时候；所以只给了你一个不愉快的陈迹。从这时起，我们形式上一天一天地远了。你难过我，你又愿意忘记我，你同另外的女人好了，我呢，我仍旧不变，我对你取着绝对的相信，我还是想你，忍着一切，多少次只想再给你一封信，多少次只想我们再相见，可是忍耐过去了。我总以为你还是爱我的，我永远爱着你，依靠着你，我想着你爱我，不断的，你一定关心我得厉害，我就更高兴，更想向上，更感觉得不孤单，更感觉充实而愿意好好做人下去。这些话我同你说过，同昭说过，同乃超也说过。你不十分注意，他们也不理解，可是我是真的这样生活了几年。只有蓬子知道我不扯谎，我过去同他说到这上面，讲到我的几年的隐忍在心头的痛苦，讲到你给我的永生的不可磨灭的难堪。后来我们又遇着了，自然，我们终会碰在一块儿。我们的确永远都要在一块儿的，你没有理我。每次我们遇见，你都在我的心上投下了一块巨石，使我有几天不安。而且不仅是遇见，每次当也频出去，预知了他又要见着你时，我仿佛也就不安地又站在你的面前了。我不愿扰乱你，也不愿扰乱也频，我不愿因为我是女人，我来用爱情扰乱别人的工作，我还是愿意我一人吃苦。所以在这一期间是没有人可以看到我的心境的。一直到最近的前一些日子，在北四川路看到你，看到你昂然从我身后大踏步地跑到我的前面去，你不理我，你把我当一个不相识者，你把我当一个不足道的那样子，使我的心为你的后影剧烈地跳着，又为你的态度伤心着。我恨你，我常常气愤地想："哼，你以为我还在爱你吗？"但是我永远不介意你所给我的不尊敬，我最会原谅你，我只想在马路上再一次看见你，看你怎么样；而且我常在你住的那一带跑起来。你总是那末不睬我的。实际上，假如我不愿离开你们，我又得常常和你见面，这事非常使我不如意，我只好好好地向你做一次解释，希望你把我当一个男人，不要以为我还会和你麻烦（就是说爱你），我们现在纯粹是同志。过去的一切不讲它，我们像一般的同志们那样亲热和自然。不要不理我，使我们不方便。我当然解释得很好，实际上是需要这样解释，而且我也已经习惯了忍耐的，所以结果是很好。然而我始终是爱着你，每次和你谈后，我就更快乐，更有着生的需要，只想怎么好好做人。每次到恨自己的时候，觉得一切都无希望的时候，只要你一来，我又觉得那些想象太好笑了，我又要做人。到现在我有这样的稳定，我的无聊的那些空想头，几至完全没有了，实在是因为有你给我的勇气。××！只有你，只有你的对我的希望，和对于我的个人的计划，一种向正确路上去的计划，是在我有最大的帮助的。这都是些不可否认的历史。我说我的最近吧。

我已经是比较有理性有克制的人，然而我对你还是有欲望，我还是做梦，梦想到我们的生活怎么能联系在一起。想着我们在一张桌上写文章，在一张椅上读书，在一块儿做事，我们可以随便谈什么，比同其他的人更不拘束些，更真实些，我们因为我们的相爱而更有精神起来，更努力起来，我们对人生更不放松了。我连最小的地方也想到了，想到你的头发一定可以洗干净（因为有好几次都看到你的头脏），想到你的脾气一定可以好起来，而你对同志间的感情也更可以好起来。我觉得你有些地方是难于使人了解的态度，当然我能了解你那些。而我呢，我一定勤快，因为你喜欢我那样；我一定要有理性，因为你喜欢我那样；我一定要做一个最好的人，一点小事都不放松，都向着你为最喜欢我的那末做去。当然我不是说我是因为一个男人才肯好好地活，然而事实一定是那样：因为有了你，我能更好好地做人，我确是可以更好点是无疑，而且这绝不是坏事，不过，这好像还是些梦想。我觉得不知为什么我们总不能连系起来，总不能像一般人平凡地生活下去，这平凡就是你所说的健全。所以我总是常常要对你说，希望你能更爱我一点就好，所以我常常有点难过，我不知应该怎样来对你说出我有新的梦幻。这是，我最近的过去是这样的，一直到写信以前都这样。

而我现在呢，我稍稍有点变更，因为我看见你那末无主意，我愿意……——我不想苦恼人，我愿意我们都平平静静地生活，都做事，不再做清谈了……

这封信本来预备写得很长的，可是今天在见你之后，心绪又乱了起来，我不能续下去了。有许多话觉得不愿说下去了，觉得这信也不必给你。我真是一个不中用的人，希望你能干，你强，这样我可以惭愧，可以痛苦，可以一切都不管，可以只知好好做人了。勉励我，像我所期望于你的那样；帮助我，因为我的心总是向上的。我这时心乱得很。好，祝你好，我永远的朋友！……

八月十一日（一九三一年）

压了两天，终于想还是寄给你的好。这没有说完的一半话，就是说，我改变了。你既是喜欢的，你就不要以为我对你冷淡而心里难过，又对我疏远起来。那是要几多使我灰心的！帮助我，使我好好地做人。希望你今天会来。

十三日上午

一夜来，人总不能睡好；时时从梦中醒来，醒来也还是像在梦中，充满了的甜蜜，不知有多少东西在心中汹涌，只想能够告诉人一些什么，只想能够大声地笑！只想做一点什么天真、愚蠢的动作，然而又都不愿意，只愿意永远停留在沉思中，因为这里是满占据着你的影子，你的声音和一切形态，还和你的爱。我们的爱情，这只有我们两人能够深深体会的，没有俗气的爱情！我望着墙，白的；我望着天空，蓝的；我望着冥冥中，浮动着尘埃；然而这些东西都因为你，因为我们的爱而变得多么亲切于我了呵！今天是一个好天气，比昨天还好，像三月里的天气一样。我想到，我只想能够再挨在你身边，不倦地走去，不倦地谈话，像我们曾有过的一样，或者比那个更好。然而，不能够，你为事绊着，你一定有事。我呢，我不敢再扰你，用大的力将自己压住在这椅上，想好好地写一点文章，因为我想我能好好写文章，你会更快乐些。可是文章写不下去，心远远飞走了，飞到那些有亮光的白云上，和你紧紧抱在一起，身子也为幸福浮着……

本来我有许多话要讲给你听，要告诉你许多关于我们的话，可是，我又不愿写下去，等着那一天到来，到我可以又长长地躺在你身边，你抱着我的时候，我们再尽情地说我们的，深埋在心中，永远也无从消灭的我们的爱情吧……

我要告诉你的而且我要你爱我的！

你的"德娃利斯"

一月五日（一九三二年），这不算情书

绑架到南京 *

一九三三年五月十三日晚上，冯达九点钟才回家。他对我说：他曾去看《真话报》的两个通讯员（没有告诉我他们的名字），在他们住室的窗下叫了两声。那两个人住的亭子间，窗户临弄堂。只听到屋里脚步声很杂，而且灯光摇晃。他感到与平时不一样，怀疑出了问题，便拔步急走。走到大马路上，也不敢回头，赶忙跳上一部电车，半途又换了几次车。他估计即使有尾巴，也可能被甩掉了，这才往回走。可是到家门口后，他刚把钥匙插进锁孔，回头望望，看见马路对面影影绰绰有一个人。他来不及走避，只好进门回家。因此他怀疑我们这间屋子也可能会出问题，应该小心。第二天是五月十四日，早晨，他又向我说，他还要去看看那两个同志；如果不去，这两个人的组织关系便会丢了，那很不好；他应该去了解一个究竟。这天上午，我要去参加正风文学院一个文艺小组开会。我们约定十二点钟以前都一定回家。到时候如有一个人未回，另一个人就要立即离开家，并且设法通知组织和有关同志。八点多钟，我们分手了。我去正风文学院前，特意绕道去穆木天、彭慧家，告诉他们昨夜新发生的情况，并说如果我下午不再来，就可能是真的出了问题；让他们有所准备。从正风文学院出来，我回到家里是上午十一点半，果然冯达未回。我认为这不平常。因为他说只是去两个记者那里看看的，应该比我回来得早。我稍

---

* 本文是《魑魅世界——南京囚居回忆》之一，初刊于《中国》1986 年第 11 期。收入《丁玲全集》第 10 卷。

微等了一下，就去清理东西，如果十二点钟冯达还不回来，我就走。正在这时，潘梓年同志来了，我把情况告诉他。他这个人向来是从从容容、不慌不忙的，他拿起桌上的一份《社会新闻》，坐在对着门放置的一个长沙发上；我坐在床头，急于要按规定及时离开，但看见潘梓年那样稳定、沉着，我有点不好意思再催。不一会儿，突然听到楼梯上响着杂乱的步履声，我立刻意识到：不好了。门砰的一声被推开了，三个陌生人同时挤了进来。我明白了，潘梓年也明白了。我们都静静地不说话。来人当中为首的一个高个子，马上站在我的书桌前，我的书桌是临窗的。一个人守在门边，一个人就翻查书架。后来我知道，为首的那个特务叫马绍武，是一个大叛徒。当时他严厉地看着我和潘，没有说话。约三四分钟后，跟着又进来两个人，其中一个叫胡雷。这人一九三〇年到过我家访问胡也频和我。那时他在《真话报》工作，约我们去参加《真话报》的读者座谈会，我们去过。这天他一进门，看见是我，很诧异，跟着对我笑笑，点了一下头。我心里明白："坏了！"马绍武看见了，立刻把他拖到门外，谈了一小会儿；马绍武得意洋洋地走了回来。我明白马绍武知道我是谁了。我心里想："知道又能怎样？反正是那么一回事！"我对胡雷这个无耻叛徒感到愤恨，怎能为敌人当鹰犬来捉拿革命的同志！过了五六分钟又进来了三个人，其中有没有胡雷，我就没有注意了；我只注意一个人，那就是冯达。他一看见我和潘梓年，猛地一惊，然后就低下头，好像不认识我，也不认识潘梓年，他木然地、无神地往床头一坐，我立刻就站起来走到立柜边去了。我瞪着他，他呆若木鸡。我心里想：难道是他出卖了我们？

这时，马绍武做了一个手势，屋子里的人动起来了。他们推着我和潘梓年，我顺手把刚才清理的衣服拿了两件，还拿了一件夹大衣，如果睡在水门汀地上还是用得着的。就这样，前拉后拥把我们推下楼来，带出了门。街上没有几个人。那时昆山花园路一带向来僻静，只有这一排房子里住了几家俄国人。这里不可能有援助我的人。他们把我们推进停在路边的一辆汽车里，我和潘梓年坐在后边，一边一个特务。前边坐的冯达和另一个特务。大马路上人来车往，熙熙攘攘，可是有谁知道我们被押在国民党特务的一辆汽车里，朝着什么地方，什么境界驰去呢？我用臂膀碰碰潘梓年的臂膀，我自己也不清楚我想表示的是什么？是恨，恨冯达！是爱，爱潘梓年！现在世界上只有潘梓年同志是我唯一的亲人，唯一同命运的人了。一群匪徒，一群无耻的穷凶极恶的魔鬼，紧紧地围着我，用狰狞的眼光盯着我。

汽车驶向黄浦江边，在十六铺南头的一小块空地上停下了，围上来另一群人，把我拥进一栋小楼；楼前挂着"××旅馆"的招牌，但我看得出这是国民党特务匪徒的一个黑窝。

一上楼，他们把冯达和我关在一间房子里。这时我忍不住骂道："真看不出你是一个朝秦暮楚的人，哪里会想到是你把我出卖了！"

冯达忙着声辩："不是我，你能听我解释吗？"

我说："还有什么好解释的？事情不是明摆着的，我们家的地址是你说出来的。只有你！你不必解释，我不相信你。"

冯达还是连声解释，说昨晚他就怀疑过，有人盯梢，我们的房子被人注意了，我不愿听他的声辩，只想把对敌人的仇恨发泄在他身上，我真想跳过去打他。但我们当中横着一个方桌。这时马绍武进来了，他劝我道："不要生气！可以慢慢讲嘛！"原来他在隔壁偷听。我不愿再开口了。我对马绍武说："把我们分开！"马绍武连说："不要这样，不要这样。"后来他们把我们领进另一间较大的房子，里边坐着七八个人，全是穿着短衣的打手。我气愤愤地坐在那里，不理人，也无人理我。他们拿饭来，我没吃，心里只想："有什么办法逃出这里呢？"

这样整整坐了一下午，到夜晚，我要小便，打手们也不肯出去。我只得当着许多男人坐在便桶上，尽管便桶是放在床后边，当中隔着帐子。第二天清晨，他们一群人前呼后拥把我同冯达送上火车，在二等软座，他们包围着我，不使我接近乘客。途中我到厕所去了一趟，我用燃烧过的火柴棒写了几句话在一张纸上（因为我身上没有笔，但有香烟、火柴），吁请仁人君子把捡到的另一短简寄到上海开明书店叶绍钧（即叶圣陶）收。给叶绍钧的信里只说我被绑架到南京。署名"冰"。我把纸条和信用一块手绢包着，里边还包了四元钱是给捡信人的。我把手绢包从便盆中投了出去。自然，这只是徒劳，像石头丢到海里，连一个水沫也没有。后来我也没有问叶绍钧先生是否收到过这封信。他也从来没有谈起过这事。

我一心只想把我被绑架的消息传出去。我捡过一份他们看过的报纸，是当天的，但当中被他们剪掉了一小块。我不知道这被剪掉一块的内容，我猜想可能同我有关。以后，我才知道果然是报道丁九在我家楼上摔下来遇难的消息。当时我怀疑他们为什么要剪掉这一块，是因为怕我看见，或是因为是别的重要新闻才剪掉的呢？

中午时候，火车进了南京站。南京是国民党中央政府的所在地，是屠杀革命人民的总指挥部。像欢迎国民党的党国要人那样，涌上来一大群人，像看猴子似的挤近前来看我。押解我的人簇拥着我坐进一辆大巴士，车子先开到国民党中央党部。停了一会儿，才把我们送到一个完全中国旧式的比较高级的旅馆，但看样子，这旅馆不是普通做买卖的，这里非常安静。我们住进一间比较大的房间，仍是好几个看守与我们一起。我开始过一种特殊的囚犯生活。

方令孺女士的友情*

　　一九三四年十月初我在医院生了祖慧。我这时的心境像掉进了枯井那样幽暗与悲伤。回忆一九三〇年我生了祖麟，只两个多月，他父亲就被捕，三个月他父亲就被杀害了。我不得不把婴儿送回湖南交托给我母亲，我只身返回上海，继续苦斗。一个做母亲的，一个有着母性本能的人已经太难忍受那抛离亲生儿子的痛苦了；而这个女孩却使我更加悲苦。这不是我希望有的，但是我生的。我能把她丢到垃圾箱里去吗？我能把她送到育婴堂、孤儿院吗？我能留给她的父亲，使她终生也蒙受羞辱吗？我只能把她留在我的身边，我是母亲，我应该对她负责，不只哺育她成长，而且要尽心守护她，不让她受羞辱，尽心教育她，使她成为革命者。因此我得首先背负着一时无法分说的耻辱，也许还得就此终我一生。十月半我从医院搬到中山大街。因为我不愿再回到螺丝转弯，我要离开那变相的地狱。在那里我们的前院旁院都住着一些身份暧昧的人；进进出出我都得经过他们的住处，任人侧目审视。我常常喊叫，既然说是自由居住，就应该让我自己去租住民房，无论如何我是不回那住过的地方。因此，当我住院时，冯达和姚蓬子几次商量，才租了这幢房子。这是在中山大街向东拐进去的一条小街上的一幢小楼，上下各三间。我们一家住在楼上，姚蓬子一家住楼下。在这里大约住了两个月，我几乎没有下过楼，国民党也没有派人再来

＊　本文是《魍魉世界——南京囚居回忆》之一，初刊于《中国》1986年第12
　　期。收入《丁玲全集》第10卷。

这里骚扰我。我在这里只是养病。不过意外的，我在这里却遇见了一个终身难忘的朋友。

十月底的一天，方令孺女士作为不速之客忽然降临了。她那时不到四十岁，长得很好看。她的眼睛由于甲状腺肿大，动过手术，显得稍稍有点突出。但她的那种温柔大方却使我很注意。她的身后站着一位十五六岁的俊俏的少女，乃是她的大女儿陈庆纹。她谦虚地自我介绍道："我叫方令孺，是特别来看你的。我不是国民党，也不是共产党。我非常同情你的遭遇，我很喜欢你的小说。我想你在这里一定太寂寞，我能为你分点忧愁吗？有什么事我能帮助你吗？"怎么听到的又是这一番话！我不免用怀疑的眼光望着她，心里在想，是否又是国民党派来的？她要干什么呢？她看见我很冷淡，便不多说；只对我的母亲表示一点尊敬，说了几句恭维话，又对我的子女称赞了几句，然后便文静地告辞了。我不安的心还在嘀咕："真是莫名其妙。"

她怎么知道我的住处的，当时忘记问她了。我压根不曾想到我的住处能够保密，我以为任何人都可以随便闯来的。此后，她每过一个月或两个月便来我这里一次。她从不同我谈政治，也不问我的生活情况，只是点点滴滴同我谈她的心曲，如读书后的感想，多半是些外国书，翻译过来的，或还没有翻译的。谈她认识的一些文人的印象，这些人多半是我不认识的，是她在青岛大学的一些同事，老一辈的所谓新学家。这些她都当故事娓娓道来，在我只有一颗十分空虚的、寂寞的心的时候，也能勉强听下去。后来她便谈她的家庭生活，她的不幸的爱情。谈这些她也不动感情，只是放在心底，仍然像在讲一部写得非常细腻动人的小说。我真同情她。好像中国的老老少少的妇女，都能引起我的同情，特别是像她这样有着一颗美丽的心灵的知识分子。后来我也到她的家里去。她住在我这条街的对过，叫娃娃桥。她是著名的桐城派方东树的后裔。她的那个大家庭是一个亦官亦商的人家，有很多房子。她住在侧院的三间大厅，后边是院子、前边是小花园。绕过她的厅子，还可以进入她家的一个更大的花园，只是那个园门不是常打开的。她住的三间厅子布置得很好。她带着三个女儿，用一个娘姨。她的丈夫另有外室住在上海。她家里非常安静，很少有客来。我慢慢认识到，我和她来往，是无害的，便逐渐放宽了心。后来，一九三六年我和党取得联系，就曾把她的家做为党与我通信联系的地点。

方令孺是一个诚实大方的人。抗战初期，我在延安时，曾经向她要过一部《昭明文选》；那是因为毛主席曾经对我说，他缺少一部《昭明文选》。她特地买了这部书寄给我。我们从来都没有对人说过，只是悄悄地高兴为别人尽了一点力。她知道我是为谁要的。

全国解放，新中国成立后，她到北京时总来看我，还在我家住过。她的仪态仍然与那时一样，总是很文静地对我谈一点她的新的感受。一九五七年，继全国作协的批斗大会后，在全国妇联召开的一次批斗我的大会上，我望见她了。我为她很不安了一阵。我深切了解她，她一定为我非常非常地难过，可是这时她无法对我表示同情，也无法安慰我，分担我的忧愁了。二十二年后，一九七九年，我回到北京，打听到她已经逝世，我不免凄然欲泣。我常想念她的一生，她的为人，想到她曾为我分担苦痛。她是一个普通人，是一个有非常美丽灵魂的人，是一个好人，我一定还要写她，将来有时间，我一定要任情呼唤你，方令孺同志。

伤 寒 病[*]

苜蓿园像荒村里的一座草庵，我奄奄一息地蛰居在这里，似乎应该打扫尘心，安心等待末日的到来，然而我心里整日翻腾，夜不能寐。在春雨绵绵的时候，在夏蝉喧噪的炎日，我常常独自伫立在屋檐下，仰望云天，辗转思谋，下一步棋该怎样走呢？母亲终于又来了。她是无法拒绝在困境中的女儿的请求的。冯达病假超过半年，不能再领工薪，他是我的负担，精神上的、物质上的，但我不能一下把他推掉，因为我还可以借助他。我把他安顿在后边的灶屋住，隔离开来。现在他的作用，只是让国民党人看来，我还是不忍弃他于不顾。他也只表明他的无可奈何勉强陪我度过这难熬的岁月。表面上我们还是夫妻，他的存在，还可以掩护我，让国民党放心，似乎我已消沉，没有任何非分的想法了。正当我暗自打算如何跨出新的步子的时候，我感到我的身体无法支持。不知为什么我每天下午发烧，时间长了，人没有一点精神，疲累不堪，我怀疑是不是我传染上了肺病。我去医院照了片子，但没有结果。这个医生这样说，那个医生那样说，吃了一些药，毫无效果。就这样每天继续发烧。我先还瞒着母亲，一人放在心里着急。后来病越来越厉害，整日整夜咳嗽，咳得头痛脑胀，不能平睡。我真害怕了，我不能不担忧。假如我的病治不好，我将怎样呢？各种各样的想法，啃着我的心。我已经受尽了罪，如果就此死去，好像对

---

* 本文是《魍魉世界——南京囚居回忆》之一，初刊于《中国》1986年第12
期。收入《丁玲全集》第10卷。

我倒是一种解脱。人世间任什么我都可以不留恋，不牵挂，母亲也好，孩子也好，我都能狠心丢掉。但我只有一桩至死难忘的心愿，我一定要回去，要回到党里去，我要向党说：我回来了，我没有什么错误。我在什么时候，什么地方，什么条件下都顶住了，我没有做一件对不起党的事。但我知道，由于敌人散布的谣言，现在我处在不明不白的冤屈中，我得忍受着，无法为自己辩白，洗清倾倒在我满身的污水，我还陷在深井里。这样又拖了一个多月，病毫无转机，我只得向母亲说："妈！我得花一笔钱了。不是住普通病房，我要找中央医院的内科主任替我治病。听说这个主任医术高，只是非常势利眼，对头等病房的人才看得仔细，对普通病房的人就差得多了。妈妈，我得设法弄钱。可是从哪里来钱呢？只得向姚蓬子暂借二百元。我想他是能答应的，他父亲有钱；不过一定得还他。你看你还能从家乡想点法子吗？"我母亲看见我的态度认真，感到事态严重。她担心地说："你自己的病你自己应该清楚。你自己做主，该怎么办就怎么办。我的为人，你是了解的。我一生都不求人。凭我几十年在家乡的一点信用，几百元钱还是可以张罗得到的。你千万不能耽误，先借点钱，治了病再说。"我小的时候，父亲病重时，母亲即刻把她的陪嫁衣服、首饰、古玩、家具全都卖了，替他请医买药。父亲死后留给她一笔一笔大大小小的债务。她便把全部房屋田地变卖得干干净净，还清债务，只剩下一担儿女压在肩上，离开故土，到县城里自力更生，以小学教员的微薄薪金养育我长大。后来我能写作拿点稿费，却因自办出版社亏本负债，最后还是她寄来三百五十元偿清债款。这两年，我自然更没有分文能给她。在湖南乡下，麟儿就全靠她双手撑持，我连问都不敢问他们是怎样熬过来的。现在在如此险恶的处境中，我又病倒，除了再向她伸手，别无办法。母亲几十年来省吃俭用，节衣缩食，把什么都耗在我这个孤女身上了，我什么时候才能为她的苦心痛痛快快地哭它一场？！妈妈呵！这是由于我的不孝吗？是你的命苦吗？你是那样热情，助人为乐，那样胸怀坦荡，把痛苦踩在脚下。我是你唯一的女儿，我什么也没有给你，却总是拖累你。我一定要学到如你那样坚强，我要活下去，为人民做事，对国家作贡献。我不能倒下去！至少我不能把我个人应该承担的负担再交给你，我应该洗清自己，还你一个干净的女儿。那么，好吧，让我先治好病，然后再一步步地向前走。有你，亲爱的妈妈，我应该无所畏惧了！

第二天姚蓬子从芜湖回来。我请来中央医院的内科主任就诊。他显得很有把握似的说是肋膜炎，需要住院治疗。我住进了二等病房，单间，一天要四五元。我落落大方一次交了两百元住院费。果然，医生、护士川流不息地来到病房。主任说先治咳嗽，又照片子，又电疗，又打针。可是仍不退烧，热度有增无减。白天，我烧得认不清人；方令孺来看我，守在我身边，我也不知道。但到了夜晚，由于用冰凉的酒精擦身，我才比较清醒。我按医生说的，临时雇了一个保姆守夜，她为我全身按摩，这样我才感到稍安。我心里昏沉沉的，灰暗暗的，什么痛苦，全无所感觉，人都麻木了。但我仍有心香一炷，默默祷告着："我不要死呵！不能死呵！天可怜见，让我活下去呵！"我注视着窗外，万籁俱静，我揣测着明天，盼望有一个好天气。

就这样，我盼望着，拖着，人消瘦了，满头的头发脱光了，但却慢慢活过来了。内科主任说得的是伤寒病。我不知道是不是那位内科主任把我救活的，还是我自己逐渐好起来的。我住医院的钱花光了。秋天了，我可以出院了，我该出院了。一天，我又悄然回到了苜蓿园。苜蓿园自然不是家，但它是我暂时栖息的地方，也是我将重新起飞的地方。

三五年的一个冬天完全是母亲一个人撑持着熬过来的。她现在无心给旁人看病了，也不再谈那些治病救人的事，只一心一意照看我一个人，这个她从小带大的唯一的女儿。她已经是一个老妇人了，又离开了故乡故土，对别的都是无能为力的了。她要服侍重病初愈的我，还要照顾两个孩子。她已没有什么可以安慰我的，她只用她的坚定的耐心，顽强的沉默，让我相信她还是可以把担子挑下去的。她把她最后的一点存款，是每月存三元，积攒了五六年，为麟儿存的一笔零存整取的定期储蓄，计划十五年后一次可以拿上几百元，这是老祖母最后苦心为她可怜的孙子一点一滴省下来的血汗钱。这时一共也才有二百来元。我一起拿来还了姚蓬子。姚蓬子知道我的性格，把钱收下了。他问我是否愿意化名写点不相干的小文章，他拿去在《芜湖日报》发表，可以多给我稿费，度过这艰难的日子。我推脱说，日子可以过得去，拒绝了。我心里想:《芜湖日报》不是国民党报纸吗？我现在落在国民党的陷阱里，在敌人控制下，我怎能在姚蓬子编辑的国民党的报纸上写文章呢？即使我的文章不反动，甚至是有革命倾向的，当时我的感情也决不允许我在国民党的报纸或刊物上发表。我想革命者发表文章、唱歌、演戏……总应该分清在什么场合嘛！化名是骗人，也是骗自己。欺骗总是经不起历史考验的。我如果要写文章，一不能用假名，二不能在国民党的报纸刊物上发表。过去生命可以不顾，坚持过来，目前这一点困难却不能忍耐熬过吗？冬天虽然寒冷，是可以熬过的。过了冬天，就该是春天了！不会没有春天的。我就像一条死而不僵的小虫，带着两个小孩，在慈母的怀里，再熬过这个冬天吧。

我怎样来陕北的 *

两天走两千多里

"路很难走呢，现在交通很困难。你如果实在不愿到国外去，那就只好到西安。也许你得在那里住上好几个月，住在那里是不能出来的；不过也好，你就写文章吧。"

我便决定到西安。不出门我已经习惯了，三年的蛰居都挨过来了；何况现在，是自己把自己关起来，这有什么要紧。

中秋节那天夜晚，我溜出了那个曾把我收藏了两个星期的公寓，一个朋友送我到火车站，火车上有一个新认识的朋友等我，他也是要到陕北去的。我们便做了同伴。

在火车上，我从不走到外边来。火车没有开或停下的时候，我装做生病，蒙着头睡在二等卧车的车厢里。如果有人闯进来张望，或查票的时候，都由同行的 × 君①应付。等车一开，我便跳了起来，欢快地同 × 君谈着上海最近几年的事。× 君本来就很健谈，我因为这次出走是生平第一愉快的事，人变得非常和气，精神又好，什么话都谈，很快我们就像老朋友似的了。夜晚月亮好得很，白天天气好得很。我们驶过江南的郊野，小河像棋盘似的布着，钓鱼的人坐在柳树下。我们经过黄河南边的平原，一望无际的是黄色的收获了的麦田。我们过

---

* 本文初刊于香港《大公报》副刊《文艺》1940 年 6 月 6 日。收入《丁玲全集》第 5 卷。

① × 君系聂绀弩同志。

了险要的潼关，到了古长安。一入长安境，不由使你忆起许多唐人的诗句。长安虽说有许多变革，已非旧长安可比，然而风景仍与古诗描写的无多大差别，依旧使人留连。这次旅行留给我始终都是新鲜的感觉，那静静地睡在月亮下的小火车站，车站旁的槐树林，那桥下的流水，那浮游太空下的云团，至今常常带着欢愉和温柔来到我的记忆中。

三个星期的使女生活

在西安旅馆里住了一个多星期之后，因为我的执拗，我宁肯住秘密房子，于是我搬到一个外国人①的家里了。同来的 × 君在 ×②的决定之下又回上海去了。

这家有三个外国人，两个男的，一个女的，他们都不会说中国话。我的生活是寂寞的。幸好 × 替我找了一个同伴③来，她也是预备到陕北去的。我们总算能相处，我做了她的姐姐。外国人对我们很好，我勉强说一些不合文法的英文同他们谈天，而且我计划着写文章。可是那位有夫人的外国人生病了，他们要到上海去，并且真的就走了。以前这家烧饭是那个外国女人担任的，她一走就轮到我和新结识的妹妹两人了。我要说明，这屋子里是不能随便用仆人的，屋主人的面子也得阔气一点才成。于是我们忙着买菜（小妹妹一人担任，因为我不能随便出门），忙着生火，忙着烧咖啡，弄菜。我一天几次捧着杯盘碗盏到厨房，又从厨房到饭厅。这个外国人养着一条大狗，名字叫"希特勒"；还养着二十来只鸡。喂鸡喂狗的事也是我做（主要的事是小妹妹做，我是听她分配的）。我围一条围裙，真像一个使女。

这三个星期也是非常快乐的。我虽不能出去，但有报纸可读（我曾在不准我看报的地方住过），妹妹也常带些外面的消息给我。虽要我

---

① 奥地利革命者温启博士，"西安事变"时遇害。

② × 系地下党组织。

③ 李汉俊烈士的妹妹李夏明，共产党员。

做一些烧饭洗衣的事，但是自愿的，倒觉得有趣。白天外国人在外边应酬生意，我们在后边屋里谈天，看小说。一到晚上，大门关了之后，我们便热闹了。我和妹妹都在餐厅里玩，电灯很亮。我们吃晚饭，听无线电；我们谈着张学良，谈着在洛阳的蒋介石，谈着甘肃去的红军。外国人也和我们讲西班牙的战争，他用极简单的文字和我谈话，我们还能领悟。我们谈歌德、雪莱、缪塞，谈德国、法国的人情风俗。我以为外国人不论干什么行业，大都有一些文学修养，不会让人笑话他们连托尔斯泰也不知道。

"希特勒"因我喂它，对我很有好感，它跑到我屋子里，但我不准它把鼻子靠近来，它远远望着我。我一人坐在饭厅的沙发上或是屋外石阶上看书的时候，我觉得它的眼睛好像格外温柔①。

第一次骑马

离开西安是十一月一号。我在西关一家小店里等汽车，小妹妹没有一道走，却换了两个女伴，同道的一共七个人。②汽车第一天住在耀县，第二天住在洛川，我们都不出门。在洛川休息一天，等着护送的人，听说是第 × 师第 × 团的连长，他带十几个人来接。而且听说要骑马，有一百多里路，并不好走。但我们认为这些都不会成为问题。

我把头发剪短了，大家都穿上灰布军装。晚上我和一个女伴练习骑马的方法。我们牢记那些要领，在炕上跳上跳下地练习。我们不愿让人知道我们不会骑马，我们怕人笑话说："连马都不会骑，还要到陕北去！"

第二天天还没有亮，我们到外边院坪上，冷风刮面很厉害，下弦月照着院子里的几匹马和驴子。大家从屋里往外搬东西，都闷着声不

---

① 初刊本作"格外温柔，格外亲切"。
② 初刊本作"同道的一共七个人。他们带了许多货员，"。

说话。

我没看清连长是个什么样子的人，他带领这队人马去叫开城门。我们各自牵一匹马，鱼贯地、无声地向外走。城外是一大片高原。一出城门，连长就飞身上马，我赶紧往马背上跳，刚刚把脚套进马镫，还来不及去想头天晚上新学来的那套要领、方法，马便随着前头的马飞跑起来。我心里只转着一个念头，无论如何不能掉下来，我不准自己在友军面前丢脸。我一点也不感觉劈面吹来的冷风，也不知道走到什么地方了，我只浑身使劲，揪住马鞍，勒紧缰绳，希望前边的马停一会儿也好，因为我想我骑马的方法不对，我要换一个姿式。

马跑了一阵才歇下来。下山时，我牵着马在那陡峭的山路上走，就像走在棉花上①，感到我的腿不会站直似的。

这么走了一天，冬天的黄昏来得快，我焦急地盼望着宿营地。我们住在那庄子的名字，我已经忘了，只记得驻了很多兵。晚上有一个团长样子的人来看我们，他是听说有女兵才来的。同来的人让我冒充红军军官的老婆，我同意了②。那团长觉得奇怪，他问我知不知道那里很苦。

躺在床上时，我以为我已经瘫了，两条腿全无知觉。

我们的游击队

又是天不明就动身，一连兵护送我们，我们走在他们中间。在不明的月光中绕过两个村庄，他们告诉我这两个村庄都有保甲。到第三个村庄时，天也亮了，穿过村中，我们都存有一点戒心。村里有很多穿便衣的团丁放哨，都是全副武装，头扎包头巾。我知道这是地主养着的敢死队，他们比国民党的正规军队还厉害。这些站在路口的粗壮

---

① 初刊本无此句。

② 初刊本作"我照办了"。

汉子，斜着眼望我们，知道我们是要到什么地方去的。如果我们没有这一连兵力护送，他们也许要和我们干起来的。我看他们大都是受苦的农民，但他们却让地主们养着打他们的兄弟，我觉得很难受。

又走了二十里，护送我们的队伍在山头停下来，要我们自己走下沟去，沟底下有接待我们的人。这一段路程大约有四里路。我们还只走一半，却听见枪响了。带路的人告诉我们，这是边境，这一带常有冲突。于是我们都加快脚步。带路的老说那些保安团丁真讨厌。

沟底下树林里有几个穿灰衣人影，大家就跑起来。我大声叫着："那是红军！"

当红军 ① 向我敬礼的时候，我太激动了。我的心早就推崇着他们，他们把血与肉献给革命，他们是民族的、劳动者的战士，我心里想，只有我应该向他们敬礼，我怎能接受他们的敬礼呢？

他们穿着单衣，都很精神。带路的人告诉我，他们是红军的游击队，红军都开到前线去了。

保 安

骑着小毛驴，一行七个人，加上驴夫大约十来个人，翻山越岭走了八九天之后，快要到"京城"了。这是下午，我们在一个树林里看见有一匹马飞跑出来，走近我们身边。他问我们是否从白区来的？有认识的说他是医院的院长，新近同一个被誉为陕北之花的姑娘结了婚。越过树林，山边上又遇见几个过路的，大声地喊着："同志！你们是白区来的吗？"我心里想，一定是快到了，看这气氛完全不同。他们好像谁与谁都是自己人，都有关系。

---

① 初刊本作"当他们"。

转过一个山嘴，看到有好似村庄的一块地方，不像有什么人烟①。但是一走近来，情形却完全不同。有好几处球场，球场上很热闹，人人都跑来看我们，问我们，我觉得自己才换不久的灰衣真难看，他们（所看见的人都如此）都穿着新的黑色假直贡呢的列宁装，衣领上钉两条短的红带，帽上缀一个红五星。我原以为这里的人一定很褴褛，却不料有这样漂亮。我更奇怪，"为什么这里全是青年人呢！"老年也好，中年也好，总之，他们全是充满着快乐的青春之力的青年。

这里什么都没有卖的，只有几家老百姓。这里的房子全毁了②，是那些逃走的地主们放火烧的。除了一两家之外，所有机关都住在靠东山上的窑洞里。一排窑洞约莫有半里长，军委、边区政府、党中央各部全住在这里，全中国革命的人民领袖全住在这里。说中国人民的命运就掌握在这小山上，也许有人说这太夸大了，但在一定的时间内的确是对的。

我来陕北已有三年多，刚来时很有些印象，曾经写了十来篇散文，因为到前方去，稿子被遗失了，现在人半都忘了。感情因为工作的关系，变得很粗，与初来时完全两样，也就缺乏追述的兴致。不过××再三征索，而限期又迫，仓促写成，愿读者原谅！

一九三九年

---

① 初刊本作"转过一个山嘴，他们就要我看保安城，我无论如何望不见，后来才知道有那如似村庄的一个地方，但并不像有什么人烟的地方，我虽不失望，但总觉得太小了"。

② 初刊本作"房子白毁了"。

战斗是享受 *

连午睡都不想睡，挂牵①着什么似的站在屋门边看天色，不知为什么总怕下雨。可是下午风暴来了，黄沙漫天卷来，盖过了土围子②的雉堞，盖过了山脚下的小小树林，盖过了对面的大山，风把人要吹倒似的，乌云挟着雨点飞驰地压过来。于是远近的群山振动了，轰隆轰隆地响着雷鸣。急遽的电光，切破天空。激涨的河流，像要摆脱地面发狂地飞腾叫啸，大的雨点，倾泻下来。压倒了新抽芽的瓜藤，绑在棍子上的西红柿像生长在涧里的小树。雨把窗纸都舐走了，雨从那空处溅过，屋瓦上一处一处流下水来。不到一刻工夫半截屋子成了池塘。人一下把悄悄担心着会下雨的心情忘记了，反变得非常开朗和喜悦，隔壁房子里的歌声，像调不好的二胡弦子的声音，也不使人感到讨厌了。只想冒着冷雨冲出去，在从山上流下来的黄色瀑布里迎着水流往上走，让那些无知的水来冲激着自己；要去迈步在那被淹的小路上，看曾掩藏在那里的小蛇又躲到什么地方。但人却再不能走到河边了，河身已经吞没了所有的沙滩，那些曾散步过的地方，洗过脚的地方，拣过石子的地方，都流着污浊的浪涛。这里连躲在石崖下战栗的生物也找不到了。人像在原始时代，抵抗着洪水，而顺着头发和面孔流下去的凉水却多使人抖擞，击打而来的劲风，多使人感到存在，使

---

* 本文初刊于《解放日报》副刊《文艺》1941 年 9 月 16 日。收入《丁玲全集》第 7 卷。

① 初刊本作"挂欠"。

② 初刊本作"上围子"。

人傲岸啊！可是风雨终会停止的，但等不到它停止，当空还洒着霏霏细雨的时候，不知从什么地方跳来一些人，起先还少，慢慢增多了，有一二十人，这些人都赤裸着身体，冲到涨着大水的激流里，他们飞速地跑，敏捷地从河里捞取一些木材，他们彼此叫唤着，冲到①河的深处，激流大涛几乎把他们卷走，但他们却又举着一截大木从翻滚的水中走来了。两岸的人便惊叹着（河的两岸已经②站了好些人）。这些人不知道寒冷，这时是很冷的呵！这些人不知道惊险，拿生命去和水搏斗，就只因为是捞取③那一点点木材吗？他们那么快乐地嘶叫，互相鼓舞，不甘落后的奋勇，就只是一点点小利而使他们那样高兴的吗？他们是在享受着他们最高的快乐，最大的胜利的快乐，而这快乐是站在两岸的人不能得到的，是不参加战斗，不在惊涛骇浪中搏斗，不在死的边沿上去取得生的胜利的人无从领略到的。只有在不断的战斗中，才会感到生活的意义、生命的存在，才会感到青春在生命④内燃烧，才会感到光明和愉快呵！

一九四一年九月

---

① 初刊本作"常常跑到"。

② 初刊本作"已经在雨将住的时候"。

③ 初刊本作"夺取"。

④ 初刊本作"身体"。

我们需要杂文*

有一位理论家曾向我说过："活人很难说，以后谈谈死人吧。"我懂得这意思，因为说活人常要引起纠纷，而死人是永无对证，更不致有文人相轻，宗派观念，私人意气……之讽刺 ① 和责难。为逃避是非，以明哲保身为原则自然是很对的。

另外的地方，也有人这样说："还是当一个好群众，什么意见都举手吧。"

甚至像这样应该成为过时的哀怨 ② 我也听到过很多了："我是什么东西，说句话还不等于放个屁吗！"

这些意见表现了什么，表现了我们还不懂得如何使用民主，如何开展自我批评和自由论争，我们缺乏气度，缺乏耐心倾听别人的意见，同时，也表现了我们没有勇气和毅力，我们怕麻烦，我们怕碰钉子，怕牺牲，只是偷懒——在背地里咕咕咕咕。

有人肯说，而且敢说了，纵使意见还不完全的正确，而一定有人神经过敏地说这是有作用，有私人的党派、长短之争。这是破坏团结，是瞎闹……绝不会有人跟着他再争论下去，使他的理论更臻完善。这是我们生活的耻辱。

凡是一桩事一个意见在未被许多人明了以前，假如有人去做了，

---

* 本文初刊于《解放日报》副刊《文艺》1941 年 10 月 23 日。收入《丁玲全集》第 7 卷。

① 初刊本作"讥讽"。

② 初刊本作"幽怨"。

首先得着的一定是非难。只有不怕非难，坚持下去的才会胜利。鲁迅先生是最好的例子。

鲁迅先生因为要从医治人类的心灵下手，所以放弃了医学而从事文学。因为看准了这一时代的病症，需要最锋利的刀刺，所以从写小说而到写杂文。他的杂文所触及的物事是包括了中国整个社会的。鲁迅先生写杂文时曾经被很多"以己之短轻人所长"的文人们轻视过，曾经被人骂过是写不出小说才写杂文的。然而现在呢，鲁迅先生的杂文成为中国最伟大的思想武器①，最辉煌的文艺作品，而使人却步了。

一定要写出像鲁迅先生那样好的杂文才肯下笔，那就可以先下决心不写。文章是要在熟练中进步的，而文章不是为着荣誉，只是为着真理。

现在这一时代仍不脱离鲁迅先生的时代，贪污腐化，黑暗，压迫屠杀进步分子，人民连保卫自己的抗战自由都没有，而我们却只会说："中国是统一战线的时代呀！"我们不懂得在批评中建立更巩固的统一，于是我们放弃了我们的责任。

即使在进步的地方，有了初步的民主，然而这里更需要督促、监视，中国的几千年来的根深蒂固的封建恶习，是不容易铲除的，而所谓进步的地方，又非从天而降，它与中国的旧社会是相连结着的。而我们却只说在这里是不宜于写杂文的，这里只应反映民主的生活，伟大的建设。

陶醉于小的成功，讳疾忌医，虽也可以说是人之常情，但却只是懒惰和怯弱。

鲁迅先生死了，我们大家常常说纪念他要如何如何，可是我们却缺乏学习他的不怕麻烦的勇气，今天我们以为最好学习他的坚定的永远的面向着真理；为真理而敢说，不怕一切。我们这时代还需要杂文，我们不要放弃这一武器。举起它，杂文是不会死的。

一九四一年十月

---

　① 初刊本作"思想书籍"。

"三八"节有感*

"妇女"这两个字，将在什么时代才不被重视，不需要特别的被提出呢？

年年都有这一天。每年在这一天的时候，几乎是全世界的地方都开着会，检阅着她们的队伍。延安虽说这两年不如前年热闹，但似乎总有几个人在那里忙着。而且一定有大会，有演说的，有通电，有文章发表。

延安的妇女是比中国其他地方的妇女幸福的。甚至有很多人都在嫉羡地说："为什么小米把女同志吃得那么红胖？"女同志在医院，在休养所，在门诊部都占着很大的比例，似乎并没有使人惊奇，然而延安的女同志却仍不能免除那种幸运：不管在什么场合都最能作为有兴趣的问题被谈起。而且各种各样的女同志都可以得到她应得的非议①。这些责难似乎都是严重而确当的。

女同志的结婚永远使人注意，而不会使人满意的。她们不能同一个男同志比较接近，更不能同几个都接近。她们被画家们讽刺："一个科长也嫁了么？"诗人们也说："延安只有骑马的首长，没有艺术家的首长，艺术家在延安是找不到漂亮的情人的。"然而她们也在某种场合聆听着这样的训词："他妈的，瞧不起我们老干部，说是土包子，要不是我们土包子，你想来延安吃小米！"但女人总是要结婚的。（不结婚

---

* 本文初刊于《解放日报》副刊《文艺》1942 年 3 月 9 日。收入《丁玲全集》
第 7 卷。

① 初刊本作"诽议"。

更有罪恶，她将更多地被作为制造谣言的对象，永远被诬蔑。）不是骑马的就是穿草鞋的，不是艺术家就是总务科长。她们都得生小孩。小孩也有各自的命运：有的被细羊毛线和花绒布包着，抱在保姆的怀里；有的被没有洗净的布片抱着，扔在床头啼哭，而妈妈和爸爸都在大嚼着孩子的津贴（每月二十五元，价值二斤半猪肉），要是没有这笔津贴，也许他们根本就尝不到肉味。然而女同志究竟应该嫁谁呢，事实是这样，被逼着带孩子的一定可以得到公开的讥讽："回到家庭了的娜拉。"而有着保姆的女同志，每一个星期可以有一次最卫生的交际舞，虽说在背地里也会有难听①的蜚语悄声的传播着，然而只要她走到哪里，哪里就会热闹，不管骑马的，穿草鞋的，总务科长，艺术家们的眼睛都会望着她。这同一切的理论都无关，同一切主义思想也无关，同一切开会演说也无关。然而这都是人人知道，人人不说，而且在做着的现实。

离婚的问题也是一样。大抵在结婚的时候，有三个条件是必须注意到的。一、政治上纯洁不纯洁；二、年龄相貌差不多；三、彼此有无帮助。虽说这三个条件几乎是人人具备（公开的汉奸这里是没有的。而所谓帮助也可以说到鞋袜的缝补，甚至女性的安慰），但却一定堂皇地考虑到。而离婚的口实，一定是女同志的落后。我是最以为一个女人自己不进步而还要拖住她的丈夫为可耻的，可是让我们看一看她们是如何落后的。她们在没有结婚前都抱着有凌云的志向，和刻苦的斗争生活，她们在生理的要求和"彼此帮助"的蜜语之下结婚了，于是她们被逼着做了操劳的回到家庭的娜拉。她们也唯恐有"落后"的危险，她们四方奔走，厚颜地要求托儿所收留她们的孩子，要求刮子宫，宁肯受一切处分而不得不冒着生命的危险悄悄地去吃堕胎的药。而她们听着这样的回答："带孩子不是工作吗？你们只贪图舒服，好高骛远，你们到底做过一些什么了不起的政治工作！既然这样怕生孩子，

---

① 初刊本作"难比"。

生了又不肯负责，谁叫你们结婚呢？"于是她们不能免除"落后"的命运。一个有了工作能力的女人，而还能牺牲自己的事业去作为一个贤妻良母的时候，未始不被人所歌颂，但在十多年之后，她必然也逃不出"落后"的悲剧。即使在今天以我一个女人去看，这些"落后"分子，也实在不是一个可爱的女人。她们的皮肤在开始有褶皱，头发在稀少，生活的疲惫夺取她们最后的一点爱娇。她们处于这样的悲运，似乎是很自然的，但在旧社会里，她们或许会被称为可怜，薄命，然而在今天，却是自作孽，活该。不是听说法律上还在争论着离婚只须一方提出，或者必须双方同意的问题么？离婚大约多半是男子提出的，假如是女人，那一定有更不道德的事，那完全该女人受诅咒。

我自己是女人，我会比别人更懂得女人的缺点，但我却更懂得女人的痛苦。她们不会是超时代的，不会是理想的，她们不是铁打的。她们抵抗不了社会一切的诱惑和无声的压迫，她们每人都有一部血泪史，都有过崇高的感情（不管是升起的或沉落的，不管有幸与不幸，不管仍在孤苦奋斗或卷入庸俗），这对于来到延安的女同志说来更不冤枉，所以我是拿着很大的宽容来看一切沦为女犯的人的。而且我更希望男子们，尤其是有地位的男子，和女人本身都把这些女人的过错看得与社会有联系些。少发空议论，多谈实际的问题，使理论与实际不脱节，在每个共产党员的修身上都对自己负责些就好了。

然而我们也不能不对女同志们，尤其是在延安的女同志有些小小的企望；而且勉励着自己，勉励着友好。

世界上从没有无能的人，有资格去获取一切的。所以女人要取得平等，得首先强己。我不必说大家都懂得。而且，一定在今天会有人演说的"首先取得我们的政权"的大话，我只说作为一个阵线中的一员（无产阶级也好，抗战也好，妇女也好），每天所必须注意的事项。

第一，不要让自己生病。无节制的生活，有时会觉得浪漫，有诗意，可爱，然而对今天环境不适宜。没有一个人能比你自己还会爱你的生命些。没有什么东西比今天失去健康更不幸些。只有它同你最亲近，好好注意它，爱护它。

第二，使自己愉快。只有愉快里面才有青春，才有活力，才觉得生命饱满，才觉得能担受一切磨难，才有前途，才有享受。这种愉快不是生活的满足，而是生活的战斗和进取。所以必须每天都做点有意义的工作，都必须读点书，都能有东西给别人，游惰只使人感到生命的空白，疲软，枯萎。

第三，用脑子。最好养成一种习惯，改正不假思索，随波逐流的毛病。每说一句话，每做一件事，最好想想这话是否正确？这事是否处理得得当，不违背自己做人的原则，是否自己可以负责。只有这样才不会有后悔。这就叫通过理性，这，才不会上当，被一切甜蜜所蒙蔽，被小利所诱，才不会浪费热情，浪费生命，而免除烦恼。

第四，下吃苦的决心，坚持到底。生为现代的有觉悟的女人，就要有认定牺牲一切蔷薇色的温柔的梦幻。幸福是暴风雨中的搏斗，而不是在月下弹琴，花前吟诗。假如没有最大的决心，一定会在中途停歇下来。不悲苦，即堕落。而这种支持下去的力量却必须在"有恒"中来养成。没有大的抱负的人是难于有这种不贪便宜，不图舒服的坚忍的。而这种抱负只有真真为人类，而非为自己的人才会有。

一九四二年"三八"节清晨

附记：文章已经写完了，自己再重看一次，觉得关于企望的地方，还有很多意见，但因发稿时间紧迫，也不能整理了。不过又有这样的感觉，觉得有些话假如是一个首长在大会中说来，或许有人认为痛快。然而却写在一个女人的笔底下，是很可以取消的。但既然写了就仍旧给那些有同感的人看看吧。

中国的春天

——为苏联《文学报》而写*

　　今天，是一九五二年春天的日子，是温和的阳光落在我书桌上的时候，是雪在悄悄融化的时候，是我阔步走在莫斯科广场的时候，是苏联的和平建设，高度的文化教育着我的时候，一个题目来到我的生活里面。它像淡黄色的阳光一样来到我的书案上，它清楚地美丽地被写在我的洁白的稿纸之上，它深刻地印入我的脑子里：啊，"中国的春天"，中国的春天啊！"中国"这两个字不就是春天的化身么？当你想起中国的时候，你就看见无处不是新鲜，一切新事物都在绚丽的阳光之下，在温柔的和风之下发芽，蓬蓬勃勃地生长着，四处都感觉得到有一种不可压制的力量。这个力量正如果戈理所形容过的永远追不着的三驾马车，"地面在它底下飞扬着尘土，桥在发吼，一切都留在它的后面"。中国啊！中国正在奔向光明，奔向集体化，奔向毛泽东所指示的方向。

　　"中国"，春天的中国，当我要为你讴歌的时候，从我的心中，好像升起了一股喷泉。我无法清理这些汹涌的热情，也来不及找到恰当的语言。我羡慕莫斯科大剧院的歌手，他们的确能把他们所要表现的、所应该表现的情感，倾泻无余，而又恰如其分地感染着人们的心。但我不管这些，我要欢呼！我要用我的全力欢呼：中国！人民的中国，毛泽东的中国啊！你带来了浓郁的春的气息，百花齐放；带来了生命，

＊　本文初刊于《人民日报》1952 年 5 月 1 日第三版。收入《丁玲全集》第 7 卷。

活泼有力而且是温暖和幸福！

　　然而，当我为你讴歌的时候，为你的今天而讴歌的时候，我却不得不想起了你的昨天——严寒的冬天。你曾经用过多么艰难的步子，走了一个长长的历史阶段。你在几十年之中，把九百六十万①平方公里的土地，翻了一个身，你使五万万人都自由地站立起来，你打倒了几千年的封建制度，你在自己的领土上消灭了万恶的法西斯、帝国主义侵略者。你发扬了中国人民传统的美德，勤劳和勇敢；你又在肃清资产阶级所留下的腐化的庸俗的思想。中国是在斗争之中长大的，她还在斗争中。她为着她的理想，要战胜一切阻碍她前进的力量。

　　现在，让我们回到一个古老的时代去吧。是果戈理的时代，是托尔斯泰的时代，是谢甫琴科②的时代，是高尔基的童年的时代，我诞生了，诞生在中国的二十世纪的第一个十年中。虽说在俄罗斯已经是"暴风雨中的海燕"时期，有了列宁和斯大林领导的革命，但我出生的那个乡村，有什么不同于果戈理小说中、谢甫琴科的诗句中的情形呢？今天苏联的儿童，戴着红领巾，走到儿童宫去学习科学和艺术。可是，是些什么东西在那时教育着我呢？当我还是一个应当捉迷藏和跳绳的幼年，没有什么旁的，只有封建地主家庭的黑暗腐朽和一切暴政，以及吃人的礼教。人们都是这样。人们得学习着忍受，锻炼坚强的意志，和储蓄着一切反抗的力量。我没有学习到什么，和我同时代的许多人一样，只学到一个思想："旧的应该打毁，要砍断一切锁链！要冲破牢笼，为了光明，为了祖国，要做一个时代的、社会的、家庭的叛逆。"

　　我也曾有过最可羡慕的青春。我应该充满了生的喜悦。我应该去跳舞、去滑冰。可是我有什么可以骄傲的呢？我只是像一个灯蛾，四处乱闯地飞，在黑暗中找寻光明。我甚至像一个老妇人，伏在地上，

---

① 初刊本作"九百五十九万七千"。

② 初刊本作"雪甫琴科"，下同。

亲着潮湿的土地而哭泣。我觉得我的身子太轻了，负载不了这时代的苦痛。我曾在中国有名的杭州住过，这曾为外国诗人们所称赞过的地方。但我只能在山巅上高歌，以排遣我的抑郁。我甚至一点也感觉不到湖山的美丽。我也曾踯躅在旧北京的街头，如一个饕餮者贪馋地去吞食知识，想从西方文化中得到道路。我到今天还不愿仔细地去回忆那可悲的青年时代，应该像春花一样美丽的时代，却填满了忧愁，愤慨，挣扎，和反抗。然而我也应该感到愉快，就在这样的年代中，我慢慢地走到了实际，我找到了真理，我和人民在一起，我站在一个多么可爱的人的麾下，毛泽东的麾下，充当一名小小的兵士。我和许多年轻人一样，投身到热烈的革命的火焰当中。我们已经不再醉酒狂歌，而是举起革命的火把，唱着"起来，饥寒交迫的奴隶……"我们已经不再徘徊街头，而是以整齐的步伐，向反动者进军！我们是在毛泽东的指导下，开始了新的生命。曾经是多么困苦的，但走过来了，走在到光明去的大道上了。走到一个有伟大理想的大道上了。我们有马克思列宁主义，我们有斯大林，我们有毛泽东！

中国人民在毛泽东的旗帜下，进行着复杂的、曲折的、异常艰苦的革命斗争。早在一九二六年间我们就曾经胜利过。可是绅士们再也不能酣睡了，他们发抖，他们叫嚣，连知识分子的脸也变白了。于是反动者们出卖了革命，出卖了人民胜利的果实。我们还能忘记一九二七年反动者所给我们的血的教训么？我们走到哪里，哪里都在逮捕和屠杀。四处都布满了白色恐怖。但是，啊！你，毛主席，你把红旗在井冈山上高高升起，你像一线阳光照在人们心头，你像黑夜中海上的灯塔，你指引着革命的方向，鼓舞了人们的斗志，你把希望和信心传播给人们。第二次国内革命战争在南北十几个省份野火般地燃烧起来了！革命的力量聚集起来了，革命的经验在积累着。毛主席！你知道现在这些老区的人们是多么骄傲地谈着他们的过去，远远近近的人民又多么向往着这革命的圣地啊！

人们最不忘的，永远要被诗人们当着歌颂的题材的，是二万五千里长征。铁的红军，从江西走到陕北，他们在崎岖的山路上，在惊险的浪涛中，在没有飞鸟也没有野草的雪岭上，在无边无际的草泽中行进。他们还通过一个少数民族区，又通过一个少数民族区。他们前边有敌人，后边有追兵，左边是反动派，右边是地主们的武装，可是没有什么东西可以阻挡这"铁流"。他们创造了一个奇迹又一个奇迹，当一个红军的兵士在月夜的草原上，想起了家乡的歌谣的时候，他跟着就想起了那睡在离他们不远的毛主席。他们就再也不能睡了，他们要守护这块土地。他们就要擦亮他们的枪，为着那个睡在他们不远地方的毛主席去杀敌。二万五千里的长征胜利了。这长征，这胜利，本身就是一首伟大的史诗。诗人们写了，留下了不少的诗篇，可是我们最爱读的，百读不厌的，写出了这气吞山河的长征的诗的，也还是这史诗最重要的创作者，毛泽东同志。我们愿意再温习一下这感情，我们愿意再朗诵这首名诗：

> 红军不怕远征难，万水千山只等闲；
> 五岭逶迤腾细浪，乌蒙磅礴走泥丸。
> 金沙水拍云崖暖，大渡桥横铁索寒；
> 更喜岷山千里雪，三军过后尽开颜。

中国革命的中心到了陕北，毛主席驻在延安。延安这小小的偏僻的山城，便成为世界的名城。抗日的统一战线在这里，抗日战争的胜利也在这里，革命的力量扩大和巩固在这里，马克思列宁主义的理论学习也在这里。延安啊！你曾经培养了多少干部、改造了多少人的思想。你那个大礼堂上，到今天还留着毛主席的题字："实事求是"。所有在延安住过的人，都曾把你当一个家，唯一的家，都舍不得离开，离开了便永远怀念。陕北的人民，原就是长于歌唱的人民，自从有了毛主席，他们就更会歌唱了，更爱歌唱了。老农民孙万福见了毛主席，口诵了许多的诗，到现在这首歌唱遍了中国二十几个省："高楼万丈平地起，盘龙卧虎高山顶，解放区的太阳是红又红，咱们的领袖毛泽东！"农民李增正唱出了所有人们心中的话："东方红，太阳升，中国出了个毛泽东，他为人民谋幸福，他是人民大救星。"这个歌，我在莫斯科听到过，在斯大林格勒听到过，在格鲁吉亚的首都第比利斯也听到过。苏联的朋友们啊！我想你们会懂得我听了这陕北小调后所涌起的无尽的情感啊！

抗日战争胜利了，解放战争胜利了，毛主席引导着我们从一个胜利到一个胜利。胜利的红旗，人民解放的红旗，和平的红旗从北往南插，从东又插到西。全中国解放了。新中国诞生了。从世界的东方，升起了曙光。全世界爱好和平的人们，拍手欢呼。中国的解放，给世界和平增加了多少力量。新中国是站在拥护和平的一面，站在苏联的一面，站在斯大林同志的一面！

那一天，一九四九年的十月一日。北京的天，蓝湛湛的，北京的人们穿着新衣，心里被烧着似的兴奋，心随着歌声，随着"万岁"的呼声飞向一个地方，天安门。人的河流也奔向天安门。天安门前的广场上是一片人的海，旗帜的海。红色的波浪翻滚着。人们重复着一个声音："毛泽东万岁！"人人仰首望，天安门上也站满了人，人人在人丛中找，啊，那个高大的个子正是人民心上的人。啊！毛泽东！啊，毛主席！我们要永远跟着你，永远服务于人民，做一个不掉队的小兵。这一天，毛主席站出来了，人人都看见了他，他的声音响彻了天安门，响彻了北京，响彻了全中国，也响彻了全世界，他宣布了新中国的诞生，中央人民政府的成立。新的一切，便从这一天开始了，春天来了，中国的春天啊！

在春天的中国，人民的生活，起着巨大的变化。天津有一个姚大娘，她曾经这样说过："我，是一个穷苦老婆子，过去，在日本和国民党统治的时候，挨饿受冻，受尽欺凌侮辱。我男人蹬三轮车，摔坏了腿没钱治，我儿子卖冰，拉大车，赚来的钱不够全家人吃山芋面的，孩子们饿得哭，我生小孩两天没进一口汤水，饿得眼前冒金星，从炕上摔下来……"可是现在呢,她说:"解放后我们的日子一步登了天,我们吃得饱,穿得暖,再也不受气。我两个儿子都在工厂有了工作。"这个姚大娘在镇压反革命运动中,她逮住了一个特务。人民四处表扬了她,她便又说道:"这本来是我分内的事,可是人民却那么热情地拥护我,送我很多锦旗和礼物,请我到各处做报告,报上也登了我,我心里真说不出是怎么个滋味,我黑夜睡不着觉,就想:这别是做梦吧,一个穷人还能有今天? 连市长见了面还和我握握手。"她猛地坐了起来,看见满屋子悬挂的耀眼的镜子,彩色缤纷的锦旗,她忽然在这些中间看见一张像片,毛主席的像片,她于是兴奋地叹道:"这是真的啊! 我有了今天不就是他,毛主席,共产党给我的么?"

人民的生活改善了,人们的要求便也不同了。七十岁的老人们也每天夹^①着书本去到识字班,他们不愿落在年轻人后边。湖南《大众报》在报纸上讨论土地改革、生产、时事问题,有一千个左右的农民很热情地写稿来参加讨论。全国农业劳动模范李顺达,农业生产合作社的旗帜,他在一九五一年的七月写信给毛主席,说的是他思想认识上的变化。他一个普通农民懂得了城乡关系,懂得了工人阶级的领导作用,懂得了要关心政治,学习马克思列宁主义! 农村里在大量地使用新的技术和新的农具,他们从变工互助慢慢地走到农业生产合作社。他们采用按劳动日计酬的办法,他们还逐渐地增加着公有的生产资料。而且在东北的北满草原上,在松花江的南岸,一个幸福的集体农庄出现了。庄员们按社会主义的原则,各尽所能,按劳分配^②。他们一年一年地改进了管理方法,他们有丰富的收成。他们过着幸福的生活,他们每家有几间房子,房子里有电灯。他们有过节日的衣裳,书架上摆上了新书。他们读《社会发展史》,他们读《米丘林生平》,有人读《我们的目的是共产主义》,有人读《新文学教程》。这个完全理想的生

---

① 初刊本作"挟"。
② 初刊本作"按劳取酬"。

活实现了，这个新闻正被全国农民注意着，他们正走向苏联农民那样幸福的环境。他们的灿烂的前程，就是我们大家的远景。赶上去啊！全中国的农民啊！这并不辽远，只要我们努力，我们很快便要同他们一样的哪。

工业的成就，数不清。铁路增多了，江河畅流了。人们坐着宽敞的新的列车，飞驰着前进，车窗外展现出那么美丽的肥沃的辽阔的田野。车窗内人们听着音乐，读着书。"一定要把淮河修好"是毛主席的伟大号召，人民响应了这个号召，三百万人组成了一支雄壮的大军，他们要改变历史，要和自然斗争。工人教农民学技术，干部团结着技术专家，他们联合在一起展开了和洪水赛跑、和时间赛跑的激烈战斗。淮河修好了，千百年来为灾为害的祸水驯服了，他们有了闸，有了水库，还要有电气化。淮河将要成为一条美丽的河，一条可爱的河了。

工人阶级摆脱了压迫，成为国家的领导阶级后，就自然有了主人翁的感觉，树立起新的劳动态度，生产率一天天提高，一个新纪录压倒一个新纪录。他们提出劳动竞赛，他们订立爱国公约，他们开展技术改进和合理化建议运动。劳动模范像雨后春笋地争着出来了。这短短的白纸写不尽他们的新的成绩，和那些光荣的名字。而且他们进工人学校了，进人民大学了，进中央文学研究所了。他们的文章登在《人民日报》上，登在《工人日报》上，登在《文艺报》上，登在《人民文学》上，他们在劳动人民文化宫上演了他们自己的戏，《不是蝉》这个戏自石家庄演到太原，又从北京演到上海，工人们爱看，作家们为他们开座谈会。他们要件件事都走在前边。

人们在一切的运动中，迅速地变了样。人们抛弃了自私自利，生长了爱国主义和国际主义。抗美援朝了，人人都起来保卫和平，这里示威，那里游行。年轻人上了前线。老太太们也拿着簿子，征求人们在和平书上签名。我们的志愿军从一九五〇年十月到现在一直是和朝鲜人民军并肩作战，不顾美帝国主义残酷的轰炸，和全世界人民反对细菌武器的袭击。绿山烧成黑山，黑山又被炸成黄山，土地变色了，鲜明的红旗却屹立在阵地上。在最艰难的日子里，他们把来自祖国的香烟盒中的画片钉在战壕里，"祖国啊，我要为你战斗到底！"全中国的老老小小都明白，我们的战士最可爱。他们是人民的战士，是和平的保卫者，他们永远忠于自己的神圣的职责。

中国是胜利了，中国到处都充满了春天的阳光。中国正走在开满鲜花的道路上。喝水的要不忘挖井的人，是谁使我们这样？老百姓都在歌唱，是毛主席的恩情，是共产党的主张，是斯大林同志的教导和苏联人民的帮助。中苏两国人民永远的牢不可破的友谊，成了世界和平的保障。

中国胜利了，中国四处都充满了春天的阳光，中国正走在开满鲜花的道路上。毛主席告诉我们：这只是万里长征走完了第一步。我们还要进行长期的复杂而艰苦的斗争，才能保住我们已得的胜利，才能获得更大的胜利。中国人民一定按照毛主席的指示，逐步进到社会主义和共产主义。

今天，是一九五二年的春天的日子，是中国在原来的成就上更向前飞跃发展的时候。我跟随着中国人民，爬过了一座山又一座山，渡过了一个浪潮又一个浪潮，到现在走进了这幸福的年代。我越活下去，我就越充满了爱。我爱新生的一切，我爱这朝气勃勃的祖国。我爱新的人民，在毛泽东教养下，一切都变得那样好的人民。我看见我们的妇女都打破了封建的锁链，得到了解放，她们在各种岗位上都和男子们一样。我看见我们的孩子们戴着红领巾，受着日趋完美的教育。我看见我们的老年人都年轻了，满怀着对世界的希望。我看见落后的正在变好①，劳动改造了他们。我们已不再褴褛，过去苍白的面孔上，现在已经充满了血色。中国人是多么漂亮而有精神的人啊！我到处看见的都是阳光，我到处都感觉得到生的气息、生的力量和生的喜悦。我曾经悲叹过的、忧愁过的中国，现在到处都是欢乐，到处都听到雄壮

① 初刊本作"坏人都变好了"。

的歌。我曾经以我的笔作为武器，去揭露黑暗，反抗暴力，现在我要以我的笔去歌颂新生活的一切。虽然在我的鬓边，已经悄悄地爬上了白发，但我却觉得好像生命才开始。我同中国一样，同中国人民一样，有的是充沛的力量。我好像成天都在诗的境界，诗的句子常常涌到我的心中，我要为中国而创作，我要为毛主席而创作。我常有一个希望，让春天的中国在我的创作中发芽吧，生长吧。让我好好拥抱着春天的中国！

一九五二年三月写于莫斯科，四月改于北京

记游桃花坪*

　　天蒙蒙亮的时候，隔着玻璃窗户望不见一点红霞，天色灰暗，只有随风乱摆的柳丝，我的心就沉重起来了。南方的天气，老是没一个准，一会儿下雨，一会儿天晴，要是又下起雨来，我们去桃花坪的计划可就吹了。纵使去成了，也会减低很多兴趣的。不知道为什么，那种少年时代等着上哪儿去玩的兴头、热忱和担心，非常浓厚地笼罩着我。

　　我们赶快起身，忙着张罗吃早饭。机关里很多见着我们的人，也表示担心说道："今天的天气很难说咧。"好像他们都知道了我们要出门似的。真奇怪，谁问你们天气来着，反正，下雨我们也得去。不过，我们心里也的确同天色一样，有些灰，而且阴晴不定着咧。

　　本来昨天约好了杨新泉，要他早晨七点钟来我们这里一道吃早饭，可是快八点了，我们老早把饭吃好了，还不见他来。他一定不来了，他一定以为天气不好，我们不会去，他就不来了，他一定已经兀自走了，连通知我们一声也不通知，就回家去了。这些人真是！我一个人暗自在心里嘀咕，焦急地在大院子里的柳树林下徘徊。布谷鸟在远处使人不耐地叫唤着。

　　忽然从那边树林下转出来两个人。谁呢？那走在后边的矮小个儿，不正是那个桃花坪的乡支部书记杨新泉么？这个人个子虽小走路却麻

＊　本文初刊于《人民日报》1954 年 4 月 17 日第三版。收入《丁玲全集》第 5 卷。

利，他几下就走到我面前，好像懂得我的心事一样，不等我问就说起来了。"丁同志，你没有等急吧。我交代了一点事才来。路不远，来得及。"他说完后不觉地也去看了看天，便又补充道："今天不会下雨，说不定还会晴。"他说后便很自然地笑了。

不知怎么搞的，我一下就相信了他，把原来的担心都赶走了。我的心陡然明亮，觉得今天是个好天气。正像昨天一样：昨天下午我本来很疲乏了，什么也不想干，但杨新泉一走进来，几句话就把我的很索然的情绪变得很有兴致；我立刻答应他的邀请。他要请我吃粑粑，这还是三十年前我在家读书的时候吃过的，后来在外边也吃过很多样子的年糕，但总觉得不如小时吃的粑粑好。杨新泉他要请我吃粑粑，吃我从前吃过的粑粑，那是我多么向往着和等待着的啊！

我们一群人坐汽车到七里桥。七里桥这地方，我小时候去过，是悄悄地和几个同学去看插秧的，听说插秧时农民都要唱秧歌，我们赶去看了，走得很累，满身大汗，采了许多野花，却没有听到唱歌。我记得离城不近，足足有七八里，可是昨天杨新泉却告诉我一出城就到。我当时想，也许他是对的，这多年来变化太大了，连我们小时住的那条街都没有了，七里桥就在城边是很可能的。可是我们还是走了好一会儿，才走到堤上。这堤当然是新的，是我没见过的，但这里离城还是有七八里路。我没有再问杨新泉。他呢，一到堤上就同很多人打招呼，他仿佛成了主人似的抢着张罗雇船去了。

我们坐上一个小篷篷船。年老的船老板仰着头望着远处划开了桨，我们一下就到了河中心，风吹着水，起着一层层鱼鳞一样的皱纹。桨又划开了它。船在身子底下微微晃动，有一种生疏的却又亲切的感觉。

我想着我小时候有一次也正是坐了一个这样的小篷篷船下乡去躲"反"，和亲戚家的姑娘们一道，好像也正是春天。我们不懂得大人们正在如何为时局发愁，我们一到船上就都高兴了起来，望着天，望着水，望着岸边上的小茅屋，望着青青的草滩，我们说不完的话，并且唱了起来。可是带着我们去的一个老太太可把我们骂够了，她不准我们站在船头上，不准我们说话，不准唱歌，要我们挤坐在舱里。她说城里边有兵，乡下有哥弟会，说我们姑娘们简直不知道死活呢……可是现在呢，我站在船头上，靠着篷边，我极目望着水天交界的远处，风在我耳边吹过，我就像驾着云在水上漂浮。我隔着船篷再去望船老板，想找一点旧日的印象，却怎么也找不到。他好像对划船很有兴致，好像是来游玩一样，也好像是第一次坐船一样，充满着一种自得其乐的神气。

船转过了一个桥，人们正在眺望四周，小河却忽然不见了，一个大大的湖在我们面前。一会儿我们就置身在湖中了，两岸很宽，前面望不到边。这意外的情景使我们都惊喜起来，想不到我们今天来这里游湖。可是也使我们担忧今天的路程，哪里会是杨新泉所说的只一二十里路呢。于是有人就问："杨新泉，到你们家究竟有多远？"

"不远。过湖就到。"

"这湖有多少里？船老板"？

"这湖么，有四十里吧。"

"没有，没有。"杨新泉赶忙辩说着，"我们坐船哪一回也不过走两个多钟头。"

"两个多钟头？你划吧，太阳当顶还到不了呢。"

杨新泉不理他，转过脸来笑嘻嘻地说道："丁同志，我包了，不会晚的，你看，太阳出来了，我说今天会晴的。"

我心里明白了，一定是他说了一点小谎，可是他是诚恳的。这时还有人逼着问，到底桃花坪有多远。杨新泉最后只好说，不足四十里，只有三十七里。当他说有三十七里的时候，也并不解释，好像第一次说到这路程似的，只悄悄地望了一望我。

他是一个很年轻的人，二十三岁，身体并不显得结实，一看就知道是受过折磨的，他的右手因小时放牛，挨了东家的打，到现在还有些毛病，可是他很精干，充满了自信和愉快。你可以从他现在的精明处想象到他的多变的、灾难①的幼年生活，但一点也找不到过去的悲苦。他当小乞丐，八岁就放牛，挨打，从这个老板家里转到那个老板家里，当小长工。他有父亲、母亲、弟弟、妹妹，他却没有过家，他们不是当长工，就是当乞丐。昨天他是多么率直地告诉我道："如今我真翻身翻透了，我什么都有啦，我翻身得真快啊！我的生活在村子里算不得头等，可是中间格格，你看，我年前做粑粑都做了不少米啦。"

我告诉同去的几个人，他是到过北京，见过毛主席的。大家都对他鼓掌，便问他去北京的情形。他就详细地讲述他参观石景山钢铁厂，参观国营农场的感想。我问船老板知道这些事情不，他答道："怎么会不知道？见毛主席那不是件容易事。杨新泉那时是民兵中队长，我们这一个专区，十来个县只选一个人去，去北京参加十月一号的检阅。毛主席还站在天安门上向他们喊民兵同志万岁。几十万人游行，好不热闹……"大家都听笑了，又问他，"你看见了么？"他也笑着答："那还想不出来？我没有亲眼得见，我是亲耳听得的，杨新泉在我们乡做过报告，我们是一个乡的啦！"

当杨新泉同别人说到热闹的时候，船老板轻轻地对我说：他看着他长大的，小的时候光着屁股，拖着鼻涕，常常跟着他妈讨饭，替人家放牛，很能做事，也听话，受苦孩子嘛，不过，看不出有什么出息。一解放，这孩子就参加了工作，当民兵，当农会主席，又去这里又去那里，一会儿代表，一会儿模范，真有点搞不清他了。嘿，变得可快，现在是能说能做；大家都听他，威信还不小呢。

我看杨新泉时，他正在讲他怎样参加减租退押工作，怎样搞土地改革。他的态度没有夸耀的地方，自自然然，平平常常。可是气势很壮，意思很明确。

太阳已经很高了，我们都觉得很热，可是这个柳叶湖却越走越长。杨新泉这时什么也不说，他跨到船头，脱去上身的小棉袄，就帮助划

---

① 初刊本作"挫折"。

起桨来。他划得很好，我们立刻赶过了几只船，那些船上的人也认得他们，和他们打招呼，用热烈的眼光望着我们。

还不到十二点，船就进了一个小汊港，停泊在一个坡坡边。这里倒垂着一排杨柳，柳丝上挂着绿叶，轻轻地拂在水面。我们急急地走到岸上，一眼望去，全是平坦坦的一望无际的水田，田里都灌满了水，映出在天空浮动的白云。一大片一大片的油菜地，浓浓地厚厚地铺着一层黄花，风吹过来一阵阵的甜香。另一些地里的紫云英也开了，淡紫色的，比油菜花显得柔和的地毯似的铺着，稍远处蜿蜒着一抹小山，在蓝天上温柔地、秀丽地画着一些可爱的线条。那上边密密地长满树林，显得翠生生的。千百条网似的田堰塍平铺了开去。在我们广阔的胸怀里，深深地呼吸到滋润了这黑泥土的大气，深深地感到这桃花坪的丰富的收成，和和平的我们的人民①的生活。我们都呆了，我们又清醒过来，我们不约而同地都问起来了：

"你的家在哪里？"

"桃花坪！怎么没有看见桃花呀？"

"你们这里的田真好啊！"

杨新泉走在头里，指着远远的一面红旗飘扬的地方说道："那就是我的家。我住的是杨家祠堂的横屋，祠堂里办了小学。那红旗就是学校的。"

我们跟在他后边，在一些弯弯曲曲的窄的很不好走的堰塍上走着。泥田里有些人在挖荸荠，我们又贪看周围的景致，又担心脚底下。温柔的风，暖融融的太阳，使我们忘却了时间和途程。杨新泉又在那里说起了他的互助组。他说：

"咱们去年全组的稻谷平均每亩都收到七百斤。我们采用了盐水选种。今年我们打算种两季稻，每亩地怎么样也能收一千斤。那样，我们整个国家要多收多少呀！那数目可没法算，那就真是为国家增产粮

---

　　① 初刊本作"我们的人"。

食啊！对于农民自己也好呀！"

他又答复别人的问话："要搞合作社呢，区上答应了我们，这次县上召集我们开会，就是为了这事。我今年一定要搞起来，我要不带头那还像话，别人就要说话啦，说我不要紧，是说共产党员呀！"

有人又问他的田亩，又算他的收成，又问他卖了多少粮给合作社。他也是不假思索地答道："我去年收了不少。我们全家八口人有十七亩来田，没有旱地，我们收了八千来斤谷子，还有一点别的杂粮。我还了一些账，把余粮卖给合作社一千五百斤。"他说到这里又露出一丝笑容。他不大有发出声音的笑，却常常微微挂着一丝笑。我总觉得这年轻人有那么一股子潜藏的劲，坦率而不浮夸。

走到离祠堂很近时，歌声从里面传了出来，我们看见一个长得很开朗的，穿着花洋布衫的年轻的妇女匆匆忙忙从祠堂里走出来，望了我们几眼赶快就跑进侧面的屋子去了。杨新泉也把我们朝侧屋里让，门口两个小女孩迎面跑出来，大的嚷着："大哥哥！大哥哥！你替我买的笔呢？"小的带点难为情的样子自言自语地念道："扇子糖，扇子糖。"

这屋子虽是横屋，天井显得窄一点，可是房子还不错。我们一进去就到了他们的中间堂屋，在原来"天地君亲师"①的纸条子上，贴了一张毛主席像，纸条子的旧印子还看得见。屋中间一张矮四方桌子，周围有几把小柳木椅子，杨新泉一个劲儿让大家坐。我们这群同去的人都不会客气，东张西望的。有人走进右手边的一间屋子里去了，在那里就嚷道："杨新泉，这是你的新房吧。大家来看，这屋子好漂亮啊！"

我跟着也走了进去，第一眼我看见了一个挂衣架，我把衣朝上边一挂，脑子里搜索着我的印象，这样的西式衣架我好像还是第一次在农村里看见。我也笑起来了："哈哈，这是土改分的吧，你们这里的地主很洋气呢。"于是我又看见了一张红漆床，这红漆床我可有很多年没

---

① 初刊本作"天地国亲师"。

有看见了，我走上这床的踏板，坐在那床沿上。杨新泉的床上挂了一幅八成新的帐子，崭崭新的被单，一床湘西印花布的被面。两个枕头档头绣得有些粗糙的花，还有一幅帐檐，上面也有同样的绣花。这床虽说有些旧了，可是大部分的红漆还很鲜明，描金也没有脱落，雕花板也很细致。这不是一张最讲究的湖南的八步大床，可也决不是一个普通人家能有的东西。这样的床同我很熟悉，小时候我住在我舅舅家、姨妈家，叔叔、伯伯家都是睡在这样的床上的。我熟悉这些床的主人们，我更熟悉那些拿着抹布擦这个床的丫头们，她们常常有一块打湿了的细长的布条在这些床的雕花板的眼里拉过去拉过来，她们不喜欢这些漂亮的床。我在那些家庭里的身份应该是客人，却常常被丫头们把我当知心朋友。我现在回来了，回到小时候住过的地方，谁是我最亲爱的人？是杨新泉。他欢迎我，他怕我不来他家里把四十里湖说成二十里，他要煮粑粑给我吃，烧冬苋菜给我吃，炒腌菜给我吃。我也同样只愿意到他们家里来，我要看他过的日子，我要了解他的思想，我要帮助他，好像我们有过很长的很亲密的交情一样。我现在坐在他的床上，红漆床上，我是多么地激动。这床早就该是你们的。你的父亲做了一辈子长工，养不活全家，教你们母子挨打受骂，常年乞讨，现在把这些床从那些人手里拿回来，给我们自己人睡，这是多么应该的。我又回想到我在华北的时候，我走到一间小屋子去，那个土炕上蹲着一个老大娘正哭呢。她一看见我就更忍不住抱着我大哭，我安慰她，她抖着她身旁的一床烂被，哼着说："你看我怎么能补呀，我找不到落针的地方……"她现在一定也很好了，可是尝过了多么长时间的酸苦呀！……

我是不愿意让别人看见我流眼泪的，我站了起来向杨新泉道："你的妈呢，你的爹呢，他们两位老人家在哪里？你领我们去看他。"

我们在厨房里看见了两个女人。一个就是刚才在门外看见的那个年轻穿花衣裳的，是杨新泉去年秋天刚结婚的妻子。一个就是杨新泉他妈。他妻子腼腼腆腆地望着我们憨笑，灶火把她的脸照得更红，她的挑花围兜的口袋里插着国语课本。我们明了她为什么刚刚从小学校跑出来的原因了。她说她识字不多，但课本是第四册。她不是小学校学生，她是去旁听的。

我用尊敬的眼光去打量杨新泉的妈，我想着她一生的艰苦的日子，她的粗糙的皮肤和枯干的手写上了她几十年的风霜，她的眼光虽说还显得很尖利，她的腰板虽说还显得很硬朗，不像风烛残年，是一个劳动妇女的形象，但总是一个老妇人了。我正想同她温存几句，表示我对她的同情。可是她却用审查的眼光看了一看我，先问起我的年龄。当她知道我同她差不多大小，她忽然笑了，向她媳妇说道："你看，她显得比我大多了吧，我一眼就看出来了。"她马上又反过脸来笑着安慰我："你们比我们操心，工作把你们累的。唉，全是为了我们啊！现在你来看我们来了，放心吧，我们过得好咧。"是的，她的话是对的。她很年轻，她的精神是年轻的，她一点也不需要同情，她还在安排着力量建设她的更美满的生活，她有那样小的孩子，门口那两个孩子都是她的小女儿。几十年的挣扎没有消磨掉她的生命力。新的生活和生活的远景给了她很大幸福和希望。她的丈夫也很强壮，今天又去十里以外的地方打柴去了；儿子是这样的能干，在地方上出头露面，给大家办事；她又有了媳妇。她现在才有家，她要从头好好管理它，教育子女。她看不见，也没有理会她脸上的皱纹和黄的稀疏的头发。我一点也没有因为她的话有什么难受，我看见了一个健康的、充满活力的灵魂。我喜欢这样的人，我赞美她的精力，我说她是一个年轻的妇女，我鼓励她读书，要她管些村子上的事。

我们又到外边去玩，又去参观学校。这个小学校有五个教室，十来个班次，有五个教员，二百多学生。这个乡也同湖南其他的乡一样，一共有三个小学校。看来学龄儿童失学的情形是极少有的了。我们去时，孩子们刚下课，看见这一群陌生人，便一堆堆地跟在后面，一串串地围上来，带着惊喜和诧异的眼光，摸着我同伴的照相机纷纷问道：

"你们是来跟我们打针的？"

"不是打针的？那你们是来帮助生产的？"

"我知道，你们是来检查工作的！"

杨新泉那个小妹妹也挤在我们一起来玩了。她扎了一根小歪辫子，向我们唱儿歌，那些多么熟悉的儿歌啊！这些歌我也唱过的，多少年了，现在我又听到。我忽然在她的身上看见了我自己，看见了我的童稚的时代。我也留过这样的头，扎个歪辫子，我也用过这样的声调讲话和唱儿歌，我好像也曾这样憨气和逗人喜欢。可是我在她身上却看见了新的命运，她不会像我小时的那样生活，她不会走我走过的路，她会很幸福地走着她这一代的平坦的有造就的大路，我看见她的金黄色的未来！我紧紧地抱着她，亲她，我要她叫我妈妈，我们亲密地照了一个像。

我的同伴们又把杨新泉的一些奖状从抽屉里翻出来了。原来他曾参加过荆江分洪的工程，他在那里当中队指导员，当过两次劳动模范。工作开始的时候，他的劳动力是编在乙等的，我们从他的个子看也觉得只能是乙等。可是他在乙等却做甲等的工作。他的队在他的领导下也总是最先完成任务。他讲他的领导经验时也很简单："吃苦在前，不发脾气，帮助别人解决困难。"他最后又加添说："我相信共产党，我的一切是中国人民翻了身才有的，我要替人民做事。我要把一切事情都做得最好。"从荆江回来他就参加了党。

我们也读到报纸读者和《湖南青年报》写给他的信，问他卖余粮的数目，问他如何参加总路线的学习和怎样宣传。人民不只鼓励着他，而且监督着他："杨新泉！你的生活过好了，你当了干部，可是你怎样走下去，你走哪条路呢？"

杨新泉说："那不行呢，我们去年冬天学习了总路线，到县上开了十天会，从会议上才懂得，发财的思想还是很普遍呢。要是没有党的思想教育，要是我们又走错了路，我们闹了几十年运动，改革别人，结果自己又去剥削别人，你看多蠢，多冤枉！我有时想，毛主席怎么那么神明，别人都说毛主席像太阳，太阳只能照得见看得见的东西，毛主席却看见旁人看不见的东西，他把全世界的人和事情都看透了，他就这样一步一步地引导着我们。我不能那样想，我不能走错路呢。我今年一定要好好搞合作社，区上会帮助我的。要不然我对不起'他'，谁都知道我是见过'他'的。"他又那样微微挂着一丝笑。

我们又看了他学习总路线的笔记。我们很奇怪他记得那么好，他写字虽说不很熟练，却很整齐。他过去只读过一年书，这完全是解放后工作中学习得来的。他那样一个小小个子，怎么能有这样大的精力，仅仅只在四年多中间，做了那么多的事，学了那么多的东西，把一个简单的没有文化受压迫的青年农民，一下变成这样一个充满了活力，懂得很多事，也能承担各种事的党员和农村干部了。我从他一个人的身上看到整个国家的改变，真是多么地惊人啊！

我们吃了一顿非常好吃的饭，没有鸡（他们要杀的，我们怎样也不准他杀），没有肉（这里买不到），只有一条腊鱼；可是那腌菜，那豆腐乳，那青菜是多么地带着家乡风味；特别是粑粑，我还是觉得那是最好吃的。

饭后我们又和他谈了一些关于合作社的问题。已经四点钟了，他还要去乡政府开会，我们计算路程，也该回去了。他怎么样也要送我们到河边。我们便又一道走了回来。这时太阳照到那边山上，显得清楚多了，也觉得更近了一些，我们看见一团团的，云彩一样的白色的东西浮在山上。那是什么呢？杨新泉说："那里么，那是李花呀！你们再仔细看看，那白色的里面就夹着红色的云，那就是桃花呀！以前我们这里真多，真不枉叫桃花坪。不过我们这里桃花好看，桃子不好，尽是小毛桃，就都砍了，改种了田，只有那山上和靠山边的地方就还留得不少。现在你们看见了桃花了吧。"

小船还系在柳丝下，船老板一个人坐在船艄上抽旱烟。

我们只在这里待了几个钟头，却有无限的留恋。我们除了勉励这青年人还有什么话说呢？杨新泉也殷殷地叮嘱我们，希望我们再来。他说："丁同志！别人已经告诉我你是谁了。你好容易才回到几十年也没有回来过的家乡，我从心里欢迎你来我家里，看看我们的生活，我怕你不来，就隐瞒了路程，欺骗了你。我还希望你不走呢，你就住在我们这里吧，帮助我们桃花坪建设社会主义吧。"

我们终于走了。这青年人在坡上立了一会儿，一转身很快就不见了。他是很忙的，需要他做的事可多呢。他能做的。他是新的人！我虽说走了，不能留在桃花坪，可是我会帮助他的，我一定会帮助他的。

太阳在向西方落去，我也落在沉思中。傍晚的湖面显得更宽阔。慢慢月亮出来了，多么宁静的湖啊！四周围一点声音都没有。渔船上挂着一盏小小的红灯，船老板一个劲地划着。我轻轻地问他："你急什么呢？"我是很舍不得这湖，很舍不得这一天要过去，很希望他能帮助我多留一会儿，留住这多么醉人的时间！

船老板也轻轻地答应我："我还要赶到城里去看戏呢，昨天我没有买到票，今天已经有人替我买了，是好戏，《秦香莲》呢。我们很难得看戏，错过了很可惜。我们还是赶路吧，我看你们也都很累了。"

这样，我们就都帮助他荡桨，我们很快就到了堤边。我们并不累，我们很兴奋，我们明天有很多别的事，新的印象又要压过来，但我们永远也忘不了这一天。这里不只是有了湖南秀丽的山水，不只是有了明媚的春光，不只是因为看见了明朗热情的人，而且因为一切都是新的！一切都使我充满了欣喜，充满了希望，使我不得不引起许多感情。世界就是这样变了，变得这样的好！虽说我们还能找出一些旧的踪影来，可是那是多么的无力！我们就在这样的生活之中，就在这样的新的人物之中，获得了多少愉快和增加了多少力量啊！我怎么能不把这一次的游玩记下来呢，哪怕它只能记下我的感情的很少一部分。桃花坪，桃花坪呀，我是带着无比的怀恋和感谢的激情来写到你，并且拿写你来安慰我现在的不能平静的心情。

一九五四年三月十日

初 到 密 山 *

　　六月下旬的一天①，凌晨四点钟，我到了密山。这是黑龙江省东南角上的一个小县城，离兴凯湖不远，在未开发前，可能是只有十七八户人家和两三个留人小店的一个边境小屯。一九三一年，日本帝国主义侵占东北，为着军事上的需要，也为着经济侵略的需要，在这里修建了大营房，组织开拓团，开发这一片不毛之地。但是遇到了当地人民的反对和抵制，他们没有搞好久。东北解放初期，人民解放军在北大营旧址创办了第一所航空学院。我的儿子蒋祖林在一九四七年冬天，就穿着从河北建屏领到的一套薄棉衣，和几个同学，千里跋涉，来到这个学校学了几个月。这个地方真正兴旺热闹起来却是近几年的事。新中国成立以后，王震同志出任中央农垦部长，大批铁道兵部队的官兵，每年绵绵不断地涌入完达山脉，虎、饶地区，乌苏里江沿岸及兴凯湖畔，安营扎寨、屯垦戍边，大批长期鏖战在大江南北、黄河上下和鸭绿江边、大同江畔的英雄健儿们，放下枪支，拿起锄头，使这千里莽林荒原，迸发出青春的火光。在边境线上，几十个军垦农场兴建起来了。密山，便成了这些农场的指挥枢纽和后勤基地。城镇虽小，却充满了新生的气象。

　　东方升上来的太阳，照着我的身影。在密山，一个熟人也没有，我还只是孤身只影。车站很小，同所有的小车站也不一样。上下旅客

---

* 本文原题"初到密山（摘自回忆录中的一节）"，初刊于《北大荒》1982年第1期，后收入《风雪人间》。收入《丁玲全集》第10卷。

① 初刊本作"一九五八年六月下旬的一天"。

不拥挤，也不会有来迎接我的人。但我看见这里人同人都是笑容满面，都是高兴地走过来互相说几句话，好像是老友重逢。开始，我不免有点担心："该不会有人认出我来吧？"但他们彼此之间也都是这样，看来，谁都不认识我。

怎么？是不是我脸上的"金印"淡下去了？是不是我的高帽子矮了？好像没有人想追究我是谁，只要是到这里来的，就都是农垦战士，各个农场都正需要大批的人手哩。他们一视同仁，把我当成他们中间的一个。

我因为到得太早，密山农垦局的大门还关着，我便和我那位同行者一道去逛大街。大街上店铺也没开门，路上只有很少几个行人。一间卖豆腐脑的小店门口挤了不少刚下火车的人。我们去买了两碗，坐在道旁一棵柳树下吃了起来。几只早起的母鸡在我身边啄食。我们又走向山坡，望见四面八方都是新修的公路，都是通往各个农场的路。我想，我将走向哪里？看来，这里就是我今后安身立命之所。就是我"重新做人"的起点了。幸好，我可以放心，这里的人还是很和气的。但是，一旦他们知道了我带来的那份不光荣的介绍信，他们读过报（怎能不读报呢？），开过会（怎么能不开反右的会呢？），那他们将如何看待我呢？离京前，作协党组书记邵荃麟劝我下来改一个名字，想来是有道理的。只是，我如果老是骗着人，骗取人家对我的信任、对我的好感，我心里可能会更加不安。两相比较，我想还是应该老实地对待群众，老实地对待自己，即使十分难堪，也属"罪"有应得，也是只有咽下去的。我反复想来想去，这又有什么了不起呢！

八点钟时，我再去农垦局，王震同志还没来，我们被安排住在招待所。招待所住的都是来往的干部，这里的空气似乎比外边世界严酷多了。我总是一个人独自坐在我的小房里看书。为了躲避人们审查似的问话或眼光，我又总是到外边散步，像幽灵似的在这个小镇上，在镇子的周围徘徊着。

密山，我是喜欢你的。你容纳了那么多豪情满怀的垦荒者，他们把这块小地方看成是新的生命之火的发源地，是向地球开战的前沿司令部。当年威震湘鄂，后来又扬名南泥湾的矿工出身的王震将军，就常驻节在这里，指挥千军万马，向大自然挑战，勒令土地献米纳粮，把有名的北大荒变成富饶的北大仓。这样一场与大自然斗争、与人们的好逸恶劳思想斗争的运动，怎能不激发我的战斗热情，坚决勇敢地投入伟大的建设者的行列中去呢？可是，我又感到我成了一棵严寒中的小草，随时都可能被一阵风雪淹没。我恼恨自己的脆弱。可是，再坚强，我也不能冲破阻拦我与世隔绝的那堵高墙，我被划为革命的罪人，我成了革命的敌人。我过去曾深深憎恶那些敌对阶级的犯罪分子，现在，怎能设想别人不憎恶我呢？我曾以为只要我离开了北京多福巷，只要我生活在新的人群里边，我的处境就可以一天天变得好起来，现在，我到了密山，密山的人们对我不坏，我对密山的印象也很好。只是，那是因为人们还不知道我是谁，我在装成一个好人，一个心里无事的普通人的样子，才能得到这份平等对待。假如我露出了插在我头上的标签，我还能这样安静无事吗？我就像发寒热病似的在不安中度日如年地过了一天，两天……

"牛棚"小品（三章）*

窗后

　　尖锐的哨声从过道这头震响到那头，从过道里响彻到窗外的广场。这刺耳的声音划破了黑暗，蓝色的雾似的曙光悄悄走进了我的牢房。垂在天花板上的电灯泡，显得更黄了。看守我的陶芸推开被子下了炕，匆匆走出了小屋，返身把门带紧，扣严了门上的搭袢。我仔细谛听，一阵低沉的嘈杂的脚步声，从我门外传来。我更注意了，希望能分辨出一个很轻很轻而往往是快速的脚步声，或者能听到一声轻微的咳嗽和低声的甜蜜的招呼……"啊呀！他们在这过道的尽头拿什么呢？啊！他们是在拿笤帚，要大扫除；还要扫窗外的广场。"如同一颗石子投入了沉静的潭水，我的心跃动了。我急忙穿好衣服，在炕下来回走着。我在等陶芸，等她回来，也许能准许我出去扫地。即使只准我在大门内、楼梯边、走廊里打扫也好。啊！即使只能在这些地方洒扫，不到广场上去，即使我会腰酸背疼，即使我……我就能感到我们都在一同劳动，一同在劳动中彼此怀想，而且……啊！多么奢侈的想望啊！当你们一群人扫完广场回来，而我仍在门廊之中，我们就可以互相睨望，互相凝视，互相送过无限的思念之情。你会露出纯静而挚热的、旁人谁也看不出来的微笑。我也将像三十年前那样，从那充满了像朝阳一样新鲜的眼光中，得到无限的鼓舞。那种对未来满怀信心，

　　　＊　本文初刊于《十月》1979 年第 3 期。收入《丁玲全集》第 6 卷。

满怀希望，那种健康的乐观，无视任何艰难险阻的力量……可是，现在我是多么渴望这种无声的、充满了活力的支持。而这个支持，在我现在随时都可以倒下去的心境中，是比三十年前千百倍地需要，千百倍地重要啊！

没有希望了！陶芸没有回来。我灵机一动，猛然一跃，跳上了炕，我战战兢兢地守候在玻璃窗后。一件从窗棂上悬挂着的旧制服，遮掩着我的面孔。我悄悄地从一条窄窄的缝隙中，向四面搜索，在一群扫着广场的人影中仔细辨认。这儿，那儿，前边，窗下，一片，两片……我看见了，在清晨的、微微布满薄霜的广场上，在移动的人群中，在我窗户正中的远处，我找到了那个穿着棉衣也显得瘦小的身躯，在厚重的毛皮帽子下，露出来两颗大而有神的眼睛。我轻轻挪开一点窗口挂着的制服，一缕晨光照在我的脸上。我注视着的那个影儿啊，举起了竹扎的大笤帚，他，他看见我了。他迅速地大步大步地左右扫着身边的尘土，直奔了过来，昂着头，注视着窗里微露的熟识的面孔。他张着口，好像要说什么，又好像在说什么。他，他多大胆啊！我的心急遽地跳着，赶忙把制服遮盖了起来，又挪开了一条大缝。我要你走得更近些，好让我更清晰地看一看：你是瘦了，老了，还是胖了的更红润了的脸庞。我没有发现有没有人在跟踪他，有没有人发现了我……可是，忽然我听到我的门扣在响，陶芸要进来了。我打算不理睬她，不管她，我不怕她将对我如何发怒和咆哮。但，真能这样吗？我不能让她知道，我必须保守秘密，这个幸福的秘密。否则，他们一定要把这上边一层的两块玻璃也涂上厚厚的石灰水，将使我同那明亮的蓝天，白雪覆盖的原野，常常有鸦鹊栖息的浓密的树枝，和富有生气的、人来人往的外间世界，尤其是我可以享受到的缕缕无声的话语，无限深情的眼波，从此告别。于是我比一只猫的动作还轻还快，一下就滑坐在炕头，好像只是刚从深睡中醒来不久，虽然已经穿上了衣服，却仍然恋恋于梦寐的样子。她开门进来了，果然毫无感觉，只是说："起来！起来洗脸，捅炉子，打扫屋子！"

于是一场虚惊过去了，而心仍旧怦怦怦地跳着。我不能再找寻那失去的影儿了。哨音又在呼啸，表示清晨的劳动已经过去。他们又将回到他们的那间大屋，准备从事旁的劳动了。

这个玻璃窗后的冒险行为，还使我在一天三次集体打饭的行进中，来获得几秒钟的、一闪眼就过去的快乐。每次开饭，他们必定要集体排队，念念有词，鞠躬请罪，然后挨次从我的窗下走过，到大食堂打饭。打饭后，再排队挨次返回大"牛棚"。我每次在陶芸替我打饭走后（我是无权自己去打饭的，大约是怕我看见了谁，或者怕谁看见了我吧），就躲在窗后等待，而陶芸又必定同另外一伙看守走在他们队伍的后边。因此，他们来去，我都可以站在那个被制服遮住的窗后，悄悄将制服挪开，露出脸面，一瞬之后，再深藏在制服后边。这样，那个狡猾的陶芸和那群凶恶的所谓"造反战士"，始终也没能夺去我一天几次、每次几秒钟的神往的享受。这些微的享受，却是怎样支持了我度过最艰难的岁月，和这岁月中的多少心烦意乱的白天和不眠的长夜，是多么大地鼓舞了我的生的意志啊！

书 简

陶芸原来对我还是有几分同情的。在批斗会上，在游斗或劳动时，她都曾用各种方式对我给予某些保护，还常常违反众意替我买点好饭菜，劝我多吃一些。我常常为她的这些好意所感动。可是自从打着军管会的招牌从北京来的几个人，对我日日夜夜审讯了一个月以后，陶芸对我就表现出一种深仇大恨，整天把我反锁在小屋子里严加看管，上厕所也紧紧跟着。她识不得几个字，却要把我写的片纸只字，翻来捡去，还叫我念给她听。后来，她索性把我写的一些纸张和一支圆珠笔都没收了，而且动不动就恶声相向，再也看不到她的好面孔了。

没有一本书，没有一张报纸，屋子里除了她以外，甚至连一个人影也见不到，只能像一个哑巴似的呆呆坐着，或者在小屋中踱步。这悠悠白天和耿耿长夜叫我如何挨得过？因此像我们原来住的那间小茅屋，一间坐落在家属区的七平方米大的小茅屋，那间曾被反复查抄几十次，甚至在那间屋里饱受凌辱、殴打，那曾经是我度过多少担心受怕的日日夜夜的小茅屋，现在回想起来，都成了一个辉煌的、使人留恋的小小天堂！尽管那时承受着狂风暴雨，但却是两个人啊！那是我们的家啊！是两个人默默守在那个小炕上，是两个人围着那张小炕桌就餐，是两个人会意地交换着眼色，是两个人的手紧紧攥着、心紧紧连着，共同应付那些穷凶极恶的打砸抢分子的深夜"光临"……多么珍贵的黄昏与暗夜啊！我们彼此支持，彼此汲取力量，排解疑团，坚定信心，在困难中求生存，在绝境中找活路。而现在，我离开了这一切，只有险恶浸入我寂寞的灵魂，死一样的孤独窒息着我仅有的一丝呼吸！什么时候我能再痛痛快快看到你满面春风的容颜？什么时候我能再听到你深沉有力的语言？现在我即使有冲天的双翅，也冲不出这紧关着的牢笼！即使有火热的希望，也无法拥抱一线阳光！我只能低吟着我们曾经爱唱的地下斗争中流传的一首诗："囚徒，时代的囚徒，我们并不犯罪。我们都从那火线上扑来，从那阶级斗争的火线上扑来。凭它怎么样压迫，热血依然在沸腾……"

一天，我正在过道里捅火墙的炉子，一阵哨音呼啸，从我间壁的大屋子里涌出一群"牛鬼蛇神"，他们急速地朝大门走去。我暗暗抬头观望，只见一群背上钉着白布的人的背影，他们全不掉头看望，过道又很暗，因此我分不清究竟谁是谁，我没有找到我希望中的影子。可是，忽然，我感觉到有一个东西，轻到无以再轻地落到我的脚边。我本能地一下把它踏在脚下，心怦怦地跳了起来，多好的机会啊，陶芸不在。我赶忙伸手去摸，原来是一个指头大的纸团。我来不及细想，急忙把它揣入怀里，蹓进小屋，塞在铺盖底下。然后我安定地又去过道捅完了火炉，把该做的事都做完了，便安安稳稳地躺在铺上。其实，我那时的心啊，真像火烧一样，那个小纸团就在我的身底下烙着我，烤着我，表面的安宁，并不能掩饰我心中的兴奋和凌乱。"啊呀！你怎么会想到，知道我这一时期的心情？你真大胆！你知不知道这是犯法的啊！我真高兴，我欢迎你大胆！什么狗屁王法，我们就要违反！我们只能这样，我们应该这样……"

不久，陶芸进来了。她板着脸，一言不发，满屋巡视一番，屋子里一张桌子，一把椅子，没有引起她丝毫的怀疑。她看见我一副疲倦的样子，吼道："又头痛了？"我嗯了一声，她不再望我了，返身出去，扣上了门扣。我照旧躺着。屋子里静极了，窗子上边的那层玻璃，透进两片阳光，落在炕前那块灰色的泥地上。陶芸啊！你不必从那门上的小洞洞里窥视了，我不会让你看到什么的，我懂得你。

当我确信无疑屋子里真真只剩我一个人的时候，才展开那个小纸团。那是一片花花绿绿的纸烟封皮。在那被揉得皱皱巴巴的雪白的反面，密密麻麻排着一群蚂蚁似的阵式，只有细看，才能认出字来！你也是在"牛棚"里，在众目睽睽下生活，你花了多大的心思啊！

上面写着："你要坚定地相信党、相信群众、相信自己、相信时间，历史会作出最后的结论。要活下去！高瞻远瞩，为共产主义的实现而活，为我们的孩子们而活，为我们的未来而活！永远爱你的。"

这封短信里的心里话，几乎全是过去向我说过又说过的。可是我好像还是第一次听到，还是那么新鲜，那么有力量。这是冒着大风险送来的！在现在的情况底下，还能有什么别的话好说呢？……我一定要依照这些话去做，而且要努力做到，你放心吧。只是……我到底能做什么呢？我除了整天在这不明亮的斗室中冥思苦想之外，还能做什么呢？我只有等着，等着……每天早晨我到走廊捅炉子，出炉灰，等着再发现一个纸团，等着再有一个纸团落在我的身边。

果然，我会有时在炉边发现一叶枯干了的包米叶子，一张废报纸的一角，或者找到一个破火柴盒子。这些聪明的发明，给了我多大的愉快啊！这是我唯一的精神食粮，它代替了报纸，代替了书籍，代替了一切可以照亮我屋子的生活的活力。它给我以安慰，给我以鼓励，给我以希望。我要把它们留着，永远地留着，这是诗，是小说，是永远的纪念。我常常在准确地知道没有人监视我的时候，就拿出来抚摸，收拾，拿出来低低地反复吟诵，或者就放在胸怀深处，让它像火一般贴在心上。下边就是这些千叮嘱、万叮嘱，千遍背诵，万遍回忆的诗句：

"他们能夺去你身体的健康，却不能抢走你健康的胸怀。你是海洋上远去的白帆，希望在与波涛搏斗。我注视着你啊！人们也同我一起祈求。"

"关在小屋也好，可以少听到无耻的谎言；没有人来打搅，沉醉在自己的回忆里。那些曾给你以光明的希望，而你又赋予他们以生命的英雄；他们将因你的创作而得名，你将因他们而永生。他们将在你的回忆里丰富、成长，而你将得到无限愉快。"

"忘记那些迫害你的人的名字，握紧那些在你困难时伸过来的手。不要把豺狼当人，也不必为人类有了他们而失望。要看到远远的朝霞，总有一天会灿烂光明。"

"永远不祈求怜悯，是你的孤傲；但总有许多人要关怀你的遭遇，你坎坷的一生，不会只有我独自沉吟，你是属于人民的，千万珍重！"

"黑夜过去，曙光来临。严寒将化为春风，狂风暴雨打不倒柔嫩的小草，何况是挺拔的大树！你的一切，不是哪个人恩赐的，也不可能被横暴的黑爪扼杀、灭绝。挺起胸来，无所畏惧地生存下去！"

"我们不是孤独的，多少有功之臣、有才之士都在遭难受罪。我们只是沧海一粟，不值得哀怨！振起翅膀，积蓄精力，为将来的大好时机而有所作为吧。千万不能悲观！"

"……"

这些短短的书简，可以集成一个小册子，一本小书。我把它扎成小卷，珍藏在我的胸间。它将伴着我走遍人间，走尽我的一生。

可惜啊！那天，当我戴上手铐的那天，当我脱光了衣服被搜身的那天，我这唯一的财产，我珍藏着的这些诗篇，全被当作废纸而毁弃了。尽管我一再恳求，说这是我的"罪证"，务必留着，也没有用。别了，这些比珍宝还贵重的诗篇，这些同我一起受尽折磨的纸片，竟永远离开了我。但这些书简，却永远埋在我心间，留在我记忆里。

别　离

春风吹绿了北大荒的原野，天气一天比一天暖和，按季节，春播已经开始了。我们住在这几间大屋子、小屋子里的人，一天比一天少了。听说，有的已经回了家，回到原单位；有的也分配到生产队劳动去了。每个人心中都将产生一个新的希望。

五月十四日那天，吃过早饭，一个穿军装的人，来到了我的房间，我意识到我的命运将有一个新的开始。我多么热切地希望回到我们原来住的那间小屋，那间七平方米大的小茅屋，那个温暖的家。我幻想我们将再过那种可怜的而又是幸福的、一对勤劳贫苦的农民的生活啊！

我客气地坐到炕的一头去，让来人在炕中间坐了下来。他打量了我一下，然后问："你今年多大年纪？"

我说："六十五岁了。"

他又说："看来你身体还可以，能劳动吗？"

"我一直都在劳动。"我答道。

他又说："我们准备让你去劳动，以为这样对你好些。"

不懂得他指的是什么，我没有回答。

"让你去 ×× 队劳动，是由革命群众①专政，懂吗？"

我的心跳了一下。×× 队，我理解，去 ×× 队是没有什么好受的。这个队的一些人我领教过。这个队里就曾经有过一批一批的人深夜去过我家，什么事都干过。但我也不在乎，反正哪里都会有坏家伙，也一定会有好人，而且好人总是占多数。我只问："什么时候去？"

① 初刊本作"'革命群众'"。

"就走。"

"我要清点一些夏天的换洗衣服，能回家去一次吗？"我又想到我的那间屋子了，我离开那间小屋已经快十个月了，听说去年冬天黑夜曾有人砸开窗户进去过，谁知道那间空屋现在成了什么样子！

"我们派人替你去取，送到××队去。"他站了起来，想要走的样子。

我急忙说："我要求同C见一面，我们必须谈一些事情，我们有我们的家务。"

我说着也站了起来，走到门边去，好像他如不答应，我就不会让他走似的。

他沉吟了一下，望了望我，便答应了。然后，我让他走了，他关上了门。

难道现在还不能让我们回家吗？为什么还不准许我们在一道？我们究竟犯了什么罪？自从去年七月把我从养鸡队（我正在那里劳动），揪到这里关起来，打也打了，斗也斗了，审也审了。现在农场的两派不是已经联合起来了吗？据说要走上正轨了，为什么对我们还是这样没完没了？真让人不能理解！

实际我同C分别是从去年七月就开始了的。从那时起我就独自一人被关在这里。到十月间才把这变相的牢房扩大，新涌进来了一大批人，C也就住在我间壁的大"牛棚"里了。尽管不准我们见面，碰面了也不准说话，但我们总算住在一个屋顶之下，而且总还可以在偶然的场合见面。我们有时还可以隔着窗户瞭望，何况在最近几个月内我还收到他非法投来的短短的书简。现在看来，我们这种苦苦地彼此依恋的生活，也只能成为供留恋的好景和回忆时的甜蜜了。我将一个人到××队去，到一个老虎队去，去接受"革命群众专政"的生涯了。他又将到何处去呢？我们何时才能再见呢？我的生命同一切生趣、关切、安慰、点滴的光明，将要一刀两断了。只有痛苦，只有劳累，只有愤怒，只有相思，只有失望……我将同这些可恶的魔鬼搏斗……我决不能投降，不能沉沦下去。死是比较容易的，而生却很难；死是比较舒服的，而生却是多么痛苦啊！但我是一个共产党员（尽管我已于一九五七年底被开除了党籍，十一年多了。我一直是这样认识，这样要求自己和对待一切的），我只能继续走这条没有尽头的艰险的道路，我总得从死里求生啊！

门呀然一声开了，C走进来，整个世界变样了，阳光充满了这小小的黑暗牢房。我懂得时间的珍贵，我抢上去抓住了那两只伸过来的坚定的手，审视着那副好像几十年没有见到的面孔，那副表情非常复杂的面孔。他高兴，见到了我；他痛苦，即将与我别离；他要鼓舞我去经受更大的考验，他为我两鬓白霜、容颜憔悴而担忧；他要温存，却不敢以柔情来消融那仅有的一点勇气；他要热烈拥抱，却深怕触动那不易克制的激情。我们相对无语，无语相对，都忍不住让热泪悄悄爬上了眼睑。可是随即都摇了摇头，勉强做出一副苦味的笑容。他点了点头，低声说："我知道了。"

"你到什么地方去？"我悄然问他。

"还不知道。"他摇了摇头。

他从口袋里拿出来一张钞票，轻轻地而又慎重地放在我的手中。我知道这是他每月十五元生活费里的剩余，仅有的五元钱。但我也只得留下，我口袋里只剩一元多钱了。

他说："你尽管用吧，不要吃得太省、太坏，不能让身体垮了。以后，以后我还要设法……"

我说我想回家取点衣服。

他黯然说道："那间小屋别人住下了，那家，就别管它了。东西么，我去清理，把你需要的拣出来，给你送去。你放心好了。我一定每月给你写信。你还要什么，我会为你设法的。"

我咽住了。我最想说的话，强忍住了。他最想说的话，我也只能从他的眼睛里看到。我们的手，紧紧攥着；我们的眼睛，盯得牢牢地，谁也不能离开。我们马上就要分别了。我们原也没有团聚，可是又要别离了。这别离，这别离是生离呢，还是死别呢？这又有谁知道呢？

"砰"地一下，房门被一只穿着翻毛皮鞋的脚踢开了。一个年轻小伙瞪着眼看着屋里。

我问："干什么？"

他道："干什么！时间不早了，带上东西走吧！"

我明白这是 ×× 队派来接我的"解差"。管他是董超，还是薛霸，反正得开步走，到草料场劳动去。

于是，C 帮助我清理那床薄薄的被子，和抗战胜利时在张家口华北局发给的一床灰布褥子，还有几件换洗衣服。为了便于走路，C 把它们分捆成两个小卷，让我一前一后地那么背着。

这时他迟疑了一会儿，才果断地说："我走了。你注意身体。心境要平静，遇事不要激动。即使听到什么坏消息，如同……没有什么，总之，随时要做两种准备，特别是坏的准备。反正，不要怕，我们已经到了现在这种地步，还有什么可怕的呢？我担心你……"

我一下被他吓傻了，我明白他一定瞒着我什么。他现在不得不让我在思想上有点准备。唉，你究竟还有什么更坏的消息瞒着我呢？

他见到我呆呆发直、含着眼泪的两眼，便又宽慰我道："什么事也没有发生，都是我想得太多，怕你一时为意外的事而激动不宁。总之，事情总会有结局的。我们要相信自己。事情不是只限于我们两个人。也许不需要很久，整个情况会有改变。我们得准备有一天要迎接光明。不要熬得过苦难，却经不住欢乐。"他想用乐观引出我的笑容，但我已经笑不出来了。我的心，已为这没有好兆头的别离压碎了。

他比我先离开屋子。等我把什么都收拾好，同那个"解差"离开这间小屋走到广场时，春风拂过我的身上。我看见远处槐树下的井台上，站着一个向我挥手的影子，他正在为锅炉房汲水。他的臂膀高高举起，好像正在无忧地、欢乐地、热烈地遥送他远行的友人。

一九七九年三月中旬于北京友谊医院

我这二十多年是怎么过来的*

　　人家问我，你这二十多年是怎么过来的？我可以说一点，就是
二十多年来，我很少感到空虚。看到别人感到空虚的时候，我很替
他们难受。所谓空虚，就是没有信仰，没有追求，好像什么都看穿
了，看破了。你们之中有很多人也吃了苦头，但这样看破红尘的人大
概很少。可是在生活里，我确实接触了一些感到空虚的人，老年、中
年、青年都有。甚至有一些老同志也有这种情形。他们认为自己革命
多少年，吃了多少苦，到头挨斗挨整，侥幸活了下来，只求保全性命
于乱世，现在平反改正，一个月有二百来元，就这么过吧。可是又孝
子有方。前些日子《人民日报》有首短诗，题目是《孝子有方》。在这
里"孝"字不是名词，"孝"是动词，是把孝心献给儿女，形容我们中
间有些人没有理想，消失了革命意志，一味为儿女尽孝去了。儿女想
当干部，便帮助找事情；儿女要房子，帮助走后门；儿女要婚配，帮
助找爱人；甚至儿女犯了法，还千方百计找门路说情，心都操到这些
地方去了。至于他个人还有什么？没有了，一片空虚。虽然也仍在职，
也在做事，却是真正的空虚。他们脑子里没有东西，只求自己日子过
好，有个幸福的晚年就算了。我还问过几个熟朋友的子女，他们比较
年轻，现在差不多五十岁左右，有的是党员，读过马列和毛主席的著
作，有一些生活经历。我问他们："你看我们国家的前途怎么样呀？"
他们笑笑，不作肯定的回答。这应算好的，他们还在干着，而且是兢

　　　* 本文初刊于《中国青年报》1980年9月6日。收入《丁玲全集》第8卷。

兢兢业业地工作着。最痛心的是我们青年人，他们生不逢时，在"四人帮"统治的时代，身心遭受严重的摧残。"四人帮"被粉碎以后，光明在望，很多青年医治创伤，振奋向前，立志改革，献身四化。但有些青年只看见国家民族的遍体创伤，而肃清流毒也不是一朝一夕可以成功的，于是，他们产生了新的怨怼愤慨，有的丧失生活的信心，失去战斗的勇气，走向悲观厌世。在悲观厌世者的眼里，什么都不顺眼，什么都不好，全都没有希望。是的，如果我们的社会只有黑暗，没有光明；只有丑恶，没有善良；只有虚伪，没有诚实；只有痛苦，没有希望；那我可能也会悲观厌世的。但是，现实毕竟不是这样的。怎么能帮助我们所有青年人都看得清我们这个国家、社会的可爱从而树立和巩固生活的信心和战斗的勇气呢？我们文学工作者、作家有义不容辞的责任，我们在鞭挞黑暗的同时，有责任帮助读者，帮助青年去发掘本来就存在的一切美好的东西，为着确保我们无产阶级的江山建设得更加美好。

很多同志和朋友问我，这二十多年你身处逆境，为什么能活过来，而且活得好呢？我回答说，为什么不呢？这不止是因为我坚信社会主义优于资本主义，坚信经历了半个世纪复杂斗争的中国共产党的核心力量始终是健康可靠的，而且还因为我走到哪里，到处都看到纯朴善良的人民和欣欣向荣的社会主义事业，我走到哪里都是热烘烘的。即使在监狱的单人牢房里，我精神上也没有过那种凄凄凉凉的情绪。难道我麻木不仁，不懂得人情冷暖，世态炎凉？我当然懂呀，怎么不懂呢？从前我走到哪里，有人跟着跑，鼓掌欢迎；后来我到哪里，人都不敢理我，怕沾我，用不屑的眼光看我。第一次文代会大家欢迎我，第三次文代会就没有人敢理我了，旁人说说笑笑，我天天坐冷板凳。有人对我说"你是不是该发个言检讨检讨呀"；在小组会上讨论"到工农兵里面去"，就有人说不一定要去，丁玲不是鼓吹要到群众中去落户吗？她自己不是也到工农兵里去过吗？可是她还是反党反革命嘛！直到一九七八年，一位同志的遗作里不是还讥讽丁玲反党吗？这些，我能不懂吗？但是，我不在乎，我相信历史的公正。"此处不养爷，自有养爷处。处处不养爷，爷爷投八路。"文坛不能待了，我到基层去，到群众里面去。一九五八年我到北大荒的一个农场，我那个生产队队长是共产党员，参加过上甘岭战斗，复员转业的营长，他和别人谈到我时说："哪个庙里没有屈死鬼呵！"一九七五年我从监狱出来，到了山西，我的右臂抬不起来。好几位医生看了，都说没有办法。我问扎针如何？他们说什么都不会有效。可是，就有这么一位同志，他是搞农业技术的大学毕业生，他业余钻研扎针，在农村经常给老乡治病。他从朋友那里知道我的病情后，每次从农村回家，就来给我扎针。他家离我住的村子二十里，来回四十里，夏天呵，满身大汗呵，我满心感激，中午只能留他吃碗面条。他在家比在我这里吃得好，他不是为着吃才来的。他是党员，那个时候来给我治病是冒着很大风险的。但他为什么甘冒风险呢？他说："你们说她是右派，我不相信。我自己有眼睛、有思想，我读过她的作品，我认为她不是右派。现在她右手有病，不能写作，别人不管，我来试试。"前些日子他爱人出差来北京，我再忙也要留她住几天。我在困难的时候，人家对我那样；现在党为我平反了，我住在大楼里，不能不理人家了。一九五五年批判我，有人说我家三日一小宴，五日一大宴，农民进城也在她家住。我心里暗笑，这不是表扬我吗，证明我有农村朋友。现在来找我的也还有一些文化水平不高的人，我满以为骄傲，我不会感到空虚。难道一个人不当官理事，不拿钱了，就应该感到空虚么？我二十年没有拿一文钱工资，有一段时间，连生活费也没有。但是在群众里面，我得到了远比金钱更珍贵的情谊。"文化大革命"中，我不能出门买菜、买鸡蛋、买肉。我一去买，造反派就要说我："你还买鸡蛋呵，鸡蛋卖给你呵！"可是就有人半夜敲我的窗户，说你要什么我替你买，然后半夜从窗户里递给我。我们社会里，正直人多呵。这些人为什么这样好呢？首先，得我们爱别人。你虽然不给他什么东西，他也认为你好。如果要给他什么东西他才对你好，不给他东西就对你不好，这样的朋友千万别交。二十多年来，我生活在底层，和劳动人民在一起，我遇见很多很多实事求是、正直、诚实、勤劳、高尚的人，我从他们那里得到很多同情，很多关心，很多鼓励，很多爱，因此我更爱他们。我在他们中间，什么时候也没有感到过孤独。有人说我没志气，我说不当作家没什么了不起，我当农工，把本职工作干好，也满有兴趣。一九四七年在桑干河畔搞土改，我曾想留在村上当个支部书记，把农村工作搞好。一九五八年到北大荒，我饲养的种鸡又肥又壮，谁走来看了都说好，我心里很高兴。并不是说我需要人家夸奖，我只是觉得我的劳动得到了报偿。"文化大革命"前我在农场搞家属工作，有一个区的成绩比较突出。县妇联发现后要评为模范，树为标兵。农场党委问我的意见，我认为还不够，成绩还不够巩固。另外有人反对，因为是大右派丁玲在那里搞的。后来在省里开大会，到底树了标兵，上了红榜，登了报纸。农场上下，皆大欢喜，我也觉得很好。

我的体会是，要使自己不空虚，生活过得扎实、有意义，一定要树立对党、对人民、对社会主义的坚定信心。这种坚定的信心不应只是来自书本、旁人的言辞或理论，更应该是自己在实践中一点一滴的长期的积累。要到生活里去，到群众中去，不是旁观，不是做客，而是参加战斗。没有比改造社会、改造世界更豪迈的事业了。社会主义现代化的新中国一定要出现在世界上。

人民哺育了我[*]

二十几年过去了。今天，我以当年的心情来到这里。我到北大荒来生活，很多人，特别是有些外国朋友不理解。他们问我在北大荒的情况，我一讲，他们就哭，觉得太苦了。我说，这有什么呢，我在北大荒吃的饭，比过去在延安、河北的都好。我当然也有痛苦，比如，那时候我不能像今天这样同你们讲话。我没有麻木，不能同你们讲心里话，是我当时最大的痛苦，我不愿讲假话，也不愿用语言来取得人们对我的理解。后来，"文革"初期，红卫兵斗我，还问我是什么心情，我说很高兴，他们不相信。其实，这有什么奇怪的呢？我说，我看到你们长大了，个子高了，懂得要革命了，我为什么不高兴呢？

一个作家，如果不同人民在一起，只是关在自己的房子里写，是写不出好东西来的。当年我决定到北大荒来的时候，作协有同志对我说，你的名气大，要下去就改名换姓吧。我说不，我行不改姓，坐不改名，丁玲就是丁玲。怕什么呢？要害怕人们看我是个"右派"，我就不下来了，我本来就是可以住在北京不下来的嘛！那时候，你们围着我看，要看看"右派"是个什么样子。在密山的时候，有个转业军人画表格，画不好，我就替他画，还同他聊天，他问我叫什么名字，我告诉他我叫丁玲，他一听就愣了。我说，你愣什么呀，一会儿，王震

* 本文初刊于《北大荒》1981 年第 3 期。收入《丁玲全集》第 9 卷。本文为丁玲 1981 年 7 月 20 日晚在普阳农场场部座谈会上的讲话。题目为整理者所加。

部长还要找我谈话哩。在汤原的时候，有个云南姑娘跟着丈夫来到农场，整天不劳动，躲在屋子里看书，别人去看"新鲜"，她只好把窗帘拉上，热死了也不出屋，更不去参加劳动。后来她丈夫给她路费，让她回老家去了。在我们这里，谁要一天不去劳动，人们同你打招呼时就会问："今天你休息呀？！"不劳动确实是我们这里的特殊化。

我刚来的时候，也没想到要去劳动。但一看到这里的情况，就觉得非劳动不可。我和李斌兰一起喂小鸡，鸡舍里臭味大得很，饲料布上尽是鸡屎尿尿。我本来可以不去洗它，因为这不是我的任务呀！但是，一看到李斌兰不怕脏不怕臭，我应该向她学习呀，为什么不洗饲料布呢？一个作家就是要向老百姓学习，忘记自己是个作家。我是共产党员，虽然那时被开除了，但那是形式上的事，我精神上始终按党员的标准要求自己。在这里十二年，我首先想到自己是个共产党员，而没有首先想到自己是个作家。一九六三年，上面要调我和陈明回北京，调令都发出了，但我们想方设法给王震同志写信，要求缓调。理由很简单，就是我们留恋北大荒的土地，留恋北大荒的战友，留恋北大荒的豪迈事业，我们愿意留在这里继续改造。

今天我回来，有一个新的感觉，这就是我到人民群众中间来，不是我谦虚，不是为了求得夸耀，而是因为人民群众哺育了我，给了我很多东西，加煤添火，使我有力量，更坚强，更懂得生命的意义。我觉得我应当这样自然而然地到群众中来，同群众一样生活。如果尽想自己是个作家，要向群众学习，要为人民服务，那还是不够的。你们锲而不舍，勇敢勤劳，二三十年间，从兴安岭下来到松花江边建设农场，在汤原可以安家乐业了，你们又到了这蒲鸭河，刚刚十年，把一片荒湖变成了粮仓，这给了我很大的鼓舞。我一来，一些老熟人向我报喜说自己入党了，感到无上的光荣。这是在一些别的地方难于看到的好现象啊，我真高兴极了，我们党的形象，在我们北大荒的农工们心目中还是很美的嘛！你们都说我记性好，离开大家十多年了，还能叫出一个一个的名字，还能问起谁家的老人和小孩，其实，这并不是我天生的记性好，在我最困难的时候，你们向我伸出了手，给了我力量，给了我温暖，一句关切的话，一个关切的眼神，我怎么能忘记得了呢？我怎么能忘记你们呢？！

似无情，却有情*

六十年前，我离开了这块生养我，培育过我的地方。当时我只感到这地方的贫穷、落后，人压迫人，人欺诈人，充满了腐朽、黑暗。当我决定奔向广阔的社会，寻找挽救国家的道路时，我鼓动稚弱的双翅，除了对独立自强的母亲满怀同情和依恋外，对别的是毫无眷恋的，别了，我的家乡。

六十年来，我追求，我彷徨，我获得，我斗争。我曾四处流浪，也曾深夜苦读。我曾跋涉高山，游渡大海，遍踩荆棘，备受熬煎。我在幸福中成长，在苦液中浸泡，在烈火中锤炼。诬陷、迫害对我也是教科书，监狱、劳改也是自我改造的课堂。只要自己信仰坚定，无论处顺境、逆境，都不断地追求，就可能步步前进，赶上时代的浪头。

六十年来，战争时期或和平建设时期，我到了祖国的南北东西，我爱祖国的山川，我爱祖国的人民。我走到哪里，从人民中我总会发现珍宝，无私的心怀，高尚的情操。人民鼓舞我，抚慰我，启发我，鞭策我，在我的心上埋下了一颗火种，时时照亮我前进的路。有时晴空万里，有时阴云四布。但它总为我露出一丝光亮，使我充满希望和信心。我在人民的拥抱中，在复杂的生活里遨游。党教育我，我决心为人民服务，不向人民伸手。而人民却给了我一切，给了我幸福。有人问："哪里是你的故乡？"我回答："处处都是我的故乡。"于是我忘了生养我、培育过我的那块地方。

---

* 本文初刊于《文艺生活》1983 年第 9 期。收入《丁玲全集》第 8 卷。

六十年后，我怀着一片陌生好奇，回到了这块地方。似无情，却有情。南岳的雄伟，张家界的奇秀，岳阳楼的古雅；湘资沅澧，四水清湛，八百里洞庭，浪涛滚滚，这些情景①，在六十年前，我离开这里的时候，如果我看到了，我也许会有"……书生意气，挥斥方遒，指点江山，激扬文字，粪土当年万户侯……"之慨。但现在到底是六十年后，到了我不容易动情的时候了。但是我在这里匆匆走访了一个月之后，我却不能不因故乡人民的热情和建设社会主义的豪迈而满怀欣喜与感激。一个月来，我每到一地，总免不得要回首当年。呵，旧的已经消失了，找不到痕迹了，新的却迎面扑来，矗立在你面前：巨大的水轮泵站，好像要走向天际的渡槽，翠绿的茶园，宝石般的挂在枝头的蜜桔，满山的绿树，黄金色的等着收割的晚稻，躺在树荫下笔直的柏油路，按规划修建的生产队部、居民房舍、社办工厂、队办企业，这是三中全会以后出现的新式农村呵！我接触到一些社、队的基层干部，他们那么热情拥护党的路线，那么熟悉生产，熟悉人民。他们思想活跃，有理想，有步骤。他们热爱生活，爱集体，爱国家。如果有同志要问："社会主义新人在哪里？"那不就是这些人吗！自然，又不只就是这些人。他们是实实在在的人，普普通通的人，是亲切的人，是脚踏实地、勤勤恳恳、一步一步向前走着的人。这些人真正迷住了我，我真想停在他那里。我原来没有故乡的感觉，但这些可爱的人却使我产生了一种回到了可爱的家乡的感觉。我看到和我同姓的族人，"安福蒋家"的老老少少，我看到他们现在都有了固定的工作，他们都成了劳动人民，生气勃勃，样样都好。和旧社会的"安福蒋家"相比，他们谁也不再富甲一方了，可是如今他们什么也不缺少。在党的十二大决议指引下，他们也会发展生产，也能发家致富。自然，再也不是返回历史，回到旧社会的剥削掠夺，我看他们丝毫没有消沉，丢

_____

① 初刊本此句作"自然景色，如此明丽；历史文物，更激发了思古之幽情。这些情景"。

掉了旧的包袱不是会跑得更快呵！过去我曾经怕见他们，如今我们又站在一起合影留念。我不把他们当作落后，而是把他们当作新生的一代，当作自家人一样那么希望；他们也同我亲近，把我当作最亲的家人。这不也是一个很大的变化吗？

六十年后，我算有了一个真正的故乡，社会主义制度下的可爱的故乡。我曾是天涯游子，四处为家。我的根子不是扎在小小的故土，而是扎在祖国的大地。但现在却因为这块可爱的故土，使我有了一股新的温情，这大概就是所谓故乡情了吧。呵！故乡，祝你永远在社会主义大道上前进！

现在我又要离开了，在多了一份感情，多了一份关心，多了一份怀想之后，我又将离去了。这和六十年前离开故乡的情景是多么不一样呵！我将满怀这故乡之情而永远振奋，不遗余力，为开创社会主义建设的新局面而斗争前进。

一九八二年十一月十二日　长沙

死 之 歌*

在我最早的记忆中，我最害怕的是我国传统的，前头吊着三朵棉花球的孝帽。我戴这样的孝帽的时候是三岁半，因为我父亲死了。家里人把我抱起来，给我穿上孝衣，戴上孝帽，那白色颤动的棉花球，就像是成团成团的白色的眼泪在往下抛。因而给我的印象太深了。他们给我戴好那帽子后，就把我放到堂屋里。堂屋的墙壁上都挂着写满了字的白布，那就是孝联，也就是挽联。可我不懂，只看到白布上乱七八糟地画了很多东西。我的母亲也穿着一身粗麻布衣服，跪在一个长的黑盒子的后面；家里人把我放在母亲的身边。于是，我就放声大哭。我不是哭我的命运，我那时根本不会理解到这是我一生命运的一个转折点：从此以后，我的命运就要和过去完全不同了。我觉得，我只是因那气氛而哭。后来，人们就把我抱开了。但那个印象，对我是深刻的，几十年后都不能忘记。

我常想，那时候，我为什么那么痛哭，那样不安静呢？是不是我已经预感到我的不幸的生活就要从此开始了？是不是我已经预感到那个时代——那个苦痛的时代，那个毫无希望的，满屋都是白色的，当中放一口黑棺材的时代？那就不知道了，反正那是我的第一个印象。家里人后来告诉我，那是死，是我父亲的死。

父亲死了，我母亲就完了，我们也完了，我们家的一切都完了。因此，在我有一点朦胧知识的时候，我对死，就有很深的印象。死是

---

* 本文初刊于《湖南文学》1987年第1期。收入《丁玲全集》第6卷。

这样可怕的啊!

　　整个幼年,我就是跟着在死的边缘上挣扎的母亲生活的。在我很小的时候,对死就这样的敏感。我常常要想着别人,替别人着想,我不能忘记一些悲伤的往事。比如:我想到我的一个表哥。这个表哥我没有见过;我的表嫂自然也没见过,因为表哥没结婚就死了。但是,我的表嫂还非得从娘家嫁到我舅舅家来做儿媳妇不可。母亲常常把这件事讲给我听。那时候,表哥表嫂准备结婚,家里置办的嫁妆都是大红的、锦绣的。但是,表哥病了,死了,表嫂还得嫁过来。我外祖父是一个封建文人,但他并不希望她过门来,他也感到这个日子是很难过的。但是,处在那个时代,那个封建的吃人的黑暗时代,我的表嫂还是迎亲过门来了。两家还临时赶办嫁妆,全是蓝色的,再也没有红的了。但是,表嫂过门来的那一天还是穿着红衣服,戴着凤冠霞帔。我家四姨抱着我表哥的木头灵牌,和表嫂拜堂成亲,结为夫妻。结婚仪式以后,表嫂回到洞房,脱下凤冠霞帔,摘下头饰,然后披麻戴孝,来到堂屋,跪着磕头祭灵。她哭得昏过去了。人们把她架着送回新房。就这样,她一直留在我舅舅家里,守活寡。后来,我外祖父调到云南,把她留在常德,住在她娘家。但是,在自己娘家,像她这样的妇女怎么过下去,她有什么希望呢?她有什么前途呢?她有什么愉快的事情呢?什么都没有了!这个世界已经不属于她了。留给她的只是愁苦、眼泪和黑暗。这样,没有过一年,她死了;我母亲是很同情她的。母亲对我讲她的时候,我也非常难过,我常常想着这个结了婚,实际是未婚的不幸的年轻女性,怎样熬过她的一生?在我脑子里,这是从幼年一直陪伴我长大的第二件事情。

　　我母亲是一个寡妇,她也有自身痛苦的经历。她是一个学生,一个知识分子,她读了很多书。我以为她的感受,她的想象是很复杂的,又是很丰富的。但是,我母亲从来都把这一切埋在她的心底。我从没听到她讲过,也从未看到过她叹气流泪;即使有过,也很少。我母亲经常给我讲的是一些历史上功臣烈女的故事。她又把这样的书给我看。

所以，我从小的时候，对一些慷慨悲歌，济世忧民之士便很佩服。我看《东周列国》的时候，那里记载的许多忠君爱国的仁人义士视死如归的故事，给我的影响很大。我佩服这样的人，喜欢这样的人，这些是我心目中最崇拜的人，最了不起的人。尽管故事很短，也很多，可是，我觉得是非常有意义的。

我母亲最喜欢讲秋瑾，我常常倚在母亲的膝前听她对我讲秋瑾。秋瑾是我母亲最崇拜的一个。她讲她怎样参加革命，怎样为革命牺牲，我从小对这些故事知道很多。但同时，我也受到一些别的，另外的影响，一些儿女之情也会常常占据我整个的心灵，为这些事件里面的人物所牵引。

我看《红楼梦》时很早，大约是十一二岁吧。这以前我看不懂，不喜欢；十一二岁时我再读，便不一样了。现在回想起来，那时每次读，我都比林黛玉哭得多。林黛玉哭一次，我也跟着哭；林黛玉不哭了，我也哭；黛玉的丫环紫鹃哭，我也哭。我总觉得，她那样一个柔弱女子，在强大的压迫势力下，她是毫无反抗的力量的。但她对那个社会是抱着鄙视态度的，她想反抗，却没有力量。她只好在大观园里挣扎，终是没能活下去。

我小的时候，是一个好哭的人，常常要想到别人的生、死，好像这些都和自己的生命纠结在一起似的。我的弟弟死了。姨妈边哭边说，如果是冰之死了，也要好一点，怎么会是弟弟死呢？姨妈双目失明，她没看见我就在她身边。她以为我弟弟一死，我母亲就什么希望都没有了。但如果死的是我，那对我母亲的打击就不是太大，她的思想是，与其让我弟弟死，不如让我死了的好。她这全是为着我母亲着想的。可是，我听到了，就不能不想到很多很多。我甚至也认为，我是可以死的，我死了，弟弟活着要比我有用得多，有价值得多。我一个弱女子能有什么前途又有什么希望呢？特别是想到我的婚姻问题，更使我感到前途渺茫。那时我被许配给我舅妈家里；而我认为世间最坏的，我最讨厌，最恨的人，就是我的舅妈。一想到这里，我就觉得不如死了好，可以摆脱我以后的命运，母亲也会好一点。所以，那时我常常沉浸在生不如死的这种感情里面。那时候，很多人的死都给我很深的印象，这些人的死，都使我萦回在人生不可解的问题里面。

记得，辛亥革命时，我大姨妈家里，姨父的弟弟在考棚被清兵杀死了，因为他革命。对他的死，我们家很多亲戚都感到沉痛。辛亥革命时间很短，但在我们那个小城镇里，气氛还是很紧张的。

那时，人们都要躲开那个地方，母亲准备带着我逃难。但母亲没有逃，她正在上学，她比较镇定。她不但自己不走，还把向警予和别的同学接到我舅舅家来住。那时风声、气氛都是紧张恐怖的。我的一个叔叔，又在这时突然死了。他的被害，更在我荒冷的记忆里加上血的颤栗。

辛亥革命成功，中华民国成立，我小小的心灵也卷入这大风浪中，愁苦和欢快交揉着，深深地刻在我的记忆里。

这时给我深刻印象的另一件事，就是宋教仁被袁世凯暗杀了。以我那时的年龄和知识，对这事是无法理解的。宋教仁是桃源人，我那时在桃源学校念书，母亲在那里当教员。学校要举行追悼会，指名让我代表同学在台上讲话。我自然是念母亲写的稿子。这稿子写得很有感情，反对袁世凯，反对袁世凯对革命者的屠杀。我念的时候，引起了全场的激动。他们的激动，使我也受到了感染。我觉得，这是我最初的，在心底埋下的一种从群众那里感染到的革命的激动。

这以后，"五四"的浪潮涌来了。我的思想跟着时代一天一天地往前走，我也参加到这些运动中来，但我的感情还是那么单纯。虽然我有愤慨的时候，也有悲哀的时候，也有参加群众游行的感受。但是，这些都还未使我从根本上发生思想上的更大的变化。

"三一八"事件对我是很大的触动。我那时几乎没有在学校。我已经离开了我的母校，来到旧北平，大学不能进，只住在公寓里。但那时，我也跑上了街头。听说那天要到铁狮子胡同，要打卖国贼曹汝霖的家。我跟着冲进去了。我跑到屋子里，被警察赶了出来。虽说自己没有挨打，但很多同学挨打了，还有一些学生被阻留在屋里边没跑出来，后来也不晓得怎么样了。我记得很清楚，那时，我们队伍还往里冲，要营救那些被关在里面的人。当时，一个叫吴蔚燕的女同学，在我前面领头，喊着口号，我也跟着大喊。

再以后，刘和珍的惨死，李大钊的牺牲都震撼了我。我后来的许多年都不愿意到天安门去。解放后，我到天安门去凭吊李大钊同志就义的地方，我感到，我的心仍然颤抖不已。然而，真正刺到我心深处的，是向警予同志的牺牲。

我不到七岁的时候，就认识了向警予。辛亥革命前，我母亲在常德学校时，她经常到我母亲这里来。向警予与我母亲等七个人结拜为姊妹，她们是以救国，以教育为己任的好朋友。我同这几位阿姨都很熟。我知道，在我母亲的心目中，是最推崇向警予的。我小的时候，母亲是我的榜样，是我最崇敬的人，除母亲之外，再一个就是向警予。她那时很年轻，大概只有十九岁。但是她少年老成，像是一个完全成熟的人，一个革命家。我很少看到她有一般年轻女孩子们常有的活泼、娇媚、柔弱等女性的特征；我也没有看到她的泼辣。我觉到她总是温文尔雅，严肃大方。我很小就把她当做最可尊敬的人。那时，我母亲在常德女子师范的师范班，我在幼儿园。母亲放假回家了，没人来接我，我一个人留在幼儿园的时候，向警予就会来把我找着。有时，我母亲回来晚了，常常到向警予的宿舍里找到我，我总是已经睡得甜甜的了。我后来到桃源的时候，与向警予教过的一些学生相遇，我至今还能记得她们的名字，因为她们就是从向警予的身边来的。后来，她的两个侄女到长沙念书，我还特意跑到第一女子学校去看她们。可以说，我从小就是在向警予的影响下生活、长大的。

一九二三年的夏天，我在上海，又见着向警予。她又给我讲了许多她的故事，这些故事使我非常感动。

一次，她讲到她从法国回到广东上码头的时候的情景。当时女子剪头发的人很少，特别是像广州这样的大城市里，剪头发的便被认为是革命党。她那时一进码头，就被一群人围着看，说她是女革命党，还在背后指指点点。她是怎么对待的呢？我常想，如果是我，我一定会生气的，会赶快离开那地方。可是，她却停步站下来，宣传妇女是跟男子一样的，男女应平等，妇女要解放。我那时常想，为什么她想的或做的和我不一样呢？为什么她所拥有的天下是那么宽广呢？为什么她当时没感到害羞或生气呢？为什么她想到要向人群宣传呢？

那时，我住在上海慕尔鸣路。我觉得很奇怪，她和蔡和森两个人住一间房子，但简直不像屋子里面有人。我从来没听到他们在屋子里面的谈话和笑声，进门一看，他们常常都在读书。她的一些很平常，很简单的事，在我都觉得是很了不起的，她是我们女性里面最了不起的一个。当然，她有很多事迹，是我后来才知道的。在当时，我没有读过她的文章，而且，也不容易读得懂。后来，我听说万恶的国民党把她捆到湖北一码头杀害了。这就像砍掉我的头一样。为什么他们把这样的人杀了呢？为什么这样一个妇女，这样一个了不起的人却被杀了呢？

后来，我听说她是在汉口法国租界被捕的。她在法庭上，也像当年在广东码头上一样，侃侃而谈，宣传一定要打倒军阀，一定要革命，中国方有前途。她讲到世界问题时说，法国也有革命的传统，法国应该支援中国的革命……那些法国大使馆的人都承认她是个人才，不想把她引渡给国民党，想把这个人留下来。但后来还是引渡给国民党，国民党刽子手们不经审讯，很快就把她押到一码头，不是枪毙，而是砍头，这在我心里留下惨痛的印象。

后来，我又听说在我的家乡，一个比我年轻的小姑娘，才十四五岁，跟着队伍参加过几次游行，就因为她的头发剪得太短了，像个男孩子，也被官府抓去杀掉了。这种接二连三的血淋淋的事件使我经常感到愁闷、痛苦和愤恨。我想，我是向警予的学生，我应该跟着向警予闹革命去，但我却没去。我想，我听说的那个比我年轻的小姑娘，我应该是走在她们前面的，我应该是带着她们的，但是，她们却先我而牺牲了。我实在痛苦。这些曾使我消沉，使我痛苦，中国的出路究竟在哪里？我从一九二二年离开湖南，跑出来已经五年了，从上海到北京，我始终没有找到一条真正的道路。五年来，总有一些复杂的幻想，在我的脑海里翻来倒去，但却一无所成。

这时，愁闷、痛苦，终于迫使我拿起笔，我要写文章，我的文章不是直接反对国民党的，也不是直截了当地骂了谁，但我写的是那个时代我熟悉的、我理解的青年知识分子的苦闷。我写了几篇，并且在社会上产生了影响。但后来，我觉得老是这样写是不行的，因此，我参加了左联。讲到这里，我不能不讲到也频的牺牲。当也频参加共产党的时候，当我们参加左联的时候，我们不是没有意识到革命者会有牺牲的一天。但我们想，既然参加革命就不能顾个人的生死安危，就应该有向警予、李大钊那样视死如归的精神。那时，我没有读到方志敏的《可爱的中国》，也没有读到一些烈士临刑时发出的"砍头如同风吹帽"这样的千古名句。但是，我们也有那种感情，那种气概。

这时候，中华民族处在最黑暗最紧急的关头，唯一的生存希望就是依靠共产党。但共产党在那时候是最受压迫的，全国城乡处在白色恐怖最严重的时候。我们在上海，过一两个月就得搬家；出门走路，处处都得留心身后有没有人跟踪。我们当然预料不到哪一天会死，我们当然希望在革命奋斗中，有更愉快的、有意义的、幸福的生活。所以，那时生活很困苦，受压迫，但我们精神上是很愉快的。正如也频写的《光明在我们的前面》，我们的前途是光明的，是有希望的。这个希望是指国家的希望、民族的希望、人民的希望。一切个人的希望，个人的理想，个人感情的享受，都只能在这个大前提下才能成为现实。

但是，也频的被害一下就把我们年轻有为的、充满希望的生活前途掐断了。也频是一个最纯洁的人，最勇敢的人。他很可怜，只活了二十多岁。他在黑暗中寻找自己生活的道路，寻找生活的意义。刚刚寻找到了，可一只罪恶的手，把他掐死了。这给予我的悲痛是不能想象的，没有经验过来的人是不容易想象的，那真像是千万把铁爪在抓你的心，揉搓你的灵魂，撕裂你的血肉。怎么办呢？我该怎么办呢？我在外面已经跑了七八年了，但独立生活的能力是很差的。这时，我真正感觉到：生，实在是难啊！

生是难的，可是死又是不能死的。我怎么能死呢？我上有老母，下有幼子，怎么能够死呢？我死了，他们将怎么办呢？但是，活着，我拿什么来养他们呢？以前，母亲可以津贴我们，那是我母亲有职业的时候。大革命失败后母亲没有工作了，不能再津贴我们了。我们两个在外面写文章糊口，维持生活。可现在呢？我母亲需要供养，她已经不容易生活了。而我的孩子又怎么办呢？我拿什么去养活他们呢？我能卖身吗？我能随便处置自己来为着生活吗？生，实在是难；死也不应该。生就是要活下去，在困难中想办法活下去，只能这样。我一个人下决心，怎么样也得活下去，我不能不把我的孩子送到母亲那里，别无他处。那时，胡也频家很想要这个孩子，但他们家也是负担不起。但他是胡也频的儿子，他应该继承革命。他不是封建家族里的一个传宗接代的人，但谁能够把我的儿子抚养长大呢？在目前，只有我母亲能负起这个责任。所以，我把儿子送回湖南，独自一人回到上海，踏着也频的血迹继续冲上前去。好在那时在乡下，我母亲有个好朋友，她能够稍微帮助我母亲一些。我只偶然给孩子寄点吃的、穿的，就算可以了。我就这样坚持下来了。这次重大的打击，对我以后的生活是个关口，这一关，我终于闯过来了。

我留在上海编辑左联的机关刊物，做我以前没有做过的事。我明白上海是白色恐怖严重的地方，许多同志牺牲在这里。我随时得准备着，说不上哪一天我也会走上也频走过的路。果然，这一天来到了。我被绑架的时候，我对于死是早有准备的。因为我投身革命不是一天一时，不是盲目投机赶时髦，不想从这里捞到什么，我明明知道这里面充满了危险，胡也频和许多同志惨死的例子，就摆在我的面前。我如果没有足够的思想准备，我完全可以避凶趋吉，不参加，不入党。我可以找个教员当，我可以自己只写点不痛不痒的文章。有朋友劝我不要再陷下去了，有人同情我，愿意帮助我卖稿子。但是，不能那样，我从小几十年来一直都在那样一种感情下熏陶着，我在精神上已经受过许多的磨炼，特别是在也频惨遭杀戮的面前，我不能那样做。于是，我就留在上海。我可能随时会出事的，这是难以预料的。所以，我在刚被捕时就想过，随你们怎么办，顶多不就是那一下，我们走在前面的、牺牲的烈士已经很多了；现在仍关在监牢里的我们的人，还有不少，不只是我一个人，所以我很坦然，没有什么太多的恐怖。

但我自己感觉到死神每天都在我的周围，因为我是落在杀人如麻的国民党刽子手们的手里，他们在我以前已经杀过无数的人，用各种手段杀了不少人。这些刽子手们在杀人的时候，脸色一点儿都不变，却津津有味，认为是很有趣味，很了不起的事情。那时我常想，可能不知道哪一天，哪一时，猝然会有一群人向我扑来，用刀，用枪，或者用毒药把你毒死；用绳子把你勒死；他们还可以肢解你的尸体，这在他们是平常的事。对这些，我是有精神准备的。但这不是说我就是愿意死、我想死。相反，我是想怎样才能不死。因为，我要找着我的朋友，找着我的同志，找着人民，告诉他们我当时是怎么想的。我是和他们在一起的，我是无论如何不会背叛他们的。我被关在笼子里的时候，总是焦急地想着这个问题，每当深更半夜的时候，我一个人在院子里看着那长着青苔的石板，我会想到，我将像胡也频一样，他被埋在龙华一个没有人去的、没有人知道的院落里，我也许就会葬身在这夜晚映着月光的长着青苔的一块石板底下。

是啊，人每天在这里经受熬煎。我落在魔掌里，我没有办法脱离。而且我知道，敌人在造谣，散布卑贱下流的谎言，把我声名搞臭，让我在社会上无脸见人，无法苟活，而且永世休想翻身。这时，我的确想过，死可能比生好一点，死总可以说明自己。这个世界上一下没有我了，不会引起任何人的注意，社会上一下也不知道我是怎样死的。但是，历史终能知道我是死了的，死在南京，死在国民党的囚禁中。我这样想的时候，我便认为我只有一死，才是为党做了最后的一点贡献。

我是死过的，我是死过了的人。这死的经验在我后来的一生中，都不曾忘记。那种精神上的压抑，肉体上的痛苦，都不能使我忘怀，我将在《魍魉世界》那本回忆录中，向读者描述这事情。但是后来，时间隔久了，我慢慢地体会出来了，我还是不应该死。死，可以说明我的不屈，但不能把事实真相公诸于世，不能把我心里的历程告诉人们。因此，我想我不能死，我要活下去！但是，我要活下去，不是向敌人乞怜，更不是向敌人屈膝。我不能有一点点损害党的形象的罪过，也不能有一点点丧失共产党员忠贞气节的行为。我苦心积虑，如履薄冰，又像在走钢丝，钻火圈。我追求，我顽强地坚持住，我总算活出来了……是活过来了，使我继续为党工作了五十年。五十年来，我们的国家变好了，人民也更可爱了。未来的世界多么美好，人类将多么幸福，一切都使人留恋。倘有可能，我还要活着，还要工作下去……

一九八五年七月至九月口述于协和医院

一九八六年七月刘春根据录音抄录

陈明整理、校订

第二辑 | 陕北风光

到 前 线 去 *

夜晚刮了很大的风，沙沙地打着糊紧了的纸窗，半夜起来，又知道有大雪在飞。烧了炕的被窝里，热得睡不着，心里担忧着第二天的行程，但并不怎样惧怕，因为是到寒冷里去的啊！ ①

天气是骤变了，人的心情却正热着。

跟着我们在天未亮便起了身的几个从上海来的同志，时时围着我们转，露着羡慕和惜别，抱歉的是我们也骤变得颇粗豪，不大注意别人的颜色。

大队已经很早就开过去了，我跟着总政治部主任们一齐也在九点多钟动了身。在外交部的空坪上有一团一团的人，热情地握手送别了我们。

我们沿着洛川的上流朝西北走。河里的水全结了冰，有很少的地方还汩汩地响着，在薄冰下有水流滑过，太阳射在上面，闪闪发光，这同我来时我所爱的日光下的洛川河流又是两样了。

虽说天气又转晴了，但无情的风总是扫着地上的砂土劈面打来。

走过了一些小村庄，看得见远处又露出几排土房，安置在一些厚重的山旁边，有稀疏的树林围绕着，依着山的土房 ② 涂画着一片片的褐色、土黄、深灰和暗紫，在那有着美丽颜色的山的边缘上，便是无尽的天的蓝。陕北的风景呵！

---

* 本文初刊于《七月》1938 年第 3 集第 6 期。收入《丁玲全集》第 5 卷。

① 初刊本无"但并不怎样惧怕，因为是到寒冷里去的啊！"

② 初刊本作"土层"。

可是我忽然想到一个问题，而同着北上的汪也在沉思一会儿之后问我：

"像这样的地形如果有飞机来了，该往什么地方躲呢？"

走过团校时，那威逼着我们的风，使我们停了一刻，在木柴烧着的火旁边暖着手脚。同来保安的孙同志，正在这里工作。她的学习精神很好，使我每次见着她时，不觉得便显出亲热。

一路迎着西北风，沿着洛川河流上溯，在一些小石块上跳到河那边去，又从薄冰上战战兢兢走过来。这样走了四十里，五十里，六十里了吧，弯到一个山坳子里，找到了宿营地，有两排土窑洞，队伍也在这里歇下了。还遇着四个新红军，他们都是刚从上海进苏区来的，在保安停留了一月多，现在分配到党校和红校去工作。我们要同走一大段路。他们这些新兵比我们还不内行，什么用的东西都不懂得预备，一到了洗脸吃饭，就脸色狼狈走到我和汪同志这里来，又是疲惫，又是好笑，于是我们不客气地互相取笑着。

每天还没有天亮的时候，口笛便在洞外横扫过去，又叫着吹了回来，麻木的不会转动的腿，又开始感到了疲倦。然而院子里各种声音都杂乱地响起了，我催着睡在炕那头的汪同志，但他又希望我先起身。我们总是很忙乱地收拾着铺盖和零星东西，我们能够在队伍集合之前在大路上等着，每天我们也不至于掉队，虽说在以前我们是从来也没有走过许多路的。

开始两天全跟着洛川河走，一时在冰上，一时又爬到两边的岩岸上。这些路都非常陡峻，牲口不能上去，得远远地绕着河的对面，岩底下的小路走 ①，大半的时候还有许多烂泥，一些被太阳晒融了的地方。后来的行程，便转到山上了，越过了一岭，又有一岭，几十里几十里看不到一个村庄。这些山都全无树木，枯黄的荒草，或是连草也看不到的那末无际地起伏着，一直延展到天尽头，但这天是无尽头的，

---

　　① 初刊本作"岩底下的小路，也是不能骑马的"。

因为等你一走到尽头的山上，你又看见依旧是那一幅单纯的图画铺在你脚下了。这些地方有着一些奇怪的地名，但随即就会忘去的。脑筋越来越简单，一到了宿营地，就只想怎么快点洗脚吃饭，因为要睡得很呵！

这样走了八天，八天的生活全无变化，我们才到了驻扎地。这一带是驻扎我们前方的队伍的。① 这时总指挥部驻在绍沟沿，总政治部驻在它南边五里路，我们就住在这里。但沿路还有一些可记的，我分开写在下边。

一九三六年十二月十三日

---

① 初刊本此处有"我们来这里的目的，就是要看一看，多看一点这些英勇的军队的。"一句。

南下军中之一页日记*

十二月十八日

看见走在前边的许多马匹和队伍从大路上转了弯，猜到大约已经
到了宿营地，我打马从荒地里插了过去，有一溜短墙横在前边，人和
马陆陆续续地都停在这里了。我转过土墙，进到一个颇大的院子，许
许多多人都在这里忙乱着。一些毡子被袄，一些不知装着什么的麻布
袋，都从马背上解下来，往房子里送，一些文件箱也从院外挑进来了。
那些卸下了重负的马和骡子嗅着撒在地下的乱草，用力地喷着鼻子，
吐出一些气来。忙着烧水的特务员们，把一大捆一大捆的稻草不知从
什么地方抱了来，又抱到一些什么地方去。机要科的同志已经把天线
装好了。沿途都没有休息，只要一休息下来，便又拟着电稿或指示的
彭德怀同志又已坐在人来人往的门边在写着什么了。总政治委员任弼
时同志靠在一个石碾上看着一本油印的书，书名叫做《工人阶级反法
西斯蒂》。我照例是一到了新地方就四处走着和看着。这里房子比较还
算好，大约是一户富农的，主人已经让到一里外的地方去住了。我自
从到边区后便受惯了老百姓的热情招待，这回看不见屋主人却是第一
次，原来他们家的男子已出外，只剩两个中年妇女，她们以为有不方
便的地方，房子又少，所以她们便让出去了。我每间每间地去浏览，

---

* 本文初刊于《七月》1938 年第 3 卷第 6 期，为《到前线去》一文中的其中一
　节。收入《丁玲全集》第 5 卷。

有的住通信连，有的住警卫连，有的已经打扫好了，有的还在收拾。我走到末一间，一群人正围着两个不知是哪一处掉队下来的病号，七嘴八舌地在问他们。他们穿得并不十分坏，也看不出有什么大病，只显出过度的疲劳，两个人无力地偎在一个角落里坐着。大家也还没有想出怎么来处置的办法，忽然从门口传来一个有力的声音，使大家都肃静地听着，这正是那坐在门槛上写东西的前敌副总指挥：

"问他是哪一师的，是从哪一天掉队下来的？不能走路，能不能骑牲口？问清楚了，写一封介绍信，预备两匹牲口，送他们归队。轻易掉队是不许可的，你们脱离了建制，脱离了一个组织，一切都得不到解决，你们从什么地方弄来吃的，会饿死的！你们要了解，红军不是无秩序的，不是漫无组织的。快一点办妥，时间不早了，派一个通信员跟他们去，就是这样！"

等我跟在两个拐脚的病号走出来时，已经又不见他了。

时间已经黄昏了，一团一团的火四处烧着，青烟一团一团地向四方飞去，这里放着一些锅、脸盆、茶缸，几个特务员就围在这里，他们正在说一些故事，于是我也参加了进来。不知是谁，一走来就在锅里舀了一碗温水去喝，同时有两个人便站起来抓住了他：

"同志！不行！这水没有开。记不记得今天在路上，二排排长因为没有管理部下，让他们随意吃了路上的冰，政治委员立刻同他谈的那一套话吗？我们应该讲卫生，我们应该时时注意身体的健康，同政治学习一样，不好这末随便的，同志！"

这里的朋友，都是明朗的，做事就拼命做，一有空就互相说着一些无伤的笑话。说话总是很幽默的①彭德怀，也是一个喜欢说一句两句的，并且有时还会做出一点胡闹的举动，我以为只有小孩子才会感到兴趣的举动。不过，在那极其天真的脸上，还没有完全消失顽皮的时候，他已经又在严肃地说着一些横梗在心头，没有一时放松的我们目

---

① 初刊本无"说话总是很幽默的"。

前的任务，以及军事上的布置，或是某一部分的党的教育工作。我同着指挥部一块儿行军，有三天了，我还没有看见他们有一分钟是想着别的，或做着别的离开了责任的事情。所以无论谁①有时就是说了一两句很粗鲁的话，或是有什么游戏的举动，也只使下级的人、使群众更觉得他们②的可亲。

天渐渐地黑了，寒冷跟着黑暗跑进了屋子，于是我们房子中生了一堆火。大家围坐在四周，火光在每个人脸上闪，大家正热烈地讨论着许多问题。这里是没有疲倦的，无论每天走过多少路，或爬过多少山，但一到宿营地，个个人都兴冲冲地去忙着各自的事，或是商讨着当前的一些问题。就是在行军的时候，也总是说说笑笑，讲着一些过去的战绩和目前的政治形势。只有一个东西成为谈话的核心，这个东西是正决定着中华民族的将来的！

我睡得很晚，十一点了，我还坐在火边，借火光写着日记，炕上已响起鼾声，陆同志蜷在一个摇摇的烛光下，起草着一个计划，在他的身旁，那一片稻草上，挤着睡着的几个特务员，已经沉沉入睡了。只有机要科不时送来一些电报给总指挥和政治委员。而这些电报，有许多关于远方的时事的，也是我每晚愿意等着看的。

一九三六年十二月

---

① 初刊本作"他"。
② 初刊本作"他"。

彭德怀速写*

"一到战场上，我们便只有一个信心，几十个人的精神注在他一个人身上，谁也不敢乱动；就是刚上火线的，也因为有了他的存在而不懂得害怕。只要他一声命令'去死！'我们就找不到一个人不高兴去迎着看不见的死而勇猛地冲上去！我们是怕他的，但我们更爱他！"

这是一个二十四岁的青年政治委员告诉我的。当他述说这一段话的时候，发红的脸上隐藏不住他的兴奋。他说的是谁呢？就是现在我所要粗粗画几笔的彭德怀同志，他现在正在前方担任红军前敌副总指挥①。

穿的是最普通的红军装束，但在灰色布的表面上，薄薄浮着一层黄的泥灰和黑色的油，显得很旧，而且不大合身，不过他似乎从来都没有感觉到。脸色是看不清的，因为常常有许多被寒风所摧裂的小口布满着，但在这不算漂亮的脸上有两个黑的、活泼的眼睛转动，看得见有在成人脸上找不到的天真和天真的顽皮。还有一张颇大的嘴，充分表示着顽强，这是属于革命的无产阶级的顽强的精神②。每一遇到一些青年干部或是什么下级同志的时候，看得出那些昂奋的心都在他那种最自然诚恳的握手里显得温柔起来。他有时也同这些人开玩笑，说着一些粗鲁无伤的笑话，但更多的时候是耐烦地向他们解释许多政

---

* 本文初刊于《新中华报》副刊 1937 年 2 月 3 日。原题为《速写彭德怀》。收入《丁玲全集》第 5 卷。

① 初刊本作"前敌总指挥的工作"。

② 初刊本作"神情"。

治上工作上的问题，恳切地显着对一个同志的勉励。这些听着的人便望着他，心沉静了①，然而同时又更奋起了。但一当他不说话沉思着什么的时候，周围便安静了，谁也唯恐惊扰了他。有些时候他的确使人怕的，因为他对工作是严格的，虽说在生活上是马马虎虎；不过这些受了严厉批评的同志却会更爱他的。

拥着一些老百姓的背，揉着它们，听老百姓讲家里事，举着大拇指在那些朴素的脸上摇晃着说："呱呱叫，你老乡好得很……"那些嘴上长得有长胡的②也会拍着他，或是将烟杆送到他的嘴边，哪怕他总是笑着推着拒绝了。后来他走了，③但他的印象却永远留在那些简单的纯洁的脑子中。

一九三六年十二月

---

① 初刊本作"心在那些话里沉静了起来"。
② 初刊本作"那些颈上披得有长毛的"。
③ 初刊本此处有"从一些草堆上泥地上站起来握别了那些人走来了"。

记左权同志话山城堡之战[*]

　　虽然每天都是八十里九十里的行军，但我总是麻烦着那些英勇的、天才的红色将领们，让他们给我讲种种战斗故事。

　　有一天夜间，我们谈了一些闲天后，左权同志兴奋地拍了一下桌子，稳重地笑了笑，将手上的烟灰弹了一弹，用平静的声音^①，然而却是很坚决的神气说道："明天，准是明天，我给你讲山城堡战斗的故事。"

　　我等着机会，第一天，第二天，总不给我机会，第三天我没有挤上去，第四天……我记不清楚是第几天了，算给了我一次满足。

　　也是在晚上，左权同志像说书一样地说开了^②："这一战斗，实在是出于不得已。自从我们党发出中国人不打中国人的宣言以后，我们红军就履行了这个诺言，从来不向'围剿'我们的军队瞄准，总是节节退让。当我们和二、四方面军会合的时候，国民党胡宗南、关麟征等五个纵队直向西兰公路冲来，要破坏我们的联络。但他们的目的没有达到，于是，他们便再向东北压来，企图进攻苏区，压迫三边，以封锁我们的经济线。这时我们是一面退却，一面殷勤地写了好多信去，告诉他们，希望他们不要前进了，不要再逼我们了。但他们置之不理，仍要节节前进。于是我们不得不为了自卫，给他一个教训。结果是完

---

*　本文初刊于《新中华报》副刊 1937 年 1 月 29 日。收入《丁玲全集》第 5 卷。

①　初刊本作"漫漫的声音"。

②　初刊本作"他向我背书一样的说开了"。

-107-

全胜利，消灭了他一个旅，一个最有战斗力的劲旅，是中央军七十八师丁德隆的基本部队。我们红军参战的只有十三个连。

"当我们决定打他们的时候，他们已经驻在山城堡四天了。我们派出的侦察骑兵回来报告，那里地形对我们非常不利。敌人部队都躲在靠山一带的窑洞里，山南是一条沟，和许许多多馒头形的乱山，山上的堡垒和防御工事都修得很好，敌人主力都在这一带。我们的决心是下定了的①，命令是必须执行的。我们相信能胜利，因为我们从来对红军战士②都有这样的把握。

"这天，十一月二十一日下午五点钟的时候，全军指战员都处在忍无可忍的情绪中，异常激昂奋勇。出发令刚一下达，只见原野上红旗前导，铁骑滚滚向北飞速地流去③。远处山头上观战的二方面军的同志们，后来常常说到那时的壮景。一个半钟头后，我们便跑了三十里，到目的地集结，没有一个跌跤的，也没有一个掉队的。

"我们队伍在行进中，曾有五架敌机在头上盘旋。但我们没有一个人管它。它们大约是把炸弹掷到别的什么地方了，在我们头上飞得很低，只放了一些机关枪，像过年的炮仗一样④。我们接近到前沿的时候，天已经完全黑了。上弦月斜挂在山头，广漠的原野，巍巍群山上的新筑堡垒朦胧在淡白色的月光里。这正是战斗所需要的，天老爷在帮我们的忙了！⑤

"我们一到，敌人就发觉了。不过因为天黑，敌人的大炮失去了作用，只听到他们的机关枪噼噼啪啪，热闹得很。而我们的冲锋号像竞赛似的，四面八方⑥，远远近近一齐吹起来了。首先是南面的战斗，在

---

① 初刊本作"然而我们的计划是定下了"。
② 初刊本无"对红军战士"。
③ 初刊本作"只见原野上的红旗乱飞，许多行列的队伍像许多条龙一样，在红旗之后向北飞速的滚去"。
④ 初刊本此处有"没有人去管它"。
⑤ 初刊本无"天老爷在帮我们的忙了！"
⑥ 初刊本无"四面八方"。

那边火光四射，是我们部队逼近时所投的手榴弹。信号弹在寒夜的天空里爆炸了，光芒拖得很远很远，它照亮了我们，兴奋了参战的所有战斗员，因为它告诉我们胜利了。慢慢地那一方向的枪声稀少了，但另外的地方，一处一处又在密集的枪声里闪着繁密的火花，战士的吼声[1]阵阵传扬：'冲呀！''冲呀！''不愿作亡国奴的快缴下枪来！'

"战斗持续到八点钟，敌军的一个团开始向西退却。我们的一个营担任阻击，正好插上去，可是看不清，敌我混在一起了。我们的战士们勇敢百倍，一个个去摸、去捉。摸到帽子和我们不同的，便用刺刀刺，用手榴弹当锤子锤。放下武器的，便成了俘虏。[2]我们的战士拖那些俘虏，被拖过来的，一会儿又跑掉了。分配押俘虏的战士忙不过来，抓住了前面两个，后面的三个又逃了，许多俘虏就落到沟底下去了。

"有些山头不好打。我们有一个连攻一个山头，那山头上堡垒很坚固，我们上去一个排，却被敌人压下来了[3]。另外一个连赶来增援，分三路迂回冲去，结果把敌军一个营全部消灭，营长也俘虏来了[4]。

"十一点的时候，敌军的主要指挥阵地，就是那一排窑洞，也被我们占领了。敌旅长早已绕着山后一条小路溜跑了。这时枪声渐渐稀少，我们一部分队伍追击下去，搜索残敌[5]，大部分队伍在十二点左右都非常有秩序地集合在战后的原野上。大家欢欣跳跃，唱着红军的胜利歌，和嘲笑着那些败走了的国民党的将军们。

"被遗忘了的月亮悄悄地溜下了山的那边，原野上全黑了，一堆一堆的野火在一群一群的战斗员中升了起来，红光轻轻地跳动在这些欢乐的脸上，红军在这里等着一些归队的人，等着天亮。

"到天快亮，我们大队向宿营地走去，我们快到达的时候，敌人的

---

① 初刊本作"吓人的吼声"。

② 初刊本无"放下武器的，便成了俘虏。"

③ 初刊本作"却坍下来了"。

④ 初刊本作"另外一个连恰好会合在那里，于是他们便商量好分三路冲法，结果全营消灭，营长也被俘来了"。

⑤ 初刊本无"搜索残敌"。

飞机照例来到那战后的场地，巡视着那些硝烟迷漫过的土地，和狼藉着的匪军尸体 ①——他们瞪着不能活动了的眼珠，痴痴地望着天。他们战死了 ②，是被那伙只顾自己私利的人把他们拿来冤枉地牺牲了。

"最有趣味的，是在我们一担一担地把枪支、子弹、手榴弹往回挑的时候，那些打散了的敌军士兵，却跟着跑来了许多，他们向我们要饭吃，他们不特很饿，而且有病。原来是他们走到哪里，哪里的老百姓便全跑光了。没有房子住，找不到粮食，每天只能煮一杯或两杯没有去皮的麦稞，连水也找不到。这一带的水本来就很少，而且大半是苦水。老百姓埋在地下的好水，他们是没有方法弄到手的。而我们呢，当然是另一样，不然我们就不会战无不胜了。

"……"

左权同志结束了这一段话之后，我们都觉得很愉快。我们是在用口用笔都不能说服别人的时候，也就不得不打一下了。我们是求和平的，但我们为着和平的实现，同时就要随时蓄养着精锐的武力。

一九三七年一月二十九日

---

① 初刊本作"巡视着那些被蹂躏过的土地，和被牺牲了的人群"。

② 初刊本作"他们是被杀害了"。

西北战地服务团成立之前[*]

卢沟桥事件后，延安起了很大的波动，铅印的套了色的号外，从通讯员们的手中，送到一些机关里的桌子上，学校的救亡室里，送到了救国会，送到了妇女会。大街小巷都围着一团一团的人，讨论着这非常消息的传来。那些抗大的学生，开小组会，开大会，唾沫飞溅着。驻守在后方的警卫团，以及一些勤务班，特务团，都在讨论着一个题目，后方政治部每天至少有几十个连一级的干部要求到前方去。年轻人的心都不定地飞跃在炮火中。于是毛泽东主席在抗大的操坪上做了一个报告，连炊事员都兴奋地听到了：

"……只要是不怕死的，都有上前线去的机会，你们准备着好了，哪一天命令来，哪一天就背起毯子走。延安不需要这么多的干部[①]，我们欢送你们出去，到前方去也好，到后方去也好，把中国弄好起来，把日本人赶出去，那时再欢迎你们回来……"

接着抗大学员提早毕业了，从八月三号起，陆陆续续不知有多少人马开拔，有的是坐汽车，有的是走路，有的往南，有的往北。窄的街上骡马牵来牵去，军委四局的电话，没有停止过通话，通讯员和一些总务处长、管理员们拥挤在院子里，领钱的，领粮食的，要被服的，要牲口的，还有要人员的，什么饲养员、炊事员、运输员、勤务员都缺乏，自然牲口装备都成问题。于是又派人到延长去，到宜川去调人，

---

[*]　本文原题为《成立之前》，初收文集《一年》，生活书店 1939 年版。1980 年收入《到前线去》时更名。收入《丁玲全集》第 5 卷。

[①]　初刊本作"延安并不须要你们，并不须要这末多的干部"。

路上便更显得热闹了。

　　这时我和奚如夫妇仍住在抗大，他已经没有上课了，文协的会员全都是抗大学生，梦秋又已去西安，我们的时间仍大半消耗在会客上面，于是不愿坐守的心情也跟着人群动荡了。我们便计划着上前线去，一下我便征得了六七个同志。我们草拟了一个战地记者团的章程，只要很少的人，花很少的钱，走很多的地方，写很多的通讯。但晚上却又有人参加进来了，要求扩大这个组织，加个戏剧、歌咏、漫画等。我和奚如起先都不赞成，后来也附和了，因为我们都怕管事务，如果有了一个大的组织成立，我们这小小记者团跟着他们也很好。如果我们需要单独出去，就离开他们；如果不需要出去，就在家里写写文章，而且有戏看。过去我们都怕那些马戏班似的剧团，浪漫派的艺术家，但如果是抗大的学生们，那倒又可以马马虎虎。于是我们便把计划从新做过，是一个战地服务团或宣传队的性质的东西。

　　第二天在抗大八队的宿舍处临时贴了一张白纸，上边大书几个黑字："战地服务团"。陆续有些人往里搬，几乎全是抗大的学生，毕业的，以及没有毕业的，他们在那里的生活，仍照学校一样，直到第三天才正式宣布了负责人的名单，大约就是这么成立了。我和奚如荣任主任和副主任，但我们心上都有说不出的懊丧，尤其是我。的确我曾写过一点文章，但以一个写文章的人来带队伍，我认为是不适宜的。加之我对于这些事不特没有经验，简直没有兴趣，什么演戏，唱歌，行军，开会，弄粮草，弄柴炭，……但是我仍旧被说服了，拿了大的勇气把责任扔上肩头，决定第二天上午召集大会，讨论一切事情。这天是八月十一日。

一九三七年八月

附：日记一页①

八月十一日

当一个伟大任务站在你面前的时候，应该忘去自己的渺小。

不要怕群众，不要怕群众知道你的弱点。要到群众中去学习，要在群众的监视之下纠正那致命的缺点。

领导是集体的，不是个人的，所以不是一个两个英雄能做成什么大事的。多听大众的意见，多派大众一些工作，不独断独行，不包而不办，是最好的领导方式。

要确立信仰。但不是作威作福，相反的，是对人要和气，对工作要耐苦，斗争要坚定，解释要耐烦，方式要灵活，说话却不能随便。

明天我就要同一群年轻的人在一道了，大部分的人我都不认识，生活年龄都使我们有一道距离，但我一定要打破它，我不愿以我的名字领导着他们，我要以我的态度去亲近他们，以我的工作来说服他们。我不是一个自由的人了，但我的生活将更快乐，而且我在一群年轻人领导之下，将变得比较能干起来。我以最大的热情去迎接这新的生活。

---

① 初刊本另有两则附录，此处略去。

河西途中*

大营房的院子里，层层密密围了许多穿军装的青年，他们每个人的脸上，都有着欢笑的光彩闪耀。他们谈笑着，议论着。在当中，一部分是装束整齐，绑带贴实地紧裹在腿上，草鞋踏在脚底，各色背包背在背上，红光满面的脸，说明着他们气饱力足。一副出征英雄的伟姿，早把另一部分送行人们的心，鼓动成高兴与激昂，忘了世俗的离别的悲哀。

七个驮着行李的小驴子在前头一摇一摆地移着脚步，鲜红的团旗在队列前头迎空招展。陕北公学的同学列着队，预先赶到路中。当太阳从山腰探出脸来的时候，静穆的晨空中，被"欢送战地服务团上前线""争取抗战胜利"……的口号声，雄壮的歌声所充满。这样一直延展到土围子边，辽阔的草地上映着排列的拖长着的人影，歌声响到被太阳晒着的岩石上，飘到不倦地汩汩响着的延水上，天地似乎也在飞跃，跟着上百成千的喉咙，跟着上百成千跳荡的心。风跟着人跑，刮着前边的红旗刷刷直叫。

送了一程又一程，西战团的队伍停住了，向后转喊着话，答谢他们的欢送。在响震天地的热烈口号声中，结束了这个雄壮①的场面。

我们唱着走着，过了川口，不知不觉地便到了预定的宿营地——四十里铺了。团员们卸了装，马上便分散到各窑洞里去调查当地情形

---

*　本文初收《一年》。收入《丁玲全集》第 5 卷。

　①　初刊本作"壮烈"。

和向他们宣传。这样的村庄是在陕北任何地带都可见到的，二十来家，安居乐业，但对日本鬼，他们无论妇孺，都表示深恨入骨。有贫农会，会长即是农民，穿着破烂的布衣，戴旧草帽，由山里赶来为我们预备一切。和他们畅谈时事，满口术语，真像一个大知识分子。

从他口中，我们知道这地方的民情也和别的落后乡村一般，迷信很深。妇人缠足，八路军来后，渐渐地破除了。而且办了小学，学生二十多人，占全村儿童百分之六十以上，女生有三分之一；妇人参加识字班，过去的童养媳及买卖婚姻现在减少了。以往收成不好，今年雨水多，加上地方当局对春耕的帮助和指导，开荒不少，生活已经大大地得到改善。

第二天宿甘谷驿时，我们找到了乡长，和他谈起来，他在一九三五年参加地方武装，当过分队长，他老婆也参加识字班，儿子参加少先队。这里乡政府是由乡长、土地部、粮食部组成。此外的组织有贫农团、劳动互助社、识字班、妇女会、互济会、救国会等。贫农团现有团员七十一人，分十班，团长书记各一人。自建苏维埃后，地方文化已改进很多，文盲减少，废除买卖婚姻，只需乡政府许可，一人介绍便可登记结婚。

夜间下了一夜雨，次日清晨仍然连绵不停，急于要走的心情，被雨丝绊住了。在羁留中，重新决定我们的工作：上午通信股埋头整理稿子，创作小调、杂技、教歌，下午准备开音乐会。一个原来非常漂亮的教堂，那台子已经倒塌了，但"无坚不克"是我们的作风，几十个人动手，面对着这样的问题，自然是迎刃而解了。嘿呀嗨呀的，泥土木板，在几十个年轻人的肩上、腕上，跳到破毁的台子上，马上修理得很整齐。

雨住了，天还阴阴的。门口及门外的漫画，吸引来了黑压压的民众。红色的幕布，鲜明地挂在当中，我们还拔来一丛丛的蓝色雏菊，红的淡黄的野花，把礼堂装点得十分优美，自然地飘出了一种庄严的空气。在团员的欢迎中，来宾们陆续到了，有整着队的警卫连保安队，儿童团，他们和延安的一样保持着良好的纪律，依着前台主任的指挥，找到他们的地位坐下。零散的民众们，便到处充塞着。开始了，只有在边区才能有的尽情的热情的歌声又轰然响起来。夹在当中的是由一个个亲热欢欣的脸所发出的欢呼声，叫好声。

因为群众表示得过于欢欣与热烈，我们在预定的节目之外，又加了一个《打倒日本升平舞》，从台上舞到人群，再舞到院中，群众仍旧像磁石上的铁砂样地不散①，跟着又进行了演讲，又加演一个群众剧。看看天色将晚，成千的群众，才依依地转向他们有的是十来里冒雨而来的归程。

晚饭后，我们带着白天留下的兴奋，席地坐下，从容地开我们的演讲会。题目为《怎样争取抗战的胜利》，假设对象是一个极大的市民大会。每班推二人为演讲员，奚如和我以及天虚同志担任评判，结果非常好，各团员均能充分地发表意见。

甘谷驿的两天驻留，使大家又怨恨又焦急。早晨不待值星班长的哨音，大家就由水泥地上翻身起来，但因为有几个同学身体不舒服，决定只走三十里宿营，——因为再过去是一上一下四十里的大山——大家心中有些郁悒。

欢歌着走出了东城，张发组的同志在岩石上和墓碑上横扫直划地涂着斗大的标语，不知不觉来到黑家铺。行李搬到宿营处后，各处散播着不够劲的埋怨空气，但因为是决定了的，各人仍兴奋着来进行今天的工作。

命令像阵风，很快地由各班长传来："吃过午饭再动身，赶到延长宿营。"大伙儿欢跃起来，一阵热烈地呼叫"拥护新计划！"

吃饭前，各团员仍去和民众谈话，教小学生唱歌，几十分钟，小孩子们便学会了几个小调，得意愉快地唱着。

快一点钟了，离开黑家铺，走不上几里便是高山，这是我们出发

① 初刊本作"群众们仍旧像铁样的不散"。

以来第一座大山。队伍本来是很有次序地走着，让迎面来的一群隆背骆驼一冲，过惯山地生活的，便趁机大显身手，直冲向前，走路经验少的便落了队，以致连杂务人员还不到六十人的队伍，拖长到七八里。几次叫喊停住，前面的只是无羁的野马似的往前直冲，直到把山翻完了，冲到山脚才坐下等待着，等了半点来钟，后面才陆续来着骡子。大家都说，这样是不行的。如果中途发生意外，怎能顾及。我们反对这种脱离群众的先锋主义。于是前头跑的同志们，才在微笑中点头，算是默认错误吧。

沿途是以唱歌来加足马力的，一个冲锋上了二十里下了二十里的山，完成了任务。当远远的油井上边的建筑物落入我们眼里时，知道是到延长了。

进了城，由街上穿过，响亮的嗓子唱起歌来了，大街上的居民都跑出门来看这伙有的戴着眼镜，有的拿着洋琴的怪兵。

宿处是师范学校。边区四老之一的徐特立老先生来招呼我们。他鹤发童颜，神采不改当日，带着我们找房子，指导勤务打扫，殷殷地用不大关风的口语和我们谈讲着。

次日的街上张满了城隍庙演剧布告，我们由经验中晓得，几张布告生不出多少力量，又把我们号召群众的宝贝——《打倒日本升平舞》拿出来了，这原来是群众的东西，群众一个一个着魔似的，跟着我们到了城隍庙，把戏台上的一块空地塞得水泄不通。

比过去多了一个节目是拉洋片。这一节目使千来个脸孔的肌肉都跟着演员的声调表情而颤动。笑出眼泪来的也有，哭出眼泪来的也有。

延长这地方是有名的石油产地①。有一个石油厂创办于光绪年间，至今约三十余年历史，中间曾经外人主持。民国后收归国营，最多时每日可收油万多磅，但后来日渐枯竭。二十四年南京中央拨款开凿数十井，亦无所出，至今所出更少，乃技术关系也。

---

① 初刊本此处有"这一带的石油，可供世界百年之用"。

在政治上，延长是"统一战线区"，与延安同样，属南京中央所管辖，但其所派县长，在行政上并无多大事故，民众武装力量，大过军队七八倍，"边区政府所派的县政府"所辖各区抗日自卫军有一千三百多人，不久前破获一个汉奸机关，是一家书铺，捕获汉奸四个，是山西日本特务机关派来调查此地工作的。

头一天公演，次日出发时，商会、师校送来了许多慰劳品。团员们第一次享受慰劳，分外高兴。在热烈雄壮①的欢送声中，我们和延长，和延长亲爱的民众、同学、同志们分别。徐特立老同志，挂着泪又带着笑容，特别送我们不少路，依然由延水伴着我们跑。延水的潺潺的流动声和我们的歌声合着拍子，走到张家滩宿下营来，各人跑到山涧中去洗澡，涤除几日来的汗垢和劳累。次日，天方明，如往日一样地整装出发，所经过的地方，人家很少，沿途都种植着糜子和枣子。有时碰到热情的老农夫，摘了许多又红又大的红枣到路口送给我们。

由延安出发后，特别是到了延长，人人心中都浮出一个鲜明的愿望，早日与这延水告别，与雄伟的黄河见面。不单为着欣赏黄河的雄伟气势，还有别的让我们潜放在心里的史迹。

现在已经离黄河只有百多里，而这百多里路程，又在我们的脚下缩短着。我们仍旧在山间小道上，蜿蜒而行，翻过几个山又到了更高峰顶，黄河岸边的山路，真是有些吓人，走不尽似的，但第二天我们在最高的山顶上看见黄河了，也看见了对岸的高山，那些更高的层叠的山峰。这天是九月三十日，过河是十月一日。

一九三七年十月

---

　　① 初刊本作"悲壮"。

临　汾*

大家拼命赶路，不顾一天涉过二十九条河，也不顾在黑山关里走三十里的乱石路，不起泡的脚，也起泡了。天黑才赶到土门。第二天是双十节，可以到临汾了，临汾也许很热闹呢。土门要演戏，不让我们睡，我们又到戏台子上去。十点半钟了，男女老少来了五六百人。煤汽灯也借到了。远远的沉寂的黑空里，流荡着张可同志的嗓音，他在唱大鼓呢。接着演了《保卫卢沟桥》的短剧，吼声震动了山谷，土门的宿鸟全拍着翅膀飞起来了。狗四方窜着，老百姓含着眼泪拼命地叫喊：

> 打倒日本帝国主义！
> 武装保卫山西！
> ……

夜深了，走回宿处来，疲倦没有了，兴奋持续着，蜷在被里，一些人面，朴质的受了感动的人面直在眼前晃。可是不等天亮就又出发了。

临汾真是一个少见的大城呵！朦胧的晨曦里，它以它整齐的长的雉堞和美丽的城楼在东方薄明的天空里向我们招引着。同志们都冻着鼻子，吐着白雾，唱着愉快的歌曲，而且呼唤着："加油呵！"

---

* 本文初收《一年》。收入《丁玲全集》第5卷。

红旗在汾河上飘扬，太阳照着汾河的水，打旋地流，船夫裸着身体，将大半截身子浸在凉水里，泥浆溅满一身：

"吆啊！嘿啊！啊嗨……"

上下渡口看不到其他的船只，我们担心着我们的尖兵。

临汾城真是少见的大城呵！走近了看，更看出它的伟大。却只有少数的行人。队伍停在城门外，等着我们尖兵的回报。第二批又派了两个同志上县衙门去了。

看看快十一点，肚子叫起来了。大家有点心急，今天是双十节呢！

奚如便和我一道到城中去看看，随着我们去的有长剑同志。大队仍寂寂寞寞地留在那里，稍稍含着说不出的懊丧。

过黄河以来①，国民党大宁县曾给过我们意外的欢迎，离城二十里就遇到来迎的骑兵，五里外又停候着一群代表，有一千多民众在城外等候了一个多钟头了。第三天又照样地欢送。隰县的二十几个代表赶了八十里路来迎接。蒲县也是如此。但伟大的临汾城，却好像找不到人似的。

在一个广场上，一部闪光的包车驶过去了。街上的人告诉我那是县长，奚如和我不觉就趄转身追过去。长剑跑得快，先追着车子，将介绍信递了过去。他把这封一页的信纸，足足看了五分钟。我已经老早就站在他面前了。县长穿一套藏青色中山装，料子很好。衣服缝得很大，肚子仍旧腆在外边，圆头上放了一顶呢帽，颇有上海包打探的神气。他听到我说话的声音，才转过头来打量我一番，打量了我，又去望奚如。奚如满身是灰尘，褪色的灰布衣，符号也成了灰色的了，背上挂了顶草帽，脚上穿了双草鞋；没有斜皮带，那斜挂的是一个黄色的干粮袋；小脸因为长途的劳顿，下巴更尖了。我呢，除了同他一样装束以外，更不顺眼的地方，却是我自己疏忽了的地方，就是：

① 初刊本无"过黄河以来"。

"哼，看这女人。"

县长给了我们一句话："找第一科去！"不给我再说话的机会，他坐在车上便走了，车铃声清脆地响了过去。

不知长剑后来如何向同志们说了。到了旅馆后，一个一个地跑来问我是否要在这里停留，有的同志希望连夜离开这骄傲的临汾。

我的答复，起码留三天，三天之内，一分钟也不能空过。于是附带了交际任务的歌者们全体出发了。张发组的同志出发了。街头演讲的也出发了。

临汾驻了一团新兵，团长颇有改良军队的决心。团长来到我们这里，并且邀我们去谈话，商量军队的政治教育。临汾毕竟是个大的城，有十几个群众团体，现在都来了负责人。县长看见团长来过了，于是也率领着一些行政机关的代表来旅馆。县长带着几分惭愧，我也带着惭愧的心情，我们的工作太不够了，我们如何来报答这些希冀的心。旅馆不断地充满了客人。

有来谈军队工作的。

有来商量学生风潮的。

也有如何征集自卫队的问题。

最多的是询问抗战的前途。

一群航空员也来了，大家谈着前方空战的事情，他们有一部分人参加过内战，"剿共"的①，他们似乎喜欢谈起过去。

临汾常受敌机轰炸，老百姓大部分都逃走了，但仍有不少的人，夜晚我们在市场演唱时，那热闹就完全不同一个小城市。

军队里也去讲过话了。这是工兵，他们都不懂统一战线，但他们懂得要打日本，到夜晚，庞大的临汾城都在议论着："战地服务团来了！"

清晨的菜市里，围得水泄不通，全在看服务团的相声和听演讲。

---

① 初刊本作"长征过的"。

第二天的一整天都赴各学校工作。

临汾中学生游行示威，驱逐不抗日的校长，校长请了武装在学校里弹压。

穿着黄呢军服，佩着指挥刀的战时妇女服务团也同我们在一道开会了。

夜晚，人都向一个地方流去，街道宽，有电灯，铺子全大开着门做生意，我们已全被他们认识了，走在街上时，人们都议论着："去演戏的，战地服务团。……"大队开到关帝庙时，人已到得差不多，演出委员会的几个同志，老早把舞台弄得整整齐齐了。这会是由牺盟会来主持的，演讲的人很多，第一个是县长致欢迎词。这县长说话的本领很不错，他把同我们见面的事提出来，他形容了一下我的样子，他不相信那便是我。我们都嫌他有些恭维过火，可是他博得下边的很热烈的掌声。但他仍为很多人怨恨着的，譬如临汾中学的被警察监视着的学生们。①

人头从台脚下一直密密地展开到远远的墙角。五千个人头，一万只手，吼声震天，然而次序照常好。台上人只要大声点，远的地方也可以听到。

这晚上的观众，市民占大多数。

嗓子都喊哑了，兴奋的红色在脸上浮着，眼睛放光，台上人同台下人打成一片，一致地向着光明的勇敢的精神，把人群都伟大化了，这印象将成为最美的、最可纪念的留在人心中，因为在那个时候，人有过比平日不庸俗的感情。

十一点的时候，背着包袱从那群不忍离开的人群中跑回来了，因为临时来了电报，十二点火车在站上等着我们。

火车站在明亮的灯光下静静地睡着，在一条黑色灰尘的道上我们无声地赶着路，别了，临汾！伟大的城啊！

---

　　① 初刊本此处有"那不过因为校长是他的亲戚。"

　　我们上了车厢，一列专车从南方开来了。车上挤着背斗笠的行列，送出雄壮的歌声。有装着军马的，有装着弹药的，灯光照在那些人脸上，啊！是八路军一百二十九师的队伍开上前方去啊！什么，政治部，张浩同志，啊！好极了，我们要一道去打敌人，我们去攻打啊！你们这些英勇的光荣的一百二十九师啊！

　　呜……呜……呜……

　　灯光远去了，列车沉沉向前进，向着有炮火的地方前进。月亮落到了车上。不知疲倦的这群孩子们，在动荡不息的车厢里，吼出了更大的歌声。

一九三七年十月

冀 村 之 夜*

战斗生活

丁玲散文精选

一九三七年的一个冬夜①，在太谷县热闹的礼堂里开完了晚会走到街上，恐怖的空气便又袭击到身上来。战地动员委员会工作的同志，拿不定主意。老百姓急速地上紧了门板，黑暗的街上络绎不断的骡马，退下来的队伍无声地向南急走。打听不到什么消息。我们在黑暗中回到宿处去。十里路的大道上，没有断过队伍，急慌慌过去了一群多的，又来了零落的小队。大家心里全明白，前线的战局一定不好，不说话，我们等着消息，不怕。

第二天十一点钟的光景，消息来了，派到太原去向周副主席请示②的克寒同志回来了。他急忙地打开了记事簿，慎重地念着：

第一，立刻离开太谷。丁玲带领能跑路的向东走，奔和顺县、辽县找一百二十九师，奚如同志带领体力弱些的奔汾阳，找总政治部，立刻动身。

第二，途中不许耽搁，以速取联络为是。

第三，丁玲此去，不知如何，可与××游击队一道走，好有照应。

克寒来不及说别的话，便背起衣包进太谷城，赶赴临汾的汽车。这消息坏得很，因为太原、榆次都危在旦夕。也许有人心中惶急，但大部分人听说向东去，向火线上去，战争的气息临近了，又微微感到

---

* 本文初刊于《文艺阵地》1939年第2卷第7期。收入《丁玲全集》第5卷。
① 初刊本无"一九三七年的一个冬夜"。
② 初刊本无"去向周副主席请示"。

快乐的不安。

下午一点，西北战地服务团分成了大、小两个队，一个向东一个向西。也没有时间给我们难受，互相扬了一扬帽子，队伍便前进了。

我们这伙有三十三个工作人员和十二个事务人员。小驴子归了我们，另一队去汾阳是大道，有车可通。

按照地图一个村一个村走去。到太原后一向行军都在夜晚，也从没有唱过歌；这次是下午，这些不知愁的青年同志们又唱起来了。经过一个大村子时，还向村中寥寥的几个乡民打了一段莲花落。山西的尺寸大①，看看太阳已偏西，宿营地范村还在远远的烟雾里。

这晚却没有住在范村，在离范村七里的冀村扎了营。

到××游击队②的住处去，院子里挤满了人，在弄晚饭吃。房里也是人穿来穿去，情况仿佛很严重。

"我们有两个办法……"类似军师的西垣先生，用指头在桌上划着，正司令和副司令两个魁梧的汉子坐在旁边静静地听，后边围了几层人。

"消极的……积极的……"

看得出他们只在告诉我，并非征求我的意见，并且也看得出这已非他一个人的意见了。

原来范村驻的一连杂牌军③的溃兵，企图抢掠百姓。××游击队打前站的已经到达了那里，把这消息传送了来，因此他们便商量如何处置这事。

我极端不赞成那所谓积极的办法，我也认为消极得不全够。我赞成一方面写信去劝导他们，一方面我们要自卫；但我绝对相信，他们不敢④来惊扰我们的。

---

① 初刊本作"山西里的天（尺）寸大"。
② 初刊本作"东北游击队"。
③ 初刊本作"第×军"。
④ 初刊本作"不致"。

表面上我的意见被接受了，实际上要采取积极的办法也不容易。我们一共只有八九杆短枪，西战团是三杆，游击队约有五六杆。我们是四十几个人，五六个有作战经验的，游击队虽说有我们两倍的数目，可是只有司令等几个人是做过军官的。

大部分的同志已经睡了，我便不打扰他们。可是多糟糕的房子，连一个后门也没有。管理员本是一个老革命，长征过来的①。他垂着头告诉我实在找不到别的房子。院子里的墙并不高，墙外的院子邻近大街。几个力大胆大的同志和几个有作战经验的团员分担了今晚的警戒，一个钟头换一次班，三个人一班。

没有风，但仍是非常冷，漆黑的夜晚，远处时时传来狗叫。

几个女同志没有睡，也许是这新消息有点使人兴奋吧。因为她们同我住在一间房子里，知道一部分事情。

当我们正在说着的时候，忽然听到枪托顿在地上，同时有一个粗暴的声音："进去！"

那位西垣先生拿着一杆步枪，押着一个穿便衣的进来了。他只说了一句："请审问一下。"便急步地又蹑身出去了。

留下了一位陌生的兵士在房子里，这位兵士真不愧是个老油子，穿着一件灰呢长袍，漂亮的缎子裤，口袋里钱很多，里面军衣的符号注明是一个班长②，很会说一套军士职责保卫国土的大道理，然而一望而知他是打劫了老百姓来的，他不会只是班长③。

原来是游击队的人在村口上把连长劫下来了。

连长随着他的队伍，在抢掠了范村半条街三十家铺子以后，便向南走来。埋伏在冀村门楼边的十几个游击队员，无声地放过了大队，但在后边马上坐的连长，离大队有十来丈，一下便被劫下来了。

连长一点也不明白这里的情况，只以为这里是八路军，一方面怕，

---

① 初刊本作"打游击出身的"。
② 初刊本作"是一个连长的符号注明他的身份"。
③ 初刊本无"他不会只是班长"。

一方面倒又放心。

游击队安顿了连长，便派人到村外边，把停在那里等待连长的队伍叫了回来。这队伍回来，就歇在临近我们大门的街口上，鼓噪着要见他们的连长。

游击队把夺下来的六支长枪，以及连长身上的短枪，配合老百姓在那边街口上布置好了，那是通到村外去的一条小路。于是他们来同我商量，简单地告诉了一点情形，主要是希望我能派几个同志向那群兵士谈话，做点政治宣传工作。他告诉我那些兵士们已经解决了。

我非常反对解决他们。我一方面要求不要这么办，一方面就派了六个同志去做工作。应该安他们的心，告诉他们一定送还他们的枪，送他们回去，一道去打日本。这六个同志当中有两个是女的，因为我们这里的工作，向来是不分性别的。①

这六个同志走到了兵士们面前，才知道他们都还握紧了枪呢。但我们的同志是不懂得惧怕的，便上前向他们解释。士兵们却吼着：

"既然中国人不打中国人，那就快些把我们的人放出来，好让我们走。"

这时有个兵士到游击队住的屋子里去了，他背的一挺轻机关枪没有缴下来，同时他身上还有手榴弹。他一见连长就说：

"走吧！干起来算了。"立刻他要掀手榴弹的盖。

"砰"的一声，那举起的右手便垂下来了。殷红的血顺手流出来，但立刻把落在地上的手榴弹捡到左手上。接着两声枪响，这个高大的汉子便像只狗似的躺在门边地上，再也不说一句话。

这几声枪响骚乱了外边的弟兄们，加啦加啦地上着刺刀，嘈乱地喊着：

"缴枪么？想解决我们么？那不成！"

---

① 初刊本此处有"但我清清楚楚听到，当他们六个已走到大门口时，那位跟在他们后边的西垣先生却说：'……就算牺牲点色相也不要紧的……'"一句。

"连长一定被他们打死了，弟兄们干吧！"

"哼！还说大家一家人，中国人不打中国人，你们哄谁呀……"

我们的六个同志退到街边上尽力地大喊着，他们想压平这骤来的暴乱。

"同志们，看我！"苏醒痴①跳在他们面前，大张开一件破羊皮大衣，用在舞台上表演相声时常用的清脆的声音喊道②："有没有武器？再看，我的同伴们，不都是空着两只手吗？要是想解决你们，我们连一支手枪也没有还敢来么？如果你们不相信，尽管开枪打吧，我决不逃走。来呀！"

兵士们安静些了，但要求马上释放他们的连长。

这时连长出现了。连长对他们演说，下命令要他们缴枪；他们立刻缴了，虽然都不愿意，很多枪都拔去了枪栓，因为他们下午就听说冀村驻了八路军的一个司令部和一个"团"，自然这司令部的内容，以及"团"的内容他们是不明白的。

这些人便被关在一间房子里。

六个同志回来后，我才知道一部分情形，我们都反对这种违反统一战线原则的处置。司令和西垣先生被请到我的房里，我们提议交还枪，办法是派人到太谷县第×军办事处，要他们来领枪领人；因为士兵们犯了军纪，所以留在此地劝劝他们。或是把人枪都交给冀村的村长及离冀村五里路的动员委员会。我们很高兴我们的意见立刻便被采纳，我心里打算这么弥补一下大约是比较妥当的，于是留下三个守卫的同志便睡下了。

我在床上躺了一个多钟头，起来看见李唯同志还没有睡，我便要他再去打听信息。他回来得很快，告诉我说××游击队已在准备出发了，要我们也快些，准三点钟出发。我问"人呢？"说还关在屋里。

---

① 初刊本作"苏星知"。

② 初刊本无"用在舞台上表演相声时常用的清脆的声音喊道"。

"如何打发呢？"说每人发了二元钱。事实很明显不能挽回了。原来当面答应的话是哄人的，但我们却还不能不同着一道走。

夜静得很，人和大车在平原上急速地无声地走去。偶尔有几个手电筒的光划过空间，落在草地上。北斗星斜横在后边，送着我们。也许有人感到胜利的欢快，但使人不愉快的是留在冀村那间房子里的寂寞的歌声。

范村有些老百姓送饼来吃，因为听说那些抢劫了他们的人们被我们收拾①了，他们说应该表示一些感谢。这范村虽说修建得很美观，却仍是荒芜的。

第二天大家互相见面时，都无话可说。战地服务团的一大半同志听说了昨夜的事，除感到惊讶以外，也是满肚子不舒服，大家同着走了三天就分手了。听说后来他们曾打电给第 × 军军长解释了一番。算是平安无事。

一九三七年冬②

---

① 初刊本作"抢劫"。
② 初刊本在正文后有"附：这篇纪事也许有人认为把游击队没有写的很好，但须明白（一）这游击队是刚刚组成起来的。（二）组成的分子是学生和旧式军官。（三）这是抗战初期的情形。（四）游击队是好的，但难免偶尔也有不好的地方。"一段文字。

孩 子 们*

战斗与
学笔
丁玲散文精选

　　洪洞城里的特色，至少在这时的特色，满街是灰色的人群。那些
兵没有事做，满街溜达，房子少，饭也摆在街上吃。老百姓逃了十之
八九，剩几个老头在街上卖东西。我们一到，同牺盟会和县政府接了
头，主要的工作是维持军风军纪和争取老百姓回城。第一天全体工作，
一齐向军队出发，上至总指挥，下至士兵马夫。工作非常容易做，因
为士兵全闲着，远远看去，街上这里围了一大团人，那里围了一大团
人，有的看我们画壁画，有的在听我们教唱歌，也有看唱花鼓的，也
有听演讲的。接着这些人都跟着到我们驻地①来了，翻着救亡室的东
西，翻画报，玩棋子，找我们同志聊天。晚上参加我们的晚会了，规
规矩矩，关帝庙里挤满了人头，大树杈上挂着的是人，屋背上蹲着的
是人，但秩序都非常好。观众们十分之八是国民党的兵士，我们利用
这个时候教会了他们两个歌。夜晚十二点还不放我们回家，大家喊着
要听讲话。第二天的工作便转了向，是对老百姓做工作了，晚上的晚
会，老百姓就占了百分之六十。城里老百姓加多了，可是老百姓都把
小孩子送来了。有的太小，大姑娘也要参加战地服务，限于我们生活
环境的条件，只好送他们出去，如同送回那些要求来参加的士兵一样，
可是却留下了一部分小孩，我们拟增加一个儿童队。仔细一问，这群
小孩都是颇有一番来历的，现在稍稍写在后边。

---

*　　本文初收《一年》。收入《丁玲全集》第5卷。

①　　初刊本作"家里"。

第二天的上午，院子里忽然增加了一个小孩，他一看见我便举手行了一个礼。接着程远明向我介绍，说这是他的新朋友，适才在街上认识的。原来程远明在街上教唱歌，他们站在底下学，他学得最快，马上就被程远明请做小先生，两人谈得很好，他就跟着到我们这里了。他的意思是要参加服务团工作，程远明也希望我能答应。他实在长得漂亮，又活泼，是一个五年级的学生。我想他是有些恨我的，因为我反问了他："你的爸爸妈妈知道么？"他一声没有答应。

下午，他找了一个牺盟会的同志为他说情，他的父母住在离城六十里的地方。牺盟会的同志告诉我："你不带他走，他也会逃走的，已经逃了两回了。他父亲就没有办法把他弄回去。你们还是收容了他吧。"

但我的意见仍是要去征得一下他的家庭或是亲族的同意。然而小孩却不肯走了。他就住在宣传股程远明那里，他顽皮地说，你们到哪里我就跟到哪里。

详细地打听了半天，知道他是模范小学的学生。学校已经停课了，我们找到了一个教员。那教员是受了他父母之托的，很热心地述说了关于他的许多往事，他的结论是："这孩子是留不住的，他日日夜夜要打日本，可怜他父亲几次进城来，母亲日夜在家里哭，他一看见八路军就要跑去当兵。他们也不企望留住他了，只要有个出处，我看还是请收留他吧，他到了你这里，我也好告诉他父母放心，就是这样，就是这样。"

他叫张百顺，十三岁，后来做了儿童队的队长。与他相仿佛的是张如亭，十二岁，他的父亲亲自带着他追赶着我们，走了七十里路才送到。在清油灯底下，看得见这小孩有两颗大眼睛，不大说话。他的父亲诉说着："现在的世界不同了，这孩子一点感情都没有，家里谁不心疼他呢，可是前年他就跑过一次，要去当红军，我们吓死了，把他关了两天。去年他又不知怎么偷了五块钱，搭火车到西安去，幸好在临汾就碰到了他舅舅，才把他押了回来。他说要到西安做童子军。昨天不知听谁说，又偷着往你们这儿逃。我本来想再关他几天的，后来别人告诉我你们这里的一些好处，我心一横，心想还不如放在这里我还放心些，我只希望您好好教导他，常常有信息回来就成了。"

"你是这么顽皮的么？"我一边抚着他，一边却对于他的勇敢、坚决、追求光明的精神，起着很大的崇敬。我安慰着他父亲说：

"包管在我们这里打也打不跑的，要他一个月至少写封信回家。你尽管放心，你看我们这里的孩子都好。明天我们还不走，你就住两天吧。"

这孩子才十二岁，能够在墙上写标语。温和得很，看不出是那末一个顽强的孩子。

其他一个就是李强林。这孩子最使我们没办法，他也是他的父亲送来的。可是临走时父亲变了卦，我们就让他带回去，孩子却跳起来哭。父亲是个乡下老头儿，也坐在那里哭起来了。我们劝父亲，说道理给他听，他点着头，但却硬不起心肠走；我们劝孩子，孩子什么都不听，宁死也不肯回去。好好歹歹父亲哭着回去了，我们答应他过几天来看儿子。过几天他又来了，住在我们事务人员处，哭。他弟兄三个就这一个宝贝，他不忍强迫把儿子捉回去，怕捉回去了儿子哭。这老头诉诉说说、哭哭啼啼，弄得事务人员都来替他说话了；可是无论如何说不动儿子的心。李强林噘着嘴只有一句话，如若将来被日本人杀死，不如现在死。自然是小孩的话有道理。他又倔强，我们也没有办法，老头子才又回去，这一回去就没来。后来临汾紧急时，我们准备到运城去，在临汾车站上忽然遇到了这老头儿，他特别赶来送儿子的。他含着眼泪说："你是对的，你好好的去吧！我老了，东洋人来了我就到山上去，没有什么用了，将来你们打了胜仗，你回来看看吧，你要知道你祖父就只你这一个孙子，传宗接代，祖宗烟火全靠着你啦！……"

这些个儿童几乎都有一段奋斗历史，他们是聪明的，有能力的，坚决的，自从他们来后，固然我们增加了许多麻烦，可是也增加了很多乐趣。

一九三七年十一月

马　辉*

雪渐渐地大起来了。没有太阳，不知道准确的时间，但根据行程的里数和肚子的饥饿，该是下午两点钟的样子。据说离宿营地只有二十里了。人堵塞在沁源县南城外的山口上，牲口车辆都朝这里挤来了。服务团的同志们唱了一个歌又一个歌，欢送着赶上前线去的一二九师部队，大家都嘻嘻哈哈地笑，显得很高兴似的。

沁源城我们还没有进去，只刚刚走过来的那段大街，就很使我们满意了：人口稠密，看样子老百姓没有逃走许多，市场上颇为热闹。这是自从离开太谷以后所见到的最大的地方。

因为要等部队的牲口过完了才能走，我们就在那山口上的雪地里站了半个钟头。我打听到我们的宿营地是一个小村子，而且有大部队第二天准备在那儿休息，于是我便决定我们的队伍住在沁源城里，我们可以在城里做两天工作，这是个非常好的地方。

同志们一听到这个消息，吆喝着整齐了队伍，转身便朝城关走去，踩烂①了的又滑又陡的山坡，俨如平地，队伍加快了速度。

临时找房子是比较困难的，我便在头里走。在拥挤的人丛中，我忽然发现了一个穿旧中山装的青年，戴一顶旧呢帽。我抢到前边，朝他问路：

"牺盟会在哪里？"

---

*　本文初刊于《文艺突击》1938 年第 2 期。收入《丁玲全集》第 5 卷。
①　初刊本作"踩躏"。

"我也是刚到，我也要去找牺盟会。"他似乎不愿理我一样地只顾向前走去，可是立刻又停住了，"你们不是西北战地服务团么，你们那里有个李唯同志么？"

一听口音我明白他是一个东北人，我告诉他李唯在后边。他实在是一个没有礼貌的人，一下就跑了。

牺盟会，住在一所有大院子的古庙里，我们住在自卫队住过的地方。整团的人住在一间房里还有空。刚刚一住下，牺盟会的同志就送稀饭来吃了，还送了一炉火来，一些臭鞋子便在炉子四周冒热气，在那些热气里透出几副愁苦的颜容，因为有几双鞋子破得实在不能再穿了。

雪稍稍停止时，大半的人便都上街了。满街的老百姓都围着我们的同志。我回来时却听到屋子内大笑的声音，原来是马辉同志来了。马辉就是我在街上碰见的那位穿中山装的同志。他似乎同全屋子的人都是熟人，他不会说笑话①，但大家都很喜欢他。实在他那样子并不漂亮，眼睛很小，头发很长，个子矮，面皮黑。他也不须人介绍，很随便地同我谈起来了。但不久他又走了。我问大家，大家还不知道他的姓名呢，也不知道他来这里做什么。可是一转眼，他又来了，带了一大包鞋子来，是这里的群众团体慰劳我们的，自然是马辉看见了我们的情形后动员了来的。而且新接事的县长，学生式的，同着青年的兵士式的公安局长也来看我们了，在他们后边的是一只死羊和半只猪。我们明白又是马辉出了力。

晚上我们演戏，马辉在前台后台忙着，像一个团员似的。他表面虽然有一点吊儿郎当，但使人感觉的却正相反。

第二天大家忙了一天，第三天行军时，我们又看见他了，他在我们当中走着，后来又走到前边去了。我们知道他是牺盟会巡视员。

他去的地方，也就是我们要去的地方，所以我们每到一处，都有

---

① 初刊本作"他并不曾说话"。

预备好的房子等着，预备好需要我们做的工作等着，这实在给我们许多方便。有时，他走了，有时，他又来了。来了，总是快乐地笑着，快乐地谈讲着。他的工作似乎很忙，但总要来我们这里玩玩。牺盟会有房子，他不住，晚上挤在我们的总务股，缺少被褥，又缺少火，可是马辉不管这些，他成了我们中间的一个了。

我们离开赵城以后，就没有看见他了，听说他到蒲县、大宁一带去了。后来我们还走过好些地方，每到一处总会有人说：

"要是有马辉在一道就好了。"

马辉在我们的记忆里，并不崇高，却亲切。我们对于他的生平，一点也不知道，我们同他一道，也只是有限的几次；然而马辉像我们的老朋友一样，说起他来的时候，决不须说："那个牺盟会的马辉同志。"或是："就是那个在沁源城同我们一道翻雪山的东北人。"我们之中，不管谁说着他的时候，总是简单地说："马辉。"难道马辉你还不知道么？

当我们忙于陕西的时候，只要有人从山西来，我们就详细地问着关于山西的一切，于是马辉的消息来了。据说日本兵到蒲县时，马辉提议带领全县武装队伍和壮丁上山打游击，县长是赞成的，公安局长也假装赞成，然而却反去约了日本兵，把县长和马辉枪毙了。这消息我们没有办法证实，但也不能断定它是谣言，因为在中国，要找杀友卖国的人，还不算太困难。像这样的公安局长，似乎不只马辉一人碰着。而且像马辉一样死去的青年，我也听到过。中国是怎样的一个国家啊！

现在是我们，无数的马辉，以血、肉、骨、灰去抵抗强权，埋葬丑恶的时候，就用这些血、肉、骨、灰堆积在旧的、脏的中华国土上，而新的、光明的国家就在这些血、肉、骨、灰的基石上建立。马辉！

你虽说死了，死得很冤，死得太早，可是你不是孤独的，我们和你永远同在，未来的幸福社会的产生，是少不了你，也少不了我们的。马辉！你安息吧！

一九三八年春

杨 伍 城

——我的第二个"小鬼"*

翻着大嘴唇,站在房子中央,大声地嚷着,眼睛谁也不看,不过我知道他是在同我说话:

"要换就快些,打条子给我吧!我要上队伍去,扛枪就扛枪,我又不是没有打过仗的,我是要上前方去的啦,不打条子,我就开小差,那时莫怪我……"

脸气得红红的,浓浓的眉毛蹙紧在一道,额头就显得更低,他以这样的态度来对我说话,还是第一次。我知道他并不是发疯,是因为昨晚奚如故意同我说来吓唬他们的话已经发生作用了。原来自从奚如夫妇搬来与我住在一道后,杨伍城、宋千友(奚如的小鬼)都变得顽皮了,两人常常闹着玩,吵着玩,打着玩。同他们谈过话,批评过他们。但每次好了一刻,接着又闹了,所以奚如就同我说,如若到前方去,这种调皮的小鬼,非调换不可。杨伍城就是因为听了这话来同我吵的。

使杨伍城生气的还不止此,而是他对于我的愤恨,因为他一向对我是够忠实的,忠实到我不满意。现在当我准备到前方去时却想抛弃他。在他看来,这是非常使人生气的事。所以他不惜以那种凶暴粗鲁的态度对我了。

只消几句话自然就把他说得平静下去。主要的是他知道自己可以

* 本文初收《一年》。收入《丁玲全集》第 5 卷。

不走，他现在已是战地服务团的一员了。他的脾气又在转好，规矩了几天，也干净起来了，又学着写字，最忙的是找老百姓做袜底，打草鞋。并且忽然把对我的称呼改了，把丁玲同志改为主任了，他很高兴这称呼似的。

他刚来的时候，是颇为拘谨①的一个孩子，成天不说话，你一看他，他就把脸偏到一边去。有时候有了一点菜或糖果之类的东西，叫他吃，他总是不吃，留给他，他也仍替我留着。有几次我开会去了，或者在别的地方谈得久了，延到夜深才回来，而他还没有睡，坐在我的桌子边打盹，一看见我回来，趑趄转身就不见了。等不到我睡下，他把茶水都弄来了，使得我非常抱歉，我要他莫再这样，告诉他我是可以马虎的。他总不说话，或者就羞涩地好像是申辩什么似的咕哝着。

那时奚如还住在城外清凉山下。有一天下午，我到他们那里去玩，几个人邀着去吃了一点酒。本想趁着月亮回城来的，谁知延河水涨，奔涛骇浪，几里路外都听到霍霍的吼声，使我不得不留在他们那里住宿。第二天吃过了早饭，我们走到河边去看，原有的桥梁已经被冲跑了，几处安置着大石块的地方，也被淹没了。浑浊的黄泥水，汹涌急流着。两边岸上都等着急待过河的人们。有些并不想过河的人，也挤在这里看涨了水的河流。忽然我们发现河那边的水里，有一个黑的东西在浪花里翻滚，河那边人们都似乎集中在那黑东西身上，大声叫嚷；我们这边也有人叫了：

"是马，是马，可以过河的，可以过河的！"

但马似乎只露出一个头，骑在马上的人也有一半埋在水里了。水流凶猛地冲激着马身，人与马都显得异常吃力地在水里挣扎，两岸的人大约都在替他们担心着吧。

"你可以骑他的马过河去了。"朱慧这么向我说。不过我却告诉她我是没有勇气冒险的。老吴也劝我再住一天，等水退了走不迟。我们

---

① 初刊本作"阴暗"。

就等着看那人马过河。慢慢地，几乎很危险的几次，常常都看到马身陷了下去似的，半天，马才靠岸。我们正预备转身走时，朱慧忽然认出了那从马上爬下来的孩子，她惊奇地叫了：

"杨伍城，是杨伍城，丁玲的小鬼咧！"

我审视一下那衬在河滩上的影子，也辨认出来了。我们便迎了下去。他羞涩地一声不响地牵着马朝我们走来，人和马的全身都是湿淋淋的，水沿着马肚子和衣襟往下滴。很多人都争着问他话，尤其是朱慧。他也不答应，只大声地命令：

"回去呀！走！上马！"

"这样深的水，怎么好走，你不要把丁玲淹死了。"

"回去不回去呀？不怕，水不深。"他有点生气的样子，回过头去望着河。

我也望望河，河水打着漩涡吼着往下流。我的头是容易晕眩的，我踌躇着不作声。

杨伍城牵着马靠近了一步：

"这马乖得很。这样小的河也怕，你没有看见大渡河呢，四川的河多得很。骑上去嘛！这边来！不准动，死马！"

"好吧。"我决定了，我想大约没有什么危险的，我不愿意让这孩子难受，也许不会因为头晕而从马上掉下来。至于万一从马上掉下来将有什么结果，我就不去想了。

奚如还在挽留我的时候，我已经坐在马上了。杨伍城赶着马下水，还在喊我：

"不要管它，让它自己走好了。过去了，随便叫个人骑过来接我！"

我一声不响夹紧马身站在蹬上，眼睛不敢往下望，呆呆地望着顶远的地方，后边岸上还有人同我说话，但河水把那声音打断了，我也就不去听。走到水深的地方，我的两条腿全浸到了水里，黄泥水溅我一脸，我也不管它。不知过了多长时间，总算到了岸。这时杨伍城还站在我下水的地方，大约奚如朱慧一定也站在原来的地方等着我平安到岸。

凡是常来我住处的人都知道他的执拗的性情，他的憨厚[①]，同时也知道他对我的忠实。

他虽说对我好，[②]我却不满意他的那种近于奴隶性的忠实。无论我怎样同他亲近，教他认字，同他谈天，启发他，希望他对我用平等的同志的态度，而不把我看成是主人，他都还是那个样[③]。后来他胆子大些了，却只是顽皮，使我感到懊恼。我试用过一些法子，觉得他的进步很小。我常常想他是应该到部队里去的，做勤务工作于他是不适宜的。他从前就背过枪，身上有过三处伤，他曾经很骄傲地给我看过。

现在他是西北战地服务团的一员了，他穿上最近领来的一套新军装，时时玩弄着皮带，而且鼓动着："上前线去，上前线去，总得去领枪嘛！"

每天他们要学几项课程，他在班上的时候多，我想他一定会在集体的学习中进步了。我看到他用心写字，注意唱歌，我觉得我比以前喜欢他些了，战地服务团一定在他的生活上是一个转变。

但这并不长久，他总是几天好，过几天又坏了。战地服务团后来对事务人员的教育更抓紧了，但在开始的时候，总是不得法，每天的行军、工作的忙碌，是一个很重要的原因。他的精力常常没有使用的地方，于是又要闹事了。后来遇着一百一十五师的时候，我同他商量，他高兴地同意把他介绍到师部去。但他临走时却没有向我告别，我有一点难受。幸好几天后他又来看我，来的时候非常快乐、亲热，我也

---

① 初刊本作"笨拙"。
② 初刊本此处有"我只能同情他，却不能爱他"。
③ 初刊本无"他都还是那个样"。

就释然了。我为着他的前途高兴着，他是比较适宜于在战斗部队的。他将成为一个勇敢、忠实于抗日的战士。现在我到西安来了，他还留在山西，辗转征战，每次我一听到山西打了胜仗，尤其是一百一十五师打了胜仗的时候，我就会很自然地想起了他。

战斗的
爱

丁玲散文精选

田 保 霖

——靖边县新城区五乡民办合作社主任 *

　　黄昏的时候，田保霖把两手抱在胸前，显出一副迷惑的笑容，把区长送走了之后，便在窑前的空地上踱了起来。他把头高高地抬起来望着远处，却看不见那抹在天际的红霞；他也曾注视过窑里，连他婆姨在同他讲些什么也没有听见，他心里充满了一个新奇的感觉，只在盘算一个问题：

　　"怎搞的？一千多张票……咱是不能干的人嘛，咱又不是他们自己人；没有个钱，也没有个势，顶个球事，要咱干啥呢？……"

　　他被选为县参议员了，这完全是他意外的事。

　　他是一个爱盘算的人，但也容易下决心，这被选为参议员的事，本没有什么困难一类的问题，也不需要下什么决心，像他曾有过的遭遇那样，不过他却被一种奇怪的感觉所纠缠，简直解不开这个道理。

　　许多年前他全家经年流浪在碾盘渠、下王渠、沙口一带，他自己常常替人安庄稼，日子不容易混。①后来为着糊口，到教堂里去工作，学会念经，小心谨慎，慢慢地熬到做了一个小掌柜，替教堂管了上王渠一村四十四家人，总算他为人公正，农民并不反对他②，倒对他很

---

　　*　本文初刊于《解放日报》1944 年 6 月 30 日。收入《丁玲全集》第 5 卷。

　　①　初刊本作"当许多年前他全家经年流浪在碾盘渠、下王渠、沙口一带替人安庄稼而不得一饱的时候"。

　　②　初刊本无"并不反对他"。

好。后来神父换了，他成天挨骂受气，他受不了①，只好走了。他走到保安，走到宁夏，走到洛川，流浪着，贩着羊，贩着猪，贩着盐和粮食。他赚了一点钱，吃了一些，再还一点账，生活还是没法搞好，还欠着账。但他有了经验，他成为一个有点名气的买卖人了。本来就打算这样搞下去，可是石老姚、杨候小来了，抢了东西，吃了胖猪；接着是黄马队；接着是来打土匪的二岔抢头的张团长。百姓被抢得一无所有，人都逃到沙漠中藏了起来，张家畔热闹的街市，变得寂无人烟。田保霖也逃到了外县。然而，这时却"红"了。三十军军长阎红彦到了靖边，接着又来了二十七军贺晋年，靖边县翻了个身，穷人都分了土地。但田保霖却仍留在城川。有人告诉他，说他是买卖人，他的二叔父是豪绅，带过民团，最好不回去。于是田保霖不得不好好盘算了："共产党打的是富有，②咱么，做点小本买卖，咱无土无地，欠粮欠账，一条穷人嘛。咱当过掌柜，可是没做过坏事，人都说咱好，咱还怕他个啥？杀头，杀了咱有啥用呢？人都说三十军好嘛，那么咱就回去，不怕他。"于是他回去了。抱着一个不出头不管事的态度，悄悄地回到草山梁③，一大片荒地，没有人住。他有了地，也不必交租子。他欠的账也跟着旧政权吹了。他没有负担和剥削，经过几年的经营，他有了六七十垧地，有了牛、马、羊，开了个小油房，日子过得很好。心里想："共产党还不错，可是，咱就过咱的日子吧，少管闲事。"

不过做了参议员就得同他们搞在一起，这些人究竟是哪一号子人呢？

结果他决定了："到县上开会去，还有高吉祥、冯吉山嘛，他们在旧社会比咱还有地位，怕个啥，就去。"

田保霖虽然这么想了，但他仍没有懂得为什么会有一千多人投他的票。他是一个买卖人，曾受过教堂的宣传，虽说回到了长渠沟，在

---

① 初刊本无"他受不了"。
② 初刊本此处有"是贪官"。
③ 初刊本此处有"（现改名长渠沟）"。

革命的政权下，生活一天天变好，却不接近这号子人，也不理解他们。但他的一举一动，这号子人都是清清楚楚的。从长渠沟一带的老百姓口中都曾说过他的好话，说他是一个平和而诚实的人，是一个正派人。在头年（一九四一年）缺粮的时候，政府发起调剂运动，他自动借出了一石多，而且每天到各乡去借，维持了许多贫苦农民的生活。他对于公益的事热心奔走，人民对他有好感，他是被他不了解的这号子人所了解的，因此他被选为县的参议员。

"这是一个新问题，好是好，怕不能成……"当惠中权同志提出靖边要发展农业，首先要兴修水利的时候，田保霖同别人一样有着上面的想法。靖边土质太薄，不适宜耕种，要修水地和水漫地，实在困难，要筑壕、坝，要修"退水"，工程都是很大的，而且在这些地方常有宽到几百亩的沙滩，而且谁去修呢？这里是缺乏劳动力的地区；唉，问题可多着呢。再譬如是地主的，却要农民去修，修好了地又该是谁家的呢？但这些问题都有了适当的解决。又讨论了剥小麻子皮、割秋草的事，好像不重大，算起来利可大呢。又计划了栽树的事，都是好事嘛。从前田保霖解不开参议会是个啥名堂，老百姓都说是做官，现在才明白，白天黑夜尽谈的怎个为老百姓想办法啦。田保霖从这次才算开了眼界，渐渐地明白了他们，他们活着不为别的，就只盘算如何把老百姓的生活搞好。

因为他又被选为常驻议员，经常来县上开会，他看见杨家畔的石坝修起来了，胡家湾的也修起来了。修水利的农民一天一天地加多，外县外乡的人都到这里来，杨家畔就打了二十多个窑等他们来住。他们在有沙堆的地方修了水道，利用水力，慢慢地不觉地便把那怕人的沙堆冲平。同时农民可以得到十分之八的土地，地主也高兴这种坐享其成的分配法。

"唉，这伙人能成，一个劲儿直干嘛！"

他和参议会的议长，也就是县委书记惠中权同志做了朋友。

"你是顶能干的，为大伙儿做点事吧。咱们把靖边搞得美美儿的。"

惠中权只要有机会便劝说他。

"咱是没有沾上文化的人，会办个啥？这话怕不顶真吧？"开始他还这么想。但慢慢地他觉得这是实话，他们要做的事太多，简直忙不过来，人心同一起，黄土变成金。他的心活动了，有时甚至觉得很惭愧，觉得自己没意思，人应该像他们一样活着，做公益事情。

"唉，咱能干啥呢？咱是买卖人，别的事解不开嘛。"这样的话他也同惠中权谈了。

现在惠中权又劝他办合作社了。

"你要能办好一个合作社，你对靖边就有一个大功劳。你看咱们新城区老百姓要个啥都得到蒋管区①的宁条梁去，到宁条梁去人也好，牲口也好，都还要上什么修城税，物价又贵，又误工；而且咱们要买别人东西，别人就抬高物价，你看春上一匹布才卖八百元，秋后就卖八千元，而咱们的麻子从二千四也不过涨到八千元，至于盐就等于不涨价。你要是在你五乡能办好一个合作社，那咱靖边的合作事业，咱们的经济就有办法，你回去鼓吹，咱们尽力帮助你，这个你能成的。"

田保霖便又盘算了，人多不怯力气重，只要政府能帮咱，咱就好好地干出一番事业吧，也不枉在世一场。"对，能行。"他答应了。

于是他踏上了新道路，为建设新民主主义的新靖边而工作了。他是有意识地要和惠中权一道，和共产党一道，热心为人民服务。这是去年二月间的事。

田保霖回到了乡上，十余天他收到了七十四万四百元的股金，有二百四十一户都把公盐代金入了股。老百姓四处传说："田保霖在做好事了。公盐事小，误工可大，现在他替咱们包运，赶快把钱交给他吧，又省事，又赚钱，明年还可不管呢！"大家知道他有能耐，于是赶牲口来入股的也有，拿麻子粮食来入股的也有，人工也打成了份子。他们去办货。合作社就成立起来，大家选他做了主任。

---

　　① 初刊本作"友区"。

六月的时候，他们赶着八个牲口出发了，走了盐池又走延安，一个牲口驮着一千一百三十一元的盐，到了延安，这盐便值二万块钱，除去了运费，替合作社赚了一万余元。而他们回来的时候，牲口背上又驮了布匹，又赚一万多。于是他们得不到休歇，把春毛驮上米脂，又把铁锅驮回来。牲口总是驮着人们需要的东西，替合作社赚钱，半年的时间赚了九十六万九千多元。

现在呢，田保霖的运输队发展到七十四个牲口了，没有一个坏牲口。他用的是有经验的干部，运输队长石有光是好的长脚户，他懂得喂养牲口，他参加合作社是份子制，所以他更积极负责。

也有些运输队赔过钱，为什么田保霖会赚钱呢？因为他不特制度好，管理好，自带草料，不特会根据群众需要来调剂货物运销，他最主要的是懂得放青囤盐，上槽卖盐。

接着，油房也办起来了。宁条梁的人都说："田保霖是个什么人，为什么不准麻子出口，现在要去采买也不成，老百姓的麻子都卖给合作社了。他妈的，非揍他不可。"但他们是威吓不了的，老百姓愿意把麻子卖给合作社，合作社出的价钱公道，将来要买油也方便。田保霖的油房一共榨了一百六十四榨，出油一万五千七百四十四斤，赚了二百三十二万七千一百六十元。这个生意使靖边的人都兴奋起来了，今年靖边县政府扩大种麻三万垧，能打一万八千担麻子、九千担油，而宁条梁是不产麻子的。

田保霖替人民办了事，一下便吃开了，他又被选为模范工作者，他出席劳动英雄大会，政府送他匾，老百姓也慰劳他。在会上大家都询问他为什么一下便能集那么多股金。他谦虚地笑着说："一切替老百姓想，只要于他们有益，他们就拥护，离了他们是办不了事的。"他有了新的经验，人人都说他能行，能办大事。

这个会也讨论到许多生产问题，大家都说靖边县吃亏的是布匹；田保霖一盘算，每人每年至少要穿三丈三，全区一万〇九十五个人就要三万三千三百一十三丈五尺，按市价二百六十元一尺计算，共需八千六百六十一万五千一百元，这样大的数目，如何能行呢？可是在乡上开展妇纺实在不容易，就需要有一个会纺的妇女去教，而且这些妇女很怕羞，要叫她们去学，她们一定会当作奇闻扭转头去笑。不过天下无难事，只怕有心人，田保霖下决心要开展这个工作。他一回去，便做了二百四十一架纺车，分配到全区。他找到了一个难民邹老太婆，她会纺线，田保霖便替她把家安置好，首先请到自己家里来教纺线。年轻的婆姨们都笑了，原来这并不难，几天后，大家都学会了。他便又把她请到另一家去教，邹老太婆骑着一个牲口，带着一架纺车在五乡走了这家又那家。邹老太婆得了奖励。纺花的工资很大，纺一斤交半斤，于是妇女们便争着来请邹老太婆，大家说："描云绣花不算能，纺线织布不受穷。"要是听到谁家的又会了，心里就焦急："唉，邹老太婆还不来咱们村子，看别人都穿上自己的布了。"这样，在三个月中教会了三十五个。田保霖又要这三十五个再教人。关于邹老太婆，去年就上了报，也成了有名气的人。

田保霖听到张清益在关中办义仓，成了边区特等劳动英雄。田保霖说："咱靖边跌年成更多，年年防荒旱，这是一件大好事，咱合作社也办了吧。"于是他纠合众人开了一百一十五亩荒，又租了一百八十五亩，一共有三百亩，每亩收二斗，便可收六十石，而这个义仓还可推广，还可发展，要是每乡都有一个那就不怕天灾了。

因为他曾经向神父磕了八年头，仍然得不到一口饱饭，革命的政权才救了他，所以他格外讨厌他庄子上的关巫神，一看见上坛、下地狱、退煞谢神就恨："这二流子又在骗人的钱。"他想出了一个治巫神的办法，他找了一个医生来，开一个药铺，四处替人灌羊治病，三个月中治了三百个人，灌羊三千，有病的人都找到合作社来。关巫神说："田保霖本领大，神神也不敢来了。"

五乡的合作社一出了名，新城区的合作社便有了师傅。田保霖的合作社又成了总社。他们常来打听行情，学习方法，也开油房，也跟着栽树，也跟着赚钱。邹老太婆也到了六乡，还要到三乡去。田保霖合作社在九个月之中，老百姓分到百分之九十的红利，他们笑着把红利又入了股，天天念着田主任的名字。

现在田保霖到延安来了，参加边区合作社主任联席会议。他带着极高的热情，他要见刘建章，他听到过延安南区合作社的各种方法；他要向刘主任学习，学习到能把合作社办成老百姓的亲人一样，人人相信它，依靠它，他也要把他的经验告诉别人，让大家研究。

这个会议马上要开幕了，它一定会把田保霖更提高一步，他的眼界也就更宽广，他一定会更坚定，更耐烦，做更多的事而为人民所拥护。

田保霖是一个爱名誉的人，但他牢牢记得惠中权同志的话："要好名声只有一条路，替老百姓办好事。"

一九四四年六月

三 日 杂 记[*]

一、到麻塔去

也许你会以为我在扯谎，我告诉你我是在一条九曲十八弯的寂静的山沟里行走。遍开的丁香，成团成片地挂在两边陡峻的山崖上，把崖石染成了淡淡的紫色。狼牙刺该是使刨梢的人感到头痛的吧，但它刚吐出嫩绿的叶，毫无拘束地伸着它的有刺的枝条，泰然地盘踞在路的两边，虽不高大，却充满了守护这山林的气概。我听到有不知名的小鸟在林子里叫唤，我看见有野兔跳跃，我猜想在那看不到边的、黑洞洞的、深邃的林子里，该不知藏有多少种会使我吃惊的野兽，但我们的行程是新奇而愉快的。

这沟将到什么地方为止呢？

快黄昏了，我们要去的麻塔村该到了吧？

果然，在路上我们发现了新的牲口粪，我们知道目的地快到了。不远，我们便听到了吆牲口的声音，再转过一个山坡，错落的窑洞和柴草堆便出现在眼前，已经有炊烟在这村庄上飘漾，几只狗跑出来朝我们狂吠，孩子们远远地站在树底下好奇地呆呆地望着，而我们也不觉地呆呆注视这村庄了。它的周围固然也有很宽广的新辟的土地，但上下左右仍残留着一丛丛的密林，它是点缀在绿色里面的一个整齐的小农村。它的窑洞分上中下三层，窑前的院子里立着大树，一棵，两

　　*　本文初刊于《解放日报》1945 年 5 月 19 日。收入《丁玲全集》第 5 卷。

棵，三棵，喜鹊的巢便筑在那上边。

忽然从窑上面转出了一群羊，沿着小路下来了，从那边树底下也赶出了一群羊，又绕到上边去。拦羊的娃娃用铲子使劲地抛着土块，沙沙地响，只看见好几个地方都是稀稀拉拉挤来挤去的羊群，而留在栏里的羊羔听到了外面老羊的叫唤，便不停地咩咩地号叫，这叫声充满了山沟，于是大羊们更横冲直撞地朝窄狭的门口直抢，夹杂着孩子们的叱骂。我们跟到羊栏边去瞧看，瞧着那些羊羔在它们母亲的腹底下直钻，而钻错了的便被踢着滚出来，又咩咩地叫着跑开，再钻到另外的羊的肚子底下去。

"嘿，今年羊羔下得倒不少，可就前个夜里叫豹子咬死了几个。"忽然一个陌生的声音说话了。[1]

回过头来，我们看见一个六七十岁的老人站在身后，瘦瘦的个子，微微有点伛偻，有着一副高尔基式的面型和胡须，只是眼睛显得灰白和无光，静静地望着拥挤在栏里的羊群。

"豹子？吃了你几个羊羔？"

"唉，豹子。今年南泥湾开荒太多，豹子移民到这搭来了。"

"哈……豹子'移民'到这搭来了。"立刻我们感到这笑的不得当，于是便问道："这是麻塔村么？我们要找茆村长。"

"这搭就是，我就是村长，叫茆克万。嘿，回来，回窑里来坐，同志！你们从乡上来，走熬了吧？望儿媳妇，快烧水给同志喝！"

二、老村长

"[2] 叫兄弟，快快起，拾柴担水把牛喂；鸡儿叫，狗儿咬，庄里邻家听见了；叫大伙，快快起，抬头看，真早哩，急忙起来拿上

---

[1]　初刊本无"忽然一个陌生的声音说话了。"一句。

[2]　初刊本此处有"说起有，记起有，边区有个吴满有，今年计划两犋牛，起鸡叫，睡半夜，半夜起来拾粪料。"一句。

衣，①……"

谁在院子里小声唱着呢。我睁开眼睛，窑里还是黑洞洞的，窗户纸上透过一点点淡白。

"老村长！快起来！今天咱起在头里了，哈……"这唱歌嗓子在窗外低低声喊着。

没听到回音，他便又喊了："老村长！老村长！"

"别叫唤了，他老早就起身了，咱们窑里还住得有同志呢。"睡在我身旁的村长婆姨从被窝里把头伸了出来，她的形体，我感到像个小孩子。

"村长起身真早。"我轻轻问她。

"有时还早呢。上年纪了，没有觉。本来还可多躺躺儿，不行，好操心么。天天都是不见亮就起身，满村子去催变工队上山，他是队长啦。同志，你多歇会儿，还早。"

"唱歌的是谁？谁教他唱的？"

"是茆丕珍。谁教他，这还要教？茆丕珍是个快活人，会编、会唱，会说笑话，会吹管子，是个好劳动呢。变工队的组长，不错，好小伙子！"

我看不见她，但听她的声音，我猜想她一定又挂出一副羞涩的笑容。我对这年老的残疾妇人，心里有些疼，便同她谈起家常来。

这婆姨是个柳拐子，不知道是因为得了病才矮小下去，还是在很小的时候就得了病。她的四肢都伸不直，关节骨在瘦削的胳膊、手指、腿的地方都暴了出来，就像柳树的节一样。她的头发又黄又枯又稀少，不像是因为老了脱落的，像从来如此。她动作也不灵便，下地行走很艰难，整天独自坐在炕头上纳鞋底，纺线线，很少人来找她拉话。但我觉得她非常怕寂寞，她欢迎有人跟她谈，谈话的时候，常常拿眼色来打量人，好像在求别人多坐一会儿。我同她谈久了，不觉在她脸上

① 初刊本此处有"大伙一听发脾气，为何吴满有没瞌睡"。

慢慢捉住了一种与她皮肤、与她年龄完全不相调和的幼稚的表情。

"他是个好人，勤俭、忠厚；命可不济，我跟他没几年就犯了病，又没有个儿花女花，一辈子受熬煎。望儿是抚养的孩子，十个月就抱了过来，咱天天喂米汤，拉到十七岁上了。望儿拦羊，他媳妇年时才娶过来，十四岁，贪玩，还是个娃娃家，顶不了什么。"

睡在她背后的望儿媳妇也翻了翻身，我猜她又在笑。她常常憨憨地望着我笑，悄悄地告诉我说她喜欢公家婆姨。接着她坐起来了，摸摸索索地下了炕，准备做早饭。

我也急急忙忙起身要去看变工队出发，可是老村长回来了，他告诉我变工队已经走了，今天到十里外的一个山头上去刨梢。这时天还只黎明，淡白的下弦月还悬在头顶上。

我向他表示了我对他的称赞：他是一个负责任的村长。他谦虚地回答我：

"说不上，咱是个笨人，比不上枣园有劳动英雄。年时劳动英雄在'边区'①和别人挑了战，要争取咱二乡做模范。咱麻塔的计划是开一百二十垧荒地，梢大些个，镢头手也不多，只好多操心，后晌还要上山去看看呢。抓得紧点，任务就完成得快点。笨鸟先飞。咱不爱说大话，吹牛；可也不敢落后。自己的事，也是公家的事嘛！"

老村长六十三岁了，就如同他婆姨所说一样，一辈子种了五十年庄稼，革命后才有了一点地，慢慢把生活熬得好了一点，已经有了三四十垧地安了庄稼，又合伙拦了六十多只羊。但他思想里没有一丝享受的念头，他说："咱是本分人，乡长怎样讲，咱就怎样办，革命给了我好日子，我就听革命的话。劳动英雄是好人，他的号召也不会错。"因为他人平和、公正、能吃苦，所以全村的人都服他。他们说："老村长没说的，是好人，咱们都听他的。"他人老了，刨不了梢，可是从早到晚都不停，务瓜菜，喂牲口，检查变工队。他是队长。他劝

---

① 指陕甘宁边区政府的劳动英雄大会。

别人勤开地，千万别乱倒生意，一籽下地，万籽归仓，干啥也顶不上务庄稼。他说："劳动英雄说这是毛主席的意思。毛主席的话是好话，毛主席给了咱们土地，想尽法子叫咱们过好光景，要不听他的话可真没良心。依正人就能做正人，依歪人没好下场。"

当我问他们村子里人的情况时，他都像谈到自己的子弟一样，完全了解他们，对每个人都有公正的批评，不失去希望：

"那个纺二十四个头机子纱的叫茚丕荣，有病，掘不了地，婆姨汉两口子都纺线，也没儿子，光景过得不错。心里还不够明白，不肯多下劲，从开年到如今才纺二十来斤。不过，识字，读得下《群众报》，我要他念给大家听，娃娃家也打算让他抽点时间教教。"

说起冯实有家的婆姨，他就哈气，说这村上就她们几个不肯纺线，因为她们家光景好，有家当，劝说也不顶事。他盘算今年在村子上安一架织布机来，全村子人都穿上自己纺自己织的新布衣，看她们心里活动不活动。

他是一个有办法的人。麻塔村年时还有吵架的事，今年就没有了。二十九家人有二十五辆纺车，是二乡妇纺最好的村子。荒地已经开了一百五十垧，超过了三十垧。这数目字是乡上调查出的，靠得住。他立有村规，要是有谁犯了规，盛在家里不动弹，就要把他送到乡上当二流子办。全村人对他领导的意见证明了乡长告诉我的话没有错："茚克万是二乡最好的一个村长。"

三、娃娃们

望儿媳妇听到外窑里有脚步声音，心里明白是谁，便忙着去搬纺车。一个穿大红棉袄、扎小辫的女娃便站在门旁了；她把手指头含在嘴里，歪着头望着那柳拐子婆姨。

"走！兰道！到你家院子里去。"望儿媳妇把纺车背在背上走了出来，会意地望着这小女子一笑。

"嘻！"兰道把手指从口中拔了出来，扭头就跟在望儿媳妇身后跑。她们都听到村长婆姨在炕上又咕咕哝哝起来了。她们却跑得更快，而嘴却嘻得更开了。

任香也在兰道家的院子里等着她们。

三个人安置好纺车，便都坐下来开始工作。兰道的妈妈坐在她旁边纳鞋帮，爸爸生病刚好，啥事不做，靠在木柴堆上晒太阳，望着他的小女子兰道，时时在兰道望过来的时候，便送给她一个慈蔼的笑。

这女子才九岁，圆圆的面孔，两颗大眼睛，睫毛又长又黑，扎一根小辫子，穿一件大红布棉衣，有时罩一条浅蓝色的围腰。她是父母的宝贝，那两老除了一个带彩退伍的儿子以外就这个小女子了。她在他们的宠爱之下，意味着自己的幸福，因此时时都在跳着，跑着，不安定，总是满足地笑着。

任香也有十四岁了，黑黑的脸孔，高高的鼻子，剪了发，却非常之温和沉静。她和望儿媳妇、兰道都非常要好，每天都把车子搬到这边院子里来纺线线。

本来刚刚吃过饭不久，可是兰道纺不了几下，便又倒在她妈妈怀里哼着。

"妈！肚子饿了！我要吃饭！"

"不，不成！看你才纺那么一点点，又调皮，再不听话就不让你纺了，咱明日格把车子送还合作社去。"

于是她便又跳到爸爸面前，说她没有棉花条了。老爸爸便到窑里替她拿了来。她然后再坐到车子跟前，歪着头，转着车轮，唱起昨天刚学会的：

　　杨木车子，溜呀溜地转，
　　……
　　棉花变成线呀嗯唉哟。

"这猴女子淘气得太，"她妈又告诉我了，"平时看见这庄子上婆姨女子都纺线线，也成天吵着要纺；咱不敢叫她纺，怕她糟蹋棉花。今年吵得没办法，她大才自家掏钱买了十二两棉花，就算让她玩玩，不图个啥利息；不过一个月纺一斤是没问题的，一年也能赚九斗米，顶得上她自己吃的粮……"兰道看见她妈那愉快的笑容，就知道在说她自己，抿着嘴也笑了起来，纺车便转得更起劲。

比兰道还要小也在纺线的有贺光勤家的金豆。金豆才七岁，头发披散着，垂到脖子边，见人就羞得把头低下去，或者跑开了又悄悄地望着人，或者等你不知觉时猛然叫一声来吓唬你。可是她也一定要纺线。看见兰道有了纺车，便成天同她妈吵。她妈忙得连替她去领车子的时间也没有。她等着她妈一离开车子便猴在那上边。她纺得并不坏。我去看她们的时候，贺家的正在勒柳树叶，她赤着脚盘坐在炕上纺线线。

"咱们金豆的线线纺得好，明日格送到延安做公家人去吧，要做女状元啦。"她妈一边拾掇屋子一边笑着同我说。我也顺着她逗金豆玩："对，明日跟咱们一道走延安去，你妈已经应承下啦！"

金豆回过头来审视了我们一下，便又安心去纺了。

上边窑边还有一个十一岁的三妞，瘦瘦的，不说话，闪着有主张的坚定的眸子，不停手地纺着。纺线对于她已经是一个很沉重的负担了。年时她死了爸，留下她妈、五岁的小妹妹和她自己。她拾柴，打扫屋子，喂猪喂鸡，纺线线，今年已经纺了八斤花了。她全年的计划，别的不算，是四十斤花。按七升一斤计算可得二石八小米，可以解决她的一切用度还有多。她才十一岁，比兰道高不了很多，可是已经是一个好劳动了。她是她妈得力的帮手，全村的人都说这娃成。

四、看谁纺得好

还是前年的时候，老村长到南区合作社领了第一部纺车给他婆姨。

这时全村只有一个从河南来的瞎子老婆会纺，她便被请到村长家里来当教员了。这事真新鲜，村子上婆姨们都来瞧。村长就劝说，大家便也拿这车子来学，一下便会了六七个人。一连串大家都去领纺车，纺线的热潮就来了。这时的工资是纺一斤线给一斤棉花，纺五斤线合作社还奖一条毛巾。大家都嚷着利大得太，冬天都穿了新棉衣，也换了被头。去年纺的人便更多了。可是今年大家都有了意见，工厂为提高质量把线分成了几等，要头等线才能拿一斗米的工资，而纺头等线的人实在太少。虽然南区合作社又替她们想了办法：只要你入股一万元，便可借到棉花三斤，纺成了线，加点工资仍可换到一匹四八布，不特同去年一样的换布，而且还有红利可分。村长婆姨第一个入了股，别人也跟着入了股。可是大家仍要说工厂把她们的线子评低了，向着我们总是发牢骚，希望我们替她们想出一个好办法来使工厂能"公道"些，把她们的线评成头等。

我们看了她们的线，实在不很好，车子欠考究，简直是马马虎虎几根木条凑在一起就算了。于是我们替她们修车子。有的高兴了，有的人觉得车改了样，纺起来不习惯，又把车子弄回原来的样子。我们不得不同老村长商量，如何能提高她们纺线的质量和速度。老村长同意在我们走的前一天，开一个全村的妇纺竞赛会。

一吃过午饭，山上的婆姨们挽着柳条篮子下山来了。纺车由她们的娃娃们或者留在家里的老汉替她们背着，像赶庙会一样地笑着嚷着。住在底下一层的婆姨女子们也自己拿着盛棉花条的小盒盒跟在纺车后边，走到山坡坡上茆丕荣家的院子里去。纺车也是背在娃娃们的肩上。也有自己背纺车的，如望儿媳妇，贺光勤家的。老太婆们也拿着捻线锤子赶来看热闹。村长婆姨已经一年多没出过院子，今天也拿着一个线锤一拐一拐地走来看热闹，她不打算参加比赛，车子让给她望儿媳妇了，望儿媳妇是同婆婆共一架车子的。小孩们更一堆挤在这里瞧，一堆挤在那里瞧。兰道老早已经把她的车子放在许多车子中间，得意洋洋地坐在那里唱："杨木车子，溜呀溜地转，……"金豆没有车子，不能参加比赛，用小拳头打着她妈。老村长和文化主任很忙碌，清查人数，写名字，点香。我们一边帮着他们写，一边替她们修理车子，卷棉花条，说明那些道理。

老村长讲话了："……咱们的线纺得不好，工资就低，织的布就不耐穿。今日个大家比赛，看谁家纺得快，纺得匀。咱们要纺得好，就要考究车子，考究门道。纺得好的有奖品，还要她把门道讲给大家听，这几位同志也会帮咱们讲解……"

"唉，纺就得了，还有啥门道呢。"有谁在笑了。

"对着嘛！老村长讲得对，要纺得好的说说她的诀窍嘛。"又有谁赞叹着。

"咱们车子不顶事……"大家又一阵嗡嗡起来。

一听到老村长命令动手，二十五辆车子一同转动起来了。周围看热闹的都退远了些。那二十五个纺车手都紧张地、用心地抽着摇着。有的盘坐在地上，有的坐一个小凳子，这里有纺了很久的，也有今年才学的，贺光勤家是年时由山西敌占区来的难民，她在家里就会纺，她是这村里纺得最好的；可是她的事太多，常常帮她汉子掏地，送饭，车子也顾不上好好修理，纺着纺着，弦线又断了。

茆丕荣的机子在屋子里也踏开了。二十四个头呢，一天就纺二斤。他婆姨也参加了比赛。

车子转动的声音搅成了一片，人们在周围道长论短，娃娃们跑来跳去，喊着妈，哄笑着，闹成一片。香燃过了半截，大家加油啊！看，王升庭家的纺得最快，她的锭子上的线团最大。

时间越短促，大家纺得越起劲，村长宣布香已经熄灭了，才停止下来，轻轻地嘘着气，手与腰肢才得了活动。村长把线团都收了去，一个一个地在小戥子上称，几个人细细地评判。我和妇女们便拉开了。她们笑得好厉害，拿手蒙着脸笑，但她们对这谈话是感兴趣的，咱们拉的是怎样养娃娃。

评判的结果，几个车子修理好了的都有了进步，棉条卷得好的线都纺得比较匀。大家这才相信纺线线有很多门道。大家都争着留我们到她们家去吃晚饭，要我们帮助她们修理车子，卷棉花条。这天下午到晚上，我们都成了这村子上妇女们的好朋友，我们一刻也不得闲。她们把我们当成了知己，一定留我们第二天才走，问我们下次啥时候再来。我们也不由得更加惜别了，心里想着下次一定要再来才好。

五、五月的夜

王丕礼的婆姨以全村最会做饭的能手招待我们吃了非常鲜美的酸菜洋芋糊糊下捞饭，王丕礼很有兴趣地说："走，找茆丕珍去！""对，咱一道去。"我们都从炕上跳了下来。

"唉，看你！"他婆姨用责怪的调子向他埋怨着，"才吃完饭嘛，烟也没抽，就拉着客人走啦。"又把身子凑近我们，"唉，多坐会儿，多坐会儿。没啥吃的，又没吃饱。唉……"

那年轻男人并没理她，径自跨步站到窑外，拦住那两条大狗。

院子里凉幽幽的，微风摆动着几棵榆树和杨柳，它们愉快地发出颤动的声音。隔壁窑门也大开，灯光从里面透出来，满窑升腾着烧饭的水蒸气，朦朦胧胧看见有一群人，他们一定刚谈到一件顶有趣的事，连女人也在纵声地笑着。

山坡坡上散开的野花可真香，我们去分辨哪是酸枣的香气，哪是野玫瑰的香气和哪是混和的香气。

转过一个小弯，管子①声音便从夜空中传来，王丕礼加快了脚步："喂，走哇！"我们跟着他飞步向一个窑门跑去，还没有调好的胡琴声也听到了。

原来已经有好些人都集聚在茆丕珍家里了，炕上坐了四五个人，炕下面还站得有几个娃娃，婆姨们便站在通里窑的小巷里。

---

① 芦笛。

我的同伴都是唱歌的能手，他们一跨进窑门便和着那道情的十字调而唱起来了：

太阳光，金黄黄，照遍了山冈……

茆丕珍便吹得更有劲了。老高横下那胡琴，挪出空地方来。

这几个青年人都是这庄子上的好劳动，身体结实，眉眼开朗，他们的胳膊粗，镢头重，老年人都欣赏他们的充满朝气，把自己的思想引回到几十年前去。他们又是闹社火的好手，腰肢灵活，嗓音洪亮，小伙子们都乐意跟着他们跑，任他们驱遣。他们心地纯良，工作积极，是基干自卫军里的模范。妇女们总是用羡慕的眼光去打量，因为她们加强了兴致①，也因为她们会偶然发现自己丈夫的缺点。

我们刚来时还不很熟悉，他们都带着一种质朴的羞涩说不会唱，但等我的同伴们一开头，他们也就没有什么拘束了。唱了一个又唱一个，唱了新编的又唱旧的。

老高会很多乐器，可惜村子上借不到一个唢呐，只有一把胡琴和一根管子，他不爱说话，只是吹了又吹，拉了又拉，整晚整晚地都是如此。他们告诉我说，他的管子就等于每人腰上插的旱烟管，从不离开身子。

这些《顺天游》《走西口》《五更调》《戏莺莺》实在使我们迷醉，使我们不愿离开他们，离开这些朴素活泼而新鲜的歌曲，离开这藏有无穷的歌曲的乡村。譬如茆丕珍唱出这样的情歌，从"好一朵鲜花，好一朵鲜花，满院的花儿赛不过它，我有心采一枝儿戴，恐怕那看花人儿骂……"开始，很细微地述说两人如何见面，相识，相爱，到第九段时便发生了这样的问题："你今儿把奴瞧，明儿也把奴瞧，瞧来瞧去爹娘知道了，大哥哥儿刀尖儿死来，小妹子悬梁吊。"这是中国几千年婚姻不自由，梁山伯、祝英台所不能解决的问题，而哥哥却接下去唱："刀尖上死不了，悬梁上吊不成，不如咱二人就偷走了吧，大哥哥

---

　　① 初刊本无"因为她们加强了兴致"。

头前走，小妹子随后跟。"于是二人逃走了，过河，爬山，当他们休息在山上时，却："雪花儿飘飘，雪花儿飘飘，雪花儿飘了三尺三寸高，飘下一对雪美人，小妹子怀中抱。"然而歌词的转折，情致的飘逸是如此之新鲜："太阳出来了，太阳出来了，太阳出来雪美人儿消，早知道露水夫妻，你何必怀中抱……"

王丕礼在唱歌上跟在种地上一样是不愿服输的，所以他也唱了很多山西小调："……半碗碗的红豆半碗碗儿米，端起个饭碗记起你：五黄黄的六月数伏伏的天，为了奴的情人晒了奴的脸……十冬冬的腊月数九九的天，为了奴的情人冻了奴的脸……"

但他们都喜欢唱他们自己编的调子，如："……骑白马，挂洋枪，三哥哥吃的是八路军粮，有心回家去看姑娘，打日本顾不上……"或者就是："延安府，开大会，各区调咱自卫队，红缨杆子大刀片，保卫边区打土匪。西安城，太原城，毛主席扎在延安城。勤练兵来勤生产，抗战为了救中原……"

这样的晚上我们只有觉得太短了的，但我们却不能不反而催着他们去睡，因为他们要赶这几天耕完杂田。茆丕珍父亲也提醒那充当变工队小组长的儿子说："快鸡叫了，明儿还要起早呢。"

他们用管子吹到门口送我们下坡，习习的凉风迎着我们，天上的星星更亮了。我们跨着轻松的步子，好像刚从一个甜美的梦中醒来，又像是正往一个轻柔的梦中去。啊！这舒畅的五月的夜啊！

三天过去了，我们在第四天清早，背着我们的背囊，匆忙地踏上归途，离开了这美丽的偏僻的山沟，遍山漫开的丁香，摇动它紫色的衣裳，把我们送出沟来。

我们也只以默默地注视回报它，而在心里说："几时让我们再来。"

一九四四年六月

记砖窑湾骡马大会 *

一、这地方的产生

　　一九三九年黄河沿岸防线更为巩固之后，搬到山沟里去了的工厂，便又向下迁移。在这条河边，首先出现了难民纺织厂的锯齿形的大工房和类似蜂窝的窑洞，修筑了水坝和水渠，水在大的车叶上冲击，弹毛机在屋子里装架起来了。但河的两边大半仍是童山和荒草，夜晚便听到远近的狼和狐狸的叫声。接着又搬来了后勤部的制革厂，他们在纺织厂下游半里地的山坡下修盖了房舍，装置了动力和机件，应和着纺织厂的喧闹。供给《解放日报》以纸张的振华纸厂也在制革厂的下边建立起来了。有了五六百工人会聚在一处，便自然感到这山沟的不调和的寂静。卖点挂面，卖点水果的小摊便偶然在路边的柳树下出现。而难民工厂便索性在本厂与皮革厂中间的路边修盖房子，开设骡马大店，因为这原来是通三边的大道。制革厂不愿落后，也在这里设立了合作社。附近山沟里的老百姓也往这里迁移，做个小本买卖，摆个摊子。慢慢这地带形成了一个交通和商业的小小据点，有了砖窑湾的名称，甚至有了市（乡市）政府。这砖窑湾的市政府到一九四二年底才正式成立，一共辖二十四个村。但这时街上还只有六间房子，

---

*　本文初刊于《解放日报》1944 年 9 月 17 日第四版。收入《丁玲全集》第 5 卷。砖窑湾属安塞县二区。

一九四三年增加到三十二间，^①还有十八间正在修造。一式的新木板门面，柜台上铺着毛毡，架子上堆满布匹、肥皂……饭馆里罗列着新桌子、板凳和光亮的锅台。在这些墙上，写着"变工队，扎工队，多开荒地多打粮；勤纺线，勤织布，保证家家有衣穿"的标语。娃娃们在街上跑着，门口躺着看家的大白狗。街后边的窑洞也多起来了，两边山沟都在尽量发展，难民工厂和民办合作社都组织了农妇纺线线，从榆林下来了几十个毛毛匠（用极简单的机器捻毛线的）都住在这沟里。而且有了集，五天一次，主要是买卖布匹、粮食、柴草，每次小摊要增加到二十多个，来赶集的人只要不是下雨天总是一千多。

二、今天的繁荣

自从决定了今年要在砖窑湾开骡马大会之后，周围五十里的村子都传开了，传闻中还有安塞县的剧团来演戏。这个剧团虽然在今年五月才成立，在附近一带已有十来次的流动演出，所以已经有了名望，大家都说戏不错，就只箱子^②差些，也知道那里边的演员都是从山西来，有的曾经在延安县剧团里待过的。于是买的卖的都各自准备着货物和货币，婆姨娃娃也准备着大会的红火，要看戏，要买点吃的，或者再买点不顶值钱的插头的针泡泡叉、顶针、丝线之类。

旧历七月十五这天是大会的第一天。一早起，街道上便打扫得干干净净，慢慢有人来了，开头是摆小摊子的。临时卖扁食、羊杂碎、饸饹的小棚棚也搭好了。村子上一共杀了几十只羊，一头猪。包子馒头都上了笼。接着粮食驮来了，骡马牲口都系在河滩头的柳树下。年轻的婆姨们穿着白褂褂、花裤子、粉红洋袜子、绣花鞋，三五成群摇摇摆摆都走到了街上，雪白的银首饰，横一个竖一个插在梳光了的黑

---

① 初刊本此处有"三十三年从春间到现在已经有六十间"。
② 指演出的服装。

发上；洗干净了的手上也是银镯子、银戒指，有的头上戴了顶古式帽子，帽周围钉一些五颜六色的假珠子和垂着红线绿线的缨络。她们在布店里站一会儿，又在摊子边站一会儿，拿着刚买来的脆麻花，又坐到饭馆外边了。围在她们周围的是些捧着瓜果的娃娃。这里一群那里一堆，这里掌柜们在一块手帕下捻着手指，商议着价格，那里婆姨们又嗑着瓜子，闲说张家长李家短。

戏台就设在街后一个平坝上，用树枝做了顶棚。木板在左右后三面隔着。山坡做了天然的看台。锣鼓已经挂在那里了。台后演员在化装。唉！为什么还不开台呢？

人陆续地到来，那些枣色的马上，铺着榆林的绒毡。一个年轻的婆姨戴着新头巾骑在马上。穿着新蓝布上衣、白布裤的中年人，牵着牲口，在街上头慢慢地扶着婆姨下了马。他们走进一家店子，休息了。

老汉带着孙子也来了，蹲在街头上抽旱烟，买一点零食给那吵着的顽皮的娃娃。

快十一点的时候，戏开了台，人像潮涌似的都朝这里滚。唉，吵是太厉害，唱的什么简直听不清。但不要紧，后边的人并不走，他们的眼睛仍盯在台上，前边的人笑了，他们也跟着笑，生得矮些的连看也看不见呢。

这个剧团开始找到了一些新剧本，但还没有排熟，现在仍演那些旧节目。班主是过去的一个自卫军营长，这次由安塞县县联社派去领导，他明白有些太封建的戏是不该演的。不过他们这个剧团，刚成立不久①，人员工资是按股子分，这一次的演出费是二十五万。

人们为了看戏而来，却并不专心看戏。他们仍是不停地谈笑，吃着零食水果，一会儿那会场的地上都脏了。

砖窑湾前后几个山沟里的人家，都挤满了客人。住娘家的，走亲戚的，她们又忙着叙家常，又忙着招待，又忙着看戏。

---

　　　① 初刊本作"还没有组织完密"。

到了黄昏，做买卖的也跑到戏台跟前，戏文却正在结束。有些看客已经感到肚子饿，在离开戏台。观众中也有人嚷着："不要走，还有好戏，下边是《回头关》，好把式，真演绝了的。"人还是在松动，《回头关》改在晚上的煤气灯底下演了。

有些人回家了，有些人住在就近的亲戚家。晚上戏台前人并不见减少，因为这天是星期六，几个厂里的工人，有些也请了假来看戏。远远地看着并不显得戏装的破旧，那青衣甚至是很窈窕。胡琴也颇为幽雅。夜静了，远一点的地方也可以听清楚。那些从工厂里来的内行，把戏情向旁人一边解释，一边还介绍着："演得很不错，就只衣箱差点。"

十六日这天更热闹。税务局的门口川流不息，那些买卖牲口的要上百分之五的税，粮食是百分之三。仅仅这一天有十五头牲口（八十四万）和三十来石粮食（值洋一百万）的买卖，税收五万五千余元。其他的一切都没有税。据市政府的统计：这一天布匹约五十万，饭馆十一个，平均每家二万五，即二十七万五①。但生意最好的还是瓜果、零食、油盐，连柴草、蔬菜、屠宰算在内至少也有八十万。共总一天之内约有四百万生意。难民工厂的合作社在这一天即有四十余万。民办合作社的一个小摊子也有六万元生意。

街道上拥挤到一万四五千人，简直走不开路。从甘泉、延安来的，从志丹来的，还有从子长县赶来卖牲口的，附近一二十里的村子简直就不必说了。连庙湾、窑子沟、苗家店都热闹了。

但这天最被群众欢迎、也教育了群众的是难民工厂的秧歌戏和巫神米尚荣的讲话。

---

① 初刊本作"这一天布匹约五十万，饭馆十个，平均每处五万，即五十万，临时饭馆十一家，平均每家二万五即二十七万五"。

三、"娃娃病了怎么办?"

砖窑湾从没有人烟到有人烟,到今天的繁荣,市政府管辖了邻近二十四个农村,三百多户人家,除开原来熟地一万一千六百二十七亩,今年开荒一千八百亩,市政府组织纺车一百辆,已纺线八百八十斤。难民工厂与农民组织了几个合作社性质的生产活动,捻毛线、制毡等。可是这里有一个缺点,即是人口的死亡率大,尤其是娃娃。最近有很多娃娃得了气管炎或百日咳,因不请医生而请巫神,或吃点老方子耽误致死的全乡有好几十。窑子沟有二十三户人家即死了十七个娃娃、三个大人,段庄也死了九个。虽说制革厂的郑医生、难民工厂的舒医生和李厂长[①]都治好了许多人,但老百姓相信医生的还是不普遍,所以难民工厂特别赶编赶排了一幕《娃娃病了怎么办?》准备在这天上演。

吃过了午饭,街道上便传开了下午有秧歌剧。自从今年过年的时候,难民工厂在农村闹秧歌之后,老百姓都传说好红火,现在一有了这风声,大家便更焦心地盼望。果然不久街西头响起了锣鼓,大人娃娃都跑着迎了过去。这些婆姨便忙着到戏台前去找位置。秧歌队被群众挤紧了,走也走不通,一边打着锣鼓一边嚷着:"让开,让开。"他们在街上勉强扭了一转便到戏台前来了,人群由台两边像两道山洪似的吼着奔来了。本来很安稳地坐在台前的婆姨们便叫了起来:"慢点!看把娃娃挤坏了!"一会儿,整个场子都挤满了人。

"不要乱挤,自卫军维持秩序!"谢市长站在台中央大声喊。

拿着红缨枪的自卫军在人丛中安置着观众。但人太多了,都不愿退到后边去,于是难民工厂的工会主任李才同志走到台上来,他喊道:

"今天的戏是演给老百姓看的,难民工厂的工人同志们应该向后

---

① 李厂长叫李尊三,是当时边区政府副主席李鼎铭先生的儿子,是个业余医生,新中国成立后任北京中医研究所所长。

退，你们的意见怎么样？”下边有人答应“对”，于是李才同志下命令："难民工厂的工人全体向后退，把地方让给老百姓！”并且说希望制革厂和纸厂的工人也能向后退。那些在星期天下午刚刚有空出来玩一下的工人们便向后山坡上跑去了。老百姓笑着抢了上来。自卫军招呼一律坐下，这才稍微肃静了。

市长主持了会场，短短的说了几句本乡市病症的可怕之后，巫神米尚荣走上了台。群众中有人说："是和合饭馆掌柜的嘛！”米尚荣说他过去因为生病请巫神治，巫神说他被灵官神找上了，要他顶上才不误事，他不敢不顶上。别人以为他有神神，找他治，他去治，学巫神胡说，神神又不来，一点“意思”也没有，他无法，只好胡搞。胡搞了两三年，自己觉得骗人不好，赚钱虽容易，一晚上赚的钱，比得上别人五六天“受苦”①，不过胡搞来的钱是不服人的，也就胡花了。这两年就做买卖，有人找，推不掉时才搞过一两回。他告诉大家，巫神是不能治病的，是骗人钱财，越是做老了巫神的越明白没有神。大家有了病千万别找巫神，要去找医生。他也劝巫神不要再搞了，骗人来的钱存不下，还是务正、受苦、做买卖。

"米尚荣说的是实话，他真的许久都没有搞了。”观众中有人说。

"唉呀！原来并没有神神，巫神是骗人的。”婆姨们咕咕哝哝地议论起来。

"他妈的！”在心上骂着他的自然也有人，台底下坐了七八个巫神等着看戏呢。

米尚荣讲过话之后便有人喊口号："学习米尚荣！以后不再找巫神，有病请医生……”群众都举手响应。

秧歌剧开始了，张大夫妇抱着两岁的娃娃看罢夜戏回家。他们愉快的歌声和愉快的生活影响了观众，台底下都笑着重复着他们的唱词。但当他们娃娃病了之后，即有人说："夜黑里回家着了凉嘛，娃娃吃零

---

① 当地土话把干农活称作“受苦”。

食吃坏了。"

张大去请巫神，巫神的狡猾欺骗，使大家心里痛恨，说："看那二流子样子，就不是好人，骗人钱的。"

他们看见张二娃娃的病也犯了，张二还是去请医生，劝张大也请医生。医生替张二娃娃治病很仔细，他们便说这医生有本领，有耐心，是个好人样子，不像那脏兮兮的二流子。

但看到张大娃娃死了之后，张大婆姨哭着，描绘死时的情况，观众中有人哭了。韩家的两个娃娃都是今年死的，病状与戏中一样，也请过巫神，跌坛，扎针。她不忍看，站起来往回就走，拿手帕蒙着脸，哭着回去了，说不出心中的后悔。张家的娃娃也是这样死去的，她也哭着走了。李厂长小孩的奶妈也哭了起来，她向人诉说着："我实在是好心，怎知就把娃治死了，该死的冯巫神真害人不浅！"冯巫神就坐在侧边没好远，坐不住，也走了。场中淤塞着沉郁之气，许多婆姨都低下头。男子汉便说："巫神信不得，害人的东西！"

张二带着医生和被诊治好的牛娃上了台，观众们看见他们蓬蓬勃勃的一股生气，牛娃非常活泼，才吐了一口气，为他们庆幸。大家传说着："看，那娃好俊，医生治好的嘛！"台下看戏的王栓儿在被请上台说明他的病也是医生治好的时候，大家看着胖胖的王栓儿都大笑了。王栓儿也向大家憨笑着。这幕戏就在张大悔悟之后向大家劝说之中闭幕。

观众的心情始终被剧情抓得紧紧的，欢喜，愤怒，悲哀都跟着剧情走。这幕戏虽然是两天之中赶出来的，粗糙生疏都有，但因为内容全是根据当地最近的事实编成的，所以很吸引人而又感动人。大家看后都说："这戏太好了，它告诉咱们娃娃病了怎么办，这实在是件大事！"

群众还要求再演，可惜因为时间的限制，只准备了这一个节目。

接着虽然还有旧戏《长坂坡》，但观众总不像先前一样那么感情激动，那么被吸引了。当他们回去之后，也只有前一幕会长期留在他们心上，温习着这个问题："娃娃病了怎么办？"

第二天过去了，只剩下最后一天，这天还有旧戏和各种买卖，但人只剩四五千了。有些人还留恋在这里，有些人忙着回去准备秋收。他们已意识到今年的丰收。他们还要准备劳动英雄的选举，准备市政府提出的"十一"①运动，准备办冬学，准备新年里闹秧歌，来迎接一个新的更红火的年节。

一九四四年八月于难民纺织厂

---

① 大约是拥军、优抗、卫生、识字等十一项运动。

民间艺人李卜[*]

一

一九二五年，甘肃省平凉、隆德一带，来了李卜。他是从洛川一个戏班子逃出来到蒲城，现在又逃到甘肃来的。他穿了一件旧单褂，戴了顶旧麦秸帽子，胳肢窝里夹了一个小包包，走在别人门前或柜台前边一坐，把右腿往左膝上一放，像往日在台上那样，再把一个三岔岔板拿出来一敲，小眼睛一睁一闭，他就唱了起来，唱的是那些讨人欢喜的吉庆话：

"一报堆金多吉有，二报夫妻两双全，三报三阳增开泰，四报四季大发财……荣华富贵万万年。"

人们在他四周围了拢来。他停了唱，说：

"出门人缺少盘缠，请大家凑合凑合，高抬贵手点几出吧。唱得不好，大家包涵。"于是他递上手折，手折上写着很多戏目。

这样，他挣上三串五串。

夜晚，他找到那些庙宇，独自蜷卧在那空廓的殿堂上，想起了他的少年时代：二十四岁的李卜，包下了安邑县的一边城墙和城楼，高高地搭着木架，指挥着几十个工人和学徒。作为师傅的兄长，从老家运城跑来看他，又看了他包的工程，一言不发地回家去了。他告诉他们的老父亲说："行，能放心！"那时，他的确是一个好木匠和泥水

* 本文初刊于《解放日报》1944 年 10 月 30 日。收入《丁玲全集》第 5 卷。

工人。

　　然而他喜欢唱戏，尤其是郿鄠。在蒲城做工的时候，常常练着那些调儿，边做边唱，把木活都做坏了还不知道。每年春季，他便伙着一群青年人闹社火。要不是跌年成，他也许不会到河西来，也许遇不到宜城的安老留。安老留发现了他的表演天才，鼓励他参加了班子。从那时起，他成为一个名丑了。

　　他满意这项职业，因为他喜欢它。可是，在旧社会里，他老是逃不脱军阀官僚的压迫。当时驻扎在延安府的陈连长，把他绑在马上调来。后来，洛川的队伍又把他从当地老百姓的班子里抢去。他厌恶那种狂嫖滥赌的糜烂生活，愤恨那种非打即骂，人压迫人的专横。他活动与他同来的小旦一起逃走，但那个老搭档因为长得漂亮被师长所喜欢，给收买去了。他独自逃了出来，成了一个街头卖唱的无家可归的人了。

　　在洛河川一带，谁不知道李卜呢？可是这时他却常常一个人宿在孤村野庙里。他恨那些军阀们，也恨那个小旦。他常常想到自己的前途：三十几岁了，现在还可以混，可是这样搞下去，老了又怎么办呢？他看看窗外的月影，想着这些，忘记了衣襟的单薄和古庙的寂静，却更深切地体味到深夜的寒冷和荒山的凄寂。

　　日子拉下去了，他没有办法跳出这种生活。他老早就抽上了大烟，一个月要几十两土。除了唱戏，他也没有别的兴味。于是他流浪着，一个村一个村的。

　　当时，这一带种的鸦片比粮食还多。逢到割鸦片的时候，他卖唱的代价便从钱从馍馍变成了烟膏。他抽一些，留一些，慢慢地积攒了七八十两，才慢慢走回陕北来。他不敢回洛川，便到了安塞。在安塞又有一些唱戏的围绕他，因为他有那些烟土，他成了班主，带着一群人又在洛河川一带唱起来了。日子是一年一年地过去，李班主的班子被人爱着，赞颂着，因为他们的郿鄠戏不只是技术好，并且很少唱到那些达官贵人，大半是唱着人民的生活。可是李班主仍是两袖清风，即使能赚到几个钱，也要被那群流氓戏子吃干净的。

好容易讨了一个寡妇做老婆①，媒人说：“婆姨是好婆姨，勤俭，会过光景，就只一个'毛病'，曾是吹鼓手的女人。你一个班主，也许嫌她低了点吧？”李卜说：“吹鼓手就吹鼓手吧，他已经死了，与婆姨有啥关系。我要是将来做了营长，她就是太太。我也是个唱戏的，好人家女子还不给我呢，只要不花什么钱，能行。”于是他有了家，那女人还带了个女娃娃来。

一九三〇年，他卖了箱子，落在家里做木匠；可是又被军阀逼去，唱了一年多才放回来。这时，他已经四十一二岁了。他愿意结束那浮萍似的生活，落脚在鄜县的城外，日子虽然穷一点，可是已经有一个正经的家庭生活了。

二

休息了八九年的李卜，在这时期自然仍不免要参加春节耍秧歌。这时，就常有人民的游击队与军阀军队在鄜县打仗。军阀军队曾有一次说他与游击队通消息而迫害他（他的确帮助过那“打富济贫”的游击队）。就是到了抗战时期，曾经住在鄜县城里的顽固军队，也仍然要四出杀人抢人。李卜对于郿鄠的爱好，仍不减当年，所以一九四〇年民众剧团在鄜县演出时，虽然演的是秦腔，但他仍然在寒冷的冬夜，披着白羊皮袄，伫立在台下。观众都认得李卜，他们问着他。他说：

“戏是好戏嘛，这是新戏旧演。劝人打日本，做好人嘛。唱工把式差次点，没啥。要是改唱郿鄠就更好，郿鄠吐音清楚，更听得真嘛。”

围着他的有好些人，大家都笑了。谁知道这观众中有一个张云，张云是民众剧团演胡子的，小时候就看过李卜的戏，就崇拜着他的。现在一见他也在人丛中，欢喜得跳了起来，赶忙几脚跑回后台，一手

　　① 初刊本作“讨了一个吹鼓手的老婆”。

拉住了民众剧团的团长柯仲平同志，又急又结巴地把这消息报告了，并且恳切地说："他会的戏可多得太，技术高明，陕北谁也知道李卜呢。这机会可不能失。"

柯仲平同志很懂得民间艺术，老早就在注意人才，而且也是一个郿鄠戏的向往者。等不到听完张云的话，就用力拍着他的肩，大声说："走呀！去找他！请他来！"

在人丛中柯仲平同志就拥抱了他，说："嗳，我老早就在访你呀，今天总算遇到了……"他们到了后台。

李卜看柯仲平同志像个好老汉，像个见过世面跑过码头的人。他摸着比柯仲平同志还短的胡子说："从前的戏也有很多是劝善的，只是没有说出一条路。其实嘛，老百姓里就没有个什么坏人。就拿我一个旧戏子来说，抽洋烟，该是坏毛病嘛，可是并不打人讹人。你们这个戏我说是大大的好戏，你们告诉了老百姓一条路。唉，我五十岁了，还是第一次才看到呢！"

他们谈到唱功、做派，谈到内容、形式，谈到郿鄠，于是更投机了。李卜便在散了戏的后台唱了起来。柯仲平同志欣赏着他谐和的韵调，他觉得：李卜唱得真自然，真有人情。

第二天，李卜又到团上来玩。柯仲平同志摆了好多菜，请他喝酒，把他介绍给团员们认识。大家都尊敬他，他也喜欢大家。最后他说："不是不想跟着你们跑。我人老了，难道把本领藏到土里去？教你们是顶情愿的，就是离不开家了，有个老婆和儿子没人照管。"但在柯仲平同志给了他一点点安家费之后，他便答应一定同他们去交道，到店头。

这时间，顽固分子派人暗杀八路军驻军首长，引起鄜县事变。在民众剧团公演时，顽固军队的机关枪，便朝着这明亮处扫来。李卜痛恨这种行为。柯仲平同志同他谈了救国的大道理。李卜是一个爱和平的人，向来就喜欢有事大家和平讨论。他从此明白了共产党与抗日的关系，抗日与人民的关系。他很佩服这老团长的见解，他说："你看，你有那么多文化，满肚子都是文章，现在为了教育老百姓，这样艰

第二辑　陕北风光

苦，咱一个旧戏子，还能不把那绿豆大点的本领拿出来，教教几个年轻人？"

他对自己的艺术的态度很正确，他说："我虽然会唱一百多种调门，不过那是老一套。我告诉你们，你们再去编，该修改还是要修改，我是没意见的。"他从不保留他的技术，而且教人都是从诀窍上使人易于掌握。

到了店头之后，他不说走，于是又留他，他便又随往关中。到了关中之后，他仍不说走，于是又随团去陇东与三边。他不只教唱，教做，而且有时一个人出台唱全本《张良卖布》，观众听完了还不肯散。

刚来时，他还喝些自己带着的洋烟。柯仲平同志知道这个，不愿伤他的自尊心，装做不知道，只从旁劝说；别的人也给他暗示。他觉得大家都是好人，只有自己不争气，有这种坏毛病，一狠心，难受了几天，也就熬过去了。几十年的老烟瘾，想不到在他五十一岁的开始，在腰腿不好、牙齿也脱落了的情况下，竟一下子就戒绝了。

在民众剧团要回延安的时候，他表示不愿离开团体了，他觉得这就是他的家。他舍不得向他学戏的那样纯洁的娃娃们，舍不得热情的团长老柯，舍不得这个团体的有秩序、有情感、有互助的生活。虽然他的家现在也是边区了，在家里也可以生活得平安，可是这里教育更好，这种集体生活更使他留恋。并且他认识到他现在所做的工作，是为了大家，为了所有受苦人的幸福。这种工作使他年轻，使他真正地觉得是在做人。他决定要参加这个剧团了，当然他很受到了欢迎。从此他找到了他永久的家。

他到延安之后，四处看了一些，许多老熟人也见着了。大家光景过得很好，很和平。也见过一些负责人，都待他很好。很平等，和过去旧社会的官长完全不同。他们总是很耐心地解释一些道理给他听。他听得非常高兴，他的确受了感动，所以只要他能做的事，他总是不

辞劳苦的。为着民众剧团买戏箱，他冒着危险到蒋管区①去，奔波几次，终于办到了。他看见那些坏了的凳子桌子，便自动地拿来修理。看见窑要坍了，也自动去修。他说："要花那么多钱，何苦找人，看我李卜来！"

他在剧团里教唱，教做工，民众剧团的技术因为他更加提高了。观众都说现在的演出更好，有把式，而马健翎同志也很善于利用这旧形式，创作了新型的有名的《十二把镰刀》和《两亲家》。

张鲁同志也到他这里来学郿鄠，把这些东西带回鲁迅艺术学院去。许多年轻的音乐工作者，也来找他。这一两年来，延安的秧歌有那么多好听的郿鄠调，就是从这里来的。

他的婆姨和儿子在家里也过得很好。他去看过他们，儿子大了，替别人揽工，老婆纺线线，乡政府对他们也很有照顾。他还打算今年年底回家替儿子娶媳妇呢。

三

这次，他被选为代表，出席边区文教大会。当他在小组会上听到有人说旧戏子难于改造的时候，他站起来了。他以他自己简短的历史，做了说明。他说旧戏子的确很多有嗜好，有一些坏毛病，但并非不能改。这些人在旧社会里是受压迫的，只要一解开革命道理，头脑弄通了，改起来也很容易。譬如他自己，几十年的烟瘾，还不是因为参加了新的生活，一下子就戒绝了么？过去爱玩，把木匠手艺丢在一边，宁肯讨吃。民众剧团谁也不知道他会这一套，并没有人叫他做，还不是因为自觉到公家的东西就是自己的东西，公家的事就是自己的事，而这样尽心尽力地做了么？他说："旧戏子对于技术，是保守的，可是我就只怕教不会别人。我教会了别人，别人可以借它教育老百姓，我

---

① 初刊本作"友区"。

的陈货在他们口里，变成了新的，我看见了只有喜欢。我是一个老人了，我要改造自己，也还要改造别人呢。"他又劝大家不要有这种想法，说旧戏子难于改造。旧戏子在陕北还有很多，边区外边就更多了，主要是在我们的教育。先要把这些人的脑子弄明白。当然也会有人慢些，但那只是时间的问题。

他的话得到全场的拥护，大家都爱他。过去五十年来，他本来是一个民间的艺人，被军阀和各种的势力逼着，被环境困着，他是一个抽大烟的穷戏子，甚至流落在街头卖唱，被人瞧不起。现在呢，他是一个革命的群众艺术家，积极地工作着。他在那么多的代表面前，在各处地方做宣传工作的领导者和艺术家、文学家面前，提出争取旧戏子的文艺政策。他是正确的，他就是亲身沿着这条路走过来的。

一九四四年十月二十日夜

永远活在我心中的人们

——关于陈满的记载 *

陈满是我在宋村最好的朋友中的一个，我们谁也惦念着谁，谁也忘不了谁。她是一个五十多岁的老太太，从有记忆那天起，她就想不出有什么甜的事。她的祖母，她的母亲，她的大女儿都和她的命运一样，她简直不知道为什么她们会这样苦。她告诉我："唉，路是长长的，日子是没完的，娘的痛苦还没熬尽，闺女又走了上来，我做的活计能堆成山，我流的眼泪能流成河。"她的一生的确是一时说不尽，也写不完，我现在只能记载我们是怎样认识，和怎样做起朋友来的。

我们刚到宋村第二天，分区召集了贫农会。我们一个熟人也没有（这村子是一个新解放区），总想从这些会中，在个别访问的机会里面了解一些人，发现一些可靠的积极分子。可是第一天大半的人都不说话，少数的人说得不坏，但不敢出头。有几个肯出头的，看来又有些滑里滑头。后来成立小组，推选小组长，有一个组老半天也没推出来。我们走去看，大家都你推我让，有的就低下头，一声也不响。我们向他们解释，他们还是那样。这时忽然站出来一个衣裳穿得很不好的老太太，她着急地说："唉，看你们这些死脑筋呀！千年万年也盼不到今天，有解放军给咱们穷人做主，叫咱们翻身，你们还怕这怕那，情愿当牛马，受苦受难。唉，大爷们！把你们那死脑筋翻个个儿吧。"

---

* 　本文初刊于《新中国妇女》创刊号，1949 年 7 月 20 日。收入《丁玲全集》第 5 卷。

一个小组的人都不答理她，只望着她。不知是谁悄声地说道："你成，你当！"

"咱就当，只要你们选咱，咱就当。"

这时大伙都说了："选你！选你，你当吧！"有人告诉我们："行，就是她！她是李老冬家的，她叫陈满。"

我们又问他们，都异口同声说："就是她，她行。"她个人也说："就是咱，咱啥也不怕，出了事就问咱好了。同志，写上咱的名字吧，咱叫陈满。"她就这样当了小组长了。

第二天开全村的贫农大会，选举贫农团代表，她又被选为大会的主席团之一。她非常勇敢。她问我："妇道人家也行么？"我告诉她男女一样要翻身。只要谁愿意为乡亲们做事，谁也能当主席。她高兴地笑道："你们说行就行，你们说得没错，咱不怕他们，咱听你们的话。"开会的当中，我试着问她道："大娘，你把你脑子里思谋好的事向大家说说，叫大家和你一样，不怕啥，好不好？"她迟疑地答道："唉，一个娘儿们，见识短，说不出个什么，不服众。只有爷们带着娘们走的，还能让一个老娘们在头里？"我告诉她那是旧道理，要她不要管，她便真的走在主席台前的桌子边，一个顿也没打，好像老早准备好了讲演辞一般，干脆地说道："咱是个老娘们，不知道说什么好，也不知道对不对。咱说，从今天起，咱们村可就变了样，以后该咱们当家做主了。咱们有毛主席，咱们啥也不要怕。天下穷人是一家，咱们团结成一条心，又有毛主席做主，解放军撑腰，恶霸地主就都完蛋了，顽固军也快消灭了，还怕啥？咱们要感谢毛主席。咱们要翻了身，当了家，毛主席可乐呀！"

听她讲话的人也有笑的，也有不笑的。总之，她没有当上贫农团代表，差了几票。另外有两个妇女选上了，两个都是爱打爱闹的。我们心里明白这里面有道理，可是刚来村子上，不了解情况，不敢做结论。

后来有人告诉我，她是外村来的一个缝穷老婆子，带了一个闺女来，跟了李老冬。李老冬今年七十五岁了，七十岁上要了她。

下午我去看她，要她好好当小组长。第二天，别人告诉我她那组另外选了组长，他们全组反对她，说她是外来的。她那一组人本来就是她们一家，都姓李。

又有人告诉我李老冬不准她出门。

也有人告诉我说她名誉不好，我问她"靠"过人吗？答应说没有；我问难道她闺女不规矩，答应是个好闺女，只是因为她过去的丈夫是一个唱花旦的！

我考虑了许久，决定不要她当小组长，我也不去看她。晚上派个人去看情况，回来告诉我说：人人都说她病了。第二天又派人去看她，说像有病，躺在床上，两天没有吃饭了。我心里记挂着她，成天不安，我想她一定遭遇到很多非难和迫害，但为着要更多地了解一些事，我不得不忍心不管她，看别人究竟怎样对付她。

第四天清晨我忍不住了，朝她家走去，刚走了几步，我看见她了。陈满头也不梳，衣服也不好好穿上，一把抓着我说道："咱来看你的，咱有话要和你说，人都说咱病了，没有那回事，别信他们。"

我们两人往回走，我觉得她抓着我的那只手，显得滚烫。

我们进到房间，她说："咱怎么也吃不下，几天几夜就在琢磨一个道理。如今咱搞清楚了，咱可以吃饭，可以梳头了。"

我不敢问她什么，只劝她躺在我炕上，我倒了一杯热开水给她喝。我想由她自己爱说什么就说什么。她说：

"以前咱在这村子上，就不算什么人，到处受欺侮。人都叫咱野婆子，也有人打咱，打咱二妮。那不过是瞧咱不起，轻贱咱们。可是如今人们却恨咱，怕咱。夜夜晚上咱都不敢睡，怕有人来害[1]咱。嘿，同志，你别不相信，咱因为有你们撑腰，咱成了一个人了。咱一翻身，你还以为没有人恨，没有人怕吗？哼！你笑，你相信了吧。可是你又

---

[1]　初刊本作"杀"。

别以为咱就怕了他们，咱夜晚是睡不着，叫咱老头子和二妮轮流守着窗户，怕跳进人来。咱老头子也不是好东西，穷人骨头富人心，他不向着你们，他是富根穷苗。他要咱的时候，他七十岁，咱五十岁，你说咱们有什么情投意合。他要了咱好服侍他，咱图有一个藏身之地，想把咱二妮抚养成人啦！这老东西不是人，他的粮食都不往家搬，怕哪天一口气喘不过来，粮食归了咱，他要真的死了，连披麻戴孝都不会要咱们，也不让咱们叩头就会把咱娘儿们撵走了。咱还是不讲这些事，咱不怕他们，现在是他们怕咱。咱虽是外村人，可来这村也五年了，咱又不傻，谁好谁坏，咱还能不清楚？可是，咱说实话，你们刚来乍到，一两天是摸不清这村子上的事的。咱和你们却真是一条心啊！你和咱说话不多，咱可全明白。唉，几天几夜咱都睡不着，吃不下，就为想明白你们的心啊！咱说一句话，做一件事，都在想合不合你们的心，因为你们的心就是毛主席的心，毛主席的心就是为咱们的心。咱越想越糊涂。咱要二妮唱歌扭秧歌，他们说咱疯了。咱说二妮，唱歌是为了感谢毛主席，扭秧歌是为了咱们的翻身。昨夜咱把这道理想通了，咱好不欢喜。同志你听着：我觉得过去全是对的道理，到今天就全成了不对的了，过去不对的道理就全成了对的了。咱要做什么就全朝着这上面做。你说是不是？"

　　我简直觉得奇怪，我只觉得她在启发着我。这个老太婆是这样的有思想，一个人真正要翻身，要翻心，一定要经过痛苦，经过思想的，但我什么也不打算问她，我知道她会什么都告诉我的。我只鼓励着她和安慰着她。后来，她坐了起来，腿盘着，掠了一下披在额际的乱发，好像忽然想起一桩大事，庄重地说道："同志，不怕你笑话，咱还编了一个歌，咱愿意念给你听听，表表咱的心。"我自然深怕她不念，极力照顾着她的心情，她就念了一首歌出来：

　　　　太阳出来红彤彤，太阳好比毛泽东，庄稼没太阳不生长，穷
　　人没毛主席万年穷。

这首歌我好像在哪里见过，可是陈满是一个不识字的人，她去抄袭是不可能的；这又是一个新解放区，也许她听别人念过，脑子里有一个印象；但也许是吻合，同样的感情就唱出同样的歌谣来。我问她怎样讲，她说："庄稼为什么没有太阳不生长？因为大树护住了。大树就好比地主，要把树砍了，庄稼才能见太阳，不打倒地主就翻不了身。同志，你说对也不对？"

（我想说陈满是个诗人，也许有人说我夸张了，但她的的确确向我唱过几个钟头，她把她的一生是唱给我听的。而且叙述得那样的动人，自然这是后来的事。）

我又问她是她编的么？她说是的。我说："大娘，你编得真好，你以后多编一些。你编好了，我给你写下来，寄给毛主席。"

她从炕上飞也似的走下来，对我说道："咱病好了。咱头上一清醒，想通了道理，就没病啦。你别着急，咱们这村好搞，村子上有的是好人。咱们西头的圈子，就是李满圈是个不错的人，看起来粗一些，有些愣，可是一个正直人，不怕事。咱以后慢慢地告诉你。现在咱家去，让你吃饭，咱有话咱就会来。咱老头子不是好人，咱成天骂他，想把他心扭转来。"

我紧紧地握着她的手，送她到门口，我说："大娘！你真好，你是咱们的人，咱们是你的人。你要平平静静过活，你要安安生生吃饭，睡觉，没人敢伤害你的。咱们娘儿凡事都要商量，你知道的事告诉咱，咱明白的道理告诉你。咱依靠着你，你依靠着咱，咱们一条心，要把宋村翻个个儿。要宋村的穷人们都能像大娘一样，心里明明白白，自己做主人。"

她走了，头发披在后颈上。她的步伐是矫健的。我看出一颗坚强的智慧的心，我看出我们互相的无比的信托。我爱她，我在她的身上发现了新世界。她的影子慢慢地远去，我的愉快就愈生长了起来。我无法隐藏我的高兴，我几乎一路大声地笑着走回了我的房。我找来了我的工作组的同志们，我们有了更乐观的充分有信心的心情来安排着我们新的工作。

这只是我们认识的开始，自然我们的友谊一天一天会深下去；因为我们的战斗一天一天地深入下去和细致下去，我们的相知，我们的相互关系，也就慢慢凝固起来。到如今，当我每次脑子中有空的时候，或者当我需要感情的时候，就会想起许多人们，而陈满就是其中的一个。可惜我现在还只能为她做些简单的记载，但这些永远活在我心中的人们，我总希望我能使她们永远活在一切人们的心中。

一九四九年

粮秣主任*

我从河西图书馆走出来的时候，已经不再感到秋天太阳的燥热。一大群年轻人，欢跃地把我送到吉普车旁边。年轻的馆长何莲花，垂着两个小辫，紧紧地握着我的手。有些看书的工人们都抬起头来送我们走过，有些人也跟着走出来，站在门旁边来看。这一群把我包围了一会儿的人们，七言八语的，我听不清谁在讲什么，我也不知道该和谁说话。我望着他们笑、挥手，也说了不知什么话吧，后来，我发现自己笑得很傻，我生气了，想再说点聪明话，可是车子已经开动了。我回过头来再看他们，真说不出我对这群年轻人的羡慕。看啊！他们是那样的热情，那样的洋溢着欢欣，洋溢着新鲜的早春之气。

"是不是我们回河东去？快开晚饭了。"司机老罗把我的思想截断了，他这样问我。

"不"，我说："老罗，你认识李洛英的住处么？我昨天和他约好要去他那里。"

"哪个李洛英？是那个看水位的老头么？听说他住在吊桥下面，河西的陡岩上，可没去过。"

"那末我们就去吧。"我摸了摸口袋，只有两包烟，我便叫老罗把车弯回合作社，买了十几个烧饼和一个罐头。

于是我和老罗又在这条陡的、弯曲的、飞舞着尘土的山路上颠

---

*　本文初刊于《人民日报》1953 年 11 月 20 日，原题为《"粮秣主任"——官厅水库散记之一》。收入《丁玲全集》第 4 卷。

簸了。

不时从对面开来一些十轮卡车，也有装木头，石块的，也有空车，有的车是铁道部的，有的车是官厅水库工程局的，也有燃料工业部的，横竖是吼着，车轮子轧轧地响，喇叭不断地叫，那些像水沫、像雾似的黄尘，从对面的车身后边扑到我们脸上、身上。

车子绕过了一座山，看见了河，又靠着山，沿着河边往下游走。山很陡，路很窄，石子很多，有些地方是刚刚修补好的。前面运器材的车子很多，我们走得又小心，又慢，还常常停住。我们走过了吊桥不多远，老罗就把车子停在路旁一个我一点也没有注意到的小屋旁边。这屋就像一个小岗亭，门临河峡，背后就是路，来往的车子就紧贴着屋子的后墙轧轧地滚去滚来，屋的两边都只能勉强斜放一辆卡车。老罗告诉我可能到了，于是他引我转到屋前，并且高声叫：

"李洛英！"

屋门是大敞开的，李洛英正坐在床铺边，伏在桌子上写字呢。虽说我们离他那样近，如果不是有人大声叫他，他是不会抬起头的样子，他好像很用心，把全部心神都贯注在他填写的本子上。

"哈，老李，咱们来了，你倒好安静！"

他取下了老花眼镜，歪着头，细眯着眼，对我审查地看了一下，才微微一笑：

"嗯！真来了！"接着又答应我："对，这里就是个静，一天到晚连耳朵都震聋了！"

他站起来张罗了一下，提了一把壶从门前的陡坡上像个年轻人似的直冲下去了。老罗坐在煤炉前去烧火，纸和木材发出微微的烟，我凭着这小屋的窗洞望了出去。

太阳快下山了，对面高山上只留下一抹山脊梁还涂着淡黄。满山遍岭一片秋草，在微微的晚风中，无力地，偶尔有些起伏。峡谷里流着永定河的水流。更远的地方不断传来炸山的轰隆声，屋后的车轮声与流水声混成一片杂音。我凝视着这熟悉的荒山和听着这陌生的喧闹出神了。

李洛英回来了，他们两人围着炉子烧开水。我舍不得离开窗洞，这山峰，山梁梁，山凹凹，绕过一个山头，又一个山头，这山里面的山，这羊肠小道，这嵘崚……这些不都像我在河北、山西、陕北所走过的那些山一样的么？这不也像我所走过的桑干河两岸的山一样的么？那些曾经与我有过关系的远的山，近的山，都涌到我眼前，我的确有很长的时间是在这样的山中转过的，现在我又回到老地方来了。这里虽然也还有荒野，却并不冷僻，各种震响在这包围得很紧的群山里面回荡。

李洛英把开水给我递了过来，并且有心打破我的沉默，他笑道：

"中意了咱们这山沟沟么？"

司机老罗也问道："怕没见过这大山吧？"

我望着这瘦骨棱棱的老汉，他不多说话，静静地望着我，嘴角上似乎挂着一点似笑非笑的神气，细小的，微微有些发红的眼睛，常常闪着探索和机警的眼光。我问道：

"老李，你们这里有过土改么？是哪一年土改的？"

"土改？搞过，是一九四六年呀！"

"一九四六年土改过？咱那年就在这一带，我就到过怀来，新保安，涿鹿的温泉屯，你看，就差不多到了这里。"

他又笑了，可是那种探索的眼光也看得更清楚了。我就把这一带的一些村名和出产说了很多，我并且肯定地说他一定看过羊，做过羊倌。像他们这地方，地不好，山又多，不正好放羊么。

我对于这山凹的感情，立刻在他那里得到浓烈的反应。他不再眯着眼睛看我了，他也靠近窗洞，把眼光横扫着对面的大山。他轻轻地说，就像是自语似的：

"我不只是个羊倌，而且我还是个粮秣。老丁同志！你看吧，这山上的一草一木，一块石头，我都清楚。我打七八岁就在这山上割草，被狼吓唬过；我的父母就埋在这山上。我十几岁就放羊，走破了多少双鞋子，流了多少汗在上面①，咱们担过惊，受过怕，唉！多少年了，我现在还一个人留在这里，守护着山，睡在上面，看着它，哪一天不从这座山跑到那座山去几趟。如今这山上住的人可多了，热闹的时候几万人在这里工作，可是只有我，只有我才真真懂得这山，只有我才每天同它说话。哈……总算和它一样，咱们是一个样样的命……"

"一个样样的命！啥命啊！你这是什么意思呢？"

"嘿！老丁同志！你还不懂得么？山和我一样翻身了，咱们全为着祖国建设，全工业化啦！"老粮秣主任搓着手，歪着头，意味深长地望着我，我不觉把眼光落在桌子上他填写的单单上面。那是一张水位记录表，他的确写得很工整呢。

他在屋子里来回走了一个圈，也就是走了两三步，就又踅回到窗洞前边。他用手指着对面山上，叫我和老罗看一个石窑窑，我们顺着他的手指找了半天，看见一团黑凹凹的地方，上边有一道岩石的边缘，可以猜想出那里有一个窑，李洛英说：

"看见了吗？就是那个黑窑窑，我可在那里边住了够二年啦！"

老罗也转入到我们的谈话里边了，他无法理解这句话，他问道："为什么？"

"嘿，还乡队不断地来嘛，他们哪一次不抢走些东西！他们要粮嘛，你不记得我是一个粮秣么？要给他们抓到了还了得！"

"你是党员么？"我问他。

"当然是党员啦。还有些年头了，一九四四年就入党了。那时还是抗日战争年代啦！"

老罗紧望着他，好像在说："瞧不出还是老革命啦！"

李洛英又走了开去，屋子太小，他站在门旁朝外望，山色已经变成暗紫色了。可是铿铿的石头被敲打的响声，山在被炸开的响声，运输的大板车轧轧地在屋后一辆跟着一辆过去的声音，仍旧不断地传来。

---

① 初刊本作"可也流了多少血在上面"。

我落在沉思中了。李洛英不安地又走了起来。老粮秣主任啊！你在想什么呢？你的艰苦的一生，奋斗的一生，你所有的愁苦，斗争，危险和欢欣都同时涌现了出来，都在震动着你的心灵吧。我在这个时候什么也不能做，我只想，我不能离开他，我愿意和这个主任同在下去，坐在一道，静静地听着外边的嘈杂，和看着渐渐黑了下去的暂时仍然有些荒野的山影。

这时从门外走进来一个年轻人，大约十六七岁吧。他并不注意我们，走到门角落拿起电话就不知和谁说开了，一说完又跑去桌边拿着水位记录表就翻。房子里已经黑下来了，看不清，他就又走到门角落里去按电门，猛地一下，电灯亮了。屋子小，电灯显得特别明亮，年轻人好像忽然发现了我们，就呆住了，跟着也露出一丝笑容，并不是对任何人笑，就好像自己觉得好笑就笑了起来似的。跟着他就又去看水位表，并且问："李伯伯，你还没有吃饭吧？"

这才把我和老罗提醒了，我们赶快打开烧饼包，老罗又到车上找刀子开罐头。李洛英又去烧开水，房子里立刻忙了起来，空气也就立刻显得活跃而热闹了，李洛英替我介绍了这年轻人，他的名字叫杜新，简称他小杜，是从天镇县来的民工，挑土，挑石头，推斗车，做了半年工，本来该回去了，可是他不愿意，他要求留下来学技术，做工人。水库负责人同意他留下，把他分配在水文站做学员，两个星期轮一次班，同老李一道看水位。每天学习一个钟头文化，两个钟头业务，一个钟头政治和时事。他留在水文站才三个月，可是他穿着制服，戴着八角帽，像一个机关里的公务员，也就是通常说的"小鬼"。李洛英最后还加添说："年轻人聪明，有前途，水文站上这样的人有三四个，他们轮流来和我搭伴，我看他们年纪轻，瞌睡大，让他们上半夜值班，我管下半夜，白天也是这样，叫他们少管些，好加紧学习。"

年轻人说话了："李伯伯就睡得少，上半夜他也很少睡，我要和他换，他不干，他怎么说就得怎么作，咱们全得依他，他个性太强了！"他的批评使我们都笑了。

　　我们慢慢地吃着烧饼和牛肉，李洛英客气了一下，也就吃起来了。小杜跑到崖下边、河边上看水位去了。

　　李洛英又不安起来，他觉得他没有做主人，而吃着我们带来的烧饼，很过意不去。他又在屋子里走着，时时望着他的床底下，总好像有话想同我们讲，又压抑着自己。我问他要什么，他不说，又坐了下来。最后他把头歪着，细眯着眼望我们，微微笑着说："老丁同志！你看我总算是老实人，我总想款待你一点东西，我还有少半瓶煮酒，是咱们这地方的特产，可又怕你不吃，又怕你以为我是个贪杯的人。这还是过八月节我外甥替我捎来的，我现在有工作，怎么也不敢吃，就放在床底下。今日个，唉！少有，你也难得来，你在温泉屯待过，也就算咱们这地方的人了，大家都是一家人，咱没有别的，不喝多，喝一杯，老丁同志，怎么样？不笑我吧？"

　　他迅速地弯下身去，从床底下抽出一个瓶子，做出满不在乎的样子，倒了满满一茶杯，像碧玉一样绿的酒立刻泛出诱人的香气。李洛英把酒推到我面前，又自己倒了小半饭碗，给老罗也倒了小半饭碗。我觉得他的细细的眼睛里更放射出一道温柔的光，他抚摸着绿色的酒，从这个杯子望到那个小碗里。我不愿违拂他的意思，我举着茶杯说："老李！为我们新的生活干杯吧。"

　　他呷了一口，便又说下去了。他告诉我们在抗日战争时期，咱们的人常常来，一个星期至少走一趟，送报纸，送文件，有时是送干部。他就带他们过铁路，到赤城龙关去。他为我们描写过铁路封锁线的紧张，但是从来也没出过事。他又告诉我什么人住在这里过。可惜没有一个是我的熟人。我也认识几个到察北工作过的人，而他们告诉我走的是南口或者古北口。

　　官厅村是个穷村，连个小地主也没有，真真够得上富农的也没有。村子只有五十来户人家，都是好人，所以八路军没来多久就建立了村政权和发展了党员。李洛英还不是最先加入的。因为环境较好，所以区乡干部下来了就常常住在这里。有时来弯一夜，有时来几个人商量点事。虽是穷乡僻壤，倒并不落后，村子上也没有汉奸、特务。可是也就是这种村子常为敌人所痛恨，日本帝国主义也好，国民党反动派也好，对于这种游击区的，或者是边缘区的地方是不客气的，过几天就来敲诈一下，特别是国民党反动派。一九四六年以后，他有两年不敢睡在村子里。

老罗、小杜听故事都入了神，这一切事对他们都是很新鲜的。他们不知道从前老区人们的生活，他们不觉对于这粮秣主任增加了敬意，静静地听着。

李洛英已经把他自己碗里的酒喝干了。他的话匣子开了，就像永定河的水似的阻拦不住，他慢悠悠地又叹了一口气："老丁同志！咱就不愿提起这件事，一九四六年十一月，有一天夜里，天很冷，黑得伸手不见五指。我们山头上的哨，冷得不行，只得来回走走，可是当他再往前走的时候，这时天在慢慢发亮，他猛然看见已经有人摸上村头上的山头了。他赶忙放了一枪就往后山跑，那时咱们都还在睡觉呢，连衣服也顾不上穿好就往外跑。跑得快的就上了山，慢的就跑不出来，敌人已经把村子包围起来了。是还乡团呀！有三百多人。这时有两个区乡干部正好睡在村子里，他们也上了山，可是他们走错了路，走到悬崖上去了。还乡团又追在他们后边。原来是村支书带着他们的，可是天不大亮，跑得急，他们没有跟上来，就这样他们走上了绝路。他们看看后边，敌人已经临近了，前边是陡崖，下边是永定河的水，他们不愿当俘虏就跳下去了，就那样跳崖牺牲①。村子里闹得一团糟，还乡团把能吃的都抢走了，咱就从那时候不敢在村子里睡。后来把村子都抢光了，就来一次砸锅，把全村的锅、缸、罐、钵都砸光了，咱们硬有十来天没法烧东西吃。……这些事按说也过了许久了，如今咱们谁的生活不过好了？有时也忙得很，想不起这些事，有时也总是朝前边望，娃娃们将来的日子可美咧！可是不知道怎么的，有些事总忘不

---

① 初刊本作"跳崖摔死了"。

掉，一想起来心总还是痛。老丁同志！这些该死的反动派，当然也抓到一些，可是总还有逍遥法外的，比如蒋介石这样人，咱恨，就是恨咧……"

我不知道说什么好，我也想起了温泉屯的几个村干部和积极的农民，他们也就是在那年被反动派杀害了。这几个人的影子也就浮上我的脑际，而且更鲜明。

远处传来一声最大的震响，大约是燃料工业部炸山炸开了一块较大的地方，我们好像又回到现实世界。我走到门口去看，下游修坝的那方，探照灯，水银灯，照得像白天一样，一片雪亮的光。屋后的山路上，电灯也把路照得很明亮。运输车还是不断地驰来驰去。我走回来帮助他们收拾桌子，我对小杜说："小杜，我们就要像那个碾路的机车，沉沉地压着石头，稳稳地向前走去，我们要永远记住这仇恨，我们用胜利来医治伤痕，你要好好学习，努力工作，听李伯伯的话，他看着你们强，他心就乐了，他就会忘了过去。"

"李治国学得比我好多了，他得过一次学习模范。"小杜告诉我。

"李治国是谁呢？"

"他在泥沙化验室，这工作可要耐心咧，他同我一般大，我们很要好……"

老罗不让小杜再说下去，抢着说："你为什么不说清他是谁。李治国是老李的儿子，是一个很精明的孩子。他在水文站的时间比你长，当然比你强，过一阵你也赶上他了。"

李洛英脸上忽然开朗了，一层灰暗的愁云赶走了，他甜蜜地望着我笑。我也说："你好福气啊！就一个儿子么？"

"不，还有一个闺女。"

小杜从抽屉里拿出一张照片，塞给我。这是一个极年轻的姑娘，垂着两条小辫，穿一件花衬衫，正是模仿着现在电影上的农村妇女的装饰，很大方的样子。我问老李他闺女是不是也在水库工程局工作。老李告诉我，关于这件事，他们争论了许久，还开过家庭会议。他的意见是留在官厅工作，学做工，做工人，将来还可以找一个工人做"对象"。可是她的娘不赞成，因为官厅村的人都搬到新保安去了，那里盖了一个新村子，替他们家盖了五间新房，又有了几亩好地，老太婆说都工业化去了，地就没有人种啦，要留着闺女在家种地，她还是想找个农民女婿。我问闺女自己的意见呢，一切都应该由她自己做主嘛。老李更笑开了，他说："她说得倒好，说过几年农村也要工业化的，她不反对工业化，她将来就留在村子上开拖拉机。你听，说得多好听，哼！后来才知道，人家已经自己找下'对象'了，还不是一个耍土圪塔的。"

小杜便又告诉我，李伯伯的堂弟李洛平，和他的侄子李治民都在修配所当工人，他们家还有两个人当水库一修建就参加了工程工作。现在已经离开水库工程局调到别的地方去了。

老李的神情又变了，说不出的心满意足，但仍保持着他的慢悠悠的神气说道："官厅村一共有二十多个人转了业，都跟着水库的修建转入了工业。都是年轻人，都比我强，他们都不只做工，还学习到技术。那个李洛平一年就学会了掌握车床，如今已经在带徒弟呢！"

我想起了我头一天在修配所见到的一切。那里已经只剩五十几个工人了（因为工程快完，有些人调到别的地方去了）。只有几个是老工人，都是青年，还有两个女民工也在那里学习，李洛平就负责一个女民工的技术学习。李洛平穿着翻毛皮鞋，蓝布工人装，就像一个中学生来做工，一点也没有农村孩子的土气。我简直没有想到他就是原来官厅村这穷农村的孩子。我一边说我看见过他，同意他们对他的赞许，一边心里惊奇这种变化。时代的脚步跨得太大了，我仿佛听到这种声音，虽然我不是今天才听到的，虽然我时时都合着这音节行走，可是我仍然经常地要为着这紧凑的节奏，激烈的音响而震动。

天太晚了，我不愿太妨碍他们的工作，我向他们告辞，洛英不等我说完，就陪着我走出了小屋，而且首先跨进了吉普车。他说他要送我回去，他要到工地去，他说他喜欢在那里走。那明亮、那红火是他做梦也梦不出的地方，他把那里形容成天堂一般。

我们的车又沿着山，在窄窄的路上往回开。因为是晚上，喇叭就响得更厉害，这时什么声音都听不清了。几处断崖的地方扎着木架子，这种架子只有北京扎天棚的工人才能扎，他们可以悬空高高地扎着，可是非常结实，能载重，人在架上爬上爬下非常方便。晚上他们也不停工，打着探照灯，人挂在架子上工作着，架子上的影子，图案似的贴在悬崖上，真是多么雄伟的镜头啊！

车慢慢朝着最热闹的地方、最亮的地方走，已经听到扩音器里放送的音乐，听到混凝土搅拌机喀喀喀喀的声音。老头沉不住气了，他在我后面把头俯过来，大声说："老丁同志！你看呀！这就是咱们的老地方呀！看现在是个什么样子。看人们使多大的劲来改变这地方！"

车子走到拦洪坝的头前停下了，已经不能前进。我的住处在河东，我要经过坝（现在还是工地）走回去，我要从这二百九十公尺长的坝面上走回去。我要穿过几千人，要穿过无数层挑土的、挑沙子的、背石头的、洒水的、打夯的阵线，我要绕过许多碾路车，我常常找不到路，被迷失在人里边。我每天出来都要通过这个坝，这是一个迷宫，我一走到这里就忘记了一切，就忘记了自己，自己也就变成一撮土，一粒沙那样渺小，就没有了自己。

握别了老罗，李洛英和我用同样的心情走到了工地，他紧紧地拉着我，怕人们把我们冲散，但两人在一起对别人的妨碍更大些，所以还是常常得分开。

年轻的小伙子们，在夜的景色中，在电灯繁密得像星辰的夜景中，在强烈的水银灯光下，在千万种喧闹声融合在一个声音中，显得比白天更有精神。他们迈着大步，跑似的，一行去一行来，穿梭似的运着土、沙……他们跟着扩音器送来的音乐，跟着打夯的吆喝，跟着碾路机的轧轧声跑得更欢了。他们有的穿着买来的翻领衬衫，有的穿着雁北所流行的惹人注意的大红布背心。他们有时同认识的人打招呼，有时鼓励着旁人，和人挑战似的呼喊着。这些人大都是河北各县的农民，可是我觉得他们又同我熟识，又同我不熟识了。他们虽然是在挑土，在推斗车，可是他们脸上浮着活泼的气息，他们并不拘谨，他们灵活，他们常常有一种要求和人打交道的神气，他们热烈，他们并不想掩饰自己的新的欢乐和勇敢。有些人认识老李，又看见老李同我走过，就和老李说话，问我是谁。有个别认识我的，就朝着我笑。我又要看这些人们，又要注意不碰着人，又要注意脚底下，一会儿走在碎石路上，一会儿走在沙子路上，一会儿又踩着湿泥。我们也好像参加了劳动，参加了战斗似的紧张地走过。

虽说走过来了，我们到了坝的东头，站在溢洪道起点的地方，但这里也还拥挤着人们。李洛英和我抬头四望，在这时我们没有谈话，连眼色也没有交换，但我们彼此很了解。我们在这样的场面底下，只有低头。李洛英仍然忍不住冲破了这沉默，他用那种轻声的调子，慢悠悠的好像是自语似的说道：

"老丁同志！你知道我们是站在什么地方么？我们的脚底下，就是往日的官厅村，就是我从小住的地方。你看，现在这村子没有了，连一点影子也没有了。你以为我该怎么想？嘿！老丁同志，彻底的把那些贫穷，把那些保守，把那些封建都连根翻了。这里是混凝土，后边是新官厅村，说不上高楼大厦，可是整齐，刷刷新，里边住着建设幸福的人们。你再看，这永定河两面，这是什么世界啊！电灯比星星还多，比水晶还亮，参观的人们说这像上海，像重庆……我没有到过那些地方，也许那里是繁华的，可是这里是些什么人啦？是些什么事？是移山倒海，是些没有自己，一股子劲为了祖国的建设的好汉们。这里有享受吗？劳动就是享受。这里有荣誉吗？劳动就是荣誉。这里有爱吗？劳动就是爱。老丁同志！我从那个世界，旧的世界到了现在，眼看着变，你说我这心里是个什么滋味？"

我没有看他，也没有说话，我不愿打断他。过了一会儿，李洛英又说了，他的声音高亢起来："什么是共产党，我讲不全，因为我没念过什么书，可是我懂得，党就是要人人都有幸福，为了人人的幸福，尽量把自己的东西、把自己的力量拿出来。咱老了，咱现在看水位，仅仅看看水位是不够的，咱还要学习，还要提高，还要帮助人，我要把咱这几根老骨头拿出来，不能让年轻的走在头里。我已经看见官厅村变了样，它明年还会好起来，它后年还会更好起来，我在这里，我的家在这里，也会越过越好。可是假如将来有人问起我，你使了什么力量呢？我要答应得上来，我要我心里不难受，觉得我没有吝啬过，我同许多人一样，我不是空着手走过来的。你别看我这样子又干又瘦，这都是过去受的罪，我今年才五十六岁。我心里快活，我还有许多年为人民服务呢。老丁同志！时间不早了，我再送你一段路，你也该休息了。"

不知为什么，我觉得我太兴奋了。我一点也不想回去，我望得远远地，望到这口子外边，望到远远的蒙蒙茫茫的一片地方，我想："是的，旧的官厅村，穷苦的，经过了多年斗争的官厅村没有了，压根儿没有了。这里有的是更广阔的、新的、幸福的世界。湖山变得更美丽，人变得更可爱；粮秣主任艰难的生活过去了，李洛英成为更加有生气的，充实的，懂得生活的水位看管人……"

我回头再望他，他是多么亲切地站在我旁边，凝视着坝上的人群，有时又望望我。我最后说："咱们俩谁也不送谁。过天要有时间我再去你那儿。"

李洛英同意我的提议，我们分手了。我却没有走，我望着他的后影，他被人群遮住了，可是又看见了，我好像永远看见他精灵瘦削的身子在人群中隐现，他用他那微微闪烁的，带着一些潮湿的眼睛，抚摸着很多人。

什么时候我回到了自己的住处，我不知道。

一九五三年十一月九日

第三辑

看世界

十 万 火 炬*

  每个人都以为自己能够想象得出最好的东西。其实不管什么人都是用经验，或者经验的积累、经验的综合去作为想象，也许有些夸张，也许有很多幻想，但总同实际不全一样，并且常常是不会比实际更动人的。我对于布达佩斯的火炬大会就曾拿我自己的想象憧憬过，并没有敢放上最大的希望，一个八十万人口的城市，能有多少热闹呢？

  五点多钟的时候，天刚黑了一会儿，会议宣布即刻参加群众大会去，并且告诉我们，地点就在门外。

  人们像潮水一样，从大扶梯上往下走。我们又被冲散了，人丛里看不见自己的人，但也不管了，到目的地去吧。我走完了扶梯，已经看见一片火光映在大门的玻璃上；我忙着冲了出去，在人堆里面挤到台阶的一端，那里的人比较稀少。我看见一片火的海，火的波涛。数不清，无法去数的火球、火花正如天河里的繁星，密密层层。而且三面的马路上都有火炬的流，慢慢地朝这里移动。我才发现附近一带的电灯，马路上的、屋子里的全熄灭了。天空黑漆漆的，四周寂静无声。整个世界就只有这全部火的会，而在这火团之中，响起雄壮的歌声。我不免有些惊诧，我呆了。痴痴地站在那里。

  "走，到前边去！"不知是谁把我引到了台阶的下层，也是最前边的地方。我看见了那些火炬下的人影：有些是穿了制服的，有些只扎了头巾，穿一件薄大衣。啊呀！这全是妇女呀！间或也有男子在里面，

或者还抱着小孩子，但十之八九是妇女，哪儿来这样多的妇女？这一定不仅仅是布达佩斯的。但是她们这样有秩序！行列是这样整齐！

摄电影的台子就安置在群众里面，稍靠一个角落。灯光亮了，摄影师忙碌起来，灯光照在哪里，哪里的群众就更为欢腾。她们阵容不乱，她们都好像是学校的学生，但又有年纪很老的，有很多简直就是刚从乡下来的，非常憨气。

我的周围全是代表们，她们也好像是第一次参加这样动人的大会，忍不住也响应她们的欢呼，举着手，扬着手绢。群众里很多人更向我们送过热烈的飞吻来。

戈登夫人出现在台阶左端的一个临时搭的小台上。这位老科学家显得异常兴奋，群众好像不让她讲话，一个劲狂呼着她的名字。她环视四周，她望到哪里，哪里就叫她；她无法讲话，约波露站在她后边吹口笛、挥手，让群众安静下来，这才慢慢地停止了呼喊。戈登夫人非常激奋①，她挥着拳头向空中击去，似是向那群血腥的刽子手、那些恶毒的嗜好战争的强盗们击去！

还没有等到尼娜·波波娃站到最前边，群众里面已经狂涛似的喊着"斯大林万岁"。而且四处都响着"里雅，波波娃！"（里雅，即万岁）"里雅，波波娃！"她的庄严而响亮的号召是一个警钟，为了活下去，为着妇女和孩子们的幸福，只有一条路：反对战争，反对侵略，反对战争制造者，反对一切法西斯帝国主义！

忽然，我们听到了一个极为亲切的名字，这个名字被十万人同声呼喊，被那么多外国人，用外国语言呼喊了。我们不禁欢喜地狂跳起来，我们即刻向群众挥手，眼泪模糊了眼睛，也和着群众的喊声而大呼："里雅，毛泽东！里雅，毛泽东！"水银灯照着小台子，小台上站着我们的大姐蔡畅②。我看见大姐向群众微笑，我和我旁边的人，拥抱

---

① 初刊本作"非常愤慨激昂"。
② 初刊本此处有"而'里雅，毛泽东！'的呼声不歇"。

起来了。我看见许多脸都在对我笑，我的耳朵里一直响着："里雅，毛泽东！"我过去只感觉到中国人民的感情：他们对毛主席是如何地感激不尽，是如何地赞扬他；甚或只要说到他也是愉快的那种心情，现在我才体会到"毛泽东"三个字在世界上的意义。我只想赶忙回到国内，把这点新发现告诉我国人民，告诉那些爱他的人。

但是这个狂潮还没有完结，又一个狂潮高涨起来，席卷过来了。群众骚动起来，不知道是为什么，她们把手绢举起来飞扬，有的把头巾解下来，有些火把举得更高了。男人们举着帽子。他们都那么着急，做着各式各样的动作，好像只为要引起人们的注意，为博得一个人的眼光落在他身上。她们是为谁呢？她们在喊拉科西，我跟着许多人的眼光往回看，原来他悄悄地站在一群人后边，不知被谁发现了，他不好走开，只是微笑着点头，群众的疯狂继续下去。于是我又想起毛主席。假如毛主席也这样出现在一个群众会上时，群众将如何呢？我想那种疯狂，就像见了几十年没有见到的亲人的那种狂欢一定会使人们不安起来的，只有比这种情形更动人吧。因此我用着无比的欢快向拉科西鼓掌，呼喊着："里雅，拉科西！"

火炬游行的时间很短①，一些人讲完了话，我们就退回楼内继续开会。但因为代表们情绪都太兴奋了，所以又决定休会。我们赶忙又往外跑，但这时门外广场上，适才的情景一点也没有了。电灯亮着，汽车在马路上来回地疾驰。东边电车道上传来微微的喧闹，好像幻影似的、梦似的，十万火炬一点痕迹也没有留。我痴痴地站在台阶上，凉风微微吹着我的面颊。匈牙利人民是这样的有组织力，她们用这样美妙壮观的十万火炬，来接待三百多个代表，是为的什么呢？那就是代表了匈牙利八百万人民对我们的希望，希望我们大会胜利，希望我们能大大推动世界上一个最大的政治运动——反战的、和平民主运动。从这里也反映出匈牙利人民的意志和情绪，他们是如何憎恨帝国主义，

---

① 初刊本作"会开的时间很短"。

憎恨它们所进行的战争准备，而且他们用力量告诉我们："匈牙利人民是有力量阻止这一反动逆流的！"

冷风更加吹来，但心中却更为燃烧，是的，我们有信心，而且有力量阻止住一个新的战争，因为我们全世界被压迫、爱好和平的人们是一家，我们把意志变为钢铁，将思想化为行动，坚决反对美帝国主义的侵略战争的准备，我们更要号召全世界的人们，速即认清美帝的狰狞面目，而把我们这一运动在全世界上更加展开去。

伊丽莎白*

当我们乘火车到达布达佩斯车站的时候，涌来一群欢迎的人，我们无法去辨认，也很难对某一个人有特别的印象。我们见到了我们自己人，有先到的，有从香港来的，我们都说不完别后的话；我们又急于要了解这里的情形。欢迎者当中有记者、有摄影者，他们要求谈话和拍照。但即使是这样忙，我也注意到一个穿大红薄绒上衣的女子了，她以她特有的一种亲切和文静常常不离左右地照顾着我们，我不觉望了她好几次。她张罗着我们稍稍地休息，她又催我们返回旅馆吃饭，她安排我们的行程①，预先把一切都弄得十分熨帖。最后我问吴青，吴青比我们先到布达佩斯，她和那个女子已经很熟了，因为她们两人都会说英语；吴青告诉我，她是匈牙利妇联会指定来帮助我们的，我们的一切事情都可以找她，她的名字叫伊丽莎白。

从这一天起，伊丽莎白就和我们工作在一起，成了我们中的一员了。一切事务上的事，饮食起居行动全由她张罗，她到时总忘不了来催我们，又当向导，又当翻译，跑腿打杂的麻烦事情全要找她。

因为语言不通，事务事情又非常多，各种座谈会、讲演会、广播、群众会、记者谈话，我们与外界的来往都得经过她。我们要拟篇讲演稿，就将译成英文的稿子交给她请人译成匈牙利文；译好了得打出几份，还请她校对。我们的工作多是临时发生的，工作要快，会外语的

---

* 本文初刊于《东北日报》1949 年 4 月 11 日第四版。收入《丁玲全集》第 5 卷。

① 初刊本作"分配着我们的行动"。

人少，因此她常常和我们一样忙得厉害。到吃饭的时候，她还没有来；来了也常常因事打断她吃饭，每晚都到十二点钟以后才能回家。她不住在旅馆里，也不拿薪水，她是来尽义务的。可是我从来没有看见她有过一次的烦怨或疲惫。我们自己①还常常叨咕着："啊呀！真把人忙坏了！"或者："再这样下去，我简直支不住了。"但是伊丽莎白似乎是不知道疲倦的，虽说我看她的体质是很弱的。

她对我们任何人都是一种态度，似乎全在她的保护之下，但她对每个人又都是一种听候命令的态度，完全是一种服务的精神。

她的文化修养很高，从她同我们谈话之中可以看出；她对任何一件事都会很谦逊地说出她的见解，这种见解，是要有一定的水平才能达到的。她曾在英国十几年，有几年在非洲，因为她那时就是一个共产党员，在国内遭受压迫，不得不出走；但在英国也受歧视，并且被捕，充军到非洲，在那里做工。

她的历史和她的态度使我们很同情她，她总是平淡地一笑；她不需要同情，她只要把她的工作做好，不使我们感到有丝毫不便就行。

我们要散发一个小册子，临时找地方印刷，可是布达佩斯能印英文的印刷厂已把多余的力量全部供给大会印制印刷品了。她替我们找了很多地方，也找不到，后来她替我们找到一家用打字机的地方，拿去打。因为时间很短，打字稿拿来时，有许多错误的地方。我们全体都必须牺牲睡眠来改正和装订小册子，一定要在第二天拿出去。但忙了大半夜还差得很多，结果还是交给她，不知道她找到什么地方帮忙，第二天上午就替我们完全搞好了。

我们要开一个记者招待会，找房子、准备茶点、招待、发请帖，所有一切事我们可以毫不费劲，她都一样一样地准备得好好的。

我们每天一下楼就可以看见她，假如没有见到她，总得问，并非因为我们需要她做事，而是觉得见不到她就像少了什么似的。

---

① 初刊本作"我们自己的同志有些人"。

这样的人是很少的，我常因为她而发现自己的缺点。

伊丽莎白告诉我们，很多匈牙利女人都向她说："真羡慕你，你真幸福，你天天和中国代表在一道。"她说的时候，显出一副充满着幸福的神气。

像她这样的女人我还看见过。有一天晚上我和李文宜同志去看戏，伊丽莎白很忙，不能陪我们。我们两人都不会说外国话，以为没有什么要紧，我们便坐在大"巴司"里面了。全车都是和我们不通语言的人。幸好我们是两人，我们就自己谈起来了。这时走来一个匈牙利妇女，她亲切地轻轻地问："会说法语吗？"我们摇摇头。她又问："会说英语吗？"我答她也不能说英语。于是她笑了，说："英语我也不大会说，仅仅能说一点，让我们谈谈吧，免得寂寞。"她告诉我她是一个党员，在国内曾受压迫，到了法国，现在才回来；她把在法国出生的女儿的照片给我们看，她陪我们到了戏院，带我们到存大衣的地方，把我们引到剧场里边，替我们在前排找了两个位子。因为再也找不到第三个位子，她便到后边去了。休息的时候，她来邀我们喝茶。戏完后，替我们去取大衣，怎么也不要我们付钱，把我们送到汽车旁。她和我们告别，我说："你不回旅馆吗？"她说："不，我回家去。我很高兴今天晚上能为中国代表服务，我知道中国代表都是英雄，'人民中国'①是一个了不起的国家。今天晚上对我是很好的纪念。"后来我还看见过她许多次，她常来我们旅馆，原来她是指定招待法国代表的。她和伊丽莎白有大体相似的历史，她也有和伊丽莎白同样的品质，我曾经说，匈牙利的"伊丽莎白"真多呵！

每次吃饭，如果伊丽莎白坐的和我较近时，我一定常常看着她，总想在她身上发现一点什么。我愿意了解她，只是我没有机会和她谈话，不只因为她忙，更因为我们之间没有桥梁，我的两三个外国单字是不能负担这个任务的。

---

① 初刊本作"解放中国"。

一直到我们离开布达佩斯的前两天晚上，已经十点钟了，我在楼下吃晚饭，快吃完的时候，伊丽莎白才赶来，她正好坐在我的旁边，我就没走，陪着她。她说非常希望我不走，她把已经吃完了饭的吴青留下了。我便要了一壶热茶，我觉得她也希望和我谈话，正好吴青也在旁边，我便说，我相信她的历史一定很有趣。她就滔滔不绝地谈了起来。

"我十八岁在电灯泡厂做女工的时候，参加了党。"她是这样开头的。

她以很大的热情来述说她自己的历史，她沉重地告诉我："丁玲，你有机会到非洲去去吧。在那地方才真真知道所谓奴役的生活。不管是一个什么样的白种人，在那里都可以用三个非洲人。那些土人实在可怜。"她在那里住了三年，开始她生病，住不惯那地方。后来她教书，教非洲人识字和一些文化卫生常识。现在她刚刚回到祖国，还没有自己的住房①，暂时住在亲戚家里；好像刚刚呼吸到新鲜空气。妇女代表大会开会，她被指定到中国代表团来。她从来也没有这样舒服过，快乐使她忘记还滞留在英国的丈夫和孩子；孩子正害着病，丈夫得陪着孩子。她述说他们的离国出走，形容他们的狼狈，述说她自己的病；他们的生活是很凄惨的，但她一点感伤也没有，她是乐观的，但不是盲目的。她有着自信和稳重，她是既温柔多情而又干练严正，她对新的国家有着充分的爱，对匈牙利人民是无限的忠心；要不然，她是很难于表现得那么单纯，那么勤恳的!

她讲得非常亲切，而且很有气魄。我简直听痴了。不觉已经到十一点半钟了。她早已吃完饭，而我们的茶也已经冷了。吴青替我们做了一个结束："因为你们两人的谈话，使我学到了很多东西，伊丽莎白，丁玲说谢谢你，我也应该谢谢你。"

这以后，我们再也没有机会相对，十一月十一号下午她送我们到

① 初刊本作"她连一个家也没有"。

车站，在旅馆门口动身时，她递给我一个纸包，说是送给代表团的，她说不必打开，到车上再看吧。我因为忙着上车，没有打开。她并且送了一张像片给我，是在英国时照的。到车站后，大家都依依惜别，我看见她眼圈红了。我想，什么时候再相见呢？匈牙利的伊丽莎白是这样使人不能忘记呵！

后来我们到了莫斯科，吴青来信还提到她，说她因为我们坐的那趟车厢不太好，很后悔自己工作的疏忽。后来当吴青离开匈牙利时，她特别找了一个最好的车厢让她们坐，以补对我们招待的不周。

她送给我们的礼物，后来打开来看，是浮雕的列宁、斯大林的头像。

一个有很高知识的中年妇女，那么甘心做着一些麻烦的事务工作，总是以愉快的心情来对待琐碎的事，毫无包袱，从不疲倦，至少在我自己，应该永远向她学习。因此我特别为纪念这个匈牙利的友人而写这一篇。

西蒙诺夫给我的印象[*]

　　俄罗斯的文学特别能为我们所喜爱。我们在那里面经常找得到我们的问题，找得到我们的命运，找得到我们周围的人物。我们爱那些哥萨克人、白俄罗斯人、乌克兰人、鞑靼人；我们爱那些大胡子的游击队员、那些长雀斑的小伙子、那些大辫子的姑娘们；我们爱那些老头儿、修鞋匠、马车夫。我们感觉得到那些村中的小屋、那些桦树林、那些风雪和晴朗的日子。我们体会得到藏在那些森林里面、壁炉旁边、茶壶周围以及披肩底下的感情。一切都是这样坚实、深沉、和蔼，这样的近人情，这样的可亲。^①我们敢于说我们能读这些书，能欣赏这些书，还能理解这些书。这些书能够在中国得到许多读者不是偶然的。这两个民族、两个国家的人民，有相近的处境和要求，有共同的意志和思想。像一对哥哥和弟弟，他们是在一条路上前进；一个在前一点，一个在后一点。

　　但苏联文学中慢慢出现了新人物了，不特不是陀思妥耶夫斯基的痛苦的人物，也不是高尔基小说中的人物，而是社会主义国家里的人物了。这些人物，已经不是阴沉^②的人物，不是有些忧虑的人物，也不是《铁流》里面的郭如鹤，而是一种明朗的、新鲜的、单纯的、活泼得自然极了的人物。这些人物给我们新的启示，我们看出一个国家变了，人民的品格也随之而更可爱了。这些人物在许多书中出现了；

---

[*]　本文初刊于《文艺报》1949年第1卷第2期。收入《丁玲全集》第5卷。

①　初刊本此处有"我们虽然学习得不很好"。

②　初刊本作"沉重而深刻"。

到西蒙诺夫的作品里，就更觉得完美，而一丝一毫也找不到旧时代人物的痕迹了。西蒙诺夫的《俄罗斯人》中的沙伏诺夫、格诺巴，这些人物的确没有托尔斯泰小说中的人物给我们的印象深刻，让我们去思索，但这些新人物却是多么地发亮，多么地吸引人呵！这些人物在当前的中国的作品里还不能找到。但在中国革命的人民中，他们在革命战斗里所具有的信心和乐观，已经生长为一种新的人，这些新的人也是单纯而明朗，而且最可贵的是他们对革命事业的忠诚，对组织纪律的服从，毫无个人打算，好像是天生的一种品德。这种人物正在生活中锻炼、成长、涌现①。这种人物正在被发觉，但还没有人能把握住这些人，表现这些人，把这些人的气质输入到社会中去，做一番大大的清血运动。因此，我读到西蒙诺夫的作品时，我是说不出的欣喜！

我第一次去苏联时，西蒙诺夫不在莫斯科，我没有见到他。第二次我随和平代表团去捷克，路过苏联。那天我们抵莫斯科车站时，车站上挤满了欢迎的人们，我被苏联妇女反法西斯委员会的同志们包围住了。听说到了很多作家，却只见到维什涅夫斯基。上车后只听见车上的人彼此问询："你见到西蒙诺夫了吗？""呵！他是一个好大的个儿呵！"我把头伸出车窗外，许多人对我们扬手，摇手巾和帽子，点头，笑，但谁是那个大个儿呢？我没有找到。

十七号我们被西蒙诺夫欢迎到他的《新世纪》杂志社编辑处去了。我们在一间大房子里看见了主人和另外一些作陪的客人。在这一群作家中，西蒙诺夫不特他的个儿突出，而且有很多地方使人特别注意。我们被介绍后，以为主人一定请我们坐下，但没有。主人发言了，说不拘形式，我们可以自由去浏览墙壁上的漫画②。我看见穿着灰色服装的主人，正以一个高大的身影背向着我们，他以很潇洒的态度在为他自己倒酒了。我因为不懂俄语，没有办法去谈话。但我却有充分的权

---

① 初刊本无"涌现"。
② 初刊本作"我们被介绍后，以为主人一定请我们坐下去，主人发言了，一般的形式。但没有，我们可以完全自由的去浏览墙壁上的漫画"。

力去观察。我第一感觉到他不仅是一个天才的人物，而且是一个幸福的人物了！

西蒙诺夫有非常高的政治锐敏感。他的《俄罗斯问题》特别使我喜欢。他不是写那些美国人琐碎的生活，而是一下就抓着了美国人生活的本质。美国人民在帝国主义的制度下，在那种好战、阴谋、疯狂的统治者们的铁腕下，就只能那样生活。他们很可笑地生活着，而你不能笑他们，他们也必得有正义，有反抗，他们自然会得到同情。西蒙诺夫没有钻到美国各阶层的生活里去，没有点点滴滴去采访或长时期生活，^①他只在美国走一转就领会到生活中最重要的东西，而且是非常形象的。你能说那不像美国人吗？美国人就是那样咧！《俄罗斯问题》中表现的政治认识，人人都会说，但能表现得那样尖锐和生动，我还没有读到第二本。

好像我们都是老熟人一样，西蒙诺夫用极随便的眼光不经意地和人接触，举杯喝酒。他带我们参观他们的编辑室，然后又带我们走到一家格鲁吉亚的小酒馆去。我们虽然不会说俄语，但我们一点也不拘束，也不必找人翻译，我们很轻松地在马路上走过去。

在半路上，有个穿绿色大衣的年轻的漂亮女人加入了我们的行列。她对我们点头微笑，我告诉她我是见过她的。她奇怪地望着我。我说，我在哈尔滨看过她主演的《望穿秋水》，她更笑了。这是不需要介绍谁都可以猜出这就是西蒙诺夫的夫人。

这家格鲁吉亚酒馆装饰得很别致，窗户、墙壁、屋顶都是凹形的图案画。我们宾主十几个人全部占领了这间房子，大家都没有什么客气随便坐下了。西蒙诺夫以他的大个子坐在主位，郭沫若先生坐客位的首席，女主人紧紧地靠着他。我的上首是得过列宁勋章的老作家卡达耶夫，下首是古元，古元的旁边是费定，我的斜对面是《青年歌》的作者和曹靖华。

---

① 初刊本此处有"他因为有极明确的政治观点"。

西蒙诺夫以主人的身份①站起来发言了。他是这样开头的："长长的爱，是不需要长长的话的……"他说得这样委婉多情，短短的话却实在是一个字一个字都打动人。

在酒宴中他一共讲了五次话，每次都有每次的特点；他是很善于辞令的，每次话都贴切，有韵味。他第二次是这样说的："苏联的青年都向往中国，他们都希望能看到解放的中国。"后来他又说："美国人常常夸奖他们的工业，他们的工业是很好的，他们的天平是很平的，他们也以为很平，可是在民主的这一面加上了中国，加上了四万万七千五百万人口，这个天平就不平了，就坏了。让他们坏下去吧。"最后他说："没有中国和苏联就不能开和平大会，法国不准去，就到别的地方去开，美国不来也行。"

我的邻席卡达耶夫非常沉静，他的《我是劳动人民的儿子》是那样美好完整，是我爱读的作品之一；我读过好几遍，每一遍都使我如醉。我以为他是一个非常好思索而且会思索的作家。他是一个老作家了，一直坚持写作，他的《团的儿子》也是非常有修养的作品。但他却谦虚地坐在那里，直到西蒙诺夫请他说话，他才站了起来。他说："在此地的朋友们都是为和平的，你们走了如此之远，在地理上讲你们走过莫斯科，但为和平，也必须走过莫斯科，这是真理。"他祝贺朋友们勇敢地为保卫和平而斗争，正如在国内为解放而斗争一样，并为勇敢的中国人民干杯。说完了，举杯祝我们健康，我以极大的尊敬和他碰杯。

费定给人的印象是坚实和稳重。他的《城与年》已由曹靖华译成中文②。他的《初欢》和《不平凡的夏天》都得过一九四九年的斯大林

---

① 初刊本作"资格"。

② 初刊本作"他的《城与年》是得奖的近作，已由曹靖华翻成中文，是述说保卫列宁格勒英雄城的伟大动人故事"。

文学一等奖①。他也讲话了，讲得非常之好。这是一个诚恳的人，他说："朋友们！同志们！今天有机会聚在一道，真说不出的高兴，我代表苏联文学界向大家致意，因为今天在文学者中间遇到了共同的战士，所以非常兴奋！文学这项工作是很重要的，这表现世界人民，它要反映人类的灵魂，号召人类为共同事业而努力战斗！一个新的作家他所说所写，不仅要表现一般的什么东西，尤其要表现应该是怎样的，而不是别的。一个新的作家他所说所写所努力的是为了人类共同的幸福和前途，因此一个新的作家应该使人类团结起来如一个大家庭。我们很高兴在社会主义首都莫斯科见到从中国来的作家们，现在干杯，为作家，为了共同努力于人类的友爱，如果没有这个，大家不能了解，不能亲善！"

西蒙诺夫夫人是一个有名的演员，她唱了一个歌来表示欢迎，她一边唱一边表演。我们恍惚觉得像生活在另一世界一样。她使我们发生无限羡慕，使我想起中国的妇女。中国妇女多多少少都还残留得有封建的束缚，都还有痛苦的痕迹呵！

我一边喝酒，一边在想，很想把西蒙诺夫小说中的人物和他自己联系起来，他像沙伏诺夫么？他是这一类人么？他们有没有相似之处？他们是一个时代的人，他们受同样的教育，他们是在社会主义国家里长大的，他们没有经过俄国革命，他们从小就是自由的人民，自由生长的，因此他了解这些人。西蒙诺夫的天才，很早就被发现，就被培养，他是苏联作家协会专门培植青年作家的文学研究院的学生，他接受了俄罗斯丰富的文学遗产，初期的作品《冰湖之战》的问世就得到极大的鼓励。他生活在前线，跑遍了全国，他以他的作品，贡献给祖国和人类。他是苏联最被尊敬的作家中的一个，他现在是这样年轻，这样健壮，他作品中的人物的确像他自己一样，是那样的鲜明！

---

① 初刊本无"他的《初欢》和《不平凡的夏天》都得过一九四九年的斯大林文学一等奖"。

要不是八点钟要到莫斯科大剧院去看戏，这顿晚饭还不知延长多久，宾主都是尽欢的，而且是使人不忘的。

第二次见到西蒙诺夫是在布拉格的和平大会上。他是苏联代表团的首席代表，他从法国巴黎来的，迟到了两天。当他走入会场时，全场起立鼓掌，群众对他的欢迎、尊敬和爱，比对任何一个代表都多。这是不奇怪的，因为人人在未见他以前已经对他有很深的感情，人人都读过他的著名的《日日夜夜》，都读过他的诗《等着我吧！》，又在电影上重读他的《俄罗斯问题》；他的书被翻译成许多国家的文字，他的电影在许多国家里放映，他书中的人物和他自己都生活在许多人心里。他在会场上一直坐在主席台上，很多人借故走过他的面前，以便更近地看看①他，有许多人请他签字，摄影记者也特别喜欢为他照像。主席台上坐了不少人，但他特别使人注目和关心。大会闭幕的那天，他讲话了！他讲得实在生动，他的话像一把火，燃烧起每个人的心。听到他的那些警句，每个人的感情都好像更高尚了，勇气更多，决心更强，这是属于保卫和平的，是反对法西斯主义的。他用他的话把人们更加团结起来了②。中国的读者不会一下就相信苏联的作家不只能写头等的作品，而且做政治工作也是头等的出色的呵！

和平大会结束后，我们比他先回莫斯科。但当我们到列宁格勒参观时，他也到了我们住的旅馆。列宁格勒一个剧院在排演他的戏，他特来看看的。他向曹靖华同志说，他欢迎我们去看这个戏。可惜我们参观日期已满，不能逗留，没有能看到他的戏。但我们都想："他真忙得很呵！"

法捷耶夫同志同我见过一次，我们谈了很久，他告诉了我许多东西，我把他当一个长者；而西蒙诺夫我见到次数不少，但因为没有机会，没有翻译，使我不能向他多学到些东西，我只能默默观察。我对

---

① 初刊本作"瞻仰"。
② 初刊本此处有"更团结在民主的阵营内"。

他的印象一定是不完全的，因为我了解他太少，但却不妨记下来，以作为我自己的纪念。他是一个才华横溢不可多得的人物，他是一个使人喜欢而羡慕的人，他是一个少年英雄，他还有无限的前途！ ① 将来的中国也会产生这样的人物的。

① 初刊本此处有"中国作家从各方面来谈，一定要向他看齐"。

《旗帜》杂志编辑部给我的鼓励 *

友谊的开端

《太阳照在桑干河上》决定在《旗帜》杂志上发表，这个消息使我觉得又欢喜又担心。中国的小说被登载在苏联的文学杂志上，它一定将被人注意，这是非常光荣的，可是，苏联读者们会拿它当作代表中国的作品之一来读，这就使我不安了。我重新发现作品中的很多缺点，甚至有些自己原来认为还好的地方，也开始怀疑起来。正在这时，宝兹列耶娃跑来告诉我，《旗帜》编辑部请我去谈一次话，他们有一些问题想问问我，他们有三个编辑都读过这本书，他们研究得很仔细。宝兹列耶娃重复地告诉我，这是苏联的习惯，他们对于工作，一向是这样负责的。

我是下午去的，宝兹列耶娃和另一位老太太陪我一道去，宝兹列耶娃替我担任翻译。

《旗帜》编辑部的地方很小。进门以后在一个小过道里脱了夹大衣。一位非常淑静的女人用甜蜜的微笑从里面走出来欢迎我。她给我的印象非常深，我一点也不以为她是一个外国人，我像老朋友似的走到她面前，她把我带进里面一间屋子，已经有好几个人在这里，跟着又出来一群人。屋子顿时显得很挤。有人向我介绍一些人，我一时没有办法记，只想大家都在看着我，我已经成了"众矢之的"，我怎样来

* 本文初刊于《中苏友好》1950 年第 2 卷第 6 期。收入《丁玲全集》第 5 卷。

开始这个谈话呢？

杂志的主编科热夫尼科夫是一个很有名的小说家，写的有《三月至四月》。他非常温和地说，他们杂志准备刊载我的小说，他们编辑部的人对中国知识很差，因此有些问题要问我，希望我答复他们，帮助他们。

我要求先说几句话，表示我对他们的感谢，说明这本书有很多缺点，请他们指教。主编只说今天的会是请我帮助他们，而不是他们批评我。于是三位看小说稿子的编辑便坐得近了一些。其中有李昂季耶夫和拉索莫芙斯加亚，李昂季耶夫给我的印象是热情、明朗，而拉索莫芙斯加亚是比较严肃能干的女子。

他们问我为什么在我的书里面，有很多女人都没有名字，有名字的人，在许多地方也不用她的名字，只说什么家的，或者谁的老婆，譬如钱文贵老婆，赵得禄老婆，李子俊老婆，顾长生娘……他们说这将使俄国读者读起来很不习惯、很困难，他们问我可不可以给每个人取个名字。

我说："我怎么能替她们取名字呢？中国女人，尤其是农村的妇女，只在小时候有一个小名，如'黑妮'，这是小名；等她们年轻大了，出嫁了，就没有名字了，小名也不大用，慢慢就完全不用了。等到地区解放了，建立了新的民主政权①，农村妇女翻了身，她们参加妇女会，就要有一个名字了，如董桂花、周月英，但在平时，人们还是不叫她名字的。"我告诉他们我的意见还是不加名字好，这样更能显出中国农村的封建习惯②来。

他们谈到这本书里面的人物太多，有些人出场少，印象不深，如胡泰……为使读者方便起见，是否可以减少几个人，或者就取消他的名字，只说谁的父亲，谁的什么……

---

① 初刊本无"建立了新的民主政权"。

② 初刊本作"封建生活"。

我听到这个问题时，心中说不出的惶恐，我觉得这正是这本书的缺点，人物太多，有些人就不能写得很详细。我想他们并不是拿这点来批评我，只是同我商量如何挽救这个缺点，我是又感激又惭愧的。我向他们承认这是缺点，但我很抱歉不能在莫斯科修改这本书，因为我没有时间。

这时说话的人太多了，他们很直率地谈问题，我也很坦然地答复他们，我们全忘记了客套。有些意见我不同于他们时，我也如同在国内和我极熟的人那样毫无拘束地谈论。拉索莫芙斯加亚说："我很不同意你给章品以批评，章品是一个新的人物，是一个优秀的共产党员，你爱他，你拿他当一个最正确的人物写的，但你却批评他还没有学会耐烦地和各个人详细商量的工作作风。"我说章品的确会有这样缺点的，因为他年轻，他是在敌人占领区做开辟工作的，他经常一个人在敌人据点里跑进跑出，他经常在极复杂的环境里独断独行。因为那种工作需要他机灵、敏捷、勇敢、果断，如果他是在解放区做群众工作的，那就会有更耐烦的作风了。拉索莫芙斯加亚也笑了。

有时他们也问一两句关于生活细节的地方，他们说到书中的人物时，好像说他们很熟的朋友一样，这使我惊奇。我想他们绝不只读一遍，他们是研究过了的，我还没有看见我们的编辑部有这样的情形[1]。我个人当编辑时，就很少这样仔细看过稿子。

他们不只从描写的技巧上、从生活上提出问题，而且从政策的角度提出问题，这更使我佩服。他们的意见是对于顾涌的处理，他们说顾涌是一个很好的农民，如果把他当富农写，是不应该这样写的，如果是当一个富裕中农写，开头就没有写明确。他们问我，他究竟是富农还是中农？

我告诉他们这问题问得好极了。我坦白地告诉他们，我写这本书时，我认为像顾涌这种人是好的，但那时我们一般都把他划成富农了。

---

① 初刊本作"我想我们的编辑部决不会有这样的情形"。

我认为把这种人当作富农，与地主一样看待，是不当的。但我不敢把他划成中农，那时还没有富裕中农这个划分的办法。我又没有理论足以支持我的看法，敢于对当时一般做法有所批评，因此我的思想就不够明确。一年以后，中央关于划阶级的文件出来了，我读了以后高兴极了，我觉得解决了我这个问题，我认为顾涌应该是富裕中农。我在书的后边，加上了一段干部们因为时局和秋收的紧张，划成分划得很潦草。对于顾涌就只添了这样几句："以前有几家是订错了的，大伙对于他的成分，争论很多，有人还想把他订成地主，有人说他应该是富裕中农，结果把他划成了富农……"这样说显然还是不够的。我从头就应该有些字句的修改，或者对于这样划成分有比较明显的批评。我觉得他们看稿子实在仔细，他们不特把问题看了出来，而且把作者的不敢十分肯定的思想也看出来了，我承认我后来没有详细修改的缺点，我感谢他们对我的帮助。他们这时却很友好地笑了，又替我做起解释来。这本书在今年重版时，我根据他们的意见有了些修改。

问题提完之后，茶与点心都拿上来了。大家都欢笑地称赞起来，他们还在不厌倦地谈起书中的人物，这已经不是问题，而是欣赏了。我感觉小组会已经完结，现在是茶话了。空气已经由严肃转到活泼了。他们问起中国文艺界，问我的历史，对于我带领西北战地服务团感到特别有兴趣。这时那位淑静的女人，坐在我对面；她问的问题最多，她不像别人显得那么热烈欢乐，可是却特别亲切。我知道她是一位写批评文章的人，名字叫史诃尼洛。

谈话预定结束的时候已经到了，宝兹列耶娃催了我几次，可是他们还不停止，他们对中国的问题是这样有兴趣；我知道他们很忙，同时我也还有别的事情，我如果不走就会妨碍他们的工作，[①]我告辞了几次，他们总有人把我拦住。最后才把我送了出来。他们送给我一个很精致的莫斯科式的四方塔形盒子。后来我才知道里面装满了贵重的糖。

① 初刊本此处有"因为编辑室就在隔壁房间"。

一出门，宝兹列耶娃的女朋友，那位老太太便把我抱住了，她在我脸上亲吻，连连地说："你答得非常好，他们很满意，很喜欢你，他们对你提出来很多问题，这些问题里面，有的也含有批评的成分，那是因为要刊载你的文章。他们不是把你当一个中国作家，而是当一个他们的自己人。你要明白，他们是把你当成他们自己人，他们喜欢你。"我记起老太太在杂志社时一句话也没有说，她只远远地坐着，望着我，像个祖母似的；现在她不由人分说，在我脸上亲了又亲，也不怕街上有人瞧见；我真觉得好笑。她把我亲了一阵以后就告别了，她走另一条路回家。我和宝兹列耶娃挽着手在大街上慢慢地踱步，找卖烟的铺子。我好像重新温习了我少年时代的感情，觉得那时也曾有过这样舒适的心情在街头漫步，我对于这陌生的马路就如同家乡一样地熟稔。

使我愉快的不是我听到一些赞词，而是我坐在他们当中被考问时我所体会的同志间的关系。我觉得这种直爽的态度，在国内的文艺圈子里是不容易碰上的，我当时曾想，从这一点看，做一个苏联作家是幸福的，他们经常得到同志的批评和鼓励。这次见面给我的收获①绝不只是他们所提示给我的我书中的缺点，而是使我更明确地懂得为什么写作，为什么作品是属于大众的，作家应该如何严肃地对待自己的写作和每个人对于一篇作品的责任感。苏联的编辑们是这样地读来稿和对待一个作家，这不值得我好好学习吗？这种精神是不容易成为习惯、成为天性的！

这是给我们全体的

我第二次去《旗帜》编辑部是在同年（一九四九）的冬天，那是我第三次去莫斯科的时候。十一月十六日下午，苏联妇女反法西斯委

---

① 初刊本作"教训"。

员会的女翻译把我送到门口,我走进了那个熟悉的小过道。已经有几个人在那里等着,好像等她们出门了的家里人一样;她们不待我脱衣就把我拥抱起来了。她们都向我说话,我也向她们说话,都忘记了我们是谁也不懂谁的语言,可是我们还是那样自然地说下去。她们帮我脱了大衣,我在她们的当中又走进了那间不大的小会议室。我看见满满一屋子人,我一个一个和他们握手。我看见了科热夫尼科夫,看见了拉索莫芙斯加亚,看见了史诃尼洛,我握紧了他们的手,他们也紧紧握着我的手,我忍不住大声说:"我要告诉你们,我非常高兴又来到这间屋子,可是你们不懂我的话,没有翻译怎么行,我们都要变成聋子①了!"

忽然一个中国话的声音在人群中响起:"丁玲同志,你放心,我替你翻译。"这句中国话说得是这样好,我奇怪极了,也欢喜极了。他走到我身边,并且说:"我向你介绍我自己,我的名字叫艾德礼。"这个名字我知道,他翻译过白居易的诗。因为我们的工作关系这样亲密,所以很自然地就像一个老朋友了②。

大家就座以后,科热夫尼科夫站起来开始了他作为主人的开场白,我愿意照直记录他的话,不过是经过翻译和我的记录而简化了的。他说:"我们很感谢丁玲的小说,它在我们杂志上刊载出来,得到了苏联读者的注意和称赞。因为这小说表现了中国人民的革命运动,这个革命运动也是世界人民的运动,所以它是有世界影响的,这就是它有价值的地方。这本小说除了它的思想意义以外,在描写的创作才能上是很有天才的。苏联人民无论何时都关心中国,爱中国人民,只有沙皇是压迫中国人民的,但那时的人民仍是关心的,现在更爱中国人民。我们创造社会主义,我们艰难地走了这一段途程,我们希望中国人民有我们同样的幸福。今天中国人民胜利了,我们知道中国的胜利是不

---

① 初刊本作"傻子"。
② 初刊本作"所以就很亲密的谈话了"。

容易的。这本小说帮助我们了解中国人民的生活与斗争，我们看见中国农民思想的聪明与美丽，它帮助我们明白历史的过程，所以我们很快地第一次出版了这本有世界意义的小说。这本书受到很多读者欢迎。它在工厂里被工人关心着，他们组织讨论会，作政治报告时也要提到这本书，很多读者打电话来催我们快快出版。他们爱这本书，爱书中的人物，尊敬中国人民，这就是给你的爱，爱丁玲。我们对这本书的翻译编辑工作，是很努力的，拉索莫芙斯加亚给了不少帮助。我再次感谢你，祝贺你。我们知道你不只是一个著作家，你还做许多组织工作，希望你给我们更多的长篇小说，新的长篇小说，我们把你当作自己中间的一个。"

科热夫尼科夫给我这样多的夸奖，我觉得他是真诚的，但我听起来，感到惭愧。我在大家没有发言之前，又简单地说了我的感激和希望。

我说我实在觉得欢喜和光荣，我感谢他们对一个中国作家的爱。我告诉他们中国也有批评会，我要求他们给我批评；奖励只有使我不安，而批评对我将是一种荣耀①。

跟着讲话的是列宁格勒《星》杂志的主编，他说："我们真羡慕《旗帜》，因为它登载了你的小说，你这本书在列宁格勒是受到欢迎的，我知道有学生、有科学社都开过讨论会，因为他们都想知道中国人民的斗争。我个人觉得这和伟大的鲁迅所描写的小说有了很大的不同，这本书中的乡村和农民已经完全不是那个时代的乡村和农民了。我明白你的小说是继续了他的传统的，而且我以为你在学习苏联文学上也得到了经验，你的小说非常有趣地描写生活，你的成绩我们是了解的。"

薇娜·英倍尔是苏联有名的女诗人，她写了关于列宁格勒的保卫战的长诗《蒲尔柯夫子午线》、日记《将近三年》。《蒲尔柯夫子午线》

---

① 初刊本此处有"中国作家在对于接受批评上也将向苏联学习"。

是得斯大林奖金的作品。她个儿不大，有一双敏锐的眼睛，坐得离我很近。我不能在短时间内观察出她的诗人的热情，我觉得她是一个很有理智的人。她说："欢迎你，不只是欢迎自由中国的人民，而且是欢迎一个战斗的中国妇女。我们很满意你的长篇小说，它对于我们不只是文艺作品，因为它指出了中国人民生活的道路，我们可以从这里面学习中国生活。以前我们对中国是不大了解的。俄国话里有一句话，说中国字是最困难的。现在你的小说解开了这个困难，给我们看见了很近的生活内容。读你的书时，虽然那些人物是中国名字，可是我总以为人还是我们的，很像我们。现在我对你的要求是写中国妇女的长篇小说。这并不否认你这本小说中有很好的反封建的女人，可是是乡村的，你还要写城市，有了很大变迁的城市。"

英倍尔讲完以后，我还来不及思索，另一位年轻的女作家尼古拉耶娃以极感兴趣的态度来说话了。她刚刚完成了一部以农村为题材的长篇小说。她说："我非常高兴，能够见到你，我还是第一次看见中国女人呢。我读你的书非常仔细，因为我也是写农村的。我写的是今天的苏联农村，而你呢，是写中国。我读起来觉得有很多地方同十月革命时的俄国一样。我真关心你的生活，我很喜欢知道你怎样成为一个作家的。"她和英倍尔的风度完全两样，英倍尔是一个较年长、一看就很成熟的、有见解的女诗人，而她却充满了新鲜和热情。

莱茵果利德是另外一个典型的妇女。她是斯大林汽车工厂图书馆主任。她告诉我她们工厂有五个图书馆，有很大的俱乐部，工人们常常在这里聚会，有讲演，有讨论座谈；中国现状、中国人民的生活经常成为很重要的题目。现在正在成立中国部，有书籍，有图片。她并告诉我，我的书在这里受到欢迎，工人们借去阅读，开会讨论。她说："他们欢迎你，也就是欢迎中国人民，欢迎中国的胜利。他们提议要向你致谢，而且请你去。"她的话虽说得简短，可是我特别感动，苏联工人这样地对待中国作品，① 这将是如何地给中国人民和中国作家以鼓励呵！

这时《绿色的街》的作者苏洛夫站了起来。科热夫尼科夫为我介绍这部作品。我知道这个剧本正在莫斯科艺术剧院上演，我们还准备去看呢。这是写工人伟大创造的剧本，这戏的演员也是艺术剧院最好的演员。苏洛夫大约经常接近工人，所以他证实莱茵果利德的话说道："嗯，斯大林汽车工厂，我去了，我知道他们讨论你的小说，我在工人的宿舍里也看到过你的小说。他们向我说，谢谢你使他们知道中国人民的生活，可惜他们没有料到我可以看见你，否则他们会告诉我许多要向你说的话。苏联的工人们都是这样热烈地关心中国的。不久以前，我去过莫斯科大学，他们也像工人一样在读你的书，非常满意。我很羡慕翻译你的书的人和出版者，以不能帮助你为憾。我很希望你能给我们剧本，写毛泽东或者朱德，我更希望我能学习中国文字。"

《消息报》编辑谢米诺夫曾经写过一篇评《太阳照在桑干河上》的文章在《消息报》上发表，因此他不愿意重复他的意见，只告诉我他的文章很受读者重视，这是因为它批评了一篇中国小说。他给我提了两个缺点，我非常高兴地听到有人来说缺点，但他说得很少。第一，书中显示的农村的革命运动，发展得太慢了，也许这是事实，但你应该克服这个缺点；第二，是人物繁多，有的写得很详细，很好，有的却写得不够，印象不深。谢米诺夫的直率态度，使我觉得我们的关系更接近，加以他是黑发黑眼睛，很像中国人。我告诉他他给我很好的印象，并且感谢他。至于他所说的农村斗争发展太慢，因为时间关系，未能告诉他中国农村特有的情况，不过我承认文章在开头时是进行得较慢。

波列伏依是《真正的人》的作者，这部电影片我在匈牙利看过。这本书中的主人公，深深地教育了读者和观众：苏联人民是如何地坚

---

① 初刊本此处有"仅只这一行为，"。

毅和热爱祖国。他是这样告诉我的："读者在未读你的书之前，就很关心，读了以后很满意，更具体地详细地知道了这个变迁。你的书是真实的，现实主义的，因此对我们更有意义。我感觉作者很爱劳动人民，不是袖手旁观的态度，而是参加到人民斗争中去的，描写出来的乡村，也总是有味的。希望你写新的小说，写更有意思的中国工人。"

一个老年人站起来了，开始他们没有介绍。这老人所表现的沉静与和气吸引了我，我即刻请问他的名字，他们告诉我，他是巴甫连科。他对于中国的读者是不生疏的，我告诉了他这种情况。他说："读你的书好像读老朋友的一封信，有什么长处？长处就像一封信的长处，新鲜而亲切；可是缺点也在这里，还不够完全。因为我们太关心了，就总会感觉不够。我很希望你回去时不只是我们的人，而且是我们的代表，引起中国的作家来参加我们的杂志。并且欢迎你写报道和短篇。"

我曾经以为拉索莫芙斯加亚会给我意见的，因为我知道她读得最多，她负责校阅这本书，可是她没有说话，而是那位可亲的批评家史诃尼洛说话了。她真显得优雅，她那样亲切地说她是如何高兴我们第二次的见面。她说："一个国家的文化程度的标准，主要是看那个国家妇女的文化情况；从这本书中可以明白中国有很高的文化思想；这本书对我们最有意思的是指出了一个新的世界。我们所不知道的，第一次看见离我们很远的人，而其思想感情却是如此之近！我们从这一段生活中，看见中国农村新的变化、新的生活，因此我就更希望能看见写中国领导干部的小说，如果是女的就更好。"

在座还有没有发言的，不过时间已经很长了，所以科热夫尼科夫站起来结束这次谈话。他的话是："今天我们讨论的是丁玲的小说。我们的要求不只是对丁玲而是对中国所有的作家的。这证明我们两个伟大民族的相爱，还说明两个伟大国家的作家的责任。现在苏联人民虽然都知道丁玲、赵树理……的名字，但我们对你们的了解还很差，不如你们对我们的了解。我们一定要学习中国文学，一年后一定要做到同你们一样好。今天所有发言的人都说得好，说得真实，这就是我们对你们的友谊。我们不只说明了你的优点，而且还有批评。我们有这样的习惯；一定要批评。你是我们伟大斗争的朋友，所以希望我们都武装得更好。欢迎你——作家，中国女人，向你致敬！"

最后又轮到我说话了。我简直不知怎样说才能把我的感情说得清楚，我不知要怎样才能报答他们给我的鼓励，但是我却一定要说，而且不能说得太多、太啰嗦。我说："同志们①，你们今天给我的鼓励太多了，我明白这不是因为我有什么成绩，这是因为你们对中国的爱，对中国作家的爱。我回国后一定要把你们这番好意告诉中国的作家、中国的人民。这都是因为他们的努力和胜利博得你们这样的友好，这样的热情，而我却感到惭愧。你们各方面②都是我们的老师，我们要向你们好好学习。"

在我讲话的时候，走进屋来一个灰发的老头，他悄悄地坐在靠门的椅子上。我认识他是爱伦堡。他第一次给我的印象就是很像一个中国老头儿。我不是说他的外貌像中国人，而是我对他的感觉就像我在中国农村里对于张大伯或李老爹一样。我读他的文章时，决不会以为他是这样一个动作有些迟缓、那样平易近人的老头儿。我讲完话，好几个人都同时说："请爱伦堡发言！""爱伦堡来晚了应该多讲话。"爱伦堡站了起来，他说道："我不是批评家，也不能是批评家，我没有话讲。而且我对于这本书没有批评，所以也就不必发言，如果我要谈到它的技巧方面的成绩和我的爱好，我以为只有和作家两个人来说才有意思，可惜我又不会说中国话，这真叫做没有办法了。"

大家都笑了起来，会议就在笑声中结束了。这时爱伦堡走过来和我握手，并且同我说笑道："翻译简直是叛徒，他愿意怎样替我们说话，就得让他怎样说。"艾德礼照直翻给我听。我说我不敢那样说，我是非常感谢艾德礼的，不过我确实感到不会说俄语的痛苦，我不能听

---

① 初刊本此处有"老师们"。

② 初刊本作"一切"。

到爱伦堡同志的话；就是批评也是两个人直接谈好。我表示，如果我学不会俄文，而爱伦堡又不能学中文，那就将永远成为憾事了。而爱伦堡却说他很想学习中文。

巴甫连科拿了一本书给我看，这是光华书店印行的他的短篇小说集《幸福》。版样很不好看，但他很尊重、很宝贵地又把它藏起来了。

外文书籍出版局的苏卡尼娃送给我几本精装的《太阳照在桑干河上》。有些人问我要，我便去签字。巴甫连科告诉我那像片不好。拉索莫芙斯加亚和史诃尼洛都走过来，我们都感觉得我们是老朋友了。可是苏联妇女反法西斯委员会的那位女翻译来接我回去了，而且催促我。我不得不告辞。她们几乎都用同样的话来送我："希望不久读到你的新的长篇小说！"

我以极兴奋的心情回到旅馆，把当时的情形告诉中国的一些同伴。我即刻又忙于别的事去了，不能更多地思索、咀嚼这样丰美的款待。可是只要我闲下来的时候，我便会想起来，想起苏联作家们是用多么伟大的爱来鼓励中国作家，他们所有对我的好意，并非对我个人，而是对我们全体。不过因为遇见了我，恰好又因为我的书较早被翻译成俄文。以我个人的成绩来谈，那是够不上的，但我却成为一个整体的代表，那就应该以崇高的敬意来接受这些热情，并用这热情作为对我们的鞭策。因此不管怎样，我觉得应照实写出来告诉中国的作家和中国人民，因为这友谊不是给我一个人的。这是我们大家的荣耀和愉快。让我们以最大的敬意和努力于人民的创作，来回答《旗帜》杂志编辑部和苏联作家、读者们对我们的无比的革命热忱。

塔娜莎娃的《安娜·卡列尼娜》*

人常常在不知不觉当中获得很大的幸福。这不会成为真理，但却有这样的事实。我几乎不能想象十一月十六日① 对于我是多么不能忘怀的日子。这天我匆促地被邀到《旗帜》杂志编辑部，在那里我得到无比的友谊和亲爱。我回到旅馆的时候，已经快吃晚饭了。培之的愉快和兴奋并不比我低，她三番四复地要我详细告诉她适才的情形。她说："我多么反悔没有派一个人随着你，那样可以让她说说苏联人、苏联作家们如何爱一个中国作家，如何对待一个中国作家。"我告诉她，并且复述每个人的发言，这些被翻译简化和概括了的讲话。但我们不能更多地谈下去，我们得准备晚上去看戏，我们相信这个戏一定非常好，但我们没有想象出它是如何之好，我们久闻塔娜莎娃的盛名，在《绿色的街》里看过她的演出，但无论如何不可能想象她的《安娜·卡列尼娜》的。我看完了她的戏以后，曾经非常冲动地说："我以为这不只是不虚此行，简直应该说是不虚此生。"这句话若从一个人一生的各方面来说可能是夸大了的，但若从一个人的艺术欣赏来说，是没有夸大的；我现在还有这种感觉。

塔娜莎娃的《安娜·卡列尼娜》在苏联是一个最有名的戏，她以此剧得斯大林奖五次，并获得"苏联人民演员"的光荣称号。要买名剧公演的戏票是不容易的，在公演前许久就买不到票了。今年五月，

---

*　本文初刊于《人民文学》1950 年第 1 卷第 4 期。收入《丁玲全集》第 5 卷。
①　初刊本作"十一月十七日"。

我们到列宁格勒，一听说六月将演出此剧，但戏票已经卖完了。这次公演前两天，我们将几百个卢布给在莫斯科读书的中国学生，但演出时我们在剧场没有找到他们，在最低票价的座位上[1]也见不着他们，他们没有买到票，不能来看戏。我们在这天晚上，因为苏联对外文化协会和苏联妇女反法西斯委员会的招待，坐在最好的座位。

第一幕分四场：第一场是火车站，第二场是安娜的朋友家的晚会，第三场是卡里宁等候晚归的安娜，第四场是安娜与渥伦斯基的会晤。[2]

暗黑的火车站，几盏昏黄的路灯，一列列车停在月台边，安娜从暖和的车厢里走到有新鲜、清冷的空气的车门口。她穿着黑色大衣，围着白绒头巾，车门上一盏小灯照在她多情的脸上，显得心情非常骚乱。这时她从莫斯科回到彼得堡去，她自言自语地说，她不希望再看见渥伦斯基了，她像害热病似的那样难受。但这时渥伦斯基出现了，从月台的那头走过来，他说他不能不看见她，他要跟着她。这是如何地惊惶了安娜，她说不清她的感情，她走回到车厢。这一场时间很短，但一下抓住了观众的心，观众立刻就和安娜一起处在一个沉重而困难的境地了。在一刹那间，观众已经被引入剧中，虽还没有明显地看出塔娜莎娃的长处，也许会有人感到稍稍不满，他们会想："安娜就是那个样子么？"安娜似乎要更漂亮，更迷人，更出色。

第二场是客厅中的一角。这里有将军，有贵族，有那些用锦缎和珠宝堆砌出来的贵妇人，五颜六色，金碧辉煌，使人仿佛置身于十九世纪的俄国贵族的生活中，置身于托尔斯泰的小说中。他们的举止是多么的典雅，又是多么善于辞令，他们却如三姑六婆之流，别人的私生活是他们最有趣的谈话资料，他们很会加油加酱，尖酸刻薄，议论安娜的隐私。这时安娜出现了。安娜此时的出现不会使人惊奇。她是那样的温和文静，她不是一般人所想象的那种风度，她没有美国电影

---

① 初刊本作"最坏的位子上"。

② 初刊本作"第一幕分三场"，无"第四场是安娜与渥伦斯基的会晤"。

上常见的那些女人那样活泼、风骚，也不像旧中国电影上的女明星那种柔顺，那样眉目传情，成天摆出一副等着人去亲吻的样子，时时都像被爱得醉迷迷的样子。她没有觉得自己的美丽，不丢眉丢眼，她不想勾引男子。这对于欢喜欣赏美国电影和旧中国电影的人们，是会感到不够的，甚至以为舞台上的任何女人都比她好看。可是只要一个人不是太低级的话，他会觉得这是一个纯洁的、正派的、懂得爱情、有生命、而且是不可侮的女人；塔娜莎娃在这点上表现得高尚而恰当。饰卡里宁的演员也是苏联人民演员，他出场时，我以为这正是我想象中的那样子，在他的周围有一股阴森冷气。他大概太了解这本书了，太了解这个上流社会了。

第三场是卡里宁在等待晚归的安娜。他觉得需要和安娜谈一些什么，但安娜却回避他，这是一个非常不愉快的夜晚，什么问题也没有解决。

第四场是安娜与渥伦斯基的会晤。安娜明知爱下去是不会有什么幸福的，但旧的、没有爱情的、虚伪的生活压迫着她，她好像要被窒息而死。但渥伦斯基一来，她就像一个被释放的囚徒，感到生命的复活。

这是第一幕。灯亮以后，人人脸上浮着一种不可思议的兴奋，好像梦游到一个不可想象的境界，而且人与人之间的藩篱消失了，因为人们的情感被戏剧引入了一致，彼此的感觉接近，好像谁也了解谁似的。

第二幕是以赛马做中心写他们关系的发展，也分四场。第一场在安娜家里，第二场在赛马场的更衣室，第三场是赛马：这一场的演出是很惊人的，因为台上只有一个看赛马的台，演员们平列地坐在看台上，有些人站着，看台上没有多少周旋的余地。但观众可以完全感觉到，整个赛马场上的喧闹、欢腾，好像自己也在场上，注视着一角，而这一角吸引着你，因为那里有安娜。安娜只露出半身，她的台词非常少，但任何人都可以看出她的兴奋、紧张和不安。当她望见渥伦斯基坠马时，也会使你有相同的感觉，你不会以为她是在做戏，你会同情她，为她难受。她的失态引起看台上贵族、夫人们的诽谤。卡里宁也窘极了，几次命令她随之出场，她无可奈何，丧失了主宰，随她丈夫走了出来。他们转入另一角，卡里宁冷酷地责备她，她坦率地答复他："我爱他！我是他的情妇！"她实在无法自持了。

第三幕写安娜和渥伦斯基断绝关系以后不得不出走。在安娜生小孩后的那一场，渥伦斯基的表演是好的，很得到观众的同情。安娜自己处理自己的问题，愿意做一个忠实的妻子，以最大的宽恕和忏悔给了卡里宁。但在第二场中就立刻显示出她的生活的黯淡、无生命，她的痛苦使全场的观众都为她难受。她又应允了渥伦斯基的约会，这绝不会引起观众责怪她不守信实。当渥伦斯基又来到她家时，他们两人见面了，观众为她感到无限安慰。但被她丈夫知道了，卡里宁侮辱她，说："你吃我的面包，穿我的衣裳，却和别人相好！"在这种无可忍耐之时，安娜不得不出走。在这一幕中，塔娜莎娃已经使观众完全忘记了她的年龄和她稍嫌发福了的躯体①，只觉得她是如此的可爱，如此地迷人，人人都爱上了她，甚至在演出进行的间歇中也忍不住鼓掌。

第四幕写安娜从意大利回来，她到剧场观剧，受到很大的刺激，那些贵妇人、将军们侮辱她，把她当一个脏东西，轻蔑她，用高贵的风度和语言辱骂她。她很痛苦，请她哥哥去求卡里宁。卡里宁一点不爱她，却不答应离婚。他是一个残酷的人，假装正经，利用旧社会的虚伪，虐待她。她实在没有办法，偷着回家去看孩子。孩子告诉她，别人都说妈妈死了，他不相信，他等着妈妈的归来。这时我听见剧院里的隐忍着而又不得不发出的擤鼻子的声音，我感到台下的观众比台上的角色哭得更厉害。我不愿有一秒钟离开塔娜莎娃的富有表情的脸，也不敢看一眼我周围人们的悲苦。这时候卡里宁回来了，他是那么严峻、那么忍心；安娜悄悄走了，孩子伏在床上哭起来，人们是如何痛

---

　　① 初刊本作"已经肥胖了的躯体"。

恨这个大耳朵的"绅士"啊！这时候为我翻译的人竟忘记翻译了；我也不感觉得还需要翻译。我知道她说的是些什么；当然，如果我真能听懂她全部的台词，我会更受感动的。当渥伦斯基和她吵架，渥伦斯基走了，安娜病了似的，写信，打电报，观众都为之不安；这时表现得最好的是安娜女仆的进场。她跪在她的面前，抓着她的手，不住地啼哭，使什么人都想扑上前去抱着她，也为她一哭。我简直不理解那些演员为什么能适当地演出那么丰富的情感，那个女仆出场时的面容，即刻使你感觉到她已经在房门口站了许久，已经难受到不可抑制；但她没有丝毫夸张，一夸张就会失真，就不能动人。

最后一场又是火车站。铁轨，从台后伸向观众。安娜在站台边是那样惶恐、焦急、绝望到无以自已地那样徘徊。她什么也没有了，她无法活下去。火车从这方驶来；汽笛声，车轮声，车头的灯光耀射在台上，车身如山一样冲上台来。快要到站时，安娜猛然扑倒在铁轨上，车身仍是无情地向前。看戏的人几乎要叫出声来；大幕突然落了下来。人们一边揩眼泪，一边以沉重的心情鼓起掌来。

幕又拉开了，塔娜莎娃无力地站在那里，用润湿的眼睛和一种失去神智的态度向大家微微鞠躬。人们竭力鼓掌，感谢她的优美的演出，而且不断地喊："塔娜莎娃！"幕又闭了，又在热烈的掌声中拉开，人们希望多看她一下，都不忍离开她；塔娜莎娃仍旧深深地沉入剧中，她的感情在这样热情与赞许之中，也不能平静过来[①]。观众实在不忍心她太劳累，希望她赶紧休息，才不得不停止鼓掌。我看见许多人虽然不鼓掌了，却仍伫立不走，痴痴地望着那块沉重不动的幕布。

我不能不承认我得到的幸福，我竟能看到这样美的演出。我也羡慕住在莫斯科的人们，他们可以经常看到塔娜莎娃、叶尔莫洛娃、乌兰诺娃的表演，经常有这样高级的艺术享受。我想，如果人们只有一

---

① 初刊本作"但塔娜莎娃却又使人不安，她已经沉入戏剧中，她的感情即使在这样的热情与荣誉之中，也不能一下恢复她的健康"。

些空洞的、无聊的、色情的戏剧看，那实在是悲惨。我以为只拿这些低级趣味去迎合一般小市民，实在也是罪恶。中国今天已经开始有了新的文艺、① 反映了劳动人民的伟大情愫的艺术品，这些创作，不管它还存在着怎样不够完美、不够深刻、艺术性不高等不少的缺点，但它是人民所需要的，它引导着人民向更高的精神文明境界走去。我们应该保护它，爱护它，培养它，为之鼓掌，而不许可它遭到歪曲、污蔑、损害。为着使新文艺发展得更好，也需要批评，但主要应该是肯定和鼓励。同时对市场上还流行的、带着不少封建腐朽的和一些从资本主义 ② 那里捡来的轻浮、淫荡、无聊的东西，应该加以指责和揭露。我们也不许可那些披一件革命外衣去卖大腿的货色。我们明白改造是要有过程的，但我们不因其有过程就可以妥协。中国不缺乏嗜痂成癖的风流才子，他们总要设法延长它们的寿命的。我固然羡慕苏联人民的文化修养之高，他们能产生那样完美的艺术 ③，但我更愿意与新中国的新文艺一道生长，我明白这里是需要许多斗争的！

---

① 初刊本此处有"各种形式的"。
② 初刊本作"美帝国主义"。
③ 初刊本此处有"同时也能欣赏它"。

乌兰诺娃的《青铜骑士》*

　　我没有到苏联看芭蕾舞以前，我对于这种古典艺术是稍稍抱有一点成见的。我不懂它，但我想象它一定是很不自然的，只讲求纯技术，好像我们戏台上踩跷的花旦①；又以为它固然美丽②，却不大能表现力量；它可以留在剧院供玩赏，供研究，但于现实、于今天我向人民的思想、感情，却很少关系，并且不容易发生联系的。我到苏联以后，看了几次芭蕾舞剧，我逐渐地了解了一些，并且由于演员们超凡的艺术，更引起我对它的酷爱。我知道这种形式是古典的，技术性太强，是不能移植到中国来的，中国应该有自己民族气派的舞蹈。但是我觉得它那种匀称、韵律、自由、谐和、线条美的舞姿来训练身体，恐怕是最好的。我们可以欣赏它，在欣赏它的时候，对于我们感情的修养和艺术趣味的提高都是有帮助的，所以我愿意为文介绍，同时也抒发我许久以来对于乌兰诺娃的尊敬和对她的《青铜骑士》的喜爱。

　　看《青铜骑士》以前，我看过《天鹅湖》《水晶鞋》《巴黎的火焰》，这三个舞剧各有各的长处。《天鹅湖》里的天鹅们的舞蹈，简直是飘飘欲仙，真像一群天鹅，尤其是那位主角，艺术、技术都非常高。我当时的感觉是美极了，我很简单地想，这是艺术，但这是古典的。因为我长期住在山沟里，又刚刚从我国农村土改的工作岗位上来，忽

---

*　　本文初刊于《人民文学》1950 年第 2 卷第 6 期。收入《丁玲全集》第 5 卷。

①　　初刊本作"丑旦"。

②　　初刊本作"又以为一定像中国昆曲的舞，固然美丽，但它只能表现封建社会里的柔弱幽雅"。

然接触这样细致精美的艺术，除了惊诧以外，缺少细致的感情来领略它。后来看了《水晶鞋》，我感到剧中描写的人物性格，真是明白深刻，全部用舞，用身段、步法、节奏就把一家人里几种人物表现出来，一个小的童话故事，在舞台上竟是这样的热闹、生动，有场面，有人物。我开始懂得了，这不仅是使人产生美感的艺术，它还能表现社会，表现心理，有爱、有憎，能歌颂也能讽刺。后来看到《巴黎的火焰》，我就全部纠正了以为这只是一种古典艺术、只供玩赏的艺术的思想了。《巴黎的火焰》表现"巴黎公社"人民群众的革命运动，紧张热烈，有强烈的斗争的情绪。同伴中有几位到过欧洲、美国的人，也说这是第一次见到，以芭蕾舞来表现革命的火焰般的热情，表现得这样好，真出乎他们的意料，大家赞美极了。记得那晚看完戏后，我们很多人去餐厅喝茶，坐了很久，谁都有许多话说，谁也不想去睡。我想，芭蕾舞原来是古典的，其中有好的，也会有一些缺乏意义只是纯技术的表演，但今天我们在莫斯科所看见的，则是经过整理、取舍、扬弃和提高了的，与过去专供宫廷贵族所欣赏的旧芭蕾舞并不一样。苏联一方面大力发扬民族民间舞蹈，一方面在有较高较完整的技术而且的确是美的芭蕾舞的基础上创作表现新的情绪与作风的新的舞蹈。当然这只是我这个门外人的一种看法。

看《青铜骑士》是在十一月二十号，我们那几天很忙，国际民主妇联第二次执委会还未结束，参观、座谈很多，我差一点去不成。但我听到过多次对于乌兰诺娃的宣传，她本人也每天出席妇联执委会。我下决心要去看她的演出。[①] 她该是四十多岁了，在苏联舞台上已经驰骋二十多年，她是最有名的抒情演员。

《青铜骑士》原是普希金的诗，描写一个伟大城市中的一个小人物的悲剧。青铜骑士是一尊彼得大帝骑马的铜像。这个像很大，立在列宁格勒的涅瓦河畔，对着波罗的海。故事就发生在这城里。

---

① 初刊本无"我下决心要去看她的演出。"一句。

序幕第一场，先是舞台上显出今天的列宁格勒，有巨大的彼得大帝像。接着是彼得大帝时代的涅瓦河畔，有很大的新船下水，岸上有群众伫立观礼，欢欣鼓舞，有很多外国人，来来往往。这之后才是故事中的时代。一百年后，彼得格勒举行纪念活动，群众围着铜像欢跳，人们渐渐散去，只剩一个年轻的兵士（或者是个尉官）在这里等待他的爱人。一会儿从街的那头出来一个服饰极为平常简单的姑娘，她像被风送来那样，轻盈地从地面上缓缓飞到他的怀中。观众猛然响起了一阵掌声，我明白这就是乌兰诺娃了。她给我的印象，她不是在跳舞，我也没有注意她是否在跳，我只觉得她的动作是那样随意，只在表现一种感情。她没有一个动作可以吸引人，而是她所表现的一种感情把人吸住了。这是一个年轻的大姑娘，她是那样的纯洁，那样的欢乐。但在这一场，她还只是给人一个影子、一个希望，她还使人有些遥远的感觉、梦的感觉。人们在爱她，同时也欣赏她，乌兰诺娃是一个好演员，是一个不凡的演员。人们这样想着，这是第一幕她给人的印象。

第二幕，是在这位小姑娘的家里。一群乡村中的姑娘在她的院子里玩耍，一个老太婆替她们占卦，有的运气好；占到这个小姑娘时，老太婆告诉她不吉利，而且不久就会显应。她听了非常忧戚。同伴把她拉去玩耍，她又忘记了。舞台上只见一群天真烂漫的少女，跳着许多集体的舞蹈。这时兵士上场了，他躲在树后，被她们发现，他参加到舞蹈的队伍里来，姑娘们围绕着他们两人；不久姑娘们走了，剩下他们两人。他们有时一人独舞，有时两人合舞。这些舞蹈如何美好，怎样高明，我是外行，我不能谈，我只能谈它给人的印象、感受和情绪，这些是比较抽象的，没有看过这个舞的人是不容易从我的描写中来体会乌兰诺娃的艺术的①。他们这些舞是表现恋爱的。而中国，现在谈恋爱就很不容易，有许多人是怕谈恋爱的（甚至谈艺术也不容易）。

但这个剧本，这首诗就是描写恋爱故事的，我怎能避而不谈呢？

---

① 初刊本此处有"何况我的感觉也不一定就合乎旁人的感觉"。

而且我想从舞蹈的艺术上来谈，不会带什么别的作用，不能拿它来解决今天中国发生的某些具体的恋爱问题或思想问题。

乌兰诺娃在这一幕中用舞蹈表示了他们两相爱恋。但你不会感觉这只是简单的男女相悦，你会觉得他们是在抒发他们对于人生、对于世界、对于生活的一种美好的理想；他们是如此的健康，如此的幸福，使人们生出对于生活、对于世界、对于事业有更多的爱惜和欲望，同时也会觉得更多地懂得了些爱情。原来恋爱不单单只是解决一个家庭、一个妻子、一个女人、一个生理上的问题；恋爱还有精神上的东西。恋爱不是神秘的，但却是严肃的。人们看到这些舞的时候，会洗去某些人头脑中的不正常的低级的兴趣^①。它虽说是表现恋爱，却不会引人脱离现实去幻想恋爱，或把恋爱看得比一切都高，或者使人悲观、消沉。它所表现的爱生活、爱世界，在无形中给人一种健康的较宽广较深挚的情愫。当大幕落下来的时候，观众们^②都不会认为这仅止是表现一种爱情而给以冷淡，而是非常热烈地鼓掌，并且站立起来。乌兰诺娃也十多次跑出来向人们致意。我用望远镜仔细看她，觉得她充满了青春和新鲜，我怎样也不能相信她就是每天坐在妇联会场中的那位朴素而大方的中年妇女。在这一幕中她完全使人忘记了是在看她跳舞，^③她只是给人以情感、愉快和充实。

但这幕戏却给人留下了担心。他们两人正在美满幸福的时候，天变了，暴风吹来。兵士是有职守的，他不愿离开她，但他必须回去，他痛苦地离开她狂奔回去。暴风将带来什么样的灾害给他们，像铅块一样沉重地落在人们心上^④。

第三幕第一场是兵士回到城里以后的夜晚。狂风暴雨在窗外肆虐，兵士怎样也不能安眠。他想着小岛上的风雨一定更加厉害，他跳起来

---

① 初刊本此处有"一些个人打算，自私自利的想法"。

② 初刊本作"观众们，苏维埃社会主义国家的有修养的观众们"。

③ 初刊本此处有"她不是让你欣赏她"。

④ 初刊本此处有"在许多许多满足以外"。

在屋中旋转，他要冲出去。但闪电巨雷一个跟着一个压来，最后风把他的窗子吹开了，雨点倾泻进他的屋子，桌子上的纸张满屋飞舞，兵士不顾一切地冲了出去。第二场，兵士到了街上，到了青铜骑士面前，到了海边。风卷着他，他仍向前走，要去看他的爱人，也许她正等着他的援救呢。可是海水涌上了岸，海水从台口慢慢涌向台后，兵士被逼着后退。他越是焦急，海水越是无情地舔上他站着的土地。海水急速地淹没了他的脚，淹没了他的腿。这时满台涌现一尺多高的洪涛，兵士被汹涌的洪流卷过来，又卷过去，他想逃走，已无法逃去，四顾无人，他努力挣扎到大石狮子前，爬了上去。他放目四望，海水越涌越高，海水越泛滥越广。这时有一条小船，赶来救他。但小船经受不住海浪的打击，船翻了，漂走了，或沉入水中了。跟着海上漂来一些家具，从这方浮向那方①。风、雷、电，仍旧逞着疯狂，海水不只从海上来，同时也好像从天上来，雨像无数柱子似的落下来，兵士仍附在石狮子上求救。青铜骑士昂首沉默地伫立在水中，好像不管这些事。最后又出现了一只船，经过几次危险，靠近石狮旁边，兵士上了船，他们奋力逃出了危险。

这幕布景神奇，不知怎样搞的，使人看不出破绽，宛如真的狂风暴雨之夜，宛如真的海水汹涌。没有经过水灾的人，看起来惊心动魄，经过水灾的人，觉得真实的情景也不过如此。休息的时候，我发现很多人都以一种极为惊叹的神气在谈话，我很可惜不能到后台去参观，开开眼界，学点方法该多好呵！

第四幕，风暴过去了，又是一个晴朗的天。兵士来到小岛上，来到原来的院子里。墙倒了，房屋不见了，留下了一片荒漠。兵士不敢相信眼前的景象，他四处巡视，渺无一人。他害怕了，极度不安。他坐在树前，寻思。在他两人曾经坐过的地方，仿佛看见少女们从树后列队而来。她们游戏，他一个一个去看，发现他的爱人了，他追到她

---

① 初刊本此处有"又从另外一些地方也浮来一些乱七八糟的东西"。

的身后。少女们跳起舞来，少女们又都走了，又只剩下他们两人。他们回旋舞蹈，他又高兴了，可是她却隐去了，他找不着她了。原来是一个幻觉。他懊丧悲哀。然而他又走入了幻境，他们又飞舞起来。这些舞大半是第二幕中的舞蹈，但音乐不同了，气氛不同了，乌兰诺娃像裹在一层薄雾里面，始终舞在他的周围。舞轻盈到使人感觉像有这样一个人，又像没有这样一个人；而且似乎随时都可以隐去的。她是那样的忧郁，对他那样地怜惜，可是她却是不可捉摸到的。他热情地追逐，又痛苦地失望。他几次清醒过来，又几次继续幻梦。最后他完全清醒了，现实使他软弱，绝望激得他无所适从，痛苦把他打倒在地上，他开始挣扎不起来，最后他起来了，然而神经错乱了。

这时再也没有人去惊叹那些布景了，观众都不愿说什么，外国人中有悄悄哭泣的。乌兰诺娃的丈夫，有着灰白的头发，坐在我们邻近的包厢，他不安地站起来，搓着手。我很愿意和他无言对坐一会儿；他并不认识我，但投给我一个沉静、无所表情的眼光。我的同伴们不愿意赞美，也不愿意散步，大家都静静地站在门廊里，或坐在休息室的沙发上，或不离开座位，注视着落幕的舞台。

第五幕只是一个尾声，描写兵士神经失常后的心理状态。他在铜像下徜徉，他骂彼得大帝，可是骑士在他的脑子里活了过来，四处追赶他，他骇得要死。小孩子也揶揄他。最后一场是普希金站在铜像的前面凭吊这小小人物的一幕悲剧。

这是一幕描写恋爱的戏，但却这样地感动人。这里既无歌唱，也不对话，仅靠人体动作来表现。乌兰诺娃从小学习舞蹈，年轻就成名了。一直到现在，她是一个有名的抒情演员，她把自己舞蹈上的步法、姿势全部注入了感情，这不是一般的技巧。她以她的艺术为人民服务，因此得到"苏联人民演员"光荣称号。我很高兴看到了她的表演，我为中国的舞蹈工作者没有看到她的表演而遗憾。① 因此我愿意把这段故事和乌兰诺娃的表演介绍给爱好舞蹈的人们听，我想他们会有兴趣的。

---

① 初刊本此处有"我们虽然不要硬学巴莱舞，但那种表情却实在不容易学习。"一句。

向昨天的飞行
——寄自爱荷华·之一*

一、休息在百感交集里

八月二十九日，我离开了亲人，告别了朋友，坐上民航波音客机。普通舱里坐满了不相识的人。只有一对去美国探亲的夫妇、老早就认识却并不深知的朋友，坐得离我们很远，我们无法交谈。我不习惯，也不安地独处在人群中，望着舷窗外涌满飞逝着山似的、大团大团、大片大片、连绵不断的白云，飞机冲向没有云的天空。轰轰的声音，像在大海中的船只，我们驾驭着风云飞行。童年的幻想回到心头，充满了豪情，心在随着飞呀飞呀——我不是飞向上海，不是飞向太平洋，也不是飞向美国，我是飞向天外，飞向理想的美的世界。飞吧，飞吧；白云消逝了，风消逝了，想象消失了。舱里的人都酣睡了，我休息在万花筒似的百感交集里。祖国啊！你现在正在我脚底下，在我身子底下，我要暂时离开你了。海岸的浅滩一寸一寸地在向后移，茫茫大海和荡荡空际在前边，只有阳光依旧伴送着我。你的美丽的山川，你的淳朴的人民，即使是短暂的一瞬，我也舍不得离开你呵！祖国呵，长期的苦难堆压在你的身上，你现在真是举步维艰，旧的陈腐的积习，不容易一下摆脱；新的、带着"自由"标签的垃圾毒品，又像虫虱一样丛生。野心家们拼命挣扎，不甘退隐；忠良之士久经忧患，却年迈

---

* 本文初刊于《新观察》1981年第21期。收入《丁玲全集》第6卷。

体衰；年轻有为的一代，正在经受考验。朋友呵，战友呵！千万把时间留住，要多活几年，你不能生病，不能瘫痪，不能衰颓，不能迷茫，你还有责任呵！年轻人呵！快些长大，不要消沉，不要退缩，不要犹疑，不要因循。要坚定无畏地接过老一代的火炬，你们是国家的顶梁柱，你们是早晨八九点钟的太阳，希望在你们身上。振兴中华，建设祖国的重任，已经历史地落在你们一代年轻人的肩上。

二、两个普通美国人的谈话

同舱里我认识了两位美国人。一个姓苏，中等个子，胖胖的，黄面孔，粗眉大眼，显得憨厚，有两撇短胡须，肚子已经凸出来，坐在头等舱的第一排，一看就是飞机上的常客。我心里猜想：大概是中国人，也可能是东南亚的人吧。我们同坐在第一排（由于民航局的安排，机组同志的热情，我们已经由普通舱搬到头等舱了）。他不声不响地望望我们，我们也不声不响地望望他。吃中饭时，他吃得很多，我们吃得很少。饭后，空中小姐递给每位乘客两张要填写的单子，上面全是英文。老陈拿着两片不大的薄纸，仔细地看着，原来是进入旧金山时要交给美国海关的，要用英文填写。这时苏先生说话了，他慷慨地说，他可以代填，并且说不着急，明天再填也不迟。这样，我们交谈了。他的普通话说得很好。他原是浙江宁波人，现在是美国人，在旧金山做旅游生意。谈到生意，他说中国的旅游生意不好做，一是条件差，一是有些当事人不懂行，缺少管理经验。他说外国商人有的很诡，可是有的人却轻信他们，要上当的；意思是不相信他，他是华裔。我问他愿意住在美国，还是在中国。他有点为难的样子。我便说："生活可能是美国方便，条件好些。"他自然地笑了。我又问："人情呢？"他不等我说下去，赶忙道："还是中国，还是中国人嘛！"他笑得更舒适了。苏先生！我们生活都很忙。我们匆匆相遇，匆匆分手，我们很容易彼此忘却，然而你这舒适的笑容，却将长久留在我的记忆中。人情是中国好，还是中国人呵！

　　第二位姓沈，是最近在中国表演过的圣地亚哥学生业余交响乐团的团长，是一个比较灵活的白俊的中国型的人。他穿一件刚从中国买的白绸子的绣花衫，大概是女式的，腰身有点小，男同志自然也可以穿，不过在中国，这显然是女衫，但在国际班机上，以后在国外，这些都将是无所谓的了。沈先生和一个白种人的妇女坐在我们后边一排，天亮以后，不知怎的，他一眼认出我来了，一阵热情的寒暄之后，他告诉我他的家庭，他原是上海人，他的亲戚住在北京。他是研究电子计算机的专家，工作之余，领导着这个由各个学校的学生业余成立的交响乐团，利用暑假来中国演出。他们筹备许久了，经费都是募集来的。这次远航中国的演出大约用了二十五万元。团员不领工资。他把乐队的指挥等人一一介绍给我，都是非常热情、有礼貌的美国人。沈先生最后郑重地讲他的感想，他最满意的事，他最愉快的心情。这些从心里涌出来的交响乐曲是多么的动人呵！他用大提琴的低调向我缕缕倾诉。他在几根颤抖的长弦上拉过柔和的弓。他说："美国，美国的生活是紧张的、活跃的，我在这里学着，忙碌着，我学到一些东西。可是我看啊，看啊，大家都学习，都忙碌，为了什么呢？为了生活，为了日子过得好些，为了花钱而赚钱。许许多多人生活不错，可是空虚，一片空虚。许多美国朋友，也有同样的感受。我想回到中国去，我喜欢中国人是在为祖国，为着祖国美好的未来而生活。但我已经出国了，我成为美国人了。我可以工作，但我工作为着什么呢？于是我苦闷了，我想做一点有意义的事。于是我筹备了。我为了这次访华演出，筹备了两年啊！好，现在，理想已经实现了。中国给我们团的一百零几个人都留下了好印象。以前，他们毫不了解中国；现在，中国在他们脑子里是一个实体，是一个美丽可爱的国家，特别是中国人，中国人的友好，这些将永远留在他们脑子里。他们是年轻人，非常非常年轻。我想着中国，可爱的中国将在这群年轻人的脑子里生根。这以前，我一个人说中国好，这以后，这一群年轻人都将说中国好，我非常满意，我总算做了一件有意义的事。我不会空过这一生了。我一定要为中国——我的祖国而做些有意义的事，要学中国人不是为个人生活而生活，而是为人民服务。"

这如泉水淙淙的音乐，震撼我的心。他将伴随我做更远的飞行。这次航行只是开始，真是好兆头。陈明说道："过去常说祖国处处有亲人，现在更懂得了我们的朋友遍天下。"

飞机到了旧金山，是美国了。陈明的手表告诉我是八月三十日的清晨三点多钟。但这里的天色，已经大白，是上午十点钟。我们从北京起飞的时间是八月二十九日十点半。整整飞行了一天，应该是三十日了，可是一问，不必问也知道，这里，美国的旧金山仍是八月二十九日星期六。我们走了一天，然而时间好像停滞了。从航程上看，我们飞行了一万多公里，但从时间上看，我们像是向昨天飞行。周欣啊！周欣啊！孙悟空一个跟斗翻十万八千里，如今婆婆坐在飞机里，一天，不是一天，几乎在同一个时候，就飞到了一万多公里外的美国，地球的另一面来了。哈——哈——我像孙悟空，也会变了啊！我的小外孙，你将怎样呢？变……变变变……！

一九八一年九月一日于爱荷华五月花公寓

安　娜

——旅美琐记*

　　明丽的阳光照射在"五月花"公寓楼前的大草坪上。这是我们来以后每天都有的好日子。我们同往常一样在树阴下坐了一会儿，便走到小河边去。爱荷华河流水淙淙，微风吹过，远处有人吟唱。我心中不禁漾起美丽的遐想：下午不是要到安娜家去吗？这里的主人曾说那里是一个非常幽静美妙的庄园。"安娜，安娜！"是哪个安娜呢？是托尔斯泰的《安娜·卡列尼娜》的安娜呢？还是契诃夫的《吊在脖子上的安娜》的安娜呢？"安娜"是一个多么可爱的名字，而且又是多么引人思索的名字呵！

　　聂华苓（"国际写作中心"的负责人）告诉我：安娜的丈夫是一个有名的有钱的大出版家，是保罗·安格尔（华苓的丈夫）的朋友，每年要向"国际写作中心"捐赠一笔款项。可惜前年逝世了。他死以后，安娜继承了他的财产，仍然住在原先的宅院里，仍旧每年给"国际写作中心"捐款，仍旧每年招待一次参加"国际写作中心"的外国作家们去家里做客。今年她旅游去了一趟中国，参观了中国首都北京的建筑；在西安，十分欣赏那里秦墓出土的文物石人石马；又游览了风景如画的西湖。回美国后，见人就述说她奇妙的旅行。今年听说爱荷华又来了中国作家，还有女作家，她兴奋地筹办着，等待着这一天的到来。她那冷寂的庄园又将有一次花团锦簇热闹非凡的晚宴。这大概是

一年中最有生气的一个晚上！安娜在盼着。我心中也漾起一片热烘烘的幻景，我也在等着，今晚该是一个如何迷人的晚上呵！

傍晚前，"写作中心"的大车停在一条僻静的、路边一溜粉墙的两扇木门前了。来自廿多个国家、地区的卅多位作家，男男女女、老老少少，兴致勃勃走下车来，站在有点像中国式的矮塌塌的原色的大木门前。我们随着聂华苓夫妇走进大门。门的两边似乎有小房间，可是绕过一道屏风，眼前出现一间宽阔的金碧辉煌的客厅。客人们目不暇接，一时不知从哪里欣赏起。一个年约六十的老妇人，微笑地望着大家。聂华苓把来客一一向她介绍。她依次与人握手，说一两句客套话。当我握着她的手时，感到很柔软，她眉毛飞扬，笑得更欢了。她说她刚从中国回来不久，中国真美丽；她欢迎我，很高兴看到我。我仔细打量她。她是纯粹的白种人，白皮肤，蓝眼睛，黄头发中掺了许多白的。唇膏涂得很红，穿一件白色绣花衬衫，着一条红色的裤子，脚蹬半高跟凉皮鞋。样子很文静，但也掩盖不住她的兴奋。在她瘦瘦的身材后边，还有两三个稍微显得有点胖的老太太，这些是她的好朋友。通厨房的门口，站着一群系着白围裙的姑娘和着洁白衬衫的小伙子。她们用好奇的眼光打量着涌进来的客人们。

客人们，那些来自东欧、西欧、东亚、西亚、南亚、南美的作家们，一下就散满屋子，有的在欣赏壁上的古典油画，超现实主义的、现代派的……各种流派的画。有的在浏览橱柜中的贵重瓷器、陶器、铜器、银器……有爱斯基摩人的，有印度的，有墨西哥的，也有中国的以及西欧的。别的艺术品，我不能鉴别它的好坏，只是其中有一幅中国的喜鹊闹梅的贝雕，使我很惭愧，因为那实在是一件有一点俗气的工艺品。自然，这里不是真正的画廊，也不是美术博物馆。这里只是在美国随处可以碰到的、时兴的、大同小异、拥挤不堪、雅致与庸俗并存的摆设，是狄更斯小说中的老古玩店。随主人的足迹所至，视金银的多寡与赏鉴力的高低而作出各种表现。屋子里坐满了人，站满了人，发出各种赞扬。女主人公总是含笑随着人的赞扬而点头，她十分欣赏这一群有才气的天之骄子。多可爱的一群作家！这些来自世界各个角落的有名望的优秀人物，才是她最满意的在她的屋子里活动着的艺术珍品。她觉得他们每个人都漂亮无比，她的脸上从胭脂中透出了新红。

她的那几位女朋友，也都是好人，殷勤地帮助她周旋，向客人们介绍她为人的和善、好客，讲她的尊贵、富有、慷慨，也讲她的旅游，她几乎到过半个世界。她的丈夫认识许多作家，在这间客厅里曾经招待过不少名流：法官、律师、经纪人、掮客、作家、画家、音乐家……但像这样多世界闻名的外国作家，却是难得。她的丈夫很早就认识保罗·安格尔，并且支持他的事业，每年都要举行这样一次精彩的酒会，招待保罗的客人。她们这几个要好的女朋友，也是每年来帮忙，这成了神圣职务。她们能同客人们一道参加这样一次酒会就很满意了。那群穿白围裙白衬衣的年轻人，是主人临时雇来的，是要付钱的，大约每人每个钟头得付五六元钱。他们穿梭似的给客人们端茶送水，冰镇的柠檬汁、红的白的葡萄酒、威士忌、白兰地，各种饮料荡漾在玻璃杯中。"干杯！""祝你健康！""祝你好运气！""干杯！"多么醉人呵！

客套话说完了。我同几个年轻客人便走出客厅。咿！原来好天下却在这里呵！像毡子似的绿草坪，比"五月花"公寓前的草坪好多了的草坪，从台阶下一直铺到远处，参天大树环绕着。呵！这就叫庄园呵！大约有七八亩地的草坪绿树，阳光从浓荫中横射过来，树叶也好，草坪也好，都像涂了一层油似的那末发光。我们在这里散步，好像第一次见到这样宁静而阔大的园子，好像第一次呼吸到这样新鲜的空气。那几间水晶宫似的厅堂，静静地为两棵大树掩护着。我心中忽然发问："她一个人要这末大的园子干什么？一个人就长年关在那水晶宫里么？"适才微笑着的和气的女主人公忽然在我眼前闪出孤单寂寞的影子。据说安娜就是独自一个人住在这里边。她有一个儿子，同他的妻子一起住在附近另一栋屋子里，这几天不在家，出外打猎去了。她已经六十多岁了。自己处理生活家务。每天有一个佣人来替她收拾房间、打扫卫生。家里装有电话，需要什么，打一个电话别人就会给她送来，即使是往纽约打电话，什么贵重东西也能按时邮寄来的。房屋四周的门窗都装有警铃，坏人不易闯入。美国的科学发达，警铃造得非常敏感；美国的警务工作，也做得很周密准确，警铃一响，不需三分钟警车就能迅速赶到出事地点。因此安娜老太太一人住在这里，还是很安全的。这里确像世外桃源，神仙洞府，而安娜的生活只有比神仙还舒适。她闷了时，可以打开电视机，靠在沙发上欣赏那红尘中凡人的享受。那里有音乐、舞蹈、诱人的"的斯可"（disco），有香艳的故事，恋爱，性欲，还有阴谋和凶杀，更多的是新式的汽车、各种美容的香膏香水和各色蛋糕点心的广告，男女老少都在那里吃得津津有味。但安娜有时也很厌倦这种生活，于是她就出国旅游，她从这个美好的笼子里飞出去一会儿，透透新鲜空气。她和临时组成的一群伴侣往返西方和东方。她对每一座山，每一条河，每一座古建筑，每一件历史文物都是倾心地爱。她搜罗一些美术珍品，把它带回家陈设展览，朝夕把玩。过去，她丈夫在世的时候，她就这样生活，她丈夫死后，她更是这样生活。安娜！安娜！多可爱的人呵！

夕阳西下了，庄园里一片朦胧暮色，有的人在这里散步，也有人在这里悄悄谈情说爱。厅堂里各式古色古香的台灯都亮了。透过玻璃望去，真仿佛是天上。晚宴开始了。客人围在一张长桌旁取菜。红红绿绿摆满了一大桌。西红柿、洋葱、青椒、胡萝卜、美国特产的芥兰菜，洗得干干净净，陈列在这桌上，还有好吃的沙拉、鲜酪、果酱……还有鸡块，是用奶烩的。鸡在美国是最便宜的，也算最不好吃的肉食。但宾主都不在意，只全被这种富贵豪华的气氛沉醉了。主人轮流和各国来宾寒暄，随便说几句笑话，或无任何意思的闲话，总之，她已经认识他们了。客人喝了酒，更随便了，熟人找熟人，互相祝贺，碰杯。安娜的脸更红润了，眼神却显得有些迟滞了。看着主人高兴，我好像得到许多安慰，静静地看着他们。

北京舞蹈学校的民族舞专家许淑英同志推辞不过，舞着扇子为宾主作席间表演。这时安娜坐到我旁边来，迷人似的对我说："我在中国看过中国舞，真是高尚的艺术呵！"她和大家一齐鼓掌，再三欢迎。这酒会将拖延到什么时候呢？

十点钟了，因为回公寓得有两个钟头的路程，客人们只得依依不舍地向主人告别。安娜又站在客厅门口微笑着，依次和客人握手。当许淑英走在她面前时，她想拥抱她却没有伸出手来，只是痴痴地望着她。我赶忙去拉着她的手，觉得她的手很凉。她又显得高兴了，像从梦中醒过来似的说了句什么，大意是很高兴见到你。我就混在人群中离别了她，走出那扇中国式的原色木门。

夜凉如水，汽车在闪闪的灯光中往回去的路上急驶，人们大概都感到疲乏了。我还在想那间水晶宫的屋子现在该怎样了。一阵热闹之后，该更显得空廓、冷寂吧？现在安娜在做什么呢？她在回忆她美丽的一生，还是沉湎在刚刚结束的非凡的酒会？在她称心如意的一生里，她究竟喜欢什么？她还需要什么，想些什么呢？她是快乐的呢？还是不快乐的呢？……

第二天，我们又准备作一次新的旅行，到近郊一个农民家去做客。这也是我急于想接触和了解的。我们正要出发的时候，华苓来电话，说她不能同我们一道去了，因为她要准备花圈，下午去参加一个朋友的悼别仪式。她告诉我们一个坏消息：昨天夜晚，大约是十一点钟光景，她们的朋友安娜穿着长长的睡衣，一个人坐在客厅里的沙发上逝世了；今天一早，那个去打扫的佣人进门时才发现的。她看见满屋子的灯都还灿烂地照着，只有安娜一个人静静地靠在那里。她儿子从打猎地点赶了回来，决定下午举行葬礼。电话就是这样简单。

爱荷华的秋天，总是阳光明丽，风和日暖，我们几十个人又兴致勃勃地坐在一部大汽车里。汽车在高速公路上急驶，疏落的精致的小舍，一闪即过，发黄了的庄稼地，一望无垠，田园风景画般的爱荷华给了我们多么好的印象，它滋润着我们疲劳了的心神。我们迎着清凉的微风，享受着无忧的平稳的生活。可是，伴着车轮滚滚，脑子中回漾出无数思绪。安娜，安娜的一生，昨天，昨天的旋风似的生活，都是一幅幅色彩缤纷的长的画卷。我该怎样去理解、观察和想象呢？现在除了一片怅惘，我还有什么可说的呢？

一九八一年十二月寄自美国爱荷华

会见尼姆·威尔士女士 *

会晤

三个星期来，我们的生活节奏有如一阵旋风，各种各样的人物，像电影叠印的图片在我脑中晃荡。我很想在这里找出一幅最清晰的映象。但这些纷至沓来的画片，总是一页一页地淡了下去，而四十几年前的一个身材窈窕、穿灰色军装、系红色皮带的年轻白人女记者的倩影却一步一步由淡转浓地显现出来。回想那是一九三七年抗战[①]前夕，她活跃在延安古城，有时是在大会场上拿着照相机跑来跑去；有时在煤油灯下，喁喁细语。那时她是何等令许多新到延安不久的知识分子以及一些老红军干部的注意呵！那时候，在延安的友好的外国记者除了史沫特莱就是她了。后来她出版了《续西行漫记》，是对斯诺的《西行漫记》的补充，引起了许多人在图书馆里争相阅读。她对中国革命的友谊，是我们许多人都不会忘记的。她是谁呢？她就是尼姆·威尔士女士，虽然早已与斯诺先生离婚，但她仍常常署名"海伦·斯诺夫人"的，昨天，她给耶鲁大学的友人打电话，约我到她家去。今天，李玉玺先生愿意开车陪我去看她。这一夜来，我怎么会不想到即将实现的我们的相见和她曾经留给我的印象呢？

我在波士顿、耶鲁的一点活动已经基本结束，只剩下去康州与这

---

* 本文原载《新观察》1982 年第 4 期。收入《丁玲全集》第 6 卷。

① 编者注：现应为"全面抗战"。

里的华侨们的一次聚会，然后就离开这里去长岛了。因此我们在去康州时要绕道到尼姆·威尔士家去。我们已经四十多年没有见面，现在我们还互相认识吗？我们将有多少话要说！短短的晤面能否满足我们彼此的需要呢？……

十一月二十一日吃过早饭，我们就出发了。李玉玺先生开的车，他是一个研究中国文学的美国朋友，中国话说得很流利，为人也很中国化。同行的还有他的妻子，一个天真活泼的舞蹈家，还有一个中文杂志的主编郑先生，另外就是陈明和我的翻译。这群年轻人都分享着我们的欢乐，一路兴致很高，大家说说笑笑，欣赏着路边景致。小小农舍稀疏地坐落在沿路的庄稼地边，环绕在农舍周围的是参天大树和整齐宽广的草坪。尽管是十一月下旬了，但这里天气还很暖，草坪还是绿的，到处还有残留的红叶，深秋的景色仍是很迷人的。这是美国这一带平原或小小的丘陵地带普遍的平静而幽美的田园风景。

我们一路行车，车行愈远，兴致愈浓，大家都沉醉在即将来临的有趣的会晤中。难道这不是使人兴奋的事吗？

李玉玺先生在高速公路上跑车的本领很好，我们径直就找到了麦迪逊（Madison），在一个丁字形的路角停下车来，向右转进一条小路，我们就看见一栋小屋子。我还来不及看清这院子里有什么树，有什么花、草，却先看见屋门口站了两个妇女，一个白头发的老太太，有点龙钟，笑眯眯地招呼我们；一个中年妇女，站在她后边，呆呆地望着不说话。我们的同伴们都抢上前去，介绍，打招呼。我一步上前握着那位老太太的双手，把她端详起来，她也牵着我。一群人把我们拥进一间门朝院子的小房间，也就是这栋房子的前厅，通常是作为客厅的一间屋子。走进了这间屋，才发现这里实在太小，而又太拥挤。屋中间靠窗户摆了一个长沙发。我以为会让我坐在这里，这张沙发似乎就是这间屋子里最高贵的地方，但我却被主人让在沙发对面的一张床上坐下来，主人便坐在我身边。我的同伴都挤在那张沙发上。原来这里没有什么别的地方可坐了。进门处，那里还有一张小桌子和一把椅子，那是就餐的地方，旁边有没有炉子，我就无法看见了。主人的床头有个小柜子，柜头挂着一个药用瓶子，后来才知道这是一个氧气瓶，是主人须臾也不能离开的、救命的宝贝。

我们坐定之后，尼姆·威尔士女士正式同我们谈话了。她的面色还好，笑得也自然，但是同我旧有的印象却差得太远了。我仔细地在那副微微发胖的、一个老太太的面孔上找寻旧有的风韵，究竟几十年的光阴飞逝，还能留得多少痕迹？

她侃侃地说道："你是不自由过的，你的不自由是因为政治的问题。我呢？我现在也不自由，那是因为我穷，是经济问题。"

当翻译把这几句话译给我听后，我真不知道应该说什么才好，一股苦涩的味道噎在我的喉间。我什么都明白了，为什么她不去看我。一个美国人住在乡下而自己又没有汽车，那就等于没有腿。而且看情况她只住在这一间屋子里，这是我第一次在美国看见美国人的家庭没有客厅。我很想拥抱她，但她却一下把话题变了，她那年轻时代的潇洒的风度，一下就在这间小屋里飞翔起来了。她笑了，非常甜美的笑，她笑说道："丁玲！我这里还有三十几本稿子，我一定设法把它出版。你看过我的书吗？那里都是些伟大的人物。我还要继续写。你呢？你一定也要写。我老早就讲过，我是多么地希望你，希望中国写出一部伟大的书，要像托尔斯泰，就是像《飘》也是非凡的……"

我想问问她的病，想告诉她一些现代中国的好消息，但她却把整个谈话垄断了。我无法答复她的提问，也找不到机会仔细问问她。她的话就像许久没有打开的闸门，水都积满了，水就从这打开了的闸门口汹涌奔泻。海伦啊！你就痛痛快快地说吧，我一定不打断你。时间是宝贵的，可是半个钟头过去了，一个钟头过去了。翻译看了几次手表，也示意过好几次。我发现我的同伴都在望着我，都在催我。最后海伦也发现了，她看看大家，无可奈何地笑道："我得让你走了！记住我的话，我还有许多话，这些都写在这里了。我知道我们今天见面的时间是有限的。喏！给你，你带回去慢慢地看吧。"海伦从枕头底下掏出一个信封，慎重地交给我，我觉得很重。信很重，我的心也很重。这一定是她昨晚赶着打字打出来的一封信，为什么还要写信呢？她一定有说不完的话；也许，即使有这封信也不可能把话说完。信放在我怀里了。我们一群人慢慢往外移，走在台阶上时，李玉玺先生提议为我们留影。我就在留影的时候，前前后后的环顾了一下她的这个小农舍。这是一间老的、旧的、无人收拾的、有点败落、荒芜的小农舍。整栋屋分前后两间，前厅就是我们刚刚座谈的那间。后边一间，关着门，我无法看见里边。但后院里还有一间小屋，堆积了一些破烂家具。屋子破旧，屋外院子不大，有两棵树已快枯死了，上边还挂着长满叶子的藤萝。一个汽油桶扔在院角。一条小路埋在杂草中间。这末隐蔽的一个小院，一栋小屋，与屋外光亮、整齐、开阔、美丽的平原是很不相称的。主人看见我回头四顾，在照相的时候，笑着告诉我："这屋子建筑在一七五二年，在美国建国之前，还是殖民地的时代，这是一件古物，政府通令要保护和保存的。"对，二百多年了，这在美国确是一件古文物，应该好好保护。可是住在这屋子里的主人呢？我看见她在笑，便也陪着她凄然一笑。我们告别了，六个人挤在一起，汽车在高速公路上急驶。可是谁也不说话，来时的兴致已经没有了。我只用手压着我的小皮包，那里放着一封沉重的信。我十分急切地想看这封信啊！

信

生活像在激流中一只扯满了风帆的小船，我忙，别人也忙。直到十二月我返回爱荷华，从加拿大陪送我们回美国的刘敦仁先生对这件事和这封信很感兴趣，满口答应替我把信翻出来。后来他把信带回加拿大。一个星期后，他把原信寄了回来，并说他准备写文章，译稿随后寄来。我的翻译那几天忙于她自己的论文，直到我快离开爱荷华时，仍然没有译出来。翻译还说信的文字啰嗦，没有什么值得翻译的。我便请她口译给我听，她不得已，在我的住处拿着信纸念道："明天，我要在我的一七五二年建造的麦迪逊小房子里见到你，真叫人欣慰。自从我在一九三七年夏天同你谈话以来，转眼已经四十四个春秋，我现在七十五岁了。今年三月三十日我曾经得过一次心脏病。现在我房间里还有一个氧气瓶……"

"啊！原来是这样。"我难过地想到那个挂在她床头的药瓶子，想："七十五岁，怎么，她也有七十五岁了？当时，一九三七年我认为她只有二十几岁，要比我小许多，但，看她现在，不假，的确是七十多岁的人了。"

翻译接着念了下去："我现在为了节省暖气，只住在一间屋子里。陪着我的还有一只小猫，她的名字叫玛丽琳·梦露。"翻译解释道："这是美国最有名的一个性感女明星，已经自杀了。"我搜索着我在海伦家时的印象："哪来的猫呢，没有，没有。"而且我又想："为什么不是狗呢？我在纽约街头上看见了不少太太们，老的，少的，都牵着狗的。狗同猫有什么区别呢？有区别的，狗食、猫食是有区别的。狗食的罐头较大，较贵；但猫、狗也没有区别，都是可以依伴的。"

翻译又接了下去："另一间屋子我已租了出去，我把小猫也一同租给了租我屋的一对年轻夫妇。他们每月给一百三十五元房租。可是每月我得交一百七十五元的电费。我每月是靠一百五十元的社会保险金过活。我的暖气费有一部分是靠老年人补助金交付，我的医药费是由我自己的医药保险交付的。谢谢老天爷，我刚刚能够生活。不要以为这样的经济情况下容易生存，特别是对那些没有经营种种商业的真正作家和艺术家。"翻译也有些念不下去了。我和陈明，我们三个人像挨了打似的相对无言地坐在那里。老实说，我实在坐不下去。我已经在美国生活了三个多月，时间很短，但我对美国的行情还是稍有体会的。这末一点钱，叫她怎样生活？我们出国的留学生，一个月除学费、医药保险等，仅食、住两项也发给三百六十美元。她一个孤身老年病人一个月才一百多元①，这除了勉强糊口之外就什么也不要想，什么也不能做。三个多月来的许多豪华场面、许多悲苦寂寞的场面，一下都同时出现在眼前，这就是美国，这个美国的影子，笼罩着我。美国有许多好处，我应该对她说些好话；可是，她却以她许多浓重的阴影压迫着我，我喘不过气来。海伦！我能为你做些什么呢？

"中国，"翻译又念了起来，"我知道中国的作家们是按月领工资，而不必为生活担心的。"是的，我们多么幸福。当我们少年时，我们跟随革命走过艰难曲折、丰富多彩的壮丽路程，我们老年，也跟着革命，享受着人民的尊敬。我们不必为生活担心，我们也不为写作烦心。我们到处受人欢迎。即使有一两个小丑在反动报刊上给我一点嘲讽，也只引起我的哈哈大笑。我们没有个人欲望，我们为人民写作就无往而不通畅。我们在生活中见过世面，经过风雨，世面加深我们对社会、对人的了解，风雨锻炼我们的心胸，使我们超然于流俗，这有什么不好呢？

翻译最后又念道："我手边还有三十二本尚未出版的手稿。一九八〇年我就办理了出版登记，我希望这些手稿能在我有生之年出版。也希望能在中国翻译出版而拥有读者。我经常意识到中国的经验，并使之体现于作品中，但是要在这儿出版这些著作，几乎是不可能的。这儿有中国几乎不可能有的最坏的审查。而作者也真的濒于饥饿，不可能从任何地方拿到工资。"

好了，这就说明了很多。最近，好多海外人士不断地向我提问："中国的作家有没有写作自由？中国的作品要经过多少审查？"我都据实解答。但不管我怎样解释，有些人总是似信非信，甚至也有人说我胆小，心有余悸……现在好了，现在海伦把事情说清楚了，到底是哪里有审查。而且，我不能不想到中国的作家们，一些青年作家们，你们写了几篇作品，你们便像一个刚开工不久的工厂，订货的很多，而

-252-　　① 初刊本作"一百二十多元"。

你们应接不暇 ①。我们一些年老的有的失去写作能力的老作家们，谁不是都在那里每月按时领工资，对生活毫不担心。而且都在整理旧作，准备重印出版选集或文集呢？我们这不是幸福吗？我以为我们大家都能在这一面"海伦的镜子"中照出我们的幸福，照出我们光明的祖国。海伦啊！你的这封信引起我对你多么的同情和无比复杂的感慨。海伦，你的信，你的处境对我们是一本教科书。我一定要好好保存，并告诉给朋友们，我相信，我们都将从这里得到鞭策。

圣诞节前，我在旧金山时，收到刘敦仁先生寄来的原信译稿，我急忙汇了一笔小款给海伦作为送给她的圣诞礼品。今年一月初我回到北京，还来不及将这一叶深印在心中的褪了色的花片整理出来，而从香港出版的《文汇报》上读到了刘敦仁先生的译信全文和他附的前言。既然《文汇报》上有了这封信的全文，我就可以不再写了。但意犹未尽，情亦难尽，便又拈笔为国内的读者写此短文。或者还是可以一看的。

一九八二年二月一日于北京

---

① 初刊本作"供不应求"。

养鸡与养狗

——访美散记*

　　十一月的一天，我在华盛顿的时候，一个曾经到过晋察冀和延安的外国朋友和他的妻子写信给我们大使馆，请我们到他们家做客。要是从前，他们大概不会约我们去。据说，他，或者是他的妻子曾经写过一本攻击我们的书，许久和我们没有来往了。我们没有看过这本书，向来对这些也不很介意。我们知道，尽管真正的好朋友很多，但永远不愿意了解我们的人总是会有的。现在人家既然对我们表示友好，大家又都认为应该去，虽然我近来对于频繁的酒会常常感到头痛，也仍旧打起精神去做客了。

　　一走进主人家的头门，就感到一股热闹气氛，真是珠光宝气，济济一堂。除了主人夫妇曾在前两天的一个酒会上见到过以外，其余的都是陌生面孔，大半是华裔，只有几个是黄头发、白皮肤的外国人。我一进屋，自然成了所有眼睛注意的中心。大家都非常热情，我被请在客厅中间的长沙发上落座。我还来不及打量周围的环境，许多谈话、各种问题都像喷泉似的朝我涌来：今天的天气，身体的健康，美国的印象等等，我都带笑一一回答。在这一般泛泛的回答以后，右边一位穿着很整齐的先生忽然问道："听说，丁女士在北大荒喂过鸡，不知可真？"听起来自然是明知故问，我答道："是的，在农场饲养过鸡群。"坐在我左边的一位太太不禁叫了起来："真有这事吗？太岂有此

* 本文初刊于《星火》1982 年第 6 期。收入《丁玲全集》第 6 卷。

理了！"我不免好奇地看看她，这是一个典型的中国人的容貌，长眉长眼，穿一件紧身的花缎旗袍裙，头发拢得很高，鹅蛋形脸上露出一副惊诧的样子。我平静地答道："养鸡也很有趣味，在生产队为国家饲养几百只鸡也很有意思，孩子、病人、太太们每天都需要有高蛋白的鸡蛋嘛！"这时站在我对面几个人当中的一位先生开口了："一个作家，不写文章，却被处罚去养鸡，还认为养鸡很有趣味，我真难理解，倒要请教丁女士，这'意思'不知从何而来？哈哈……"我左边的那位太太附和着，简直是挑衅地在笑了。我心里暗想，应该给他们上一课才好，只是又觉得他们程度低，得从什么地方开始呢？我正在犹疑，另一位先生从对面人丛中岔过来说："昨天在华盛顿大学听丁女士讲演，非常精彩。以丁女士的一生坎坷，仍然不计个人得失，有如此爱国爱民的高尚情操，真是坚强典范，令人钦佩。鄙人想冒昧说一句，丁女士是否打算写一本自传小说？如能把丁女士的一生遭遇，化为文章，实是可以教化一代人士；若能在美国出版，一定是非常畅销。"

我看一看四周，一双双眼睛瞪着。我答道："我不打算写，个人的事，没有什么写头。"

又有人连声说道："伟大，伟大……"

我不喜欢这种气氛，我无法待下去，便站了起来，去找一点喝的。我拿了一杯冰汽水，走进对面一间较空的房间，那里对着壁炉摆着几张沙发。房子里尽管有暖气，但为了使气氛显得更浓，更有上世纪的豪华、高贵，壁炉里熊熊燃烧着几根木柴，发出红闪闪的火焰。大概是太热了，这里坐的人不多。我也怕热，但为着躲人，便装作一副欣赏壁炉的样子，走到这里坐下来了。

我静静听着斜对面的两位太太的闲谈。我自然不愿打断她们的谈话，也不愿参加她们的谈话，却又不得不对她们的笑脸相迎摆出一种洗耳恭听的样子。我希望在这里安静地坐一会儿，可是她们之间的一位笑吟吟地对我道："丁女士，我们正谈养狗咧！"

"呵！养狗，那好，你们谈下去吧。"我好像对养狗的话题也满有兴趣，我原来对养狗也是有好感的。不过现在，我心里真是对什么也没有兴趣了。谁知那位笑吟吟的太太听了我的话，兴致更高了，忙道："你们不知道，我那贝贝真是可爱极了，我真不知怎样爱它才好！"

"贝贝"，谁是贝贝？我没有问，那位太太却自个解释道："贝贝，贝贝就是我养的那只小狗。它真的懂人性，比我的孩子们还爱我咧。"

旁边一位先生笑嘻嘻问道："那它是你的狗儿子呢，还是狗孙子？"我不知道这是正经话还是讽刺话，正以为这话问得有点冒失，可是狗的主人却一本正经地答道："狗儿子，自然是狗儿子。我儿子就不喜欢它，还吃醋，哪能是孙子咧！"

原来和她一起说话的那位太太，已经被冷落了一阵，赶忙帮她说道："你们真不知道她多么喜欢贝贝，她每天给它洗澡、梳毛、穿衣服，打扮得跟商店橱窗里的娃娃一样，真可爱呀！"

于是贝贝的妈妈更高兴了，接着说道："哪天我从公司下班回家不和它说半天话？"

那先生问道："您跟它说些什么呢？"

"说什么？说的话可多啦。我每天回家都要问它，你乖不乖呀！饿不饿呀！有小朋友欺负你吗？有什么不舒服呀？它都能懂！它还和我说话哩。"那位先生又问了："它和你说话？除了汪汪叫以外，它能说什么！哈哈……"

他的话反而使那位养狗的太太神采飞扬，她一手摆着鬓边的头发，横着眼睛认真说道："怎么不会！它会，它说不出一句一句的话，可是它会用眼睛、用嘴、用爪子来回答我，它懂得我的心。我想什么，它都知道。"

先生只好咂嘴啧啧称怪，而非常羡慕狗主人的那位太太急着问道："你的贝贝真是一个宝贝，你从哪里得到它的呢？"

"买的，在市场买的，五百美金，纯意大利种，谁都说买得便宜。"狗主人又转过头来斜看着我，希望在我这里也得到赞美："丁女士，你说呢，这小狗真的和我有缘，给了我很大的安慰。当我感到寂寞，感到难受的时候，我就抚摸我的贝贝，同它说话，我的心才慢慢放宽了。五百美金，那算得什么呢？你是作家，你会懂得的。"

我只好说"是"。我望望她，五十多岁光景，穿一件咖啡色克士米的薄毛衫，两颊和嘴唇都涂得红红的，看来精神很正常，身体还在微微发胖，可是心情……那末，我是在哪儿呢？在《天方夜谭》里，在《搜神记》里，或是在《聊斋》里？我除答"是"以外，还能找到什么语言来同她说话呢？我真不知该如何是好，很自然地站了起来，彷徨、逡巡。我要什么，我该做什么呢？幸而女主人走了进来，她问我："想洗手吗？"我赶忙说："是，是。"她把我引到洗手间，我逃也似的钻了进去，我关上门，喘了一口气，心里想：我该什么时候向好心的主人告别，向高贵的客人们告别，该找一个什么机会来告别呢？

我们实在该走了。

一九八二年二月十九日于北京

保罗·安格尔和聂华苓

——我看到的美国·之三*

当我写上这两个名字的时候，就有一种亲切感涌上心头。虽然我离开他们已经半年，各自因为生活、工作的忙迫而很少通信，然而却是多么亲切的两个热情的人的影子总是站在我面前。在美国的时候，我常常想到他们有那么多的工作、写作，怎能那么周到体贴，把时间精力完全放在对人、对朋友上？二十年来他们已经接待了这么多的外国友人，至今还是无间断地每年接待故人和结交新友，好像从不厌烦，从不疲倦，他们哪里来的那么多的细心、耐心？他们为这项事业耗费了多少宝贵的时间和心血？为的什么呢？我想他们是自有他们的理想的。

保罗是一个十足的美国人。他的祖宗是德国人，许久以前从德国移民来美洲，因此他赋有那种比较纯朴、稳重、扎实的北欧人的性格。但他的作风仍是美国人，是属于老一代的美国人。他热情、坦率，正直、平等待人。自然他对共产主义是不感兴趣的。他认为"极权"政治总是不好的。但他很喜欢毛泽东的诗，他们夫妇翻译了他的诗词。他对"四人帮"是厌弃的。他也反对还存在于我们社会中的某些封建、官僚主义。但当他遍游了中国的大江南北和参观了我们的首都，接触了我们许多干部、普通老百姓、作家、艺术家之后，他写了很多赞美中国、留恋中国的深情的诗篇。

* 本文初刊于《文汇月刊》1982 年第 9 期。收入《丁玲全集》第 6 卷。

他喜欢中国人，但遇到意见不一致时，他是要争辩的，不过争辩之后，还像往常一样。去年九月间的一个傍晚，我们有一位同志在聂华苓家里的走廊上同保罗·安格尔聊天。不知怎么这位同志偶尔谈到"美帝国主义侵略者"这个名称的时候，这位美国人听不下去了，便说美国是一个崇尚民主的国家，她从来不是侵略者。这位同志也忘记了是同一个美国人说话，很直率地说："怎么不是侵略者，朝鲜战争不知杀害了多少中国人、朝鲜人……"我马上感到一场不愉快的争论要发生了。这时聂华苓却说："保罗，我想我们不应该谈这些，我们不能换一个题目吗？"安格尔惘然若失地望着楼外的景色，然后恍然若有所悟，笑了一笑，对聂华苓说了几句我们听不懂的英语，便坦然地谈别的事情去了。

我们之间一直都谈得很投机。他讲他的故事给我听，小时候如何在家里帮助父亲驯马，他从马上掉下来，他的父亲不打马，而是打他。他在严格的家庭教育中长大，他又如何在贫苦的条件下学文学。他在爱荷华大学是第一个用诗作获得毕业学位的。他又讲了英国的剑桥大学如何给了他助学金，当他启程去英国时，他的全家才忽然发现了他的才气，母亲一句话也不说，只是埋头为他擦皮鞋，把他当一个最荣誉的人那样对待。他讲了他学成后曾回到德国一次，家乡人当然不知道他，只记得关于他老祖父去美洲的往事，并且还记得，可怜的老保罗至今下落不明。

我们的确相处得融洽，而且认为彼此都比较了解。但有一次，我们也几乎争吵起来。这是在欢送我们的家庭小酒宴上，大约有十来个人，是在我将离开爱荷华的前两天，在我们两个人的思想、性格的差异中，留下的一点有趣味的小争执，也是有趣味的回忆。保罗是美国人，但对他的故土德国，仍是饱含感情的，现在他每年都要安排他的客人们去爱荷华的一个德国移民区的乡村去看看，在充满德国情调的地下酒吧间喝酒，在德国饭店吃牛排，在那间毛织品商店买点毛料衣服或毯子，那里有许多美丽的纯毛衣。我们已经去过两次了，也知道那里的一点情况。最早来美洲的德国人，是公社的社员，生活在一起，财产也是公共的，后来才逐渐分开，但现在这个卖纯毛织品的店铺，仍是集体公有的。这次保罗又谈到他的祖先们的集体生活，我开玩笑说："那是原始共产主义的生活，让我们为美国最早的公社社员们干杯！"也许保罗不愿喝这杯酒，却出于礼貌，勉强陪着我喝了一口。随即说道："公社老早就散了，散了以后才逐渐富起来的。原来很穷。"我也不愿让步，便说："那可能是由于美国的资本主义，小小的原始的共产主义给美国庞大的资本主义吃掉了。"保罗忍不住又说："现在美国公民的最大多数是中产阶级……"看样子他还要说下去，我有点后悔我不该惹他。这时聂华苓又来解围了，她说："保罗，不能再换个题目谈话吗？"于是保罗不再继续谈他的祖先们的生活，而是同我们碰杯，祝我们一路顺风。

保罗认为现在国与国之间，常常会因为社会政治制度的不同，彼此隔阂，甚至产生不容易消弭的种种矛盾、冲突、战争。但文学艺术是不应该因为这种问题而相互背离，而应该相互交流，并且是可以相通的。后来聂华苓也曾对我说："我们是用共同语言谈不同的思想。"有的人常常因为思想不同，就认为彼此缺乏共同的语言。他们却认为虽然思想不同，也还是会有共同语言的。文学艺术是超阶级的，艺术就是艺术，那里没有很多政治、思想等；即使有，也可以只谈其中的艺术性。他们夫妇大概就是基于这一点来举办国际写作中心，为世界各地的作家提供交流的机会和园地。

我还要说这个美国人有很多地方值得我学习。有一晚，我们在他家里聊天，已经十一点了。听到门铃响，保罗去开门，带进来一个年轻的姑娘，她来这一带找亲戚，天黑了，找不到，就敲门问路。保罗说了一句："请等一等。"便进屋脱下睡衣，换好衣服出去，开车陪送那位不认识的姑娘找亲戚去了。

聂华苓笑着告诉我们说，王蒙前年曾经给保罗做过一个鉴定，说他"出身好，劳动好，群众关系好"。王蒙说得对，保罗的劳动的确是好的。去年他七十三岁，每天都要把一个或两个很大的垃圾袋搬到山下去；屋顶漏了，他自己上房；地板坏了，他自己修理；扫院子，剪草坪，把院子里的枯树锯倒，劈开，垒整齐，留到冬天烧壁炉，既有风趣，又可省电。这种自己动手的习惯，不只保罗这样，我看到的很多美国人都是这样。美国是一个新兴的国家，他们的父辈大多是劳动人民，即使很多人后来富有了，甚至成了政府官员、学者教授，但并不都摆官架子，大多数还是像普通人那样，很多事情都是自己动手去做。

过去保罗负责国际写作中心时，聂华苓帮助他，是他的助手。现在聂华苓负责了，保罗是她的顾问，也是她的助手。保罗的美国式的求实精神，影响了聂华苓，而聂华苓的中国式的细腻大方也为国际写作中心增加了更多声望。聂华苓虽然入了美国籍，是爱荷华大学的一个教授，但实际是一个非常中国式的中国人，一个讲究人情、殷勤能干、贤惠好客的中国妇女。有时她好像一个干练的工作人员，一个善于应对的交际家，但实际她还是一个作家。她有作家的敏感，有作家的坦率与热情。她经过风霜而没有怪癖，很能随和而从不盲从。她从事艰难的事业但又很乐观。她的坚毅的工作精神和爽朗的笑声，都是非常动人的。

凡是在国外生活的中国人，都很自然地对祖国怀抱着强烈的希望，希望祖国繁荣强盛。但同时也存在着对祖国的不十分了解，有的人因时间、地域、知识等等的原因以及西方"自由思想"的影响，产生了一些怀疑，特别是某些反共反华"专家"的肆意渲染，使世界一部分人对我们有不好的印象。我们没有理由要求别人都能完全同我们自己一样，同我们走过几十年战争历程的老党员那样，理解那深藏在我国各族人民之中的力量和美德，以及共产党的伟大作用。现在许多外国人，或在外国生活的中国人，都愿意同我们亲近、友好，增加了解，发展友谊，这已经成为不可逆转的世界潮流。聂华苓主持的国际文学交流是这个潮流中的一股力量，又推动这个潮流更加前进。尽管她在今后工作中将遇到很多路障，但我相信，他们能够辨别是非，排除干扰，取得成就。他们的工作，不只博得各国作家、人民的赞同，也得到美国人民和美国政府中有识之士的支持。一九八一年八月间，保罗和聂华苓夫妇获得美国五十个州的州长通过的国际文学工作奖，就是一个有力的证明。

一九八二年夏

曼哈顿街头夜景[*]

去年十一月四日，我到了纽约，这是世界上最大的城市之一。傍晚，我住进了曼哈顿区的一家旅馆，地处纽约最繁华的市区。夜晚，我漫步在银行、公司、商店、事务所密聚的街头。高楼耸立夜空，像陡峻的山峰，墙壁是透明的玻璃，好像水晶宫。五颜六色的街灯闪闪烁烁，远远近近，高高低低，时隐时现，走在路上，就像浮游在布满繁星的天空。汽车如风如龙，飞驰而过，车上的尾灯，似无数条红色丝带不断地向远方引伸。这边，明亮的橱窗里，陈列着锃亮的金银餐具，红的玛瑙，青翠的碧玉，金刚钻在耀眼，古铜器也在诱人。那边，是巍峨的宫殿，门口站着穿制服的警士，美丽的花帘在窗后掩映。人行道上，走着不同肤色的人群，服装形形色色，打扮五花八门，都那样来去匆匆。这些人从哪里来？到哪里去？他们走在通衢大道，却似在险峻的山路上爬行，步步泥泞。曼哈顿是大亨们的天下，他们操纵着世界股票的升降，有些人可以荣华富贵，更多的人逃不脱穷愁的命运。是幸福或是眼泪，都系在这交易所里电子数字的显示牌上。我徜徉在这热闹的街头四顾，灿烂似锦，似花，但我却看不出它的美丽。我感到了这里的复杂，却不认为有多么神秘。这里有一切，这里没有我。但又像一切都没有，唯独只有我。我走在这里，却与这里远离。好像我有缘，才走在这里；但我们之间仍是缺少一丝缘分，我在这里只是一个偶然的、匆忙的过客。

＊ 本文初刊于《文学报》1982年10月7日第四版。收入《丁玲全集》第6卷。

看，那街角上坐着一个老人，伛偻着腰，半闭着眼睛，行人如流水在他身边淌过，闪烁的灯光在他身前掠过。没有人看他一眼，他也不看任何人。他在听什么？他在想什么？他对周围是漠然的，行人对他更漠然。他要什么？好像什么都不要，只是木然地坐在那里。他要干什么？他什么也不干，没有人需要他干点什么，他坐在这热闹的街头，坐在人流中间，他与什么都无关，与街头无关，与人无关。但他还活着，是一个活人，坐在这繁华的街头。他有家吗？有妻子吗？有儿女吗？他一定有过，现在可能都没有了。他就一个人，他总有一个家，一间房子。他坐在那间小的空空的房子里，也像夜晚坐在这繁华的街头一样，没有人理他。他独自一个人，半闭着眼睛伛偻着腰。就这样坐在街头吧，让他来点缀这繁华的街道。总会有一个人望望他，想想他，并由他想到一切。让他独自在街头，在鲜艳的色彩中涂上灰色的一笔。在这里他比不上一盏街灯，比不上橱窗里的一个仿古花瓶，比不上挂在壁上的一幅乱涂的油画，比不上掠身而过的一身紫色的衣裙，比不上眼上的蓝圈，血似的红唇，更比不上牵在女士们手中的那条小狗。他什么都不能比，他只在一幅俗气的风景画里留下一笔不显眼的灰色，和令人思索的一缕冷漠和凄凉。但他可能当过教授，曾经桃李满天下；他可能是个拳王，一次一次使观众激动疯狂；他可能曾在情场得意，半生风流；他可能在赌场失手，一败涂地，输个精光；他也可能曾是亿万富翁，现在却落得无地自容。他两眼望地，他究竟在想什么？是回味那往昔荣华，诅咒今天的满腹忧愁，还是在追想那如烟似雾的欢乐，重温那香甜的春梦？老人，你就坐在那里吧，半闭着眼睛，伛偻着腰，一副木然的样子，点缀纽约的曼哈顿的繁华的夜景吧。别了，曼哈顿，我实在无心在这里久留。

一九八二年九月二十五日于北京

纽约的苏州亭园

——我看到的美国·之十六[*]

一天，我们去参观纽约的博物馆。这是世界有名的大博物馆，收藏着全世界自古至今东方西方国家的艺术珍品，年轻的同伴们都兴致勃勃地准备花两三天时间在这里观赏。我本想多看一点以饱眼福，但体力不支，只走了几个陈列室，果然发现，有好些东西是我在别处未曾见过的，足见他们对这项工作的重视，并且的确千方百计，搜罗很广。

这时有人建议去欣赏博物馆内新建成的苏州亭园。我知道这所亭园是苏州派来一个专家小组协助设计并参加建筑完成的。在纽约我愿意尽先看西方的东西，但能在纽约和聂华苓等一同欣赏祖国的亭园风光，也是一桩大快事。

转几个弯，我走到一道粉墙边，进入一个紫檀色的大木门，陡然觉得一阵清风扑面，而且微微带一点芝兰香味。人好像忽地来到了另一个天地之中。转过屏风，苏州亭园就像一幅最完整、最淡雅、最恬适的中国画，呈现眼前。清秀的一丛湘妃竹子，翠绿的两棵芭蕉，半边亭子，回转的长廊，假山垒垒，柳丝飘飘。青石面铺地，旁植万年青。后面正中巍峨庄严坐着一栋朴素的大厅，檐下悬一块黑色牌匾，上面两个闪闪发亮的金字："明轩"。我好像第一次见到我们祖国的亭园艺术，这样庄重、清幽、和谐。我们伫立园中，既不崇拜它的辉煌，

---

* 本文初刊于《文汇月刊》1983 年第 5 期。收入《丁玲全集》第 6 卷。

也不诧异它的精致，只沉醉在心旷神怡的舒畅里面，不愿离去。园中有各种肤色的游人，对这一块园地都有点流连忘返，看来他们是被迷住了。

中国艺术的特点就是能"迷"人。我们的古典文学艺术，不也是这样，能使人着迷吗？你看，"明轩"正厅里的布置与摆设，无一处不是以金碧辉煌，精雕细镂，五彩缤纷，光华耀目来吸引游人，而只是令人安稳，沉静，深思。这里几净窗明，好似洗净了生活上的繁琐和精神上的尘埃，给人以美、以爱、以享受，启发人深思、熟虑、有为。人生在世，如果没有一点觉悟与思想的提高、纯化，是不能真真抛弃个人，真真做到有所为，有所不为的。最高的艺术总是能使人净化、升华的。纽约的博物馆的确搜罗了许多世界艺术珍品，供人欣赏学习，打开人们眼界，提高人的兴趣与鉴别能力。苏州亭园在这个博物馆里不失为一朵奇花异葩。人们在这里略事观览，就像是温泉浴后，血流舒畅，浑身轻松，精力饱满，振翅欲飞。特别是我们在美国看祖国，更倍感亲切。

中国的文学艺术在世界上是受人喜爱的，他们喜爱的是苏州亭园，是齐白石的画，是屈原的《离骚》，是唐诗宋词，是《水浒》《三国演义》《红楼梦》，是深刻反映中国人民生活的东西，是真真的中国货。他们对我们的仿制品、舶来品是不感兴趣的，历来如此。我记得五十年代有一位苏联文学家看了我们的一个影片后，很直率地对征询他意见的人说："这里边有太多的苏联货和美国的好莱坞货。我们要看的是中国人民的生活和中国民族的艺术。"实际我们自己也是喜欢地道的民族的、传统的形式，和生动活泼、富有时代感的反映人民的生活的作品。

从纽约的苏州亭园而不能不想到中国文学应走的道路。

一九八三年三月二日于昆明温泉

於 梨 华*

我和於梨华第一次见面彼此便留下了极好的印象。一九七九年的夏天，我回北京不久，还住在西郊友谊宾馆的时候，有关方面告诉我，一位华裔美籍作家於梨华女士要求访问我，希望我能接待，同时对她作了简单的介绍。我那时刚被增补为全国政协委员，出席了五届政协的第二次会议后不久，新华社、《人民日报》、广播电台都作了报道。但在很多人的心目中，特别是在海外人士的心目中，我依然是一个谜。为了帮助人们了解粉碎"四人帮"以后我国政治上出现了的新形势①，我乐意有这样的会见，我很快就答应了。

一两天后，於梨华就坐在我住的友谊宾馆的一间屋子里。她穿着朴素，举止言谈很亲切随便，显得非常高兴和有些压抑不住的激动。给我的第一个印象：她是坦率、热情，虽是中年妇女，但还显得年轻。

几句寒暄之后，她打开录音机，笑着问："能准许录音吗？"

"能。"我答道，"请随意，你是从万里以外回到祖国来嘛！"

她满意了。她率直问道："听说你在一九五八年就到北大荒去了。你在那里待了多少年？"我说前后有十二年。

她又问："听说你在北大荒喂鸡，是吗？"我告诉她，是喂过鸡。

她不问了，低着头，慢慢地用手绢去擦眼睛。我有点意外，也有点歉意，怎么使客人难过了呢？于是我补充说：所谓北大荒，在黑龙

---

* 本文初刊于《文艺》双月刊 1983 年第 2 期。收入《丁玲全集》第 6 卷。

① 初刊本作"新形势、新路线"。

江省的东北部，解放前比较荒凉。现在虽然仍旧袭用旧名，但那里实在不荒凉。新中国成立以后，那里建设了好几十个国营机械化大农场，建筑、设备都很好。那里的干部，大半都是战争时期有着血汗战功的转业军人。

她沉默了一会儿，才又问："十二年都在喂鸡吗？"她的声音有点暗哑，好像受了很大的委屈，而且有点像个孩子。我说不，只喂了一年鸡，组织上让我当文化教员了，后来又做职工的家属工作。做这些工作，都很有意思，我因此结交了很多朋友。我并没有说谎，只觉得应该让她宽心。

她不相信似的瞥我一眼，很有感慨地说："你是一个作家，不让你写文章，却叫你喂鸡！你看，你喂鸡、喂鸡，教什么文盲识字，做什么家属工作，都把头发喂白了，人都老了……"她有点哭出声音来了，眼圈也红了，而且有些抑止不住。我心里感到一阵热，我想："这哪里像是一个外国作家？简直就是一个纯朴、善良、热情的中国女孩子。"我只想能安慰她，我解释给她听：喂鸡在我们农场是比较轻松的劳动；我喂的鸡数目不多，比一般饲养员喂的少多了。当教员也好，和我原来的职业较近，我从中得到很多乐趣。我是一个共产党员，共产党员能上能下，能当作家，能当农民，也能喂鸡，写文章、喂鸡、教课都是革命工作嘛。

她仍然用怀疑的眼光望着我，又用十分肯定的口气说道："你是一个作家，首先是一个作家。"眼泪又涌上眼帘了。我仍然向她解释，我是一个作家，但首先是党员。她反驳我："你首先是一个作家，你是当了作家才当党员的。在读者的眼光里、心坎上你都是一个作家。"我便又告诉她，我不否认，从时间上讲，我先是作家，后当党员；但从责任义务上讲，我首先是党员，后才是作家，是一个党员作家。

她又像一个孩子似的天真地瞪着我，想了一会儿，然后问："你以前是党员，后来还是党员吗？"我告诉她，五八年我被开除了党籍，不是党员了。但我自己还是按照共产党员的标准要求自己。我努力让自己照一个党员的样子去看问题，对待人、事，对待工作。她显出不服气的样子，觉得我这个人真怪，为什么这样痴情？我便又讲了几个故事给她听，都是一些在动乱中长期受过委屈、挨过冤枉的同志仍然忠实于党，忠于人民的例子。她好像平静了一点，但总是不能一下子完全理解。可是原定的访问时间到了，另有一个宴会在等着她。陪她来的同志几次提醒她，但她要求不去吃饭，同我继续谈下去。她大概希望我再说一点可以叫她真正能平静下来的话；如果这时走了，以后不知什么时候能再见面，她的疑问如果不解开，她就会长久得不到安宁的。我们都劝她按原定计划参加宴会，不要让主人和陪客都失望，我答应她如果有时间的话，明天上午她可以再来。她才欢欢喜喜愿意去赴宴吃饭。我送她下楼，看着她上车，车开走了才回来。我虽然已经不容易动感情，但她给我的无限天真而朴实的柔情却使我有些不安了。

第二天上午，她来了。这次我对她讲了在"十年动乱"的困难时期，周围的农工、家属对我的关心和照顾，抵制和减轻了某些造反派对我的折磨，虽然都是细微末节，但都显示了我们普通劳动人民的正直善良和智慧。我讲这些的时候，心里仍旧充满了感激和温暖；我发现她听得也很有兴趣。可惜她当天十二点就要乘飞机离开北京，她不能久留，我们只得依依握别了。她回到美国一个多月后来信，告诉我，她一直不敢重听带回去的录音带，她怕再引起她难以忍受的悲痛。我读了她的来信，我又产生了更多的不安。我是一个受过风浪的人，心变得很硬了，但仍然怕接受别人对我的好意。於梨华给我留下一个好印象，她是一个富于同情心的人，一个热情、正直、温厚、纤细的女作家。

后来，我读了一些她的作品，了解她初到美国学习上、心情上的痛苦。她寄居在她父亲的美国朋友家做客，实际成了他们家的佣人，成了他们客厅里的装饰品。每当举行酒会，主人必定得意地把她向客人介绍，说中国女孩是多么的勤快、能干、利索……使她难以忍受；

最后她勇敢地离开了那里，自己独立找工作，找学校念书。我也读了她访问云南西双版纳的游记，文章写得很美，充满了对祖国的爱情。随后她又寄给我许多在新加坡出版的她的著作。我以为她是一个勤奋多产的作家。

八〇年夏天她又回来了，到我的新居来看望我。这次像老朋友那样在我家里吃饭，谈心，话家常。

八一年春天我在厦门时，偶尔读到一张台湾的报纸。上面有一篇文章，使用侮辱性的语言，把聂华苓和於梨华两人都大骂一通。我看后非常气愤。为什么她们在台湾总要遭到诬蔑？除了爱国以外，还有什么罪呢？她们不是时时也都在关心台湾人民，希望祖国真正统一，兄弟不阋于墙，才能争到国家的独立富强吗？

好了，八一年我们又在纽约会面了。她特别从外地赶来，请我们在中餐馆吃豆浆油条和各种风味小点，并且把她的一对儿女带了来。下午，她又和姚利民先生主持《新土》杂志社召开的座谈会。她好像更年轻了，容光焕发。这时她表现了她的组织才能。她是一个作家，也是一个出色的宣传活动家。我相信她在美中文化交流，增加了解和信任，在沟通旅美侨胞和祖国的关系，促进祖国统一的大业上，必将做出更多的贡献。

后来，我到了华盛顿。十一月十四日，柴泽民大使在大使馆为我举行招待酒会。她又赶来了，穿一身很漂亮的中国式衣裙，她介绍我认识了他们学校的文学院院长。她还告诉我，八三年她要再来中国；她说自己在中国总是住的时间太短，总嫌住不够。听了这话，我真高兴，我们迷人的祖国，将会迷住更多的人，我们将热烈地欢迎她们。八三年的新春已经来了。於梨华！燕子已经在向北飞翔了，你何时再来呢？

一九八三年二月二十三日于昆明温泉

第四辑

人 与 事

风雨中忆萧红 *

　　本来就没有什么地方可去，一下雨便更觉得闷在窑洞里的日子太长。要是有更大的风雨也好，要是有更汹涌的河水也好，可是仿佛要来一阵骇人的风雨似的，那么一块肮脏的云成天盖在头上，水声也是那么不断地哗啦哗啦在耳旁响，微微地下着一点看不见的细雨，打湿了地面，那轻柔的柳絮和蒲公英都飘舞不起而沾在泥土上了。这会使人有遐想，想到随风而倒的桃李，在风雨中更迅速迸出的苞芽。即使是很小的风雨或浪潮，都更能显出百物的凋谢和生长，丑陋或美丽。

　　世界上什么是最可怕的呢，决不是艰难险阻，决不是洪水猛兽，也决不是荒凉寂寞。而难于忍耐的却是阴沉和絮聒；人的伟大也不是能乘风而起，青云直上，也不只是能抵抗横逆之来，而是能在阴霾的气压下，打开局面，指示光明。

　　时代已经非复少年时代了，谁还有悠闲的心情在闷人的风雨中煮酒烹茶与琴诗为侣呢？或者是温习着一些细腻的情致，重读着那些曾经被迷醉过被感动过的小说，或者低徊冥思那些天涯的故人？流着一点温柔的泪，那些天真、那些纯洁、那些无疵的赤子之心，那些轻微的感伤，那些精神上的享受都飞逝了，早已飞逝得找不到影子了。这个飞逝得很好，但现在是什么呢？是听着不断的水的絮聒，看着脏布似的云块，痛感着阴霾，连寂寞的宁静也没有，然而却需要阿底拉斯的力背负着宇宙的时代所给予的创伤，毫不动摇地存在着，存在便是

---

*　　本文初刊于《谷雨》1942 年第 1 卷第 5 期。收入《丁玲全集》第 5 卷。

一种大声疾呼，便是一种骄傲，便是给絮聒以回答。

然而我决不会麻木的，我的头成天膨胀着要爆炸，它装得太多，需要呕吐。于是我写着，在白天，在夜晚，有关节炎的手臂因为放在桌子上太久而疼痛，患沙眼的眼睛因为在微小的灯光下而模糊，但幸好并没有激动，也没有感慨，我不缺乏冷静，而且很富有宽恕，我很愉快，因为我感到我身体内有东西在冲撞；它支持了我的疲倦，它使我会看到将来，它使我跨过现在，它会使我更冷静，它包括了真理和智慧，它是我生命中的力量，比少年时代的那种无愁的青春更可爱啊！

但我仍会想起天涯的故人的，那些死去的或是正受着难的。前天我想起了雪峰，在我的知友中他是最没有自己的了。他工作着，他一切为了党，他受埋怨过，然而他没有感伤，他对名誉和地位是那样的无睹，那样不会趋炎附势，培植党羽，装腔作势，投机取巧。昨天我又苦苦地想起秋白，在政治生活中过了那么久，却还不能彻底地变更自己，他那种二重的生活使他在临死时还不能免于有所申诉。我常常责怪他申诉的"多余"，然而当我去体味他内心的战斗历史时，却也不能不感动，哪怕那在整体中，是很渺小的。今天我想起了刚逝世不久的萧红，明天，我也许会想到更多的谁，人人都与这社会有关系，因为这社会我更不能忘怀于一切了。

萧红和我认识的时候，是在一九三八年春初。那时山西还很冷，很久生活在军旅之中，习惯于粗犷的我，骤睹着她的苍白的脸，紧紧闭着的嘴唇，敏捷的动作和神经质的笑声，使我觉得很特别，而唤起许多回忆，但她的说话是很自然而直率的。我很奇怪作为一个作家的她，为什么会那样少于世故，大概女人都容易保有纯洁和幻想，或者也就同时显得有些稚嫩和软弱的缘故吧。但我们都很亲切，彼此并不感觉到有什么孤僻的性格。我们尽情地在一块儿唱歌，每夜谈到很晚才睡觉。当然我们之中在思想上，在感情上，在性格上都不是没有差异，然而彼此都能理解，并不会因为不同意见或不同嗜好而争吵，而挪揄。接着是她随同我们一道去西安，我们在西安住完了一个春天。我们痛饮过，我们也同度过风雨之夕，我们也互相倾诉。然而现在想来，我们谈得是多么的少啊！我们似乎从没有一次谈到过自己，尤其是我。然而我却以为她从没有一句话是失去了自己的[①]，因为我们实在都太真实、太爱在朋友的面前赤裸自己的精神，因为我们又实在觉得是很亲近的。但我仍会觉得我们是谈得太少的，因为，像这样的能无妨嫌、无拘束、不须警惕着谈话的对手是太少了啊！

那时候我很希望她能来延安，平静地住一时期之后而致全力于著作。抗战开始后，短时期的劳累奔波似乎使她感到不知在什么地方能安排生活。她或许比我适于幽美平静。延安虽不够作为一个写作的百年长计之处，然在抗战中，的确可以使一个人少顾虑于日常琐碎，而策划于较远大的。并且这里有一种朝气，或者会使她能更健康些。但萧红却南去了。至今我还很后悔那时我对于她生活方式所参与的意见是太少了，这或许由于我们相交太浅，和我的生活方式离她太远的缘故，但徒劳的热情虽然常常于事无补，然在个人仍可得到一种心安。

我们分手后，就没有通过一封信。端木曾来过几次信，在最后的一封信上（香港失陷约一星期前收到）告诉我，萧红因病始由皇后医院迁出，不知为什么我就有一种预感，觉得有种可怕的东西会来似的。有一次我同白朗说："萧红决不会长寿的。"当我说这话的时候，我是曾把眼睛扫遍了中国我所认识的或知道的女性朋友，而感到一种无言的寂寞。能够耐苦的，不依赖于别的力量，有才智、有气节而从事于写作的女友，是如此其寥寥啊！

不幸的是我的杞忧竟成了现实，当我昂头望着天的那边，或低头细数脚底的泥沙，我都不能压制我丧去一个真实的同伴的叹息。在这样的世界中生活下去，多一个真实的同伴，便多一分力量，我们的责任还不只在于打开局面，指示光明，而且还要创造光明和美丽；人的

[①]　初刊本作"然而我却以为也从没有一句话之中是失去了自己的"。

灵魂假如只能拘泥于个体的褊狭之中，便只能陶醉于自我的小小成就。我们要使所有的人①都能有崇高的享受，和为这享受而做出伟大牺牲。

生在现在的这世界上，要顽强地活着，给整个事业添一分力量②，而死，对人对己都是莫大的损失③。因为这世界上有的是戮尸的遗法，从此你的话语和文学将更被歪曲，被侮辱；听说连未死的胡风都有人证明他是汉奸，那么对于已死的人，当然更不必贿买这种无耻的人证了。鲁迅先生的《阿Q正传》曾被那批御用文人④歪曲地诠释，那么《生死场》的命运也就难免于这种灾难⑤。在活着的时候，你不能不被逼走到香港；死去，却还有各种污蔑⑥在等着，而你还不会知道；那些与你一起的脱险回国的朋友们还将有被监视和被处分的前途。我完全不懂得到底要把这批人逼到什么地步才算够？猫在吃老鼠之前，必先玩弄它以娱乐自己的得意。这种残酷是比一切屠戮都更恶毒，更需要毁灭的。

只要我活着，朋友的死耗一定将陆续地压住我沉闷的呼吸。尤其是在这风雨的日子里，我会更感到我的重荷。我的工作已经够消磨我的一生，何况再加上你们的屈死，和你们未完的事业，但我一定可以支持下去的。我要借这风雨，寄语你们，死去的，未死的朋友们，我将压榨我生命所有的余剩，为着你们的安慰和光荣。哪怕就仅仅为着你们也好，因为你们是受苦难的劳动者，你们的理想就是真理。

风雨已停，朦朦的月亮浮在西边的山头上，明天将有一个晴天。我为着明天的胜利而微笑，为着永生而休息。我吹熄了灯，平静地躺到床上。

一九四二年四月二十五日

---

① 初刊本作"所有的人，连仇敌也在内"。
② 初刊本作"生在现在的这世界上，活着固然能给整个事业添一分力量"。
③ 初刊本作"然而死对于自己也是莫大的损失"。
④ 初刊本作"鲁迅先生的阿Q已经在被那批御用的文人"。
⑤ 初刊本作"那么《生死场》的命运也难于决定就会幸免于这种灾难的"。
⑥ 初刊本作"各种不能逐击的污蔑"。

我们永远在一起[*]

　　博古同志和我一起工作是在一九四一年，但我们见面却早在十年以前了。虽然那时我只知道他姓秦，然而印象却很深的。那还是一九三〇年的时候，我和也频住在上海霞飞路，忽然有一位穿香港布长袍的青年人来访了。他说了一个我们朋友的名字，我们明白了他是一个共产党人，他是为一个工人报纸来要我们写文章的。他坐在靠窗的长沙发上，把正事谈完了之后并没有说走，他同我们谈起最近出版的文艺作品来，他看得似乎很多，而且有很多好意见。大概是因为做着秘密工作的缘故，他的声音没有后来爽朗，也不纵声而笑，但他的眼睛却比后来更为闪烁。这是一个极为聪明的人啊！我们当时这样想。可惜以后他就没有再来过。直到三六年我到保安的时候，那时我知道他就是有名的博古同志，仍然像一个大学生。他常常笑，他忽然问我还记不记得他，我说我从没有见过博古同志，但他的样子似乎是见过的。于是他笑了，说我的记忆力好，又说还到过我的家里，他历述了我家里所陈设的东西。于是我也笑了，说他的记忆力比我更好，我便回述了他当时所谈的一些什么问题，他也补充了我是怎样答复的。我说不是我的记忆力好，而是你给我的印象深。我想着怎么那个穿香港布长袍的青年，就是现在的中央组织部部长呢？而且即便是现在也还是这样年轻啊！这之后，我们因为彼此工作的不同，没有机会有更多

＊　　本文原载《追悼"四八"遇难烈士纪念册》，晋察冀边区暨张市各界追悼"四八"遇难烈士筹委会，1946 年 4 月 25 日。收入《丁玲全集》第 5 卷。

的接近，总是只有交换短短的话语的时候。三七年他也曾为《解放》向我要过一次稿，我写了两篇小说给他，一篇名《一颗未出膛的枪弹》，一为《东村事件》。他仍是以一种读者的味道给过我鼓励。三八年在西安的时候，他也来过西北战地服务团。我请他向同志们讲话，并且照了像，这像片一直到现在还保存在我的箱子里呢。后来他到武汉去了，有时回延安，住得也很远，我们见面的机会便更少了。

四一年四月，我正住在延安县川口区的乡下，忽然洛甫同志叫我回延安来。洛甫同志说要我去《解放日报》编副刊，《解放日报》是中央的机关报，现在决定由博古同志负责。我开始对这工作很踌躇，觉得责任太大，也有很多的具体困难。但洛甫同志鼓励我先去同博古同志谈谈再说，于是我便去找博古同志。博古同志很热情，他第一句话说："副刊决不是报屁股，决不是甜点心。我们是严肃的，每篇文章都要起一定的作用，占一定的地位。"我也很坦白地说了我估计到的某些困难，他的答复虽不能全部解决我的问题，但却鼓励了我。我决定搬到报馆去和这年轻的领导一起工作，在他的领导之下工作。我仿佛记得我是五月十四搬进去的，刚刚发刊第一期，文艺栏迟了三天才发稿。

博古同志关于文艺稿件的编辑，有一个意见是很好的，但可惜没有实现。我至今仍觉得可惜。假如我再有机会做报纸工作时，我还愿意照他的意见做。博古同志同我商量过文艺不辟栏，他比之为豆腐干地盘。他说每版都可放文艺稿件，如果有最好的文章，这文章有它当时当地的政治意义，不管是散文，是诗，放在第一版头条也可以。总之，以文章内容来决定放在哪版较适宜。我当时觉得无妨试试，但由于很多作者都不同意这种编排，我感觉到主要的困难还是稿件的不恰当，没有坚持博古同志的意见，仍是辟栏编辑。现在我认为博古同志的意见是很好的，报纸文艺不同于杂志和丛刊，这种文艺更能配合当前的政治任务，和加速地反映现实，它必须是短小精悍、活泼锐利之作。这样不致使大报版面与副刊没有联系，不协调，这样更能发挥文艺的作用。可惜那时这个意见不能为大多数人所明了，同时也应责备我没有积极努力去发动组织这种短稿，现在想来，真是一个遗憾。

博古同志做事非常敏捷，有时有些比较麻烦难以处置的稿件，我总是要请他看，征求他的意见，结果，我们看法常常是相同的。他很快就把你交给他的东西看完，决不拖延使你着急。解决问题非常明确，决不含糊，使你难办。我们一道工作十个月，我始终都感觉舒服，后来也常向人提起，我是愿意和他一道工作的。

我一向比较喜欢聪明的人，喜欢朝气，喜欢明朗，喜欢愉快。博古同志正富有这些东西。当然有些人会觉得他锋芒外露一点，但我常以为我也是个同志，你的话说得爽直点，锐利一点也没有什么。我问过一些报馆工作的同志，他们也说，有时觉得博古同志批评太苛刻了一些，使人受不住，但一过去也没有什么了。

博古同志是一个喜欢读书的人，他的工作那么忙，然而他常常读原文的一些书籍，读外面的很多报纸杂志。博古同志也是一个喜欢读文艺书籍的人，世界著名的文学作品他读过不少，中国有名作家的作品他有时间也去读。他告诉我，他每天睡觉以前必须读一个钟头或两个钟头的文学书。我要找好的文学书读的时候，总是向他去借，他藏有很多书。在延安我读《静静的顿河》，读《战争与和平》，读《安娜》，读《虹》……都是在他的郑重的嘱咐"不要转借"的底下读到的。他有空的时候，也喜欢同我谈谈这些作品。他非常喜欢托尔斯泰，他很热情地同我谈过安德烈。他对中国很多作家也时常和我谈起他的看法。我觉得他的鉴赏力很高，而评价很公平。

他尽很大的力量说服我，要我坚持报馆工作。当他知道我已经由中央决定下乡去的时候，他不同意我的意见。他从报馆工作的立场出发，是完全有理由的，他从我的写作上来看，也有部分的理由。他是从我的历史和修养上来说的。我当时没有详细分辩，只说，你要是到重庆去办报的时候，我一定来编副刊。去年我们欢送毛主席去重庆，在飞机场遇着时，我们随便谈笑话。我问："博古同志，你什么时候走？"他说："快了。"我说："去哪里？"他说："去上海。"我也笑了："我也是去上海的。"他更笑了起来："我们在一起工作，你编副刊。""那一定！"唉！博古同志！我们再也不能在一起工作了。我假如再编副刊的时候，我一定会更想念你，因为我们在一起工作的经验是愉快的。

离开报馆之后，见面的机会不多了。我还去找过他几次，为的是借书。他也派人来找过我一次，是约我写一篇关于晋冀鲁豫的介绍。我那时虽然在参加陕甘宁边区合作社会议，仍然分出了整整一个星期，写了《一二九师与晋冀鲁豫边区》。去年当我出发离开延安的时候，他派人送了一封信来。这封信是写给各地的新华分社的，要各地分社给我工作上以便利，寄稿和发电。他对于我的工作，一向是关心，一向是鼓励着的。

五年的党报工作，博古同志直接在中央、在毛主席领导之下有飞速的进步①。《解放日报》一天一天更与群众结合起来，反映了人民生活，和指导了人民的方向。博古同志也就一天比一天实际了。有时在开会的场合，我看见毛主席很亲切地同他握手，向他闪着极有希望的微笑。我心里便想着"毛主席是极其爱惜博古同志的②"。毛主席那种充满了爱惜与愉快的笑也传染给了我，我不免也欢悦地笑了，心里充满了同志的、家人的融融之意。

今年从报上得知博古同志去重庆参加宪法草案会议，我深觉得人民希望中国之立宪大法得早日草就。谁知某些法西斯残余，阴谋撕毁政协决议，加以各种阻挠，而博古同志不得不为此劳碌，鞠躬尽瘁，竟牺牲在此奔走之中。消息传来，痛心之极，拭泪盟誓：博古同志，我们将尽全力实现你的工作，实现党的决定，实现人民的要求。你的精神是不朽的！我们永远在一起！

一九四六年四月十五日晨

① 初刊本作"博古同志是飞足的进步，这种进步以党报上特别看得出"。
② 初刊本作"毛主席是极其爱惜博古同志的。博古同志是毛主席一个极好的同志，一个好兄弟，一个好学生"。

一个真实人的一生

——记胡也频*

　　记得是一九二七年的冬天，那时我们住在北京的汉花园，一所与北大红楼隔河、并排、极不相称的小楼上，我们坐在火炉旁，偶然谈起他的童年生活来了，从这时起我才知道他的出身。这以前，也曾知道一点，却实在少，现在想起来觉得很奇怪，不知为什么他很少同我谈，也不知为什么，我简直没有问过他。但从这次谈话以后，我是比较多了解他一些，也更尊敬他一些，或者更恰当地说，我更同情他了。

　　他祖父是做什么的，到现在我还不清楚，总之，不是做官，不是种地，也不是经商，收入却还不错。也频幼小时，因为身体不好，曾经长年吃过白木耳之类的补品，并且还附读在别人的私塾里，可见那时生活还不差。祖父死了后，家里过得不宽裕，他父亲曾经以包戏为生。也频说："我一直到现在都还要特别关心到下雨。"他描写给我听，说一家人都最怕下雨，一早醒来，赶忙去看天，如果天晴，一家大小都笑了；如果下雨，或阴天，就都发愁起来了。因为下雨就不会有很多人去看戏，他们就要赔钱了。他父亲为什么不做别的事，要去做这一行，我猜想也许同他的祖父有关系，但这猜想是靠不住的。也频一讲到这里，他就更告诉我他有一个时期，每天晚上都要去看戏。我还笑着说他："怪不得你对旧小说那样熟悉。"

　　稍微大了一点后，他不能在私塾附读了，就在一个金银首饰铺当

＊　本文初刊于《人民文学》1950 年第 3 卷第 2 期。收入《丁玲全集》第 9 卷。

学徒。他弟弟也同时在另一家金铺当学徒，铺子里学徒很多，大部分都在作坊里。老板看见他比较秀气和伶俐，叫在柜台上做事，收拾打扫铺面，替掌柜、先生们打水、铺床、倒夜壶，来客了装烟倒茶，实际就是奴仆①，晚上临时搭几个凳子在柜台里睡觉。冬夜很冷，常常通宵睡不着。当他睡不着的时候，他就去想，在脑子里装满了疑问。他常常做着梦，梦想能够到另一个社会里去，到那些拿白纸旗、游街、宣传救国的青年学生们的世界里去。他厌弃学打算盘，学看真假洋钱，看金子成色，尤其是讨厌听掌柜的、先生们向顾主们说各式各样的谎话。但他不特不能离开，而且侮辱更多地压了下来。夜晚当他睡熟了后，大的学徒跑来企图侮辱他，他抗拒，又不敢叫唤，怕惊醒了先生们，只能死命地去抵抗，他的手流血了，头碰到柜台上，大学徒看见不成功，就恨恨地尿了他一脸的尿，他爬起去洗脸、尿、血、眼泪一齐揩在手巾上。他不能说什么，无处诉苦，也不愿告诉父母，只能隐忍着，把恨埋藏在心里。他想，总有一天要报仇的。

有一天，铺子里失落了一对金戒指，这把整个铺子都闹翻了，最有嫌疑的是也频，因为戒指是放在玻璃盒子内，也频每早每晚要把盒子拿出来摆设，和搬回柜子里，他又很少离开柜台。开始他们暗示他，要他拿出来，用各种好话来骗他，后来就威胁他，说要送到局子里去，他们骂他、羞辱他、推他、敲他，并且把他捆了。他辩白，他哭，他求他们，一切都没有用；后来他不说了，也不哭了，任凭别人摆布，他心里后悔没有偷他们的金戒指，他恨恨地望着那些首饰，心里想："总有一天要偷掉你们的东西！"

戒指找出来了，是掌柜的拿到后边太太那里去看，忘了拿回来。他们放了他，没有向他道歉，但是谁也没有知道在这小孩子的心里种下了一个欲望，一个报复的欲念。在事件发生后一个月，这个金铺子的学徒失踪了，同时也失踪了一副很重的大金钏。金铺子问他的父母

---

① 初刊本作"奴隶"。

要金钏，他父母问金铺子要人。大家打官司、告状，事情一直没有结果，另一家金铺把他弟弟也辞退了。家里找不着他，发急，母亲日夜流泪，但这学徒却不再出现在福州城里。

也频怀着一颗愉快的、颤栗的心，也怀着那副沉重的金钏，皇皇然搭了去上海的海船。他睡在舱面上，望着无边翻滚的海浪，他不知应该怎么样。他曾想回去，把金钏还了别人，但他想起了他们对他的种种态度。可是他往哪里去呢？他要去做什么呢？他就这样离开了父母和兄弟们吗？海什么都不能告诉他，白云把他引得更远。他不能哭泣，他这时大约才十四五岁。船上没有一个他认识的人。他得想法活下去，他随船到了上海。随着船上的同乡住到一个福州人开的小旅馆。谁也相信他是来找他舅舅的。很多从旧戏上得到的一些社会知识，他都应用上了。他住在旅馆里好些天了，把平素积攒下来的几个钱用光了，把在出走前问他母亲要的几块钱也用光了，"舅舅"也没找着。他想去找事做，或者还当学徒，他一直也没有敢去兑换金钏，他总觉得这不是他自己的东西，他决不定究竟该不该用它。他做了一件英勇的事情，却又对这事情的本身有怀疑。

在小栈房的来客中，他遇到一个比他大不了一两岁的男孩子，他问明白了他是小有天酒馆的少东家，在浦东中学上学。他们做了朋友，他劝他到浦东中学去。他想起了他在家里所看见的那群拿白纸旗的学生来。他们懂得那样多，他们曾经在他们铺子外讲演，他们宣传反对帝国主义，反对卖国条约"二十一条"，他们是和金铺子里的掌柜、先生、顾主完全不同的人，也同他的父母是不同的人，虽然他们年纪小，个子不高，可是他们使他感觉是比较高大的人，是英雄的人物。他曾经很向往他们，现在他可以进学堂了，他向着他们的道路走去，向一个有学问、为国家、为社会的人物的道路走去，他是多么地兴奋，甚至不敢有太多的幻想啊！于是他兑换了金钏，把大部分钱存在银行，小部分交了学费，交了膳费，还了旅馆的债。他脱离了学徒生活，他曾经整整三年在那个金铺中；他脱离了一个流浪的乞儿生活，他成了一个学生了。他替自己起了一个名字叫胡崇轩。这大约是一九二〇年春天的事。

他在这里读书有一年多的样子，他的行踪终究被他父亲知道了。父亲从家乡赶到上海来看他，他不能责备儿子，也不能要儿子回去。也频如果回去了，首先得归还金钏，这数目他父亲是无法筹措的。他只得留在这里读书。父亲为他想了一个办法，托同乡关系把也频送到大沽口的海军学校，那里是免费的，这样他不特可以不愁学膳费，还可以找到一条出路。这样也频很快就变成一个海军学生了。他在这里学的是机器制造。他一点也没有想到他会与文学发生关系，他只想成为一个专门技术人才；同时也不会想到他与工人阶级革命有什么关系，他那时似乎很安心于他的学习。

他的钱快用完时，他的学习就停止了，海军学校停办。他到了北京。他希望能投考一个官费的大学，没有成功。他不能回家，又找不到事做，就流落在一些小公寓里。有的公寓老板简直无法把他赶出门，他常常帮助他们记账、算账、买点东西，晚上就替老板的儿子补习功课。他有一个同学是交通大学的学生，这人是一个地主的儿子，他很会用地主剥削农民的方法和也频交朋友。他因为不愿翻字典查生字，就叫也频替他查，预备功课，也频就常常每天替他查二三百生字，从东城到西城来。他有时留也频吃顿饭，还不断地把自己的破袜子旧鞋子给也频。也频就把他当着唯一可亲的人来往着。尤其是在冬天，他的屋子里是暖和的，也频每天冒着寒风跑来后，总可以在这暖和屋子待几个钟头，虽然当晚上回去时街道上是奇冷。

除了这个地主儿子的朋友以外，他还有一个官僚儿子的朋友也救济过他。这个朋友，是同乡，也是同学；海军学校停办后，因为肺病，没有继续上学，住在北京家里休养。父亲是海军部的官僚，这个在休养中的年轻人常常感到生活的寂寞，需要有人陪他玩，他常常打电话来找也频，也频就陪他去什刹海，坐在芦席棚里，泡一壶茶。他喜欢旧诗，也做几句似通非通的《咏莲花》《春夜有感》的七绝和五言律诗，他要也频和他，也频无法也就只得胡诌。有时两人在那里联句。鬼混一天之后，他可以给也频一元钱的车钱，也频却走回去，这块钱就拿来解决很多问题，一直到也频把他介绍给我听的时候，还觉得他是一个很慷慨的朋友，甚至常常感激他。因为后来也频有一次被公寓老板逼着要账，也频又害了很重的痢疾，去求他的时候，他曾用五十元大洋救了也频。可惜我一直没有见过，那原因还是因为我听了这些故事之后，曾把他这些患难时的恩人骂过，很不愿意也频再和他们来往；实际也有些过激的看法，由于生活的窄狭，眼界的窄狭，就有了那么窄狭的情感了。

穷惯了的人，对于贫穷也就没有什么恐慌。也频到了完全无法应付日子的时候，那两个朋友一些小小施予只能打发几顿饭、打发一点剃头、一点鞋袜而不能应付公寓的时候，他就把一件旧夹袍、两条单裤往当铺里一塞，换上一元多钱搭四等车、四等舱跑到烟台去了。烟台有一个他同学的哥哥在那里做官，他去做一种极不受欢迎的客人。他有时陪主人夫妇吃饭。主人要是有另外的客人，他就到厨房去和当差们一道吃饭。主人看见是兄弟的朋友，不便马上赶他走，他自己也没有什么不安，他还不能懂得许多世故，以为朋友曾经这样约过他的，他就不管。时间很长，他一个人拿几本从北京动身时借的小说到海边上去读。

蔚蓝的海水是那样的平稳，那样的深厚，广阔无边，海水洗去了他在北京时那种嗷嗷待哺、惚惚奔走的愁苦，海水给了他另一种雄伟的胸怀。他静静地躺在大天地中，听柔风与海浪低唱，领会自然。他更任思绪纵横，把他短短十几年的颠簸生活，慢慢在这里消化，把他仅有的一点知识，在这里凝聚。他感到了所谓人生。他朦胧地有了些觉醒，他对生活有了些意图了。他觉得人不只是求生存的动物，人不应受造物的捉弄，人应该创造，创造生命，创造世界。在他的身上，有了新的东西的萌芽。他不是一个学徒的思想，也不是一个海军学生的思想，他只觉得他要起来，与白云一同变幻飞跃，与海水一道奔腾。

于是他敞衣，跣足，遨游于烟台的海边沙滩上。

但这样的生活是不会长久下去的。主人不得不打发他走了。主人送他二三十元的路费，又给了他一些庸俗的箴言，好像是鼓励他，实际是希望他不要再来了，他拿了这些钱，笑了一笑，又坐上了四等舱。这一点点钱又可以使公寓老板把他留在北京几个月。他非常喜欢这些老板，觉得他们都是如何宽厚的人啊！

北京这个古都是一个学习的城，文化的城。那时北京有《晨报》副刊，后来又有《京报》副刊，常常登载着一些名人的文章。公寓里住的大学生们，都是一些歌德的崇拜者，海涅、拜伦、济慈的崇拜者，鲁迅的崇拜者，这里常常谈起莫泊桑、契诃夫、易卜生、莎士比亚、高尔基、托尔斯泰……而这些大学生们似乎对学校的功课并不十分注意，他们爱上旧书摊，上小酒馆，游览名胜，爱互相过从，寻找朋友，谈论天下古今，尤其爱提笔写诗，写文，四处投稿。也频在北京住着，既然太闲，于是也跑旧书摊（他无钱买书，就站在那里把书看个大半），也读起外国作品来了；在房子里还把《小说月报》上一些套色画片剪下来，贴在墙上。还有准备做诗人的一些青年人，也稍稍给他一些眼光，和几句应酬话。要做技术专家的梦，已经完全破灭，在每天都可能饿肚子的情况下，一些新的世界，古典文学，浪漫主义的生活情调与艺术气质，一天一天侵蚀着这个孤单的流浪青年，把他极简单的脑子引向美丽的、英雄的、神奇的幻想，而与他的现实生活并不相称。

一九二四年，他与另外两位熟人在《京报》编辑了一个一星期一张的附刊，名为《民众文艺周刊》，他在这上边用胡崇轩的名字发表过一两篇短篇小说和短文。他那时是倾向于《京报》副刊、鲁迅先生的，但他却因为稿件的关系，一下就和休芸芸（沈从文）成了文章的知己。我们也是在这年夏天认识的。由于我的出身、教育、生活经历，看得出我们的思想、性格、感情都不一样，但他的勇猛、热烈、执拗、乐观和穷困都惊异了我，虽说我还觉得他有些简单，有些蒙昧，有些稚嫩，但却是少有的"人"，有着最完美的品质的人。他还是一块毫未经过雕琢的璞玉，比起那些光滑的烧料玻璃珠子，不知高到什么地方去了。因此我们一下就有了很深的友谊。

我那时候的思想正是非常混乱的时候，有着极端的反叛情绪，盲目地倾向于社会革命，但因为小资产阶级的幻想，又疏远了革命的队伍，走入孤独的愤懑、挣扎和痛苦。所以我的狂狷和孤傲，给也频的影响是不好的，他沾染上了伤感与虚无。那一个时期他的诗，的确充满了这种可悲的感情。我们曾经很孤独地生活了一个时期。在这一个时期中，中国轰轰烈烈的大革命运动在南方如火如荼，而我们却蛰居北京，无所事事。也频日夜钻进了他的诗，我呢，只拿烦闷打发每一个日子。现在想来，该是多么可惋惜的啊！这一时期如果应该受到责备的话，那是应该由我来负责的，因为当我们认识的时候，我已经老早就进过共产党办的由陈独秀、李达领导的平民女子学校，和后来的上海大学。在革命的队伍中是有着我的老师、同学和挚友。我那时也曾经想南下过，却因循下去了。一直没有什么行动。

直到一九二七年，大革命失败，"四一二""马日事变"等才打醒了我。我每天听到一些革命的消息，听到一些熟人的消息，许多我敬重的人牺牲了，也有朋友正在艰苦中坚持，也有朋友动摇了，我这时极想到南方去，可是迟了，我找不到什么人了。不容易找人了。我恨北京！我恨死了北京！我恨北京的文人、诗人！形式上我很平安，不大讲话，或者只像一个热情诗人的爱人或妻子，但我精神上苦痛极了。除了小说，我找不到一个朋友。于是我写小说了，我的小说就不得不充满了对社会的鄙视和个人孤独的灵魂的倔强挣扎。我的苦痛，和非常想冲破旧的狭小圈子的心情，也影响了也频。

一九二八年春天，我们都带着一种朦胧的希望到上海去了。开始的时候我们还只能个人摸索着前进，还不得不把许多希望放在文章上。我们两人加上沈从文，就从事于杂志编辑和出版工作。把杂志和出版处都定名为"红黑"，就是带着横竖也要搞下去，怎么样也要搞下去的意思。后来还是因为种种原因不能坚持下去，但到上海后，我们的生活前途和写作前途都慢慢走上了一个新的方向。

也频有一点基本上与沈从文和我是不同的。就是他不像我是一个爱幻想的人，他是一个喜欢实际行动的人；不像沈从文是一个常处于动摇的人，既反对统治者（沈从文在年轻时代的确有过一些这种情绪），又希望自己也能在上流社会有些地位。也频却是一个坚定的人。他还不了解革命的时候，他就诅咒人生，讴歌爱情；但当他一接触革命思想的时候，他就毫不怀疑，勤勤恳恳去了解那些他从来也没听到过的理论，他先是读那些马克思主义的文艺理论，后来也涉及到其他的社会科学书籍。他毫不隐藏他的思想，他写了中篇小说《到莫斯科去》那时我们三人的思想情况是不同的。沈从文因为一贯与"新月社""现代评论"派有些友谊，所以他始终羡慕绅士阶级，他已经不甘于一个清苦的作家的生活，也不大满足于一个作家的地位，他很想能当一个教授。他到吴淞中国公学去教书了。奇怪的是他下意识地对左翼的文学运动者们不知为什么总有些害怕。我呢，我自以为比他们懂得些革命，靠近革命，我始终规避着从文的绅士朋友，我看出我们本质上有分歧，但不愿有所争执，破坏旧谊，他和也频曾像亲兄弟过。但我也不喜欢也频转变后的小说，我常说他是"左"倾幼稚病。我想，要么找我那些老朋友去，完全做地下工作，要么写文章。我那时把革命与文学还不能很好地联系着去看，同时英雄主义也使我以为不搞文学专搞工作才是革命（我的确对从实际斗争上退到文学阵营里来的革命者有过一些意见），否则，就在文学上先搞出一个名堂来。我那时对于我个人的写作才能多少有些过分的估计，这样就不能有什么新的决定了。只有也频不是这种想法。他原来对我是无所批判的，这时却自有主张了，也常常感叹他与沈从文的逐渐不坚固的精神上有距离的友谊。他怎样也不愿失去一个困苦时期结识的挚友，不得不常常无言地对坐，或话不由衷。这种心情，他只能告诉我，也只有我懂得他。

办"红黑出版处"是一个浪漫的冒险行为，后来不能继续下去，更留给我们一笔不小数目的债务。也频为着还债，不得不一人去济南省立高中教书。一个多月以后，等我到济南时，也频完全变了一个人。我简直不了解为什么他被那么多的同学拥戴着。天一亮，他的房子里就有人等着他起床，到夜深还有人不让他睡觉，他是济南高中最激烈的人物，他成天宣传马克思主义，宣传唯物史观，宣传鲁迅与雪峰翻译的那些文艺理论，宣传普罗文学。我看见那样年轻的他，被群众所包围、所信仰，而他却是那样地稳重、自信、坚定，侃侃而谈，我说不出地欣喜。我问他："你都懂得吗？"他答道："为什么不懂得？我觉得要懂得马克思也很简单，首先是要你相信他，同他站在一个立场。"我不相信他的话，我觉得他很有味道。当时我的确是不懂得他的，一直到许久的后来，我才明白他的话，我才明白他为什么一下就能这样，这的确同他的出身、他的生活、他的品格有很大的关系。

后来他参加了学校里的一些斗争。他明白了一些教育界的黑幕，这没有使他消极，他更成天和学生们在一起。有些同学们在他的领导下成立了一个文学研究会，参加的有四五百人，已经不是文学的活动，简直是政治的活动，使校长、训育主任都不得不出席，不得不说普罗文学了。我记得那是五月四日，全学校都轰动起来了。一群群学生到我们家里来，大家兴奋得无可形容。晚上，也频和我又谈到这事，同他一道去济南教书的董每戡也在一道，我们已经感觉到问题的严重性。依靠着我的经验，我说一定要找济南的共产党，取得协助，否则，我们会失败的。但济南的党怎样去找呢？究竟我们下学期要不要留在这里，都成问题。也频特别着急，他觉得他已经带上这样一个大队伍，他需要更有计划。他提议他到上海去找党，由上海的关系来找济南的党，请他们派人来领导，因为我们总不会长期留在济南，我们都很想回上海。我和董每戡不赞成，正谈得很紧张时，校长张默生来找也频了，张走后，也频告诉我们道："真凑巧，我正要去上海，他们也很同意，且送了路费。"我们不信，他就从口袋里掏出一卷钞票，是二百元。也频说："但是，我不想去了。我要留在这里看看。"我们还不能十分懂，也频才详细地告诉我们，说省政府已经通缉也频了，说第二天就来捉人，要抓的还有楚图南和学生会主席。何思源（教育厅长）透露了这个消息，所以校长甘冒风险，特为送了路费来，要他们事先逃走，看来这是好意。① 这个消息来得太突然，三个人都没有什么经验，也不懂什么惧怕。也频的意见是不走，或者过几天走，他愿意明白一个究竟，更重要的是他舍不得那起同学，他要向他们说明，要勉励他们。我那时以为也频不是共产党员，又没有做什么秘密组织工作，只宣传普罗文学难道有罪吗？后来还是学校里的另一个教员董秋芳来了，他劝我们走。董秋芳在同事之中是比较与我们靠近的，他自然多懂些世故。经过很久，才决定了，也频很难受地只身搭夜车去青岛。当我第二天也赶到时，知道楚图南和那学生会主席也都到了青岛，那年轻学生并跟着我们一同到了上海。

上海这年的夏天很热闹，刚成立不久的左翼作家联盟和社会科学家联盟等团体在上海都有许多活动。我们都参加了左联，也频并且在由王学文与冯雪峰负责的一个暑期讲习班文学组教书。他被选为左联的执行委员，担任工农兵文学委员会主席。他很少在家。我感到他变了，他前进了，而且是飞跃的。我是赞成他的，我也在前进，却是在爬，我大半都一人留在家里写我的小说《一九三〇年春上海》。

是八月间的事吧。也频忽然连我也瞒着参加了一个会议。他只告诉我晚上不回来，我没有问他。过了两天他才回来，他交给我一封瞿秋白同志写给我的信，我猜出了他的行动，知道他们会见了，他才告诉我果然开了一个会。各地的共产党负责人都参加了，他形容那个会场给我听。他们这会开得非常机密。他说，地点在一家很阔气的洋房

---

① 初刊本有"但实际自然不会是这样。校长原是学校的文学系主任，他依靠胡也频、董每戡他们在学校拥有大批进步学生而升任了校长，当他得势之后，他又来设法打击进步势力，如果胡也频一走，董每戡就孤立，就不会有什么作用了。在学校的恐怖空气底下，中间分子就更不敢出头，学生会又缺乏领导，就将形成瘫痪。因为他并不是什么进步人士，只不过是为了衣食饭碗，何况作为国民党派到学校的训育主任正是他要好的连襟呢"一段。

子里，楼下完全是公馆样子，经常有太太们进进出出，打牌开留声机，外埠来的代表，陆续进去，进去后就关在三楼。三楼上经常是不开窗子的。上海市的同志最后进去。进去后就开会。会场满挂镰刀锤头红旗，严肃极了。会后是外埠的先走。至于会议内容，也频一句也没有告诉我，所以到现在我还不很清楚是一种什么性质的会。但我看得出这次会议更引起也频的浓厚的政治兴趣。

我看见他那一股劲头，我常笑说："改行算了吧！"但他并不以为然，他说："更应当写了。以前不明白为什么要写，不知道写什么，还写了那么多，现在明白了，就更该写了。"他在挤时间，也就是说在各种活动、工作的短促的间歇中争取时间写他的长篇小说《光明在我们的前面》。

这一时期我们生活过得比以前任何时候都艰苦都严肃。以前当我们有了些稿费后，我们总爱一两天内把它挥霍去，现在不了，稿费收入也减少，有一点也放在那里。取消了我们的一切娱乐。直到冬天为了我的生产，让产期过得稍微好些，才搬了一个家，搬到环境房屋都比较好些的靠近法国公园的万宜坊。

阳历十一月七号，十月革命节的那天，我进了医院。八号那天，雷雨很大，九、十点钟的时候，也频到医院来看我。我看见他两个眼睛红肿，知道他一夜没有睡，但他很兴奋地告诉我："《光明在我们的前面》已经完成了。你说，光明不是在我们前面吗？"中午我生下了一个男孩。他哭了，他很难得哭的。他是为同情我而哭呢，还是为幸福而哭呢？我没有问他。总之，他很激动地哭了。可是他没有时间陪我们，他又开会去了。晚上他没有告诉我什么，第二天他才告诉我，他在左联的全体会上，被选为出席苏维埃第一次代表大会的代表。并且他在请求入党。这时我也哭了，我看见他在许多年的黑暗中挣扎、摸索，找不到一条人生的路，现在找着了，他是那样有信心，是的，光明在我们前面，光明已经在我们脚下，光明来到了，我说："好，你走吧，我将一人带着小平。你放心！"

等我出医院后，我们口袋中已经一个钱也没有了。我只能和他共吃一客包饭。他很少在家，我还不能下床，小孩爱哭，但我们生活得却很有生气。我替他看稿子，修改里面的错字。他回来便同我谈在外面工作的事。他是做左联工农兵文学委员会工作的，他认识几个工人同志，他还把其中一个引到过我们家里。那位来客一点也不陌生，教我唱《国际歌》，喜欢我的小孩。我感到一种从来没有过的新鲜情感。

为着不得不雇奶妈，他把两件大衣都拿去当了。白天穿着短衣在外边跑，晚上开夜车写一篇短篇小说。我说，算了吧，你不要写那不好的小说了吧。因为我知道他对他写的这篇小说并不感兴趣。他的情绪已经完全集中在去江西上面。我以为我可以起来写作了。但他不愿我为稿费去写作。从来也是这样的，当我们需要钱的时候，他就自己去写；只要我在写作的时候，他就尽量张罗，使家中生活过得宽裕些，或者悄悄去当铺，不使我感到丝毫经济压迫，有损我的创作心情。一直到现在，只要我有作品时，我总不能不想起也频，想起他对于我的写作事业的尊重，和尽心尽力的爱护与培养。我能把写作坚持下来，在开始的时候，在那样一段艰苦的时候。实在是因为有也频那种爱惜。

他的入党申请①被批准了，党组织的会有时就来我们家里开。事情一天天明显，他又在上海市七个团体的会上被选上，决定要他去江西。本来商量我送小平回湖南，然后我们一同去的，时间来不及了。只好仍作他一人去的准备。后来他告诉我，如果我们一定要同去的话，冯乃超同志答应帮我们带孩子，因为他们也有一个孩子。这件事很小，也没成功，但当时我们一夜没睡，因为第一次感到同志的友情，阶级的友情，我也才更明白我过去所追求的很多东西，在旧社会中永远追不到，而在革命队伍里面，到处都有我所想象的伟大的情感。

这时沈从文从武汉大学来上海了。他看见也频穿得那样单薄，我们生活得那样窘，就把他一件新海虎绒袍子借给也频穿了。

---

① 初刊本作"党籍"。

一月十七号了，也频要走的日子临近了。他最近常常去苏维埃代表大会准备会的机关接头。我们一切都准备好了，只等着走。这天早晨，他告诉我要去开左联执委会，开完会后就去从文那里借两块钱买挽联布送房东，要我等他吃午饭。他穿着暖和的长袍，兴高采烈地走了。但中午他没有回来。下午从文来了，是来写挽联的。他告诉我也频十二点钟才从他那里出来，说好买了布就回来吃饭，并且约好他下午来写挽联。从文没有写挽联，我们无声地坐在房里等着。我没有地方可去，我不知道能够到哪里去找他。我抱着孩子，呆呆地望着窗外的灰色的天空。从文坐了一会儿走了。我还是只能静静地等着命运的拨弄。

天黑了，屋外开始刮起风来了。房子里的电灯亮了，可是却沉寂得像死了人似的。我不能待下去，又怕跑出去。我的神经紧张极了，我把一切想象都往好处想，一切好情况又都不能镇静下我的心。我不知在什么时候冲出了房，在马路上狂奔。到后来，我想到乃超的住处，便走到福煦路他的家。我看见从他住房里透出淡淡的灯光，去敲前门，没有人应；又去敲后门，仍是没有人应。我站在马路中大声喊，他们也听不见，街上已经没有人影，我再要去喊时，看见灯熄了。我痴立在那里，想着他们温暖的小房，想着睡在他们身旁的孩子，我疯了似的又跑了起来，跑回了万宜坊。房子里仍没有也频的影子，孩子乖乖地睡着，他什么也不知道啊！啊！我的孩子！

等不到天大亮，我又去找乃超。这次我走进了他的屋子，乃超沉默地把我带到冯雪峰的住处。他也刚刚起来，他也正有一个婴儿睡在床上。雪峰说，恐怕出问题了。柔石是被捕了，他昨天同捕房的人到一个书店找保，但没有被保出来。他们除了要我安心以外，没有旁的什么办法，他们自己每天也有危险在等着。我明白，我不能再难受了，我要挺起腰来，我要一个人生活。而且我觉得，这种事情好像许久以来都已经在等着似的，好像这并非偶然的事，而是必然要来的一样。那么，既然来了，就挺上去吧。我平静地到了家。我到家的时候，从文也来了，交给我一张黄色粗纸，上边是铅笔写的字，我一看就认出是也频的笔迹。我如获至宝，读下去，证实也频被捕了，他是在苏维埃代表大会准备会的机关中被捕的。他的口供是随朋友去看朋友，他要我们安心，要我转告组织，他是决不会投降的，他现住在老闸捕房。我紧紧握着这张纸，我能怎样呢。我向从文说："我要设法救他，我一定要把他救出来！"我才明白，我实在不能没有他，我的孩子也不能没有爸爸。

下午李达和王会悟把我接到他们家里去住，我不得不离开了万宜坊。第二天沈从文带了二百元给我，是郑振铎借给我的稿费，并且由郑振铎和陈望道署名写了一封信给邵力子，要我去找他。我只有一颗要救也频的心，没有什么办法，我决定去南京找邵力子。不知什么人介绍了一个可以出钱买的办法，我也去做，托了人去买。我又找了老闸捕房的律师，律师打听了向我说，人已转到公安局。我又去找公安局律师，回信又说人已转在龙华司令部，上海从十八号就雨雪霏霏，我因产后缺乏调理，身体很坏，一天到晚在马路上奔走，这里找人，那里找人，脚上长了冻疮。我很怕留在家里，觉得人在跑着，希望也像多一点似的。跑了几天，丝毫没有跑出一个头绪来，但也频的信又来了。我附了一个回信去，告诉他，我们很好，正在设法营救。第二天我又去龙华司令部看他。

天气很冷，飘着小小的雪花，我请沈从文陪我去看他，我们在那里等了一上午，答应把送去的被子，换洗衣服交进去，人不准见。我们想了半天，又请求送十元钱进去，并要求能得到一张收条。这时铁门前探监的人都走完了，只剩我们两人。看守答应了。一会儿，我们听到里面有一阵人声，在两重铁栅门里的院子里走过了几个人。我什么也没有看清，沈从文却看见了一个熟识的影子，我们断定是也频出来领东西，写收条，于是聚精会神地等着，果然，我看见他了，我大声喊起来："频！频！我在这里！"也频掉过头来，他也看见我了，他正要喊时，巡警又把他推走了。我对从文说；"你看他那样子多有精神啊！"他还穿那件海虎绒袍子，手放在衣衩子里，像把袍子撩起来，免得沾着泥一样。后来我才明白他手为什么是那样，因为他为着走路方便，是提着镣走的。他们一进去就都戴着镣。也频也曾要我送两条单裤，一条棉裤给他，要求从裤腿到裤裆都用扣子，我那时一点常识也没有，不懂得为什么他要这种式样的裤子。

从牢里送一封信出来，要三元钱，带一封回信去，就要五元钱。也频寄了几封信出来，从信上情绪看来，都同他走路的样子差不多，很有精神。他只怕我难受，倒常常安慰我。如果我只从他的来信来感觉，我会乐观些的，但我因为在外边，我所走的援救他的路，都告诉我要援救他是很困难的，邵力子说他是无能为力的，他写了一封信给张群，要我去找这位上海市长，可是他又悄悄告诉旁人，说找张群也不会有什么用，他说要找陈立夫。那位说可以设法买人的也回绝了，说这事很难。龙华司令部的律师谢绝了，他告诉我这案子很重，二三十个人都上了脚镣手铐，不是重犯不会这样的。我又去看也频，还是没有见到，只送了钱进去，这次连影子也没有见到。天老是不断地下雨、下雪，人的心也一天紧似一天，永远有一块灰色的云压在心上。这日子真太长啊！

二月七号的夜晚，我和沈从文从南京搭夜车回来。沈从文是不懂政治的，他并不懂得陈立夫就是刽子手，他幻想国民党的宣传部长（那时是宣传部长）也许看他作家的面上，帮助另一个作家。我也太幼稚，不懂得陈立夫在国民党内究居何等位置，沈从文回来告诉我，说陈立夫把这案情看得非常重大，但他说如果胡也频能答应他出来以后住在南京，或许可以想想办法。当时我虽不懂得这是假话、是圈套，但我从心里不爱听这句话，我说："这是办不到的。也频决不会同意。他宁肯坐牢，死，也不会在有条件底下得到自由。我也不愿意他这样。"我很后悔沈从文去见他，尤其是后来，对国民党更明白些后，觉得那时真愚昧，为什么在敌人的屠刀下，希望他的伸援！从文知道这事困难，也就不再说话。我呢，似乎倒更安定了，以一种更为镇静的态度催促从文回上海。我感觉到事情快明白了，快确定了。既然是坏的，就让我多明白些，少去希望吧，我已经不做再有什么希望的打算。到上海时，天已放晴，看见了李达和王会悟，只惨笑了一下。我又去龙华，龙华不准见，我约了一个送信的看守人，我在小茶棚子里等了一下午，他借故不来见我。我又明白了些。我猜想，也频或者已经不在人世了，但他究竟怎样死的呢？我总得弄明白。

沈从文去找了邵洵美，把我又带了去，看见了一个像片册子，里面有也频，还有柔石。也频穿的海虎绒袍子，没戴眼镜，是被捕后的照相。谁也没说什么，我更明白了，我回家就睡了。这天夜晚十二点的时候，沈从文又来了。他告诉我确实消息，是二月七号晚上牺牲的，就在龙华。我说："嗯！你回去休息吧。我想睡了。"

十号下午，那个送信的看守人来了，他送了一封信给我。我很镇静地接待他，我问也频现在哪里？他说去南京了，我问他带了铺盖没有，他有些狼狈。我说："请你告诉我真情实况，我老早已经知道了。"他赶忙说，也频走时，他并未值班，他看出了我的神情，他慌忙道："你歇歇吧！"他不等我给钱就朝外跑，我跟着追他，也追不到了。我回到房后，打开了也频最后给我的一封信。——这封信在后来我被捕时遗失了，但其中的大意我是永远记得的。

信的前面写上："年轻的妈妈"，跟着他告诉我牢狱的生活并不枯燥和痛苦，有许多同志在一道。这些同志都有着很丰富的生活经验，他天天听他们讲故事，他有强烈的写作欲望，相信可以写出更好的作品。他要我多寄些稿纸给他，他要写，他还可以记载许多材料寄出来给我。他既不会投降，他估计总得有二三年的徒刑。坐二三年牢，他是不怕的，他还很年轻。他不会让他的青春在牢中白白过去，他希望我把孩子送回湖南给妈妈，免得妨碍创作，孩子送走了，自然会寂寞些，但能创作，会更感到充实。他要我不要脱离左联，应该靠紧他们。他勉励我，鼓起我的勇气，担当一时的困难，并且指出方向。他的署名，是"年轻的爸爸"。

　　他这封信是二月七日白天写好的。他的生命还那样美好，那样健康，那样充满了希望，可是就在那天夜晚，统治者的魔手就把那美丽的理想，年轻的生命给掐死了！当他写这封信时，他还一点也不知道黑暗已笼罩着他，一点也不知道他生命的危殆，一点也不知道他已经只能留下这一缕高贵的感情给那年轻的妈妈了！我从这封信回溯他的一生，想到他的勇猛，他的坚强，他的热情，他的忘我，他是充满了力量的人啊！他找了一生，冲撞了一生，他受过多少艰难，好容易他找到了真理，他成了一个共产党员，他走上了光明大道。可是从暗处伸来了压迫，他们不准他走下去，他们不准他活。我实在为他伤心，为这样年轻有为的人伤心，我不能自已地痛哭了，疯狂地痛哭了！从他被捕后，我第一次流下眼泪，也无法停止这眼泪。李达先生站在我床头，不断地说："你是有理智的，你是一个倔强的人，为什么要哭呀！"我说："你不懂得我的心，我实在太可怜他了，以前我一点都不懂得他，现在我懂得了，他是一个很伟大的人，但是，他太可怜了！……"李达先生说："你明白么？这一切哭泣都没有用处！"我失神地望着他，"没有用处……"我该怎样呢，是的，悲痛有什么用！我要复仇！为了可怜的也频，为了和他一道死难的烈士。我擦干了泪，立了起来，不知做什么事好，就走到窗前去望天。天上是蓝粉粉的，有白云在飞逝。

　　后来又有人来告诉我，他们是被乱枪打死的，他身上有三个洞，同他一道被捕的冯铿身上有十三个。但这些话都无动于我了。问题横竖是一样的。总之，他一生就这样结束了。他用他的笔，他的血，替我们铺下了到光明去的路，我们将沿着他的血迹前进。这样的人，永远值得我纪念，永远为后代的模范。二十年来，我没有一时忘记过他。我的事业就是他的事业。他人是死了，但他的理想活着，他的理想就是人民的理想，他的事业就是人民的革命事业，而这事业是胜利了啊！如果也频活着，眼看着这胜利，他该是多么地愉快；如果也频还活着，他该对人民有多少贡献啊！

也频死去已经快满二十年，尸骨成灰，据说今年上海已将他们二十四个人的骸体发现刨出，安葬。我曾去信询问，直到现在还没结果。但我相信会有结果的。

文化部决定要出也频遗作选集。最能代表他后期思想的作品是《到莫斯科去》与《光明在我们的前面》，从这两书中看得出他的生活的实感还不够多，但热情澎湃，尤其是《光明在我们的前面》的后几段，我以二十年后的对生活、对革命、对文艺的水平来读它，仍觉得心怦怦然，惊叹他在写作时的气魄与情感。他的诗的确是写得好的，他的气质是更接近于诗的，我现在还不敢多读它。在那诗里面，他对于社会与人生是那样地诅咒。我曾想，我们那时代真是太艰难了啊！现在我还不打算选它，等到将来比较空闲时，我将重新整理。少数的、哀而不伤的较深刻的诗篇，是可以选出一本来的。他的短篇，我以为大半都不太好，有几篇比较完整些，也比较有思想性，如放在这集里，从体裁、从作用看都不大适合，所以我没有选用，经过再三思考，决定先出这一本，包括两篇就够了，并附了一篇张秀中同志的批评文章，以看出当时对也频作品的一般看法。

时间虽说过了二十年，但当我写他生平时，感情仍不免有所激动，因为我不易平伏这种感情，所以不免啰嗦，不切要点。但总算完成了一件工作，即使是完成得不够好，愿我更努力工作来填满许多不易填满的遗憾。

一九五〇年十一月十五于北京

一块闪烁的真金

——忆柯仲平同志[*]

一九六四年的秋天,西北陨落了一颗明亮的诗星——柯仲平。老柯被迫害致死了。可是当时我一点都不知道。陈明把报纸藏起来,把死耗对我隐瞒着。后来是"文化大革命",随后又是五年的监狱,使我成为与世隔绝的人。直到一九七五年,我到山西之后,陈明才把这一噩耗告诉我。我并没有因此而埋怨陈明。老柯啊!多少年来,我是处于如何压抑之下,只有陈明知道我,在我那脆弱的心灵上是不能再承受任何一点点哀戚的。你的不幸,你的逝世将引起我无限的思绪,和无法排遣、无能为力的愤怒。然而我终于知道了,我也可以揣测到一些引起祸端的根苗,果真写英雄有罪!这种千古奇冤,怎能出于我们自己的阵营里呢?我能猜到一些,但我也只能忍耐着悬想着,把一切压在心里,因为那时我仍然是与世隔绝的,我无法打听到更多的消息。

过去,鲁迅先生说过,人一死了,必定有些人要跑来谬充知己,把死者夸奖一番,也把自己夸了进去。我不愿这样,而且深以为耻,但我对你确有不能忘却的感情。一九三八年我们就认识了,但没有深谈过。一九三九年底,中央组织部调我到边区文化协会协助艾思奇同志主持工作。你那时领导民众剧团,也住在文协。我搬到文协来时,你以一种长兄加同志的态度欢迎我,把你住的窑洞让给了我,在我处

---

[*] 本文初刊于《光明日报》1979 年 11 月 14 日第四版。收入《丁玲全集》第 6 卷。

世不深、工作经验又少的时候，这种毫无私心的大气派，是如何震动过我的心弦。后来你下乡了，你又回来了，你又下乡了，你们剧团搬到延安南门外的山头去了。但我们还常常见面。我常常看你们的戏，听你的朗诵，听你讲乡下见闻。我们一同歌唱（虽然我不会唱歌），我们一同豪饮（虽然我酒量很小）。我们一块儿含笑颂扬我们的领袖，我们的将领，讲他们的故事，讲他们的言行，讲他们给我们的教益。我们一同讲和革命共生死的边区老百姓。对群众，对农村，你比我深入得多。我曾看见过你坐在延河边的沙石滩上捉虱子，你羞愧地对我说："没有办法，回来了也难肃清啊！"我说："我也一样，常常得用煤油洗头发。"你同我谈民间艺人李卜，我就写李卜。你是在一九三八年，在延安文艺座谈会以前，在一些专家们把大都市的剧目带到延安的时候，就下乡演出了。当大、洋、古的剧目充斥在延安的土台子上的时候，你们的民众剧团却拿你们的《十二把镰刀》《血泪仇》走遍了陕北的沟沟壑壑。文艺为工农兵、为工农兵的干部、为人民的大多数服务，你们是走在前边的。利用旧形式、改造旧形式、用鄜鄠秦腔宣传革命道理，推陈出新，你们也是走在前边的。尽管那时有极少数"洋"文人、"洋"艺术家看不起这些土玩艺，常常对你加以讽刺，可是边区的老百姓，是了解你们的。老百姓是喜欢"咱们的老团长"老柯的。你横眉冷对这些阴暗角落里刮来的不正之风，你坚持了文艺的正确方向。

多么使人深情怀念的那些洋溢着热情的窑洞啊！微弱的胡麻油灯光，温暖的炭火盆，悠扬的"信天游"，尽情抒发的各种各样的艺术见解……是的，我们也曾为那些无端的嘲笑，有意的排斥，为一些窃窃私语、带笑的谗言而愤懑过。

啊！我不能不记起当年，当我被诬为反党集团头头、大右派的时候，我真正担心过老朋友，老柯，你会不会受到株连？千幸万幸！你不在北京，我们又已阔别好几年了！老柯！以前我没有告诉你，也不会告诉你，我的确亲耳听见有人亲口对我说："你、我、他、他……都曾是为人所戒备的一群！"我真不懂，这是为什么呢？我们专心写作，勤恳工作，我们有时不得不偶尔吐露几句"不平之鸣"，说几句真话，此外，我们还有什么呢？可是我们不堕入这个罗网，就得陷入那个深渊！你写真正的英雄，写得好艰难啊！诗稿改了又改。你住在颐和园那段时间，我是看见了的，你苦于胃病，每次饭后，都不能即时伏案。偶得佳句，则雀跃如小儿。这到底有什么罪过，为什么要受到如此折磨呢？一个人有多少精力，能承担多方袭来的棍棒？"四人帮"横行之日，连死了的也不饶过，还要把你的几根尸骨，逐出烈士陵园，真是骇人听闻啊！

沉暗中一声惊雷，黑云里露出阳光。春风化雨，"四人帮"垮台了！党真英明！历史上谁有这样的魄力，敢如此承担责任："有错必纠"，"全错全纠"。党一再申述："党的政策，必须落实，必须彻底纠正一切冤、假、错案。"老柯！你有幸了！压在你头上的一顶顶帽子，一块块石板可以掀掉了！同志们的奔走，亲人们的诉说，使你在政治上总算得到昭雪，你的尸骨重新安置在革命烈士陵园。我那时不能亲临古都，一洒沉痛之泪，但当读到王琳同志的悼念文章，于悲愤中稍感安慰。老柯！你总算得一知己，虽然她对你的遭遇是无能为力的。她不能救你，保护你，但她却与你一同品尝了这人世的艰辛，写出了一个革命者为人民鞠躬尽瘁的一生。你的为人将留在人民中间，多少年轻的诗人，也将为你的热情诗句动心！《边区自卫队》和许多歌颂解放的豪迈的词曲都是不朽的诗篇！历史是不允许任意篡改的。是非自有公论，曲直自在人心。

但是，世界上少了你，我们之间少了你，总是令人悲伤的。不过，老柯！死，实在是不幸，却又似乎还是有幸。你，总算把人生这副重担卸了下来，再不必为人世担心了。活着的是幸存。活，也实在不容易！活着就得有力量，在被林彪、"四人帮"造成的恶劣风气下，革命者得有比过去更多的力量，来正视光明里的黑暗，忍受帮派余孽的挤压，同一切封建残渣继续作艰苦的斗争。老柯啊！你是爱护过我的，你曾像一个长兄似的关怀过我的工作和生活。可是现在我能到什么地方去找你呢？能再同你开怀畅饮、纵谈衷曲，听到你的琅琅吟诵呢？你是一个真正的诗人，一个热情的豪客，一个诚挚的共产党人！我永远怀念你，悼念你。诗坛上少了你，就缺少了一份光辉。我们，我和陈明少了你，心灵中就永远留下了一块伤疤。让那些嘲讽过你的继续嘲讽你吧，你是一块闪烁的真金。实践是检验真理的唯一标准，你是经得起考验的，你的诗也是经得起考验的，你和你的诗永远属于人民。

一九七九年十月

向警予同志留给我的影响*

一九一○年、一九一一年的时候，是一个大革命的时代。在我们湖南那个小县城常德，也酝酿着风暴。几个从日本学习法政回国的年轻人成了积极的活动分子，他们同外地联系，在县城里倡导许多新鲜事物，参与辛亥革命的前奏，女子要读书成了时代的呼声。经过筹备，一九一一年新年刚过，常德女子师范开学了。

那时我随着守寡的母亲在这里肄业。三十岁的母亲在师范班，七岁的我在幼稚班。这事现在看来很平常，但那时却轰动了县城。开学那天，学生们打扮得花枝招展，有的坐着绿呢大轿，有的坐着轿行的普通的小轿，一乘一乘鱼贯地来到学校的大门内、二门外停下来。围着看稀罕的人很多。我们幼稚班也排成队，挤在礼堂两边。我母亲穿得很素净，一件宝蓝色的薄羊皮袄和黑色的百褶绸裙。她落落大方的姿态，很使我感到骄傲呢。她们整齐地排列着，向"至圣先师孔子"的牌位叩头万福，向校里一群留着长须、目不斜视、道貌岸然的老师叩头。空气严肃极了。

这以后，我、表姐、表哥、表弟都随着我母亲步行上学、下学。街道两边常常有人从大门缝里张望我们。有些亲戚族人就在背后叽叽喳喳，哪里见过，一个名门的年轻寡妇这样抛头露面！但我母亲不理这些，在家里灯下攻读，在校里广结女友。常常有她的同学到我家里来，她们总是谈得很热闹，我们小孩家也玩得很起劲。

＊　本文初刊于《收获》1980 年第 1 期。收入《丁玲全集》第 6 卷。

到了春天，舅舅花园里的花几乎都开了的时候。一天，母亲的朋友们又来做客了，七个人占坐了整个书楼。她们在那里向天礼拜，分发兰谱。兰谱印着烫金的花边和文字，上边写着誓约，大意是：姐妹七人，誓同心愿，振奋女子志气，励志读书，男女平等，图强获胜，以达到教育救国之目的。七个人中，年龄最大的是我母亲，最小的便是后来参加共产党的著名妇女领袖向警予同志。向警予同志那时才十七岁，长得非常俊秀端庄，年龄虽小，却非常老成，不苟言笑。我母亲比她几乎大一倍，却非常敬重她，常常对我说，"要多向九姨（向警予在家里排行第九）学习"。

她们向天叩拜后，互相鞠躬道喜，我舅妈也来向她们祝贺。她们就在书楼上饮酒，凭栏赏花，畅谈终日，兴致淋漓，既热闹，又严肃，给我们小孩留下了终生难忘的印象，使我们对她们充满了敬爱和羡慕。从这以后，我这个孤儿有了许多亲爱的阿姨。这在我的童年生活中，留下了许多温暖。

辛亥革命那几天，借宿在学校里的向警予阿姨和另外几个阿姨都住在我们家里，一同经受那场风暴中的紧张、担心、忧郁、哀悼、兴奋和喜悦。不久放寒假，再开学时，母亲带着我们到长沙，住进稻田第一女子师范学校，向警予等六位阿姨也来了，都住在这个学校。我在小学一年级，课余常常到她们师范部去玩。那时我家生活是较贫困的，母亲把被子留给我和弟弟，自己只剩一床薄被。向警予同我母亲挤在一张床上，盖两床薄被。她还送过我们两听牛肉罐头，每餐我可以吃上几丁丁。

母亲在长沙只待了一年，因为没有钱继续念下去，托人在桃源县找到一个小学教员的缺位，便带着弟弟去桃源，把我留在长沙，寄宿在第一女师的幼稚园里。每天放学回来，幼稚园里静悄悄的，我常独个留连在运动场上，坐会儿摇篮，荡会儿秋千。这时，向警予阿姨就来看我了，带两块糕，一包花生，更好的是带一两个故事来温暖我这幼稚的寂寞的心灵。

后来，我又随母亲转到常德女子小学，母亲担任学监。遇到寒暑假，向警予同志每次回溆浦或去长沙，都必定要经过常德。从溆浦到常德坐帆船，从常德到长沙坐小火轮，在等候班轮的时候，就可以在常德住一两天或三四天，这时向警予大都是住在母亲的学校里。向警予同志就像一只传粉的蝴蝶那样，把她在长沙听到的、看到的、经历过的种种新闻、新事、新道理，把个人的抱负、理想，都仔细地讲给我母亲听。母亲如饥似渴地把她讲的这些，一点一滴都吸收过来，指导自己的行动，并且拿来教育我和她的学生们。原来她们结拜为姐妹时，无非是要求男女平等、教育救国等等。这时我母亲已把这位最小的阿姨看作一位完全的先知先觉，对她言听计从，并且逐渐接受她介绍的唯物史观、解放工农等这些最先进的理论。

一九一八年，向警予同志决定去法国勤工俭学，赴长沙途中路过常德，曾向我母亲宣传。我母亲也为之心动。但她是靠薪水维持生活的，路费无法筹措，而且还有我的牵累。这事不仅使我母亲心动，连我刚从小学毕业，准备投考师范的这颗年轻的心，也热过一阵。我们没有能随向警予同志远渡重洋，但我们对她的远行却寄予了无限的希望和美好的祝愿。

这年夏天，我考入了桃源第二女师。向警予同志在溆浦的学生朱含英等也同时考入。我们是同班同学，她们对我如同亲姐妹，经常对我讲向警予校长如何教育学生，走访学生家庭，对学生少责备，只是以身作则，严肃不苟，博得了学生的敬爱。我听了就更加懂得，为什么我母亲能和她那样行径一致，而那时她是多么年轻啊！因此，除了我母亲以外，那时我最信奉的便是九姨了。

她在法国经常给我母亲来信，介绍外面世界的一些新思潮，寄来了她和蔡和森同志并坐阅读马克思主义书籍的照片，还有她和蔡大姐等女同志的合影。她远行万里，有了新的广大的天地，却不忘故旧，频通鱼雁，策励盟友，共同前进。我母亲就因为经常得读她的文章书信，又读到《向导》《新青年》等书刊，而积极参加社会工作。

一九二三年暑假，我在上海又见到向警予同志了。她像过去一样，穿着布短衫，系着黑色的褶裙，温文沉静。她向我描述她回国时的一段情景，那神态声音，至今还留在我的记忆中。她说："我刚到广州，踏上码头，就围上来许多人说，'来看女革命党呀！'那时广州的女子很少剪发，都梳成'〰'形，横在后脑上，吊着耳环，穿着花短衫和花长裙，看我这副样子，确是特别。我当时一看，围拢来的人这样多，不正是宣传的好机会么。我不管他们是否听得懂我的话，就向他们讲解起妇女解放的必要来了。居然有人听懂了，还鼓掌咧！"听到这些，我对她真是佩服极了。当时我是做不到的。我和一些同学们因为剪发和朴素的服装而经常招来一些人的非议和侧目，这只能引起我的反感和厌恶，走避唯恐不及，哪里还会有心在众目睽睽之下，向他们宣传演讲呢？

但她并不是喜欢说话的人。有时她和蔡和森同志整天在屋里看书，静静地就像屋子里没有人一样。尽管那时我对某些漂浮在上层、喜欢夸夸其谈的少数时髦的女共产党员中的熟人有些意见，但对她我是只有无限敬佩的，认为她是一个真正革命的女性，是女性的楷模。

我不是对什么人都有说有笑的。我看不惯当时我接触到的个别共产党员的浮夸言行，我还不愿意加入共产党。自然就会有人在她面前说我是什么无政府主义思想，说我孤傲。因此她对我进行了一次非常委婉的谈话。她谈得很多，但在整个谈话中，一句也没有触及我的缺点或为某些人所看不惯的地方。她只是说："你母亲是一个非凡的人，是一个有理想、有毅力的妇女。她非常困苦，她为环境所围，不容易有大的作为，她是把全部希望寄托在你身上的……"她的话句句都打到我的心里。我知道我是我母亲精神的寄托，我是她唯一的全部的希望。我那时最怕的也就是自己不替她争气，不成材，无所作为；我甚至为此很难过。我真感谢向警予同志，我永远不会忘记她的话，不会忘记她对我的教育和她对我母亲的同情、了解。可是，当时我什么也没有说。我固执地要在自由的天地中飞翔，从生活实践中寻找自己的道路。自然，一个时期内，我并没有很好地如意地探索到一条真正的出路，我只是南方、北方，到处碰壁又碰壁。我悲苦，我挣扎，我奋斗。正在这时，大革命被扼杀了，在听到许多惨痛的消息的时候，最后却得到九姨光荣牺牲的噩耗。这消息像霹雳一样震惊了我孤独的灵魂，像巨石紧紧地压在我的心上。我不能不深深地回想到，当我还只是一个毛孩子时就有了她美丽的崇高的形象；当我们母女寂寞地在人生的道路上蹒跚前行时，是她像一缕光、一团火引导着、温暖着我母亲。尽管后来，她忙于革命工作，同我母亲来往逐渐稀少，但她一直是我母亲向往和学习的模范。我想到我母亲书桌上的几本讲唯物主义的书和《共产党宣言》，就感到她的存在与力量。虽然我对她的活动没有很多的了解，但她的坚韧不倦的革命精神总是在感召着我。有的人在你面前，可能发过一点光，也会引起你的景仰，但容易一闪而逝。另外一种人却扎根在你的心中，时间越久，越感到他的伟大，他的一言一行都永远令人深思。向警予同志在我的心里就是这样的。我没有同她一块儿工作过，读她的文章也很少；在她的眼中，我只是一个不懂事的小孩子，但她对我一生的做人，对我的人生观，总是从心底里产生作用。我常常要想到她，愿意以这样一位伟大的革命女性为榜样而坚定自己的意志。我是崇敬她的，永远永远。

一九七九年十月于北京

我所认识的瞿秋白同志

——回忆与随想*

王 剑 虹

我首先要介绍的是瞿秋白的第一个爱人王剑虹。

一九一八年夏天，我考入桃源第二女子师范预科学习的时候，王剑虹已经是师范二年级的学生了。那时她的名字叫王淑璠。我们的教室、自修室相邻，我们每天都可以在走廊上相见。她好像非常严肃，昂首出入，目不旁视。我呢，也是一个不喜欢在显得有傲气的人的面前笑脸相迎的，所以我们从来都不打招呼。但她有一双智慧、犀锐、坚定的眼睛，常常引得我悄悄注意她，觉得她大概是一个比较不庸俗、有思想的同学吧。果然，在一九一九年五四运动爆发后，我们学校的同学行动起来时，王剑虹就成了全校的领头人物了。她似乎只是参与学生会工作的一个积极分子。但在辩论会上，特别是有校长、教员参加的一些辩论会上，她口若悬河的讲词和临机应变的一些尖锐、透辟的言论，常常激起全体同学的热情。她的每句话，都引起雷鸣般的掌声，把一些持保守思想、极力要稳住学潮、深怕发生越轨行为的老校长和教员们问得瞠目结舌，不知如何说，如何做是好了。这个时期，她给我的印象是极为深刻的。她像一团烈火，一把利剑，一支无所畏惧、勇猛直前的队伍的尖兵。后来，我也跟在许多同学的后边参加了

* 本文初刊于《文汇》1980年增刊第2期。收入《丁玲全集》第6卷。

学生会的工作，游行、开讲演会、教夜校的课，但我们两人仍没有说过话，我总觉得她是一个浑身有刺的人。她对我的印象如何，我不知道，也许她觉得我也是一个不容易接近的人吧。

这年暑假过后，我到长沙周南女子中学，后来又转岳云中学学习。在这两年半中，我已经把她忘记了。

一九二一年寒假，我回到常德，同我母亲住在舅舅家时，王剑虹同她的堂姑王醒予来看我母亲和我了。她们的姐姐都曾经是我母亲的学生，她们代表她们的姐姐来看我母亲，同时来动员我去上海，进陈独秀、李达等创办的平民女子学校。原来，王剑虹是从上海回来的，她在上海参加了妇女工作，认得李达同志的爱人王会悟等许多人，还在上海出版的《妇女声》上写过文章。她热忱于社会主义，热忱于妇女解放，热忱于求知。她原是一个口才流利、很会宣传鼓动的人，而我当时正对岳云中学又感到失望，对人生的道路感到彷徨，所以我一下便决定终止在湖南的学业，同她冒险到一个熟人都没有的上海去寻找真理，去开辟人生大道。

从这时起，我们就成了挚友。我对她的个性也才有更深的认识。她是坚强的、热烈的。她非常需要感情，但外表却总是冷若冰霜。她是一个失去了母亲的女儿。我虽然从小就没有父亲，家境贫寒，但我却有一个极为坚毅而又洒脱的母亲，我从小就习惯从痛苦中解脱自己，保持我特有的乐观……

但现实总是残酷的。我们碰到许多人，观察过许多人，我们自我斗争，但我们对当时的平民女校总感到不满，我们决定自己学习，自己遨游世界，不管它是天堂或是地狱。当我们把钱用光，我们可以去纱厂当女工、当家庭教师，或者当佣人、当卖花人，但一定要按照自己的理想去读书、去生活，自己安排自己在世界上所占的位置。

一九二三年夏天，我们两人到南京来了。我们过着极度俭朴的生活。如果能买两角钱一尺布做衣服的话，也只肯买一角钱一尺的布。我们没有买过鱼、肉，也没有尝过冰淇淋，去哪里都是徒步，把省下的钱全买了书。我们生活得很有兴趣，很有生气。

一天，有一个老熟人来看我们了，这就是柯庆施，那时大家叫他柯怪，是我们在平民女子学校时认识的。他那时常到我们宿舍来玩，一坐半天，谈不出什么理论，也谈不出什么有趣的事。我们大家不喜欢他。但他有一个好处，就是我们没有感到他来这里是想追求谁，想找一个女友谈谈恋爱，或是玩玩。因此，我们尽管嘲笑他是一个"烂板凳"（意思是说他能坐烂板凳），却并不十分给他下不去，他也从来不怪罪我们。这年，他不知从什么地方知道我们在这里，便跑来看我们，还雇了一辆马车，请我们去游灵谷寺。这个较远的风景区我们还未曾去过咧。跟着，第二个熟人也来了，是施复亮（那时叫施存统）。我们认为他是一个好人，他是最早把我们的朋友王一知（那时叫月泉）找去作了爱人的，他告诉我们他和一知的生活，他们已经有了一个女儿。这些自然引起了我们一些旧情，在平静的生活中吹起一片微波。后来，他们带了一个新朋友来，这个朋友瘦长个儿，戴一副散光眼镜，说一口南方官话，见面时话不多，但很机警，当可以说一两句俏皮话时，就不动声色地渲染几句，惹人高兴，用不惊动人的眼光静静地飘过来，我和剑虹都认为他是一个出色的共产党员。这个人就是瞿秋白同志，就是后来领导共产党召开"八七"会议、取代机会主义者陈独秀、后来又犯过盲动主义错误的瞿秋白；就是做了许多文艺工作、在文艺战线有过卓越贡献、同鲁迅建立过深厚友谊的瞿秋白；就是那个在国民党牢狱中从容就义的瞿秋白；就是那个因写过《多余的话》被"四人帮"诬为叛徒、掘坟扬灰的瞿秋白。

不久，他们又来过一次。瞿秋白讲苏联故事给我们听，这非常对我们的胃口。过去在平民女校时，也请另一位从苏联回来的同志讲过苏联情况。两个讲师大不一样，一个像瞎子摸象，一个像熟练的厨师剥笋。当他知道我们读过一些托尔斯泰、普希金、高尔基的书的时候，他的话就更多了。我们就像小时候听大人讲故事似的都听迷了。

他对我们这一年来的东游西荡的生活，对我们的不切实际的幻想，都抱着极大的兴趣听着、赞赏着。他鼓励我们随他们去上海，到上海大学文学系听课。我们怀疑这可能又是第二个平民女子学校，是培养共产党员的讲习班，但又不能认真地办。他们几个人都耐心解释，说这学校要宣传马克思主义，要培养年轻的党员，但并不勉强学生入党。这是一个正式学校，我们参加文学系可以学到一些文学基础知识，可以接触到一些文学上有修养的人，可以学到一点社会主义。又说这个学校原是国民党办的，于右任当校长，共产党在学校里只负责社会科学系，负责人就是他和邓中夏同志。他保证我们到那里可以自由听课，自由选择。施存统也帮助劝说，最后我们决定了。他们走后不几天，我们就到上海去了，这时瞿秋白同志大约刚回国不久。

上海大学

上海大学这时设在中国地界极为偏僻的青云路上。一幢幢旧的、不结实的弄堂房子，究竟有多大，我在那里住了半年也弄不清楚，并不是由于它的广大，而是由于它不值得你去注意。我和王剑虹住在一幢一楼一底的一间小亭子间里，楼上楼下住着一些这个系那个系的花枝招展的上海女学生。她们看不惯我们，我们也看不惯她们，碰面时偶尔点点头，根本没有来往。只有一个极为漂亮的被称为校花的女生吸引我找她谈过一次话，可惜我们一点共同的语言也没有。她问我有没有爱人，抱不抱独身主义。我说我从来没有想过这个问题，现在也不打算去想。她以为我是傻子，就不同我再谈下去了。

我们文学系似乎比较正规，教员不大缺课，同学们也一本正经地上课。我喜欢沈雁冰先生（茅盾）讲的《奥德赛》《伊利亚特》这些远古的、异族的极为离奇又极为美丽的故事。我从这些故事里产生过许多幻想，我去翻欧洲的历史、欧洲的地理，把它们拿来和我们自己民族的远古的故事来比较。我还读过沈先生在《小说月报》上翻译的欧洲小说。他那时给我的印象是一个会讲故事的人，但是不会接近学生。

他从来不讲课外的闲话，也不询问学生的功课。所以我以为不打扰他最好。早先在平民女校教我们陀思妥耶夫斯基的《穷人》的英译本时，他也是这样。我同他较熟，后来我主编《北斗》时，常就教于他，向他要稿子。所以，他描写我过去是一个比较沉默的学生，那是对的。就是现在，当我感到我是在一个比我高大、不能平等谈话的人的面前，即便是我佩服的人时，我也常是沉默的。

王剑虹则欣赏俞平伯讲的宋词。俞平伯先生每次上课，全神贯注于他的讲解，他摇头晃脑，手舞足蹈，口沫四溅，在深度的近视眼镜里，极有情致地左右环顾。他的确沉醉在那些"独倚望江楼，过尽千帆皆不是……"既深情又蕴蓄的词句之中，他的神情并不使人生厌，而是感染人的。剑虹原来就喜欢旧诗旧词，常常低徊婉转地吟诵，所以她乐意听他的课，尽管她对俞先生的白话诗毫无兴趣。

田汉是讲西洋诗的，讲惠特曼、华兹华斯，他可能是一个戏剧家，但讲课却不太内行。

其他的教员，陈望道讲古文，邵力子讲《易经》。因为语言的关系，我们不十分懂，就不说他了。

可是，最好的教员却是瞿秋白。他几乎每天下课后都来我们这里。于是，我们的小亭子间热闹了。他谈话的面很宽，他讲希腊、罗马，讲文艺复兴，也讲唐宋元明。他不但讲死人，而且也讲活人。他不是对小孩讲故事，对学生讲书，而是把我们当作同游者，一同游历上下古今，东南西北。我常怀疑他为什么不在文学系教书而在社会科学系教书，他在那里讲哲学。哲学是什么呢？是很深奥的吧？他一定精通哲学！但他不同我们讲哲学，只讲文学，讲社会生活，讲社会生活中的形形色色。后来，他为了帮助我们能很快懂得普希金的语言的美丽，他教我们读俄文的普希金的诗。他的教法很特别，稍学字母拼音后，就直接读原文的诗，在诗句中讲文法，讲变格，讲俄文用语的特点，讲普希金用词的美丽。为了读一首诗，我们得读二百多个生字，得记熟许多文法。但这二百多个生字、文法，由于诗，就好像完全吃进去了。当我们读了三四首诗后，我们自己简直以为已经掌握俄文了。

冬天的一天傍晚，我们与住在间壁的施存统夫妇和瞿秋白一道去附近的宋教仁公园散步赏月。宋教仁是老同盟会的，湖南人，辛亥革命后牺牲了的。我在公园里玩得很高兴，而且忽略了比较沉默或者有点忧郁的瞿秋白。后来施存统提议回家，我们就回来了，而施存统同瞿秋白却离开我们，没有告别就从另一条道走了。这些小事在我脑子里是不会起什么影响的。

第二天秋白没有来我们这里，第三天我在施存统家遇见他，他很不自然，随即走了。施存统问我：“你不觉得秋白有些变化吗？”我摇摇头。他又说：“我问过他，他说他确实堕入恋爱里边了。问他爱谁，他怎么也不说，只说你猜猜。”我知道施先生是老实人，就逗他：“他会爱谁？是不是爱上你的老婆了？一知是很惹人爱的，你小心点。”他翻起诧异的眼光看我，我笑着就跑了。

我对于存统的话是相信的。可能秋白爱上一个他的“德瓦利斯”，一个什么女士了。我把我听到的和我所想到的全告诉剑虹，剑虹回答我的却是一片沉默。于是我们的小亭子间寂寞了。

过了两天，剑虹对我说，住在谢持家的（谢持是一个老国民党员）她的父亲要回四川，她要去看他，打算随他一道回四川。她说，她非常怀念她度过了童年时代的四川酉阳。我要她对我把话讲清楚，她只苦苦一笑：“一个人的思想总会有变化的，请你原谅我。”她甩开我就走了。

这是我们两年来的挚友生活中的一种变态。我完全不理解，我生她的气，我躺在床上苦苦思磨，这是为什么呢？两年来，我们之间从不秘密我们的思想，我们总是互相同情，互相鼓励的。她怎么能对我这样呢？她到底有了什么变化呢？唉！我这个傻瓜，怎么就毫无感觉呢？……

我正烦躁的时候，听到一双皮鞋声慢慢地从室外的楼梯上响了上来，无须我分辨，这是秋白的脚步声，不过比往常慢点，带点踌躇。

而我呢，一下感到有一个机会可以发泄我几个钟头来的怒火了。我站起来，猛地把门拉开，吼道："我们不学俄文了，你走吧！再也不要来！"立刻就又把门猛然关住了。他的一副惊愕而带点傻气的样子留在我脑际，我高兴我做了一件有趣的事，得意地听着一双沉重的皮鞋声慢慢地远去。为什么我要这样恶作剧，这完全是无意识和无知的顽皮。

我无聊地躺在床上，等着剑虹回来。我并不想找什么，却偶然翻开垫被，真是使我大吃一惊，垫被底下放着一张布纹信纸，纸上密密地写了一行行长短诗句。自然，从笔迹、从行文，我一下就可以认出来是剑虹写的诗。她平日写诗都给我看，都放在抽屉里的，为什么这首诗却藏在垫被底下呢？我急急地拿来看，一行行一节节啊！我懂了，我全懂了，她是变了，她对我有隐瞒，她在热烈地爱着秋白。她是一个深刻的人，她不会表达自己的感情；她是一个自尊心极强的人，她可以把爱情关在心里，窒死她，她不会显露出来让人议论或讪笑的。我懂得她，我不生她的气了，我只为她难受。我把这诗揣在怀里，完全为着想帮助她、救援她，惶惶不安地在小亭子间里踱着。至于他们该不该恋爱，会不会恋爱，他们之间能否和谐，能否融洽，能否幸福，还有什么不妥之处，在我的脑子里没有生出一点点怀疑。剑虹啊！你快回来呀！我一定要为你做点事情。

她回来了，告诉我已经决定跟她父亲回四川，她父亲同意，可能一个星期左右就要成行了。她不征询我的意见，也不同我讲几句分离前应该讲的话，只是沉默着。我观察她，同她一道吃了晚饭。我说我去施存统家玩玩，丢下她就走了。

秋白的住地离学校不远，我老早就知道，只是没有去过。到那里时，发现街道并不宽，却是一排西式的楼房。我从前门进去，看见秋白正在楼下客堂间同他们的房东——一对表亲夫妇在吃饭。他看到我，立即站起来招呼，他的弟弟瞿云白赶紧走在前面引路，把我带到楼上一间比较精致的房间里，这正是秋白的住房。我并不认识他弟弟，他自我介绍，让我坐在秋白书桌前的一把椅子上，给我倒上一杯茶。我正审视房间的陈设时，秋白上楼来了，态度仍同平素一样，好像下午由我突然发出来的那场风暴根本没有一样。这间房以我的生活水平来看，的确是讲究的：一张宽大的弹簧床，三架装满精装的外文书籍的书橱，中间夹杂得有几摞线装书。大的写字台上，放着几本书和一些稿子、稿本和文房四宝；一盏笼着粉红色纱罩的台灯，把这些零碎的小玩艺儿加了一层温柔的微光。

秋白站在书桌对面，用有兴趣的、探索的目光，亲切地望着我，试探着说道："你们还是学俄文吧，我一定每天去教。怎么，你一个人来的吗？"

他弟弟不知什么时候走开了。我无声地、轻轻地把剑虹的诗慎重地交给了他。他退到一边去读诗，读了许久，才又走过来，用颤抖的声音问道："这是剑虹写的？"我答道："自然是剑虹。你要知道，剑虹是世界上最珍贵的人。你走吧，到我们宿舍去，她在那里。我将留在你这里，过两个钟头再回去。秋白！剑虹是我最好的朋友，我不忍心她回老家，她是没有母亲的，你不也是没有母亲的吗？"秋白曾经详细地同我们讲过他的家庭，特别是他母亲吞火柴头自尽的事，我们听时都很难过。"你们将是一对最好的爱人，我愿意你们幸福。"

他握了一下我的手，说道："我谢谢你。"

等我回到宿舍的时候，一切都如我想象的，气氛非常温柔和谐，满桌子散乱着他们写的字，看来他们是用笔谈话的。他要走了，我从桌子前的墙上取下剑虹的一张全身像，送给了秋白。他把像片揣在怀里，望了我们两人一眼，就迈出我们的小门，下楼走了。

事情就是这样。自然，我们以后常去他家玩，而俄文却没有继续读下去了。她已经不需要读俄文，而我也没有兴趣坚持下去了。

慕尔鸣路

　　寒假的时候，我们搬到学校新址（西摩路）附近的慕尔鸣路。这里是一幢两楼两底的弄堂房子。施存统住在楼下统厢房，中间客堂间作餐厅。楼上正房住的是瞿云白，统厢房放着秋白的几架书，秋白和剑虹住在统厢房后面的一间小房里，我住在过街楼上的小房里。我们这幢房子是临大街的。厨房上边亭子间里住的是娘姨阿董。阿董原来就在秋白家帮工，这时，就为我们这一大家人做饭，收拾房子，为秋白夫妇、他弟弟和我洗衣服。施存统家也雇了一个阿姨，带小孩，做杂事。

　　这屋里九口之家的生活、吃饭等，全由秋白的弟弟云白当家。我按学校的膳宿标准每月交给他十元，剑虹也是这样，别的事我们全不管。这自然是秋白的主张，是秋白为着同剑虹的恋爱生活所考虑的精心的安排。

　　因为是寒假，秋白出门较少；开学以后，也常眷恋着家。他每天穿着一件舒适的、黑绸的旧丝棉袍，据说是他做官的祖父的遗物。他每天写诗，一本又一本，全是送给剑虹的情诗。也写过一首给我，说我是安琪儿，赤子之心，大概是表示感谢我对他们恋爱的帮助。剑虹也天天写诗，一本又一本。他们还一起读诗，中国历代的各家诗词，都爱不释手。他们每天讲的就是李白、杜甫、韩愈、苏轼、李商隐、李后主、陆游、王渔洋、郑板桥……秋白还会刻图章，他把他最喜爱的诗句，刻在各种各样的精致的小石块上。剑虹原来中国古典文学的基础就较好，但如此的爱好，却是因了秋白的培养与熏陶。

　　剑虹比我大两岁，书比我念得多。我从认识她以后，在思想兴趣方面受过她很大的影响，那都是对社会主义的追求，对人生的狂想，对世俗的鄙视。尽管我们表面有些傲气，但我们是喜群的，甚至有时也能迁就的。现在，我不能不随着他们吹吹箫、唱几句昆曲（这都是秋白教的），但心田却不能不离开他们的甜蜜的生活而感到寂寞。我向往着广阔的世界，我怀念起另外的旧友。我常常有一些新的计划。而这些计划却只秘藏在心头。我眼望着逝去的时日而深感惆怅。

秋白在学校的工作不少，后来又加上翻译工作，他给鲍罗廷当翻译可能就是从这时开始的。我见他安排得很好。他西装笔挺，一身整洁，精神抖擞，进出来往，他从不把客人引上楼来，也从不同我们（至少是我吧）谈他的工作，谈他的朋友，谈他的同志。他这时显得精力旺盛，常常在外忙了一整天，回来仍然兴致很好，同剑虹谈诗、写诗。有时为了赶文章，就通宵坐在桌子面前，泡一杯茶，点上支烟，剑虹陪着他。他一夜能翻译一万字，我看过他写的稿纸，一行行端端正正、秀秀气气的字，几乎连一个字都没有改动。

我不知道他怎样支配时间的，好像他还很有闲空。他们两人好多次到我那小小的过街楼上来座谈。因为只有我这间屋里有一个烧煤油的烤火炉，比较暖和一些。这个炉子是云白买给秋白和剑虹的，他们一定要放在我屋子里。炉盖上有一圈小孔，火光从这些小孔里射出来，像一朵花的光圈，闪映在天花板上。他们来的时候，我们总是把电灯关了，只留下这些闪烁的微明的晃动的花的光圈，屋子里气氛也美极了。他的谈锋很健，常常幽默地谈些当时文坛的轶事。他好像同沈雁冰、郑振铎都熟识。他喜欢徐志摩的诗。他对创造社的天才家们似乎只有对郁达夫还感到一点点兴趣。我那时对这些人、事、文章以及文学研究会和创造社的争论，是没有发言权的。我只是一个小学生，非常有趣地听着。这是我对于文学上的什么浪漫主义、自然主义、写实主义以及为人生、为艺术等等所上的第一课。那时秋白同志的议论广泛，我还不能掌握住他的意见的要点，只觉得他的不凡，他的高超，他似乎是站在各种意见之上的。

有一次，我问他我将来究竟学什么好，干什么好，现在应该怎么搞。秋白毫不思考地昂首答道："你么，按你喜欢的去学，去干，飞吧，飞得越高越好，越远越好，你是一个需要展翅高飞的鸟儿，嘿，就是这样……"他的话当时给我无穷的信心，给我很大的力量。我相信了他的话，决定了自己的主张。他希望我，希望剑虹都走文学的路，都能在文学上有所成就。这是他自己向往的而又不容易实现的。他是自始至终与文学结下了不解之缘。他是一个文学家，他的气质，他的爱好都是文学的。他说他自己是一种历史的误会，我认为不是，他的政治经历原可以充实提高他的文学才能的。只要天假以年，秋白不是过早地离开我们，他定是大有成就的，他对党的事业将有更大的贡献。

这年春天，他去过一趟广州。他几乎每天都要寄回一封用五彩布纹纸写的信，还常夹得有诗。

暑假将到的时候，我提出要回湖南看望母亲，而且我已经同在北京的周敦祐、王佩琼等约好，看望母亲以后，就直接去北京，到学习空气浓厚的北京学府去继续读书。这是她们对我的希望，也是我自己的新的梦想。上海大学也好，慕尔鸣路也好，都使我厌倦了。我要飞，我要飞向北京，离开这个狭小的圈子，离开两年多一天也没有离开过、以前不愿离开的挚友王剑虹。我们之间，原来总是一致的，现在，虽然没有什么分歧，但她完全只是秋白的爱人，而这不是我理想的。我提出这个意见后，他们没有理由反对，他们同意了，然而，却都沉默了，都像有无限的思绪。

我走时，他们没有送我，连房门也不出，死一样的空气留在我的身后。阿董买了一篓水果，云白送我到船上。这时已是深夜，水一样的凉风在静静的马路上飘漾，我的心也随风流荡："上海的生涯就这样默默地结束了。我要奔回故乡，我要飞向北方。好友啊！我珍爱的剑虹，我今弃你而去，你将随你的所爱，你将沉沦在爱情之中，你将随秋白走向何方呢？……"

暑　假

长江滚滚向东，我的船迎着浪头，驶向上游。我倚遍船栏，回首四顾，这是我有生以来第一次独自长途跋涉，我既傲然自得，也不免因回首往事而满怀惆怅。十九年的韶华，五年来多变的学院生活，我究竟得到了什么呢？我只朦胧地体会到人生的艰辛，感受到心灵的创伤。我是无所成就的，我怎能对得起我那英雄的、深情的母亲对我的殷切厚望啊！

在母亲身旁是可以忘怀一切的。我尽情享受我难得的那一点点幸福。母亲的学校放假了，老师、学生都回家了，只有我们母女留在空廓的校舍里。我在幽静的、无所思虑的闲暇之中度着暑假。

一天，我收到剑虹的来信，说她病了。这不出我的意料，因为她早就说她有时感到不适，她自己并不重视，也没有引起秋白、我或旁人的注意。我知道她病的消息之后，还只以为她因为没有我在身边才对病有了些敏感的缘故，我虽不安，但总以为过几天就会好的。只是秋白却在她的信后附写了如下的话，大意是这样："你走了，我们都非常难受。我竟哭了，这是我多年没有过的事。我好像预感到什么不幸。我们祝愿你一切成功，一切幸福。"

我对他这些话是不理解的，因此，我对秋白好像也不理解了。预感到什么不幸呢？预感到什么可怕的不幸而哭了呢？有什么不祥之兆呢？不过我究竟年轻，这事并没有放在心头，很快就把它忘了。我正思虑着做新的准备，怎么说服我的母亲，使她同我一样憧憬着到古都去的种种好处。母亲对我是相信的，但她也有种种顾虑。

又过了半个月的样子，忽然收到剑虹堂妹从上海来电："虹姊病危，盼速来沪！"

这真像梦一样，我能相信吗？而且，为什么是她的堂妹来电呢？我实在不知道该怎么样才好。千般思虑，万般踌躇，我决定重返上海。我母亲是非常爱怜剑虹的，急忙为我筹措路费，整理行装，我只得离开我刚刚领略到温暖的家，而又匆匆忙忙独自奔上惶惶不安的旅途。

我到上海以后，时间虽只相隔一月多，慕尔鸣路已经完全变了样子，"人去楼空"。我既看不到剑虹——她的棺木已经停放在四川会馆；也见不到秋白，他去广州参加什么会去了。剑虹的两个堂妹，只以泪脸相迎；瞿云白什么都讲不出个道理来，默默地望着我。难道是天杀了剑虹吗？是谁夺去了她的如花的生命？

秋白用了一块白绸巾包着剑虹的一张照片，就是他们定情之后，我从墙上取下来送给秋白的那张。他在照片背后题了一首诗，开头写道："你的魂儿我的心。"这是因为我平常叫剑虹常常只叫"虹"，秋白曾笑说应该是"魂"，而秋白叫剑虹总是叫"梦可"。"梦可"是法文"我的心"的译音。诗的意思是说我送给了他我的"魂儿"，而他的心现在却死去了，他难过，他对不起剑虹，对不起他的心，也对不起我……

我看了这张照片和这首诗，心情复杂极了，我有一种近乎小孩的简单感情。我找他们的诗稿，一本也没有了；云白什么也不知道，是剑虹焚烧了呢，还是秋白秘藏了呢？为什么不把剑虹病死的经过，不把剑虹临终时的感情告诉我？就用那么一首短诗作为你们半年多来的爱情的总结吗？慕尔鸣路我是不能再待下去了！我把如泉的泪水，洒在四川会馆，把沉痛的心留在那凄凉的棺柩上。我像一个受了伤的人，同剑虹的堂妹们一同坐海船到北京去了。我一个字也没有写给秋白，尽管他留了一个通信地址，还说希望我写信给他。我心想：不管你有多高明，多么了不起，我们的关系将因为剑虹的死而割断，虽然她是死于肺病，但她的肺病从哪儿来，不正是从你那里传染来的吗？……

谜似的一束信

新的生活总是可爱的。在北京除了旧友王佩琼（女师大的学生）、周敦祜（北大旁听生）外，我还认识了新友谭慕愚（现在叫谭惕吾，那时是北大三年级的学生）、曹孟君（我们同住在辟才胡同的一个补习学校里）。我们相处得很投机，我成了友谊的骄子。有时我都不理解她们为什么对我那么好。此外，我还有不少喜欢我或我喜欢的人，或者只是相亲近的一般朋友。那时，表面上，我是在补习数、理、化，实际我在满饮友谊之酒。我常常同这个人在北大公主楼（在马神庙）的庭院中的月下，一坐大半晚，畅谈人生；有时又同那个人在朦朦胧胧的夜色中漫步陶然亭边的坟地，从那些旧石碑文中寻找诗句。我徜徉于自由生活，只有不时收到的秋白来信才偶尔扰乱我的愉悦的时光。这中间我大约收到过十来封秋白的信。这些信像谜一样，我一直不理解，或者是似懂非懂。在这些信中，总是要提到剑虹，说对不起她。他什么地方对不起她呢？他几乎每封信都责骂自己，后来还说，什么人都不配批评他，因为他们不了解他，只有天上的"梦可"才有资格批评他。那么，他是在挨批评了，是什么人在批评他，批评他什么呢？这些信从来没有直爽地讲出他心里的话，他只把我当作可以了解他心曲的，可以原谅他的那样一个对象而絮絮不已。我大约回过几次信，淡淡地谈一点有关剑虹的事，谈剑虹的真挚的感情，谈她的文学上的天才，谈她的可惜的早殇，谈她给我的影响，谈我对她的怀念。我恍惚地知道，此刻我所谈的，并非他所想的，但他现在究竟在想什么，为什么所苦呢？他到底为什么要那么深地嫌厌自己，责骂自己呢？我不理解，也不求深解，只是用带点茫茫然的心情回了他几封信。

是冬天了，一天傍晚，我走回学校，门房拦住我，递给我一封信，说："这人等了你半天，足有两个钟头，坐在我这里等你，说要你去看他，地址都写在信上了吧！"我打开信，啊！原来是秋白。他带来了一些欢喜和满腔希望，这回他可以把剑虹的一切，死前的一切都告诉我了。我匆匆忙忙吃了晚饭，便坐车赶到前门的一家旅馆。可是他不在，只有他弟弟云白在屋里，在翻阅他哥哥的一些什物，在有趣地寻找什么，后来，他找到了，他高兴地拿给我看。原来是一张女人的照片。这女人我认识，她是今年春天来上海大学，同张琴秋同时入学的。剑虹早就认识她，是在我到上海之前，她们一同参加妇女活动中认识的。她长得很美，与张琴秋同来过慕尔鸣路，在施存统家里，在我们楼下见到过的。这就是杨之华同志，就是一直爱护着秋白的，他的爱人，他的同志，他的战友，他的妻子。一见这张照片我便完全明白了，我没有兴趣打听剑虹的情况了，不等秋白回来，我就同云白告辞回学校了。

我的感情很激动，为了剑虹的爱情，为了剑虹的死，为了我失去了剑虹，为了我同剑虹的友谊，我对秋白不免有许多怨气。我把我全部的感情告诉了谭惕吾，她用冷静的态度回答我，告诉我这不值得难受，她要我把这一切都抛向东洋大海，抛向昆仑山的那边。她讲得很有道理，她对世情看得真透彻，我听了她的，但我却连她也一同疏远了。我不喜欢这种透彻，我不喜欢过于理智。谭惕吾一直也不理解我对她友谊疏远的原因。甚至几十年后我也顽固地坚持这种态度，我个人常常被一种无法解释的感情支配着，我再没有去前门旅舍，秋白也没有再来看我。我们同在北京城，反而好像不相识一样。

又过了一个多月，我忽然收到一封从上海发来的杨之华给秋白的信，要我转交。我本来可以不管这些事，但我一早仍去找到了夏之栩同志。夏之栩是党员，也在我那个补习学校，她可能知道秋白的行踪。她果然把我带到当时苏联大使馆的一幢宿舍里。我们走进去时，里边正有二十多人在开会，秋白一见我就走了出来，我把信交给他，他一言不发。他陪我到他的住处，我们一同吃了饭，他问我的同学，问我的朋友们，问我对北京的感受，就是一句也不谈到王剑虹，一句也不谈杨之华。他告诉我他明早就返上海，云白正为他准备行装。我好像已经变成了一个老人，静静地观察他。他对杨之华的来信一点也不表示惊慌，这是因为他一定有把握。他为什么不谈到剑虹呢？他大约认为谈不谈我都不相信他了。那么，那些信，他都忘记了么？他为什么一句也不解释呢？我不愿同他再谈剑虹了。剑虹在他已成为过去了！去年这时，他是一种怎样的情景，如今，过眼云烟，他到底有没有感触？有什么感触？我很想了解，想从他的行动中来了解，但很失望。晚上，他约我一同去看戏，说是梅兰芳的老师陈德霖的戏。我从来没有进过戏院，那时戏院是男女分坐，我坐在这边的包厢，他们兄弟坐在对面包厢，但我们都没有看戏。我实在忍耐不住这种闷葫芦，我不了解他，我讨厌戏院的嘈杂，我写了一个字条托茶房递过去，站起身就不辞而别，独自回学校了。从此我们没有联系，但这一束信我一直保存着作为我研究一个人的材料。一九三三年在上海时，我曾把这些信同其他的许多东西放在我的朋友王会悟那里。同年我被捕后，雪峰、适夷把这些东西转存在他们的朋友谢澹如家。全国解放以后，谢先生把这些东西归还了我。我真是感谢他，但这一束信，却没有了。这些信的署名是秋白，而在那时，如果有谁那里发现瞿秋白这几个字是可以被杀头的。我懂得这种情况，就没有问。这一束用五色布纹纸写得工工整整秀秀气气的书信，是一束非常有价值的材料。里边也许没有宏言谠论，但可以看出一个伟大人物性格上的、心理上的矛盾状态。这束信没有了，多么可惜的一束信啊！

韦 护

我写的中篇小说《韦护》是一九二九年末在《小说月报》上发表的。韦护是秋白的一个别名。他是不是用这个名字发表过文章我不知道。他曾用过"屈维陀"的笔名，他用这个名字时曾对我说，韦护是韦陀菩萨的名字，他最是疾恶如仇，他看见人间的许多不平就要生气，就要下凡去惩罚坏人，所以韦陀菩萨的神像历来不朝外，而是面朝着如来佛，只让他看佛面。

我想写秋白、写剑虹，已有许久了。他的矛盾究竟在哪里，我模模糊糊地感觉一些。但我却只写了他的革命工作与恋爱的矛盾。当时，我并不认为秋白就是这样，但要写得更深刻一些却是我力量所达不到的。我要写剑虹，写剑虹对他的挚爱。但怎样结局呢？真的事实是无法写的，也不能以她的一死了事。所以在结局时，我写她振作起来，重新鼓起生活的勇气战斗下去。因为她没有失恋，秋白是在她死后才同杨之华同志恋爱的，这是无可非议的。自然，我并不满意这本书，但也不愿舍弃这本书。韦护虽不能栩栩如生，但总有一些影子可供我自己回忆，可以作为后人研究的参考资料。

一九三〇年，胡也频参加党在上海召开的一个会议，在会上碰到了秋白。秋白托他带一封信给我。字仍是写得那样工工整整秀秀气气，对我关切很深。信末署名赫然两个字"韦护"。可惜他一句也没有谈到对书的意见。他很可能不满意《韦护》，不认为《韦护》写得好，但他却用了"韦护"这个名字。难道他对这本书还寄有深情吗？尽管书中人物写得不好、不像，但却留有他同剑虹一段生活的遗迹。尽管他们的这段生活是短暂的，但过去这一段火一样的热情，海一样的深情，光辉、温柔、诗意浓厚的恋爱，却是他毕生也难忘的。他在他们两个最醉心的文学之中的酬唱，怎么能从他脑子中划出去？他是酷爱文学的，在这里他曾经任情滋长，尽兴发挥，只要他仍眷恋文学，他就会想起剑虹，剑虹在他的心中是天上的人儿，是仙女（都是他信中的话）；而他对他后来毕生从事的政治生活，却认为是凡间人生，是见义勇为，是牺牲自己为人民，因为他是韦护，是韦陀菩萨。

这次我没有回他的信，也无法回他的信，他在政治斗争中的处境，我更无从知道。但在阳历年前的某一个夜晚，秋白和他的弟弟云白到吕班路我家里来了。来得很突然，不是事先约好的。他们怎么知道我家地址的，至今我也记不起来。这突然的来访使我们非常兴奋，也使我们狼狈。那时我们穷得想泡一杯茶招待他们也不可能，家里没有茶叶，临时去买又来不及了。他总带点抑郁，笑着对我说："士别三日，当刮目相看，你现在是一个有名的作家了。"他说这些话，我没有感到一丝嘲笑，或是假意的恭维。他看了我的孩子，问有没有名字。我说，我母亲替他取了一个名字，叫祖麟。他便笑着说："应该叫韦护，这是你又一伟大作品。"我心里正有点怀疑，他果真喜欢《韦护》吗？而秋白却感慨万分地朗诵道："田园将芜胡不归！"我一听，我的心情也沉落下来了。我理解他的心境，他不是爱《韦护》，而是爱文学。他想到他最心爱的东西，他想到多年来对于文学的荒疏。那么，他是不是对他的政治生活有些厌倦了呢？后来，许久了，当我知道一点他那时的困难处境时，我就更为他难过。我想，一个复杂的人，总会有所偏，也总会有所失。在我们这样变化激剧的时代里，个人常常是不能左右自己的。那时我没有说什么，他则仍然带点忧郁的神情，悄然离开了我们这个虽穷却是充满了幸福的家。他走后，留下一缕惆怅在我心头。我想，他也许会想到王剑虹吧，他若有所怀念，却也只能埋在心头，同他热爱的文学一样，成为他相思的东西了吧。

金黄色的生活

一九三一年，我独自住在环龙路的一家三楼上。我无牵无挂，成天伏案书写。远处虽有城市的噪声传来，但室内只有自己叹息的回音，连一点有生命的小虫似乎也全都绝迹了。这不是我的理想，我不能长此离群索居，我想并且要求到江西苏区去。但后来，还是决定我留在上海，主编"左联"的机关刊物《北斗》。我第一次听从组织的分配，兴致勃勃地四出组稿，准备出版。这时雪峰同志常常给我带来鲁迅和秋白的稿件，我对秋白的生活才又略有所知。这时秋白匿住在中国地带上海旧城里的谢澹如家。这地址，只有雪峰一人知道，他常去看他，给他带去一些应用的东西。为了解除秋白的孤寂，雪峰偶尔带着他，趁着夜晚，悄悄去北四川路鲁迅家里。后来，他还在鲁迅家里住了几天。再后来，雪峰在鲁迅家的附近，另租了一间房子，秋白搬了过去，晚上常常去鲁迅家里畅谈。他那时开始为《北斗》写"乱弹"，用司马今的笔名，从第一期起，在《北斗》上连载。"乱弹"内容涉及很广，对当时政治的腐败、社会的黑暗等，都加以讽刺，给予打击。后来又翻译了很多稿件，包括卢那卡尔斯基的《解放了的董吉歌德》。特别使人印象深刻的是他写的评"自由人"胡秋原和"第三种人"苏汶等的论文，词意严正，文笔锋利。秋白还大力提倡大众文学，非常重视那些在街头书摊上的连环图画、说唱本本等。他带头用上海方言写了大众诗《东洋人出兵》，这在中国文学运动史上是创举。在他的影响下，左联的很多同志也大胆尝试，周文同志把《铁流》与《毁灭》改写为通俗本，周文后来到了延安，主持《边区群众报》，仍旧坚持大众化工作。

秋白还阐述了马克思、恩格斯的现实主义文学理论。他论述的范围很广，世界的，苏联的，中国的。他的脑子如同一个行进着的车轴，日复一日地在文学问题上不停地旋转，而常常发出新论、创见。为了普及革命文化，秋白还用了很多时间研究我国文字拉丁化问题。

以前，我读过《海上述林》，最近我又翻阅了《瞿秋白文集》。他是一个多么勤奋的作家啊！他早在苏联的时候，一直是那么不倦地写呀，译呀。而三十年代初，他寄住在谢澹如家，躲在北四川路的小室里，虽肺病缠身，但仍是日以继夜地埋头于纸笔之中，他既不忘情于社会主义的苏联，又要应付当时党内外发生的许多严重复杂的问题，他写得比一个专业作家还多得多啊！

他同鲁迅的友谊是光辉的、战斗的、崇高的、永远不可磨灭的友谊。他们互相启发，互相砥砺。他们在文学上是知己，在政治斗争上也是知己。他为鲁迅的杂文集作序，对鲁迅的杂文，对鲁迅几十年的斗争，最早作了全面的、崇高的评价。他赞誉鲁迅"是封建宗法社会的逆子，是绅士阶级的贰臣，而同时也是一些浪漫蒂克的革命家的诤友！"他是鲁迅的好友，但他在与世诀别的时候，还说自己"一生中没有什么朋友"，以维护鲁迅的安全。鲁迅也在自己病危之际，为他整理旧稿，出版《海上述林》。这都是我们文坛上可歌可泣的、少有的动人佳话。秋白这一时期的工作成绩是惊人的，他矢志文学的夙愿在这时实现了。我想，这大概是他一生中最称心的时代，是黄金时代。

可惜，这个时代不长。一九三四年初，他就不得不撤出上海，转移到中央苏区去了。他到了苏区，主管苏区的文化教育工作，他尽可能去接近农民，了解农民的生活。这在他是一件了不起的大事。秋白过去是没有条件接近农民的。这正是秋白有意识地要弥补自己的知识分子的缺点，有心去实践艰苦的脱胎换骨的自我改造。他在苏区还继续努力推行文艺大众化。后来，如果他能跟随红军主力一起长征，能够与红军主力一起到达陕北，则他的一生，我们党的文艺工作，一定都将是另一番景象。这些想象在我脑子中不知萦回过多少次，只是太使人痛心了，他因病留在苏区，终遭国民党俘获杀害了。

在这个期间，我在鲁迅家里遇见秋白一次，之华同志也在座。一年来，我生活中的突变，使我的许多细腻的感情都变得麻木了。我们之间的谈话，完全只是一个冷静的编辑同一个多才的作家的谈话。我一点也没有注意他除此之外的任何表情，他似乎也只是在我提供的话题范围之内同我交谈。我对他的生活，似乎是漠不关心的。他对我的遭遇应该有所同情，但他也噤若寒蝉，不愿触动我一丝伤痛的琴弦。

但世界上常常有那么凑巧的事：一九三二年"一·二八"后，我要求参加共产党，很快被批准了。可能是三月间，在南京路大三元酒家的一间雅座里举行入党仪式。同时入党的有叶以群、田汉、刘风斯等。主持仪式的是文委负责人潘梓年。而代表中央宣传部出席的、使我赫然惊讶的却是瞿秋白。我们全体围坐在圆桌周围，表面上是饮酒作乐，而实际是在举行庄严的入党仪式。我们每个人叙述个人入党的志愿。我记得非常清楚，我说的主要意思是，过去曾经不想入党，只要革命就可以了；后来认为，做一个左翼作家也就够了；现在感到，只作党的同路人是不行的。我愿意做革命、做党的一颗螺丝钉，党要把我放在哪里，我就在哪里；党需要我做什么，就做什么。潘梓年、瞿秋白都讲了话，只是一般的鼓励。

《多余的话》

我第一次读到《多余的话》是在延安。洛甫同志同我谈到，有些同志认为这篇文章可能是伪造的。我便从中宣部的图书室借来一本杂志，上面除这篇文章外，还有一篇描述他就义的情景。我读着文章仿佛看见了秋白本人，我完全相信这篇文章是他自己写的（自然不能完全排除敌人有篡改过的可能）。那些语言，那种心情，我是多么地熟悉啊！我一下就联想到他过去写给我的那一束谜似的信。在那些信里他也倾吐过他这种矛盾的心情，自然比这篇文章要轻微得多，也婉转得多。因为那时他工作经历还不多，那时的感触也只是他矛盾的开始，他无非是心有所感而无处倾吐，就暂时把我这个无害于他的天真的、据他说是拥有赤子之心的年幼朋友，作为一个可以听听他的感慨的对象而忘情地剖析自己，尽管是迂回婉转，还是说了不少的过头话，但还不像后来的《多余的话》那样无情地剖析自己，那样大胆地急切地向人民、向后代毫无保留地谴责自己。我读着这篇文章非常难过，非常同情他，非常理解他，尊重他那时的坦荡胸怀。我也自问过：何必写这些《多余的话》呢？我认为其中有些话是一般人不易理解的，而且会被某些思想简单的人、浅薄的人据为话柄，发生误解或曲解。但我决不会想到后来"四人帮"竟因此对他大肆诬蔑，斥他为叛徒，以至挖坟掘墓、暴骨扬灰。他生前死后的这种悲惨遭遇，实在令人愤慨、痛心！

最近，我又重读了《多余的话》，并且读了《历史研究》一九七九年第三期陈铁健同志写的重评《多余的话》的文章。这篇文章对秋白一生的功绩、对他的矛盾都作了仔细的分析和恰当的评价，比较全面，也很公正。在这里我想补充一点我的感觉。我觉得我们当今这个世界是不够健全的，一个革命者，想做点好事，总会碰到许多阻逆和困难。革命者要熬得过、斗得赢这些妖魔横逆是不容易的，各人的遭遇和思想也是不一样的。比如秋白在文学与政治上的矛盾，本来是容易理解的，但这种矛盾的心境，在实际上是不容易得到理解、同情或支持的。其实，秋白对政治是极端热情的，他对马克思主义的信仰是坚定不移的。他从开始研究马克思主义，就"对于社会主义或共产主义的终极理想，都比较有兴趣"。"马克思主义告诉我要达到这样的最终目的，客观上无论如何也逃不了最尖锐的阶级斗争，以至无产阶级专政——也就是无产阶级统治国家的一个阶段。为着要消灭国家，一定要先组织一时期的新式国家，为着要实现最彻底的民权主义（也就是所谓民权的社会），一定要先实行无产阶级的民权。这表面上自相矛盾而实际上很有道理的逻辑——马克思主义所谓辩证法——使我很觉得有趣。"秋白临终，还坚定明确地表示："要说我已经放弃了马克思主义，也是不确的。""我的思路已经在青年时期走上了马克思主义的初步，无从改变。"他毕生从事政治斗争，就是由于他对马克思主义的信仰。为了政治活动，他不顾他的病重垂危的爱人王剑虹。在"八七"会议时，他勇敢地挑起了领导整个革命的重担。他批评自己的思想深处是愿意调和的，但他与彭述之、陈独秀做着坚决的路线斗争。他有自知之明，他是不愿当领袖的，连诸葛亮都不想做，但在革命最困难的严重关头，他毅然走上党的最高的领导岗位。这完全是见义勇为，是他自称的韦护的象征。这哪里是像他自己讲的对马克思主义一知半解，自己又有许多"标本的弱者的道德——忍耐，躲避，讲和气，希望大家安静些，仁慈些……"？哪里是像他自己讲的"不但不足以锻炼成布尔塞维克的战士，甚至不配做一个起码的革命者"？我认为秋白在这样困难的时候奋力冲上前去，丝毫没有考虑到个人问题，乃是一个大勇者。在《多余的话》的最后，他说因为自己是多年（从一九一九年到一九三五年）的肺结核病人，他愿意把自己的"躯壳""交给医学校的解剖室"，"对肺结核的诊断也许有些帮助"。当他这样表示的时候，在他就义的前夕，在死囚牢里像解剖自己患肺病的躯壳一样，他已经在用马克思主义的利刃，在平静中理智地、细致地、深深地剖析着自己的灵魂，挖掘自己的矛盾，分析产生这矛盾的根源，他得出了正确的结论。这对于知识分子革命者和一般革命者至今都有重大的教益。他说："要磨炼自己，要有非常巨大的毅力，去克服一切种种'异己的'意识以至最微细的'异己的'情感，然后才能从'异己的'阶级里完全跳出来，而在无产阶级的革命队伍里站稳自己的脚步。否则，不免是'捉住了老鸦在树上做窠'，不免是一出滑稽剧。"

他这样把自己的弱点、缺点、教训，放在显微镜下，坦然地、尽心地交给党、交给人民、交给后代，这不也是一个大勇者吗？！我们看见过去有的人在生前尽量为自己树碑立传，文过饰非，打击别人，歪曲历史，很少有像秋白这样坦然无私、光明磊落、求全责备自己的。

在"八七"会议以后，秋白同志在估计革命形势上犯了"左"倾盲动主义的错误。在党的六届七中全会通过的《关于若干历史问题的决议》中是说得非常清楚，是极为正确的。我想，在那样复杂、激剧变化的时代，以秋白从事革命的经历，犯错误是难以避免的；换了另外一个人，恐怕也是这样。何况那些错误都是当时中央政治局讨论过的，是大家的意见，不过因为他是总书记，他应该负主要责任而已。

但是，事隔两年，人隔万里，在王明路线的迫害下，竟要把立三路线的责任放在秋白身上，甚至把正确地纠正了立三路线错误的六届三中全会也指责为秋白又犯了调和路线错误，对他进行残酷斗争、无情打击，把他开除出中央政治局。秋白写《多余的话》时，仍是王明路线统治的时候，他在敌人面前是不能暴露党内实情、批评党内生活的，他只能顺着中央，责备自己，这样在检查中出现的一些过头话，是可以理解的。

正由于我们生活中的某些不够健全，一个同志在工作中犯了错误，就被揪着不放，攻其一点，不及其余，这种过左的做法，即使不是秋白，不是这样一个多感的文人，也是容易使人寒心的。特别是当攻击者处在有权、有势、有帮、有派，棍棒齐下的时候，你怎能不回首自伤，感慨万端地说："田园将芜胡不归？"而到自己将离世而去的时候，又怎会不叹息是"历史的误会"呢？

古语说："慷慨成仁易，从容就义难。"这句话是有缺点的。"慷慨成仁"也不易，也需要勇敢，无所惧怕，而"从容就义"更难。秋白同志的《多余的话》的情绪是低沉的，但后来他的牺牲是壮烈的。秋白明明知道自己的死期已经临近，不是以年、月计算了，但仍然心怀坦白，举起小刀自我解剖，他自己既是原告，又是被告，又当法官，严格地审判自己。他为的是什么？他不过是把自己当做一个完全的布尔塞维克来要求自己，并以此来品评自己的一生。这正是一个真正的布尔塞维克的品质，怎么能诬之为叛徒呢？革命者本来不是神，不可能没有缺点，不可能不犯错误，倘能正视自己，挖掘自己，不是比那些装腔作势欺骗人民，给自己搽脂抹粉的人的品格更高尚得多么？

秋白在他有生之年，在短短的时间里，写了许多重要文章，他却说自己是"半吊子文人"，也是一种夸大，是不真实的。但秋白一时的心情还是带有一些灰暗，矛盾是每个革命者都会遇到的，每个人都应该随时随地警惕自己，改造自己，战胜一切消极因素。特别是在极端困苦之下，对人生，对革命，要保持旺盛的朝气。

秋白的一生是战斗的，而且战斗得很艰苦，在我们这个不够健全的世界上，他熏染着还来不及完全蜕去的一丝淡淡的、孤独的、苍茫的心情是极可同情的。他说了一些同时代有同感的人们的话，他是比较突出、比较典型的，他的《多余的话》是可以令人深思的。但也有些遗憾，它不是很鼓舞人的。大约我跟着党走的时间较长，在下边生活较久，尝到的滋味较多，更重要的是我后来所处的时代、环境与他大不相同，所以，我总还是愿意鼓舞人，使人前进，使人向上，即使有伤，也要使人感到热烘，感到人世的可爱，而对这可爱的美好的人世要投身进去，但不是惜别。我以为秋白的一生不是"历史的误会"，而是他没有能跳出一个时代的悲剧。

飞蛾扑火

秋白曾在什么地方写过，或是他对我说过。"冰之是飞蛾扑火，非死不止。"诚然，他指的是我在二二年去上海平民女校寻求真理之火，然而飞开了；二三年我转入上海大学寻求文学真谛，二四年又飞开了；三〇年我参加左联，三一年我主编《北斗》，三二年入党，飞蛾又飞来扑火。是的，我就是这样离不开火。他还不知道，后来，三三年我已几濒于死，但仍然飞向保安；五十年代我被划为右派，六十年代又被打成反革命，但仍是振翅飞翔。直到七十年代末，在党的正确路线下，终于得到解放，使我仍然飞向了党的怀抱。我正是这样的，如秋白所说，"飞蛾扑火，非死不止"。我还要以我的余生，振翅翱翔，继续在火中追求真理，为讴歌真理之火而死。秋白同志，我的整个生涯是否能安慰死去的你和曾是你的心，在你临就义前还郑重留了一笔的剑虹呢？

一九八〇年元月二日于北京

我母亲的生平 *

　　我母亲姓余，闺名曼贞，后改名为蒋胜眉，字慕唐，一八七八年生于湖南省常德县。她的父亲是一个宿儒，后为拔贡，做过知府①。因家庭是书香门第，我母亲幼年得与哥哥弟弟同在家塾中读书，后又随她的姊姊们学习画画、写诗、吹箫、下棋、看小说，对于旧社会的女子无才便是德的规矩，总算有了一点突破，为她后来进学校，在教育界奋斗十余年，以及熬过长时期的贫困孤寡的生活打下了基础。她的婚姻生活是不幸的，从她口中知道，我父亲是一个多病、意志消沉、有才华，却没有什么出息的大家子弟，甚至是一个败家子。我母亲寂寞惆怅、毫无希望地同他过了十年，父亲的早死，给她留下了无限困难和悲苦，但也解放了她，使她可以从一个旧式的、三从四德的地主阶级的寄生虫变成一个自食其力的知识分子，一个具有民主思想，向往革命，热情教学的教育工作者。母亲一生的奋斗，对我也是最好的教育。她是一个坚强、热情、勤奋、努力、能吃苦而又豁达的妇女，是一个伟大的母亲。她留下一部六十年的回忆录和几十首诗，是我保存在箱屉中的宝贵的财产。每当我翻阅这些写在毛边纸上的旧稿时，我的心总要为她的经历而颤栗，不得不生出要写她、要续写《母亲》这部小说的欲望。只是太多的事，太多的人挤压着我，在排队时只得把她挤到后边。这次人民文学出版社拟重印《母亲》，我便重读四十多

＊　本文初刊于《芙蓉》1980年第3期。收入《丁玲全集》第6卷。
①　初刊本作"地方官"。

年前的这部旧作，重读母亲写的遗稿，重温母亲曾给我的教益和支持。只是因为许多更紧迫的事，我不能不压下续写《母亲》的欲望。我现在只能把母亲的生平，作一极简单的介绍，希望能帮助读者更易于了解另一个时代，另一种社会，和在另一个时代，另一种社会中斗争的人吧。我想摘录我母亲遗稿中的一些片断，尽管她没有完全写出她的感受，文字比较粗浅，但用她自己的话来说，读来也许会感到更亲切些。

一九〇九年：

……弟命人送信来……并告社会上有先觉者欲强家国，首应提倡女学，因女师缺乏，特先开女子速成师范学校，定期两年毕业等语。闻后雄心陡起，我何不报名读书，与环境奋斗？自觉如绝处逢生，前途有一线之光明，决定将一切难关打破，一面复弟函嘱代报名，一面打主意。他们家习俗女子对外无丝毫权力，有事须告房族伯叔。于是去晤深晓事理之伯兄，申明事之轻重，不能顾节失此时机，彼亦赞成。我清检后，将正屋锁闭，托人照看。即携子女，一肩行李，凄然别此伤心之地，一路悲悲切切，奔返故里（常德）。（括弧内的字是我加注的，下同）

一九一〇年：

……与同级者更觉亲爱，其中有一十余岁姓白者（即向警予烈士。母亲写回忆录时是在一九四一年，在国民党统治区，她不能直写烈士的姓名），与我更说得来，学问道德，可为全校（指常德女师）之冠。她对我亦较同他人合得来些，真可谓忘年交。还有唐氏姊妹，及伊表妹，均少年英俊，学识俱优。还有几位，其志趣亦不凡，她们服我不畏艰苦，立此雄心；我亦钦佩她们见解高超。我常与她们谈论各种问题，以致迟归。

一九一一年：

　　……弟之友来告，城门（常德）已锁，恐有意外事发动，嘱作准备，如消息恶劣，当再送信。此时弟不在家，急与弟妇商量。我更因校长与监督均已去省城，校中（常德女师）仍有数十住宿生，她们皆是年轻姑娘，又处异地，万一有事，不堪设想，不若接来我家暂避，今宵明日听了信息，另打主意。她亦赞许。时大雨滂沱，余撑伞到校（常德女师）报告一切，并把弟妇奉接意思申明。一刻儿如鸦飞雀乱，联翩至吾家。且喜床铺多，天气不冷不热，四五人一床，或品茶谈天，或看书下棋。第二天风声愈紧，乃反满战争（指辛亥革命）。民众平安久了，不胜恐惧，市上已搬空，学校停课，学生纷纷回家，我又喜又悲，不觉流出泪来。……

一九一二年：

　　……本校（常德女师）师范停办，故里（临澧）欲吾创办小学，自度才力不足，未曾应许，私衷急欲读书，于是函约诸友，自借款登轮赴省会（长沙），带一双儿女，受尽几许艰辛，直等到新创办的湖南省立第一女子师范学校开学，方才考入，……将子女寄居姨家，母子分离，精神上不免有些痛苦，且喜白友等均已次第入校，畅谈往事，功课紧张，把心事也就放宽了。……怕他们（指我和弟）受寒，将我的被褥分给他们，只留一床秋被自盖。一来我身虽冷而心安；二来被暖难于早起。我身上也只穿得旧的薄棉袄，两条单裤，听讲时两脚由土地上生一股寒气，从背直达脑顶，不由的战栗。直等下了课，将两手呵气，两脚跳踢，才觉得有点生气。每入餐室，整队徐行，既至入桌，饭菜全冷透了，只听得一片齿碰碗箸的声响，八人一桌，只有一箸的菜，不吃，肚子饿则愈冷。早晚点名时，无情的北风如刀剜人肌肤，时已下过两场雪。白友抱被来与我共眠取暖，她说她素畏寒，于是睡时稍好。可以早点入睡。

一九一三年^①春天，我母亲因为没钱，在长沙第一女师未毕业，就去桃源教书了；两年后又转回常德，当学校管理员（即舍监，管理学生思想教育的）。经常到学生家里访问，帮助解决学生家庭的困难，在学生和家长中很有威信。

> 有远方学生病虚弱者，吾怜伊无母，且天资聪敏，极其勤学，故有此病。将伊移居女室，吾自为照应，夜起数次，审其寒热，辨其病状，饮食医药，亲自调理，数星期后始痊愈。或有经济缺乏者，或有因道远钱不就用者，我自己省吃俭用，薪金有余则应伊等之缓急，助无力求学者，况余素轻视物资，又不善理财，售产之款，除还债及为本族经手人借用之外，几乎毫无所存了。

一九一八年春天^②，最可怕的事，我母亲一生中第二次最大的打击发生了。我的小弟弟寄住在一所男子高小学校，春天患急性肺炎，因无人照顾耽误了治疗，夭折了。我母亲懊悔悲伤，痛不欲生，从精神到身体都几乎垮了，但由于向警予等挚友们的开导，我母亲才又振作起来，并全力组织妇女俭德会，成立附属学校，一年后又毅然辞退高工薪的管理员职位，离开自己耗费过心血的县立女子高小学校，而专办妇女俭德会的附属小学。同时又创办工艺女校和工读互助团。互助团是工读学校，吸收贫苦女孩入学，半工半读。她的这些不平常的行动在她的遗稿中是这样叙述的：

> 唉，可怜不幸的曼，又从死里逃生。唉，不能够死咧，还有一块肉，伤心哟！吾女每见我哭，则倒向怀中喊道："妈妈咧妈妈

---

① 初刊本作"一九一四年"。
② 初刊本作"一九一八年"。

妈！"做妈妈的怎舍得你，你若再失去妈妈，你将何以为生！只得勉强振作精神，自己竭力排解，从此母女相依为命，从弟家重返县立女校，为千万个别人的子女效劳。……

不久，白友准备留学法国，从她的故乡溆浦去长沙，路经常德，特来看我。彼此知己，相晤之下，极其忻悦。留居校中，并约旧日好友，为十日之聚。夜夜与白友抵足谈心。伊劝我振作精神，将眼光放远大些，不可因个人的挫折而灰心，应以救民救国之心肠，革命的成功，来安慰你破碎的心灵。并介绍我看那几种书，都是外边京沪出版的一些杂志新书。我听她这些话，如梦方醒，又如万顷波涛中失了舵的小船，泊近岸边一样。亦正如古人常说的"闻君一席话，胜读十年书"。白友之来，其所言真是我的福音。其他友人也顿开茅塞，相约应互相勉励前进，我顿时感到强了许多。……

一九一八年：

这年夏天，我与数友风雨无阻四处奔走，筹备组织妇女团体"妇女俭德会"，至开成立大会时，到会者会员上千，还敦请了各界人士。大众推我为主席主持开会，报告妇女俭德会成立的宗旨，另有多人演讲，这实为本县之创举，一时热闹无已。夕阳西下，始散。此时才觉得一身虚弱到极点，将开水泡了一碗冷饭，略塞饥肠，才觉得好些。

从此别开生面，不似以前那样悲苦了。又与友人相商，欲提高贫民女子知识和解救她们的痛苦，想于常德东关城乡办一平民工读女校，不独不取分文学费等项，还要使她们有进款。友人亦极赞成。我即准备将意图写出，呈请县政府立案。定名为工读互助团。分文科（实际就是扫盲）、艺科、学缝纫、纺纱、织毛巾。又进行募捐，登报，刷广告招生，校舍也租到了。但百事俱备，只欠东风，没有学生来报名。因乡下风气闭塞，女孩裹小脚不出门，于是暑假中冒着三十多度的酷热，每天带着两个教员，均是我的学生，去乡下一家家宣传，到开学时，大大小小也来了二三十人。后来因为成绩显著，学生识了字，又能学到手艺，还能帮助家里解决一些问题，而且都懂事了，有了向上心，于是学生越来越多，直到因地方小，一时无法扩充，只得有所限制了。

一年之后，俭德会的附属小学，问题严重，校长不负责任，致开学时，教员退约，学生不到校。我自己又是县立高小的管理员，而这个学校又正在蒸蒸日上之时，扩充了校舍，添了班次与教员，学生已达四百余人。校长非常倚重我，月薪也增加了。俭德会附属小学的规模条件都比较差，但这是我们妇女界自己创办的，不能任其垮台。会员们都建议我勉为其难，要求我为大家全力负担学校事情。我本不愿离开县立女校的原职，但群众热烈要求，我为形势所迫，只好下决心不畏艰苦，辞掉了有钱可拿的好差事，而去做难做的又几乎是尽义务的事，以我一个寒士来说，实在不容易。县立女校的校长还坚决挽留我，我只好面叙苦衷，声明我乃权衡两校的利益而决定去留的，校长见我义正言切，非常佩服，并云我如有事当相助。于是我又将全力重振这即将关门的学校。也有朋友见我乃寒士，为此牺牲很大，很同情我，自动帮我筹款，整理校务，教导学生，学校日渐恢复，且比以前逐渐兴盛。白天整日忙忙碌碌，至晚与二教师独守古庙，夜读不倦，假舒气以破岑寂。能以教育为终身事业，俾社会有所裨益，亦诚忘忧心有所慰也。

我母亲从事教育活动，一直持续到一九二七年上半年"马日事变"以后（指一九二七年五月廿一日，湖南的反革命军阀何键等在长沙围攻湖南省工会、省农民协会及一切革命组织，捕杀共产党及一切革命的工农群众）才不得不停下来。

第二天（指"马日事变"后的第二天）早饭后，我仍旧出外走动，看见今日情形与昨天大不相同，不独没有鼓号之声，行人稀少，所贴之标语，若经雨之花片，又好像一些大小蝴蝶，松枝牌坊也是乱糟糟的。我感到顷刻要发生什么事情，急去打问，只见到一个挑水工人，他说来了许多军队，话没说完，只听得啪啪几声枪响。我又急急回家，有人又说现在满街都是兵，背着枪捉人，某家的少爷打死人，某学生让枪毙了，……从此没有好消息，一会儿说谁被捉了，一会儿又说什么地方关了许多人。我觉得我受刺激太深，神经紧张，全身乏力，成天躺在床上。各学校都放了假，许多人不见了。我无处可走，只觉头目昏眩，气逆肠梗，筋骨疼痛，每日向侄辈说："恐我一旦物化，无知之尔辈，须收拾吾躯。"我只得深居斗室，恨不能将此身埋在地穴，或把两耳紧塞，因常有尖锐的毙人的号声传来。又常有人说"某女生亦在其内"，或说，"今天的那个年纪很小，还不到十五岁咧……"还形容他们的状态和其家庭如何。这些话都使我听了如万箭钻心，恨不能放声嚎啕大哭。我用两手捧着头，靠在书桌上任泪水澎湃以刹悲。可怜的热血青年死得真冤枉，我那可爱的勇敢有觉悟、舍死为国的青年们哟！这次将我国的元气太丧了！国家前途就败落在这群自私自利的奸猾之徒的手里吗？

我母亲的社会活动停止了，学校的事都由旁人代替，她不能不蛰居家中，苦闷极了。我虽然于一九二九年接她到上海住了几个月，还去了一趟杭州。但终因我当时经济困难，没有办法，只能让她回湖南一人独居，湖南还有她的朋友或能稍事接济，湖南生活水平也较低。

一九三一年，胡也频牺牲后，我把孩子送回湖南，请她照管，她慨然应允，丝毫没有表示为难。我先把也频被害的消息瞒着她，后来她知道了，但来信从不问我，装不知道，免得徒然伤心。

一九三三年我被国民党绑架后，我母亲写道：

　　五月尾，我的乱星又来了。女本有许久未来信，外边传的消息非常恶劣。想法给她朋友去信，或向书店中探听。每到夜静，哀哀哭泣，心肝寸裂，日里则镇静自若，不现一丝愁容。幸灾乐祸者多，纵有安慰者，亦徒增吾之悲痛。后沪上来信，劝我缓去，并云女决不至于有什么。将信将疑，但亦无可奈何，只能听天由命。……

　　一九三六年，我为了准备逃离南京，要母亲带孩子先回湖南。母亲写道：

　　　　默察吾女似有隐忧，烦闷时则向小孩发脾气。女亦与我商量，要我带孩子回湖南。纵然难舍我女，但看形势，不能不暂时分手，我应尽我个人之力，决定携小孩别伊等之母。从此南辕北辙，晤面难期，前途渺茫，唯靠我一颗忠心，两手操劳；唯愿吾女得志，以图他日相会。……

　　一九三六年冬，我到了保安。抗战时期，我从延安去信给她。她情绪极高，来信说："我早知道你全心只在'大家'，而'小家'你也不会忘掉的。望努力为国，无须以我等老小为念。"一九三八年武汉沦陷前，我想把她和孩子都接到延安。组织上考虑，认为延安非久安之地，孩子可以接来，万一局势变动，孩子是自己的，怎样也可以说得过去，对老人家就难说了。组织上的考虑是对的。因此我去信，请母亲把孩子送到延安。母亲在旧稿中写道：

　　　　两京沦陷，时局日非，只得忍痛割爱，将两小孩若邮局寄包裹样，由四侄（即伍陵同志）送交伊母，吾则飘浮无定踪，非人之生活较前苦百倍矣！

从此我母亲一人在家乡飘流，有时与难民同居一处，有时同朋友住在山村，有时寄居在我堂兄家里。她曾经收到一点由重庆、上海等地寄去的我的稿费，都是当时胡风、雪峰为我收编的短篇小说集的稿酬。一九四八年，《太阳照在桑干河上》在大连出版，得了一点稿费，我托冯乃超同志辗转汇给了母亲。这些稿费数目不多，杯水车薪，于生活上小有补益，但更多的却只是精神上的安慰。

抗战前后这十余年，母亲的生活是够凄凉的，也够磨炼人的。这时期她的来信，常常使我黯然无语。但她总在诉苦之余，还勉励我努力工作，教诫孙辈好好读书。我在这些信中看到她将倒下去的衰老的身影，也常常体会到她为等待光明而顽强挣扎的心情。她在回忆稿中经常流露凄婉的情绪，但又显示着她坚忍豁达的心情。

　　（一九三九年）二月，夜半抵城返家，街市上渺无人烟，敲门进去一看，物件零乱，门大开，满屋灰尘，只有一老婆婆看屋。勉强住了三日，无从清理，时有警报，人心惶惶，以律记之：

　　避乱夜返武陵城，断壁颓垣转眼更；敲门灯暗惟邻媪，蛛丝尘积窗棂倾。风送警报声声急，雨催花放慢慢晴，独理书签还自慰，虽然苦恼不担心。

　　离家只数月，百物俱空。其所慰者，小孩有了保障（孩子们已在延安入托儿所和小学校），且时有书来，自己已老迈，生死不足惜。

　　（一九三九年）×月在城中，到外面看看，市上被敌机炸后情况实在使人伤心，生无穷的愤恨和悲戚：

　　山河破碎千万顷，断壁颓垣草木横；满目疮痍应堕泪，风声鹤唳却心惊。危机暗伏何日了，朝餐夕宿不时更；为惜流光图苟且，欲安脏腑暂栖身。

　　人民状况若此，奈何？

（一九四○年）九月二十日下山进城，将沿途目之所睹与四时之思忆，以律记之：

怕收残局懒登城，三秋境界欲断魂；天空浮云多变幻，人世代谢亦常情。耳顺年华如蓬转，骨肉远离身似轻。头白且喜双足健，红叶青蓼伴我行。

（一九四一年）二月，即腊月二十九日，午后飞雪乱舞，吾独步田野有感：

雪花拂面腊尽时，踽行山径意迟迟；怕看桃符除旧岁，喜听松风似马嘶。地图变色何日复，天道循环定有期。壮志凌云空怅恨，投笔请缨少人知。

正月初一又咏二绝，以舒恨怨：

苦历风尘魔孽多，运蹇时乖莫奈何。踏遍天涯谁能识，年华荏苒枉蹉跎。

白驹闲向隙中过，搔首问天究若何？力拔山兮无用处，不生不死且放歌。

（一九四一年）十月十五日，搬到一间小土地房，对面是山，窗外是池塘，后面当北风，空气很好，以冷气过甚，戏咏二绝，以纪陋室。

其一：南孔北穴挂朝阳，地势凸凹古书藏，面山临水风刺骨，苍松挺立傲秋霜。

其二：白发苍苍睡烂床，断简残篇不用装，几摇案倒东西置，橱无门屉任鼠忙。

（一九四六年）除夕，风雪很大。想我虽年老孤独，处此乱世，未受饥寒，真是万幸。今有若干人当此危难境地，危难麇聚，一念及此，不禁为之悲戚，作二律纪之：

其一：雨雪送残年，平民苦熬煎；厨中无柴米，儿妻又号寒。

北风^①利如剑，荷担行路难；哪知胜利后，犹戴复盆冤。

其二：物价增千倍，米珠薪如桂。富者已成贫，贫者何足论，虎狼相争食，蝼蚁岂能存？前途花灿烂，留给予儿孙。

我母亲熬过了十多年的贫困流浪的艰难生活，于一九四九年新中国成立后终于到了北京。我们一家人欢庆团聚。她虽然年老力衰，但兴致勃勃，经常给我们讲乡间生活。她觉得自己多年乡居，与世隔离，知识、思想都落后了，因此她每天都读书看报，手抄《矛盾论》《实践论》，听艾思奇同志讲解大众哲学的广播……一九五〇年北京组织工作队，到新解放区参加土改时，她向我们提出，要求组织上允许她回湖南参加工作，她说家乡事情她了解，她能工作，她不愿在北京住楼房、吃闲饭。我们很理解她的心情，但以为她的身体实际上是不能工作的，组织上也不会同意的。她便又提出到托儿所去做点事，我们也没有同意。我们劝她在家里当管理员，管理伙食，她答允了。她管理伙食两年多，账目清楚，账本至今还在，自然我们没有看过。一九五一年她问陈明，入党须有什么条件，她希望争取入党。陈明告诉了沙可夫同志。当时负责文联党的工作的沙可夫同志认为她这种精神是好的，只是年龄大了，不宜参加工作，要我们劝她安心。这事在一九五三年她逝世前两个月还谈到过，还慨叹自己不能成为共产党员而深感遗憾。

我母亲住在北京的几年中，起居定时，早早即起，上午写字抄书、读书（文学、社会科学书籍），下午做些手工，为我们织毛衣，缝缝补补。为了她的生活方便，我们想请一个保姆。她总不赞成。她的屋子她自己洒扫，她的衣服也是她自己洗涤。一年中的大半年，她总穿一件旧的蓝布夹袍。我给她缝了一件料子的夹袍，但直到她死前，这件新夹袍一次也没有穿过。清检遗物时，她的衬衣衬裤，棉衣都是打了补丁的。

---

① 初刊本作"此风"。

我母亲热爱朋友。凡有人来找我，或者开个小会，留在我家便饭时，她总是热情招待。遇到有湖南人的时候，她还亲自下厨，烧辣子鱼呢。

她因心血管栓塞，于一九五三年五月四日逝世，终年七十五岁，葬于京郊万安公墓。

一九八〇年元月十五日

她更是一个文学作家

——怀念史沫特莱同志*

一

一九三一年我从湖南回到上海，一个人住在环龙路的一个弄堂里。我要求到苏区去，正等着答复。我像一个孤魂似的深居在一间小屋里，伏案直书，抒发我无限的愤恨，寄幽思于万里之外；有时在行人稀少的环龙路上的梧桐树荫下踟蹰徘徊，一颗寂寞忧愁的心，不断被焦急所侵扰。正在这时，冯雪峰同志通知我，有一个外国女记者要见我，她对左联五烈士的死难，表示了无限同情与愤慨，写了报道，帮我们做了宣传工作；通知我按约定的时间到她家去。这样，有一天，大约是五月间的样子，天气已经暖和了，我穿一件黑色软缎连衣裙，走进了格罗希路或麦塞而路①一条幽静的马路边一所有花园的洋房里，史沫特莱热情地迎接了我。

史沫特莱长得高大，一对很大的眼睛在一张并不秀丽的脸上闪烁着。曾经有人告诉过我她可能混有一点红色人种的血液，我那时的知识还辨别不出来。但我一下就感到，她不是我脑子中的，从书本上得来印象的那些贵族妇女、交际花，多愁善感、悠闲潇洒、放任泼辣，……都不是，她是一个近代的热情的革命的实干的平常的美国妇

---

* 本文原题"'她更是一个文学作家'——怀念史沫特莱同志"，初刊于《光明日报》1980 年 6 月 4 日第四版。收入《丁玲全集》第 6 卷。

① 初刊本作"卡德路附近"。

女。她使我一见面就完全消除了对生人所特有的审慎，我只感到她是可以信任的，可以直率谈话的，是我们的自己人。尽管我知道她当时和中国的一些文坛名士、上层知识分子如林语堂、徐志摩等友好，但她与之更友好的是共产党，是左翼，是革命者。

她问了我许多问题：我的经历，我的处境，我对未来的打算，我的写作计划……过去我一直不懂社交，怕和上层人物来往，不喜欢花言巧语，但一旦心扉打开时也还能娓娓而谈。这样，我们就像一对老朋友，倾心地谈了一上午。她替我照了不少像。她照得很好，现在我还保留着一张她照的我穿着黑软缎衣的半身像。当我翻阅这些旧物时，那时我难有的一种愉悦而熨帖的心情还回绕在脑际。虽说这只是一个上午，可是多么令人神驰的一个上午！

后来，我又去她家里一次，我穿着一件自己缝制的蓝布连衣裙，大领短袖，已经穿旧了。可是史沫特莱赞赏了这件简单朴素的便衣，我看出她喜欢我这身打扮，我很欣赏她的趣味。她告诉我，前几天总有包打听守在马路对面监视着她，她从花园里，透过临马路的竹篱望见了，一连好几天都这样。她就拿了一根大棒，冲了出去要打那个人，吓得那人仓皇逃跑，这几天再没有来了。她讲这些时，大声笑着，表现出她的天真与粗犷，我不禁也高兴地笑了。这次我逗留时间不长，但她这个笑，许多年来，至今还会引起我的微笑。

"九一八""一·二八"之后，我两次在群众大会上远远望到她，她与《中国论坛》报的伊罗生① 站在一起，还有两三个着西服的人。为了不引起特务的注意，我自然不会去招呼她。在我参加党之后，为了免除给她带来危险，我更有意回避着她，但她的情况，我一直可以听到一些。她的确是我们自己人。她的身世，我也多少知道一点，这样，我们就更贴近了。

---

① 初刊本作"她与当年塔斯社的伊罗生"。

二

一九三六年九、十月间，我住在西安的一个外国牙科医生家里，等着进陕北苏区中央所在地保安。这位牙科医生很年轻，他告诉我他是德国人，他递给我他的名片，上面写着冯海伯。一九七八年我在叶君健同志记述艾黎同志的长篇报告文学中读到他是奥国人，名叫温启，是革命者，或者还是共产党人。他是受到德国法西斯的迫害而到中国来的。他喂养着一条狼狗，狗的名字就叫"希特勒"，可见他恨希特勒之深。他白天行医，每天有不多几个人来看牙，一有空就和我们（另外一个绰号小妹妹的老共产党员）聊天。晚餐后，他用仅有的一点中国话或不多的英语同我们交谈一点新闻。我的英语会话水平很可怜，只懂很少不成文的单字。这屋里还住有一对德国夫妇。男的镶造假牙，女的操持家务，每天烤很好的面包、蛋糕，做很可口的西餐。后来这位男的有病，夫妇俩便到上海去了。这个牙医诊所实际是我们党的交通联络站，是不能轻易雇用佣人的。于是做饭等事一时就落在我和小妹妹身上了。我们不会烤面包，做西餐，但小妹妹很会烧中国菜，大米饭。牙科医生有时嫌我们做的菜太油，但仍然觉得好吃。这里平日除了刘鼎同志来向我们传达一些党的指示和新闻等外，是很少客人来的。我们只是看点书报以度过寂静的白天，或是三个人在温暖的电灯光下听听收音机。一天下午，冯海伯告诉我们，晚餐有客人，要多杀几只小鸡，多准备一点汤和点心咖啡等。他平日在我们面前的表现，还是比较老成持重的，此刻却掩饰不了他的异常的兴奋。晚上我们听到前边客厅里有响动，有客人谈话的声音，我们为他高兴，我们守在厨房一心为他们准备丰盛的晚餐。

当我们把饭菜做好的时候，冯海伯要求我们到前边去同他的朋友见面。我向来不喜欢交际，这时更怕见生人，但冯海伯的朋友，该是可以见面的，我认定他们也是自己人。我就高兴地揩了揩手，整整衣服，兴致冲冲地走进客厅。客厅里上首坐着一个外国男人，还有一个外国女人伫立在窗前，像等候谁似的。我转身望她时，发现了那一对闪烁的热情的眼睛正紧盯着我。"呵！还能是谁呢？是史沫特莱！"我急忙扑过去，她双手一下就把我抱起来了，在她的有力的拥抱当中，我忽然感到一阵温暖，我战栗了。好像这种温暖的拥抱是我早就盼望着的，这是意外的，也是意料之中的。我并不曾想到，会是史沫特莱来拥抱我，但我在凄凉的艰苦的斗争中，在茫茫的世界里，总有过一丝希望，总会有这样一天，有这一种情况，不管是哪个老朋友、哪个老同志，只要是真正的朋友、同志，他，她总会把我抱起来，把我遭受过的全部辛酸一同抱起来，分担我在重压中曾经历过的奋战的艰难。现在拥抱我的却是史沫特莱，一个外国友人。我是不怕冷酷的，却经不起温暖。我许久不易流出来的眼泪，悄悄地流在她的衣襟上。屋子里的人都沉重地望着我们，在静谧的空气里，一种歉疚和欢欣侵袭着我，我拥抱她，而且笑了。于是，屋子里立时解了冻，几个人同时邀我们入座。史沫特莱不理会我懂不懂得她的语言，叽叽呱呱对我说起来，我的英文是很蹩脚的，一时乱找几个还记得的单字来表示我的情感。这样惹得大家更笑了。我们欢快地围坐在餐桌周围。

史沫特莱还是从前那样精神抖擞。她是记者，她的工作和政治贴得紧紧的，她是一个非常政治化的人，她的政治触角很敏感，而我只感觉到她的革命的热情，她不只是一个政治记者，她更是一个文学作家，她写的《大地的女儿》写得多好呵！

另外那位男客人，风尘仆仆，虽是新识，却比熟人还熟似的，只一句话就把我整个人的兴趣吸引过去了，他成了这个小小聚会的中心。他是谁呢？那就是今天几乎人所尽知的美国友人埃得加·斯诺。他正从我要去的地方来，他是从保安来的，他是从党中央那里来的。他们问他，他回答；我们问他，他又回答。他不断地讲解，这里有三个国家的人，没有翻译，我们也不要翻译，我们从听不懂的语言中能懂得许多事。三种语言在这里絮絮叨叨，在热闹的客厅里、华灯下，只有融融之乐，我们忘了要炫耀我们的烹饪学。中心，一切谈话的中心，都是斯诺这次西行所得的印象。他讲苏区的生活，那些神奇而又谜似的生活。他讲毛泽东主席，讲周恩来副主席，他到过前方，认识了许多身经百战的红军将领，他讲苏区的人民、妇女儿童，他满腹的人物故事，他把收集来的珍贵的照片，一一展览给我们看。这时大家都年轻，都有满腔热情，用三种语言同唱《国际歌》，我们还向斯诺学习红军歌曲，"炮火连天响，战号频吹，决战在今朝……"和"送郎当红军"……我们都喝了不少酒，喝了很多咖啡，我们的脸都红了，都绽着愉快的笑，多么幸福的秋夜呵！

夜深了，两位客人要走了，依恋也没有用。我们缓步送他们到后门边。史沫特莱把她的一顶旧貂皮帽送给我，说我到陕北去可能比她更需要。这顶帽子曾留在我的包袱里很久，可是这天夜晚的情景，留在我记忆里更久，时间越久，越珍贵。冯海伯同志在"西安事变"中，被国民党特务黑夜悄悄地杀害在马路边。他的这间诊所就是抗战后的七贤庄西安八路军办事处，现在这里成立了一个展览馆。史沫特莱已离世三十余年，斯诺也在前几年逝世了。"小妹妹"的情况我至今还不知道。人世沧桑，回想当年情景，不能不停笔凝思，多么令人怀念的年代，多么令人怀念的人儿，多么令人向往的豪情呵！

三

一九三七年一月间，我刚从陈赓部队转到二方面军贺龙同志的司令部时，总司令部派通讯员接我回去，说有一个外国女记者在那里，我便赶回三原总部。原来客人就是史沫特莱。彭德怀、任弼时、陆定一几位领导同志正热情地向她介绍部队情况。任弼时同志要我陪她同去延安。离开前方我不愿意，但陪她，能同她一道走却是我乐于从命的。第二天，我们就乘大卡车北上。沿路我们虽然不能畅谈，但彼此的一言一笑一挥手，加上几个简单的英文单词，还是使我们愉快欢欣。两天后，我们到了延安。开始史沫特莱住在延安城里街边的一所院子里的几间房子里，后来搬到凤凰山脚的几间大窑洞里，一个叫吴光伟的女同志给她当翻译。我没有返回前方，留在中央警卫团政治处当副主任，后来又做中国文艺协会的工作，抗战^①爆发后，筹组西北战地服务团。那时，我工作虽然忙碌，但有空就去她那里看看。

这时，史沫特莱过着八路军普通战士的简单朴素生活。她穿一身灰布制服。她不习惯睡炕，把一个窄的帆布行军床支在炕上。炕前一张小桌，桌上一架打字机和几本白纸簿。外间房一张方桌，毛主席、朱总司令来看她或谈材料，都坐在方桌边的。有一段时间，朱总司令几乎每天都在这里和她谈材料。

史沫特莱是一个很勤奋的作家，悠闲同她无缘，她从早到晚都认真工作。她喜欢广泛搜集材料，了解各种情况，但总是把话题抓得很紧，从不爱闲谈。每当我看到她工作时，不免总有内愧，觉得自己常把时间浪费在闲谈上了，有时冥想太多，显得散漫，缺少现代人应有的紧张。我把这些印象讲给毛主席听，毛主席赞同我的看法，还说，那就向她学习吧。

有一次，延安开党的活动分子会议，我参加了，美国医生马海德同志也参加了，史沫特莱没有参加。她要求参加，组织上没有同意，听说她为此生气，她哭了。后来中央组织部部长博古同志找她谈话，向她解释，这不属于友好问题，也不是对她不信任，这是组织问题，因为她还不是党员。还告诉她，我们对她是以诚相待，她是有名的新闻记者，她还要到边区外面去，到很多地方去，要在各种环境里，接触各种人，向他们宣传八路军，宣传共产党，她不做党员，不参加组织有更方便的地方。她勉强被说服了。后来，她果真离开了延安，离开了八路军，但她为党、为八路军做了许多工作。可能她后来仍然没有参加党，可能还一直耿耿于怀。我以为她是一个没有拿到党证的共产党员。世界上也确实有拿着党证的非党员，我想我这个看法没有错。

---

　　① 编者注：现应为"全面抗战"。

这年九月，我们西北战地服务团从延安出发了。史沫特莱是什么时候离开的我记不清了。十一月或十二月，我们在山西忽然见到了她，第一次是在行军途中。那时太原沦陷，我们经榆次、太谷到和顺找到总司令部后，每天按序列随大部队一道行军。有一天休息时，忽然看见她兴冲冲地走来。西战团的同志们都认识她，大家围着她，大声笑着，会说几句英语的更趋前问好。大家还高兴地鼓掌，欢迎她跳舞。她也和年轻人一起鼓掌相报。我们晚上在宿营地演出，她也常到台下和群众一起观看，同声说好。有一次，她听到我们团一位同志连日行军、演出，疲劳过度，出现"休克"时，她比卫生员还要快，赶来为他按摩，用民间的土法，把砖烧热，垫在病人的脚下。我记得在延安时，一次她的勤务员有病，她就像慈母一样侍候他。她就是这样使人感动的。

那时我们的宿营地经常不在一起，我们几乎每天有演出任务。我有事去总部也不一定见到她。大家都是来去匆匆，以为随时可以见面，但其实见面也只能握手微笑，我们没有捞到一次长谈的机会。我们驻在洪洞县万安镇时，她住在离我们十多里的总部，我们还见过面。后来，听说她要离开前线到国民党区去工作，为八路军宣传、募捐。我来不及送她，她已悄然离去了。从此，我们没有再见面，只听到关于她的一些零零碎碎的传闻。有人说她舍不得离开八路军，又有人说她离开山西便到新四军去了。她买过很多药品给我们部队。她介绍许多外国朋友到解放区。她写的文章在德国、美国的报刊上登载，八路军、新四军的战报，政治工作的情况，胜利的消息在世界上传播。她写朱德传，红军将领成了各国人民所共知的英雄。全国解放后，她急于要回中国来，她爱中国的革命，同中国人民休戚与共，她的心永远留在中国。可是，当时美国政府不准她来，横加阻挠。她得不到签证，我们为她着急，担忧。好容易她得到去英国的签证。她只要能离开美国，我们便可以设法接她来中国。多么遗憾呵，她到了英国，却病倒在英国；而且竟在那里离开了人间，在还没有见到解放了的中国土地的时候，就离开了人间！在还没有重见她日夜盼望着的中国革命领导人和中国人民的时候，就离开了人间！她只能在弥留的时候，殷殷嘱咐把自己的骨灰送回中国。她要永远沉睡在中国的大地上，伴着中国人民，伴着中国的革命，伴着中国的社会主义建设，伴着她自己对中国的美丽的梦想。

史沫特莱同志！三十年前，我们迎来了你的骨灰，把你安放在八宝山革命公墓，和我们的先烈、你的战友长眠在一起。年年岁岁，我们将凭吊你，回忆你光辉的一生，怀念你对中国人民深厚的友谊。现在中美两国人民的友好大桥，已经架起了，两国人民在友谊的通道上，日益增加着了解、合作与团结。你的英灵将永远和我们一起，和中美两国人民一起，同饮友谊的醇酒，一同经历反对世界霸权主义的风风雨雨，一同走向新的胜利。今年是你逝世的三十周年，我写这篇文字，献出我对你的怀念、爱慕、尊敬，也借此慰藉自己难安的灵魂。

一九八〇年五月二十三日于北京

元帅呵，我想念您！ *

昨天，我看了《元帅之死》的电影。今天，我听到公审林彪、江青反革命集团的起诉书的广播。我的心里，涌起了无限的波涛。元帅呵，我想念您！

一九三六年冬天，中国工农红军正集结在陕甘宁边境，准备给反动派胡宗南以再一次打击的时候，我们在绍沟沿一带遇见了。我听到了多么亲切的乡音："老乡，你是安福县蒋家的吧？我们同你老家打过多少交道呵！哈……几百年的老地主家里，竟出了一个你这样的革命作家，真不容易呵！好，你来了，我们欢迎你。我们红军需要文化人，我们红军需要作家。"

你的洒脱，你的热情，你的真诚坦率，同过去一些被渲染过的你的神奇、勇敢的故事所给我的印象，一下就融合了。我对你一点也不陌生，一点也不需要客气，而只觉得可敬可亲。是一个老红军将领，是一个老同志，是一个我们湘北那里的人呵！

后来在陕西三原，"西安事变"以后，我到你们二方面军去了。你把彭老总给我的一件旧皮大衣，派人拿去换了一个很好的面子，而且照着我的身体改做了给我。彭老总的关心，你的体贴，都给了我深沉的温暖。

一九四二年在延安，春夏时分，你来"文抗"（全国文艺界抗敌协会延安分会）看我，我留你午餐，特别加了一个荤菜。你问我："这

就是你们每天的伙食吗？"我说："这盘肉丝是为你加的。这盘土豆是我们食堂的。"你大为惊叹，说："我们的作家，每日三餐就吃土豆丝、萝卜条吗？不行！我们一定要把边区的生产搞好，一定要改善作家的生活。"我记得你那时回延安正领导着大生产。饭后，我陪你到每个窑洞去看望住在"文抗"的作家，艾青、白朗、罗烽、刘白羽、于黑丁……你对每个人都热情问候。大家都感到非常亲切。我完全理解你对文化人、对文工团员、对运动员的关心、爱护。

我问过你，在我们八路军、新四军里，什么样的干部是最好的干部？你说："譬如一个团长，任何时候都可以调动他，当他调走后，换了新来的团长能照样指挥部队，带领这个团打胜仗。这样的团长就是最好的团长。"是的，多好的回答呵！这样的干部，是党的干部，他没有一点私心，他不搞个人威信，不搞山头宗派，他只是全心全意为了党，把一切胜利、成就都记在党的账上。这几句简短的名言，一直刻在我的心上。

你也问我："一个作家怎么能成为一个作家的，又怎么成为一个名作家的？"我说："当一个文学作家实在难。除了必须具备一般的文学基础知识外，还需要生活经验，能从生活中体会问题，能把生活中的人和物，关系写得活，能启发人们的思想，激发人们的感情。一个作家可能写几十年也不成名，另一个作家可能写一两篇就成名了。成名了的作家，要继续前进，或保持已有的水平，也是不容易的。很可能他第一篇写得好，第二篇就差了。甚至再也写不好了。"你说："当兵的也是一样，有的人很快就提升了，也有人一样当几十年的老兵。人活在世界上，要想能干出一番事业，总得独具慧眼、而又要经受千锤百炼。"你的这些话，使我明白了许多道理。

以前，我读过一些描写你的生平的书籍，后来我听到过有关你的工作和被诬陷迫害的噩讯，今年，我留连在南昌"八一"起义时你的指挥部里……人民都赞颂你，你是我们最崇敬的元帅之一，你是我们人民军队的骄傲，你的英名永远写在我们的革命史上，写在光荣的党史和战史上。然而，十年动乱，民族蒙难，人民遭殃，你的遭遇和我们一代领导同志们的命运，同样令人愤恨发指。看了《元帅之死》的电影，我心里强压住怒火，泪水模糊了眼睛，元帅呵！我想念您！

那间狭小的牢房，能关住你的身体，怎能锁住你那冲天的革命热情！你的声音像深夜的洪钟，"我要革命！我要工作！"这声音惊醒了林间宿鸟，震撼了宇宙。那些野心家，阴谋家，那伙打砸抢分子，他们竟敢在你面前捏造事实，逼取口供！他们被你的浩然正气所压倒，他们被你痛骂得哑口无言，狼狈鼠窜。一切妖魔小鬼都是见不得光明的。

开了春花，又落了红叶。他们把你关了一年又一年，他们妄想扼杀你的豪情，消磨你的斗志，他们扔给你发霉的窝窝头，对你断水，你吮着干裂了的嘴唇，压制着烧焦了的心窝……，一位功勋盖世的元帅，却不得不伸出那指挥过千军万马的巨手，聚精会神地用一个小玻璃杯承接着铁窗外的屋檐水，一滴一滴……我的心颤抖了。可是那些具有蛇蝎心肠的人，却狠心打掉了这救命的杯子，玻璃杯碎了，玻璃的碎片嵌在我们的心上。泪水随着屋檐水涓涓滴下。可是，它解救不了你的干渴，却只淹没了我们的希望。元帅呵！我们想念您呵！

蓝天在水中浮漾，明月把耀眼的银片洒满了湖潭，柳丝多情地轻轻摇摆，又是一个春天了。幽静的凉夜呵！元帅又出现在牢房的铁窗后边。一阵醉人的歌声，"洪湖水，浪打浪……"从堤边悄然飘来。那个年青的哨兵，那个年青的影儿，踏着深情的、踌躇的步伐，他引起了元帅的甜蜜回忆。元帅招了招手，元帅轻声地问："是沔阳人吗？""家乡人的生活怎样了？""你是哪年当兵的？"元帅在失去了自由，失去了健康，远离了党，远离了亲人的时候，还是想着人民，想着洪湖。洪湖呵！洪湖的水呵！洪湖的老老少少呵！醉人的歌声，把元帅引到了甜蜜的梦境，他的脸上挂着了笑纹。我们的心更沉重了。年青的哨兵，从怀里掏出了馒头，像供奉神明、供奉父母那样把馒头送了过去。可是元帅呵！经过枪林弹雨、经过严酷的路线斗争、又正承受着饥饿、寒冷、重病的重重迫害的、钢铁铸就的人，被这孩子般的一颗赤子之心击中了。他颤抖了，他接过那馒头，那千钧之重的一个小馒头呵！那是从那个年青战士手中接过来的，也是从千千万万看不见的人民手中接过来的。我的心碎了！我看不清你的容貌了。如泉的泪水漫过我面颊。我麻木了！元帅！我永远想念您呵！

你是有糖尿病的。我长期也患着微微的消渴，我知道这个病。可是这群披着人皮的野兽，他们不给你药，却给你糖，偏给你毒药似的糖，偏给你注射葡萄糖。医学是救人的，但他们却用来谋害人命！你倒下了！你不能不倒下，你不是倒在出生入死的战场上，你倒在阴谋家的黑手和狞笑中！人世间倒了你元帅，可是在我，在人民，在我们的后代的心上，元帅升起来了！真正的元帅，人民的英雄是殒灭不了的！你的伟大的名字，你的伟大的事迹，永远刻在我们心里。元帅！我想念您呵！

鲁迅先生于我*

一

我开始接触新文学，是在一九一九年我到长沙周南女校以后。这以前我读的是四书，古文，作文用文言。因为我不喜欢当时书肆上出售的那些作文范本，不喜欢抄书，我的作文经常只能得八十分左右。即使老校长常在我的作文后边写很长的批语，为同学们所羡慕，但我对作文仍是没有多大兴趣。我在课外倒是读了不少小说，是所谓"闲书"的。大人们自己也喜欢看，就是不准我们看。我母亲则是不禁止，也不提倡，她只要我能把功课做好就成。自然，谁也没有把这些"闲书"视为文学，谁也不认为它有一点什么用处。

周南女校这时有些新风。我们班的教员陈启明先生是比较进步的一个，他是新民学会的会员。他常常把报纸上的重要文章画上红圈，把《新青年》《新潮》介绍给同学们看。他讲新思想，讲新文学。我为他所讲的那些反封建，把现存的封建伦理道德翻个个的言论所鼓动。我喜欢寻找那些"造反有理"的言论。施存统先生的"非孝论"的观点给我印象很深。我对我出身的那个大家庭深感厌恶，觉得他们虚伪、无耻、专横、跋扈、腐朽、堕落、势利。因此，我喜欢看一些带政治性的、讲问题的文艺作品。但因为我年龄小，学识有限，另一些比较浅显的作品，诗、顺口溜才容易为我喜欢。那时我曾当作儿歌背诵，至今还能记忆的有：

两个黄蝴蝶，

双双飞上天；

不知为什么，

一个忽飞还。

剩下那一个，

孤单怪可怜。

也无心上天，

天上太孤单。

俞平伯、康白情的诗也是我们喜欢背的。后来人一天天长大，接触面多了，便又有了新的选择。一九二一年，湖南有了文化书社。我从那里买到一本郭沫若的诗集《女神》，读后真是爱不释手。我整天价背诵"一的一切，一切的一"，或者就是：

九嶷山上的白云有聚有消，

洞庭湖中的流水有汐有潮。

我们心中的愁云呀，啊！

我们眼中的泪涛呀，啊！

永远不能消！

永远只是潮！

我，还有我中学的同学们，至少是我的好朋友，我们的幼小的心是飘浮的，是动荡的。我们什么都接受，什么都似懂非懂，什么都使我们感动。我们一会儿放歌，一会儿低吟，一会儿兴高采烈，慷慨激昂，一会儿愁深似海，仿佛自个儿身体载负不起自己的哀思。我那时读过鲁迅的短篇小说，可是并没有引起我的注意。那时读小说是消遣，我喜欢里面有故事，有情节，有悲欢离合。古典的《红楼梦》《三国演义》《西厢记》，甚至唱本《再生缘》《再造天》，或还读不太懂的骈体文鸳鸯蝴蝶派的《玉梨魂》都比《阿Q正传》更能迷住我。因此那时我知道新派的浪漫主义的郭沫若，闺秀作家冰心，乃至包天笑、周瘦鹃。而林琴南给我印象更深，他介绍了那末多的外国小说给我们，如《茶花女》《曼郎摄氏戈》《三剑客》《钟楼怪人》《悲惨世界》，这些都是我喜欢的。我想在阅世不深，对社会缺乏深刻了解的时候，可能都会是这样的。

　　一九二二、二三年我在上海时期，仍只对都德的《最后一课》有所感受，觉得这同一般小说不同，联系到自己的国家民族，促人猛省。我还读到其他一些亡国之后的国家的作品，如波兰显克微支的《你往何处去》。我也读了文学研究会耿济之翻译的一些俄国小说。我那时偏于喜欢厚重的作品，对托尔斯泰的《活尸》《复活》等，都能有所领会。这些作品便日复一日地来在我眼下，塞满我的脑子，使我原来追求革命应有所行动的热情，慢慢转到了对文学的欣赏。我开始觉得文学不只是消遣的，而是对人有启发的。我好像悟到一些问题，但仍是理解不深，还是朦朦胧胧，好像一张吸墨纸，把各种颜色的墨水都留下一点淡淡的痕迹。

　　一九二四年我来到北京。我的最好的、思想一致的挚友王剑虹在上海病逝了。她的际遇刺痛了我。我虽然有了许多新朋友，但都不能代替她。我毫无兴味地学着数理化，希望考上大学，回过头来当一个正式的学生。我又寂寞地学习绘画，希望美术能使我翻滚的心得到平静。我常常感到这个世界是不好的，可是想退出去是不可能的，只有前进。可是向哪里前进呢？上海，我不想回去了；北京，我还挤不进去；于是我又读书，这时是一颗比较深沉的心了。我重新读一些读过的东西，感受也不同了，"鲁迅"成了两个特大的字，在我心头闪烁。我寻找过去被我疏忽了的那些深刻的篇章，我从那里认识真正的中国，多么不幸，多么痛苦，多么黑暗！啊，原来我身上压得那样沉重的就是整个多难的祖国，可悲的我的同胞呵！我读这些书是得不到快乐的。我总感到呼吸迫促，心里像堵着一堆什么，然而却又感到有所慰藉。鲁迅，他怎能这么体贴人情，细致、尖锐、深刻地把中国社会，把中国人解剖得这样清楚，令人凄凉，却又使人罢手不得。难道我们中华儿女能无视这个有毒的社会来侵袭人，迫害人，吞吃人吗？鲁迅，真是一个非凡的人吧？我这样想。我如饥似渴地寻找他的小说、杂文，翻旧杂志，买刚出版的新书，一篇也不愿漏掉在《京报副刊》《语丝》上登载的他的文章，我总想多读到一些，多知道一些，他成了唯一安慰我的人。

二

一九二五年三月间，我从香山搬到西城辟才胡同一间公寓里。我投考美术学校没有考上，便到一个画家办的私人画室里每天素描瓶瓶罐罐、维纳斯的半身石膏像和老头像。开始还有左恭同志，两个人一道；几次以后，他不去了，只我一个人。这个画家姓甚名谁，我早忘了；只记得他家是北方普通的四合院，南屋三间打通成一大间，布置成一个画室，摆六七个画架，陈设着大大小小不同形状的瓶瓶罐罐，还有五六个半身或全身的石膏人像，还有瓶花，这都是为学生准备的。学生不多，在不同的时间来。我去过十几次，只有三四次碰到有人。学生每月交两元学费，自带纸笔。他的学生最多不过十来个，大约每月可收入二十来元。我看得出他的情绪不高，他总是默默地看着我画，有时连看也不看，随便指点几句，有时赞赏我几句，以鼓励我继续学下去。我老是独自对着冰冷的石膏像，我太寂寞了。我努力锻炼意志，想象各种理由，说服自己，但我没有能坚持下去。这成了我一生中有时要后悔的事，如果当初我真能成为一个画家，我的生活也许是另一个样子，比我后来几十年的曲折坎坷可能要稍好一点；但这都是多余的话了。

这时，有一个从法国勤工俭学回来的学生教我法文，劝我去法国。他叫我"伯弟"，大概是小的意思。他说只要筹划二百元旅费，到巴黎以后，他能帮助我找到职业。我同意了，可是朋友们都不赞成，她们说这个人的历史、人品，大家都不清楚，跟着他去，前途渺茫，万一沦落异邦，不懂语言，又不认识别的人，实在危险。我母亲一向都是赞成我的，这次也不同意。我是不愿使母亲忧郁的，便放弃了远行的幻想。为了寻找职业，我从报纸上的广告栏内，看到一个在香港等地经商的人征求秘书，工资虽然只有二十元，却可以免费去上海、广州、香港。我又心动了。可是朋友们更加反对，说这可能是一个骗子，甚至是一个人贩子。我还不相信，世界就果真像朋友们说的那样，什么地方都满生荆棘，遍设陷阱，我只能有在友情的怀抱中进大学这一条路吗？不，我想去试一试。我自诩是一个有文化，有思想的人，怎么会轻易为一个骗子，或者是一个人贩子所出卖呢？可是母亲来信了，不同意我去当这个秘书，认为这是无益的冒险，我自然又打消了这个念头。可是，我怎么办呢？我的人生道路，我这一生总得做一番事业嘛！我的生活道路，我将何以为生呢？难道我能靠母亲微薄的薪水，在外面流浪一生吗？我实在苦闷极了！在苦闷中，我忽然见到了一线光明，我应该朝着这唯一可以援助我的一盏飘忽的小灯走过去，我应该有勇气迈出这一步。我想来想去，只有求助于我深信指引着我的鲁迅先生，我相信他会向我伸出手的。于是我带着无边的勇气和希望，给鲁迅先生写了一封信，把我的境遇和我的困惑都仔仔细细坦白详尽地陈述了一番，这就是《鲁迅日记》一九二五年四月三十日记的"得丁玲信"。信发出之后，我日夜盼望着，每天早晚都向公寓的那位看门老人问："有我的信吗？"但如石沉大海，一直没有得到回信。两个星期之后，我焦急不堪，以至绝望了。这时王剑虹的父亲王勃山老先生邀我和他一路回湖南。他是参加纪念孙中山先生的会来到北京的，现在准备回去。他说东北军正在进关，如不快走，怕以后不好走，南北是否会打仗也说不定。在北京我本来无事可做，没有入学，那个私人画室也不去了。唯一能系留我的只是鲁迅先生的一封回信，然而这只给我失望和苦恼。我还住在北京干什么呢？归去来兮，胡不归？母亲已经快一年没有见到我了，正为我一会儿要去法国，一会儿要当秘书而很不放心呢。那末，我随他归去吧，他是王剑虹的父亲，也等于是我的父亲，就随他归去吧。这样我离开了春天的北京，正是繁花似锦的时候。我跟随王勃山老人搭上南下的军车，是吴佩孚的军队南撤，火车站不卖客车票，许多人，包括我们都抢上车，挤得坐无坐处，站无站处。我一直懊恼地想："干吗我要凑这个热闹？干吗我要找这个苦吃？我有什么急事要回湖南？对于北京，住了快一年的北京，是不是就这样告别了？我前进的道路就是这样地被赶着，被挤在这闷塞的车厢里吗？我不等鲁迅的回信，那末我还有什么指望得到一个光明的前途呢？"

　　鲁迅就是没有给我回信。这件事一直压在我的心头。我更真切地感到我是被这世界遗弃了的。我觉得自己是一个渺小的人，鲁迅原可以不理我；也许我的信写得不好，令人讨厌，他可以回别人的信，就是不理睬我。他对别人都是热情的，伸出援助之手的，就认为我是一个讨厌的人，对我就要无情。我的心受伤了，但这不怪鲁迅，很可能只怪我自己。后来，胡也频告诉我，我离北京后不久，他去看过鲁迅。原来他和荆有麟、项拙三个人在《京报》编辑《民众文艺周刊》，曾去过鲁迅家，见过两三次面。这一天，他又去看鲁迅，递进去一张"丁玲的弟弟"的名片，站在门口等候。只听鲁迅在室内对拿名片进去的佣工大声说道："说我不在家！"他只得没趣地离开，以后就没有去他家了。我听了很生气，认为他和我相识才一个星期，怎么能冒用我弟弟的名义，天真地幼稚地在鲁迅先生面前开这种玩笑。但责备他也无用了。何况他这次去已是我发信的三个星期以后了，对鲁迅的回信与否，没有影响。不过我心里总是不好受的。①

后来，我实在忘记是什么时候的后来了，我听人说，从哪里听说也忘记了，总之，我听人说，鲁迅收到我信的时候，荆有麟正在他的身边。荆有麟说，这信是沈从文化名写的，他一眼就认得出这是沈从文的笔迹，沈从文的稿子都是用细钢笔尖在布纹纸上写的这种蝇头小楷。天哪，这叫我怎么说呢？我写这封信时，还不认识胡也频，更不认识沈从文。我的"蝇头小楷"比沈先生写得差远了。沈先生是当过文书，专练过字的嘛。真不知这个荆有麟根据什么作出这样的断言。而我听到这话时已是没有什么好说了的时候。去年，湖南人民出版社专门研究鲁迅著作的朱正同志告诉我说，确是有这一误会。他抄了一段鲁迅先生给钱玄同的信作证明，现转录如下：

一九二五年七月二十日鲁迅致钱玄同信云：

> 且夫"孑孑阿文"（指沈从文——朱正注），确尚无偷文如欧阳公（指欧阳兰）之恶德，而文章亦较为能做做者也。然而敝座之所以恶之者，因其用一女人之名，以细如蚊虫之字，写信给我，被我察出为阿文手笔，则又有一人扮作该女人之弟来访（指胡也频），以证明实有其扮……（《鲁迅书信集》上卷第七十二页）

三

大革命失败后，上海文坛反倒热闹起来了，鲁迅从广州来到上海，各种派别的文化人都聚集在这里，我正开始发表文章，也搬到了上海。原来我对创造社的人也是十分崇敬的，一九二二年我初到上海，曾和几个朋友以朝圣的心情找到民厚里，拜见了郭沫若先生、邓均吾先生，

---

① 初刊本有"尽管他自己只是一种很天真的想法；我也后悔在临离开北京时，告诉了他这件事"一句。

郁达夫先生出门去了，未能见到。一九二六年我回湖南，路过上海，又特意跑到北四川路购买了一张创造社发行的股票。虽然只花了五元，但对我来说已是相当可观的数目了。可是在这时，我很不理解他们对鲁迅先生的笔伐围攻。以我当时的单纯少知，也感到他们革命的甲胄太坚，刀斧太利，气焰太盛，火气太旺，而且是几个人，一群人攻击鲁迅一个人。正因我当时无党无派，刚刚学写文章，而又无能发言，便很自然地站到鲁迅一边。眼看着鲁迅既要反对当权的国民党的新贵，反对复古派，反对梁实秋新月派，还要不时回过头来，招架从自己营垒里横来的刀斧和射来的暗箭，我心里为之不平。我又为鲁迅的战斗不已的革命锋芒和韧性而心折。而他还在酣战的空隙里，大力介绍、传播马克思的无产阶级革命理论。我读这些书时，感到受益很多，对鲁迅在实践和宣传革命文艺理论上的贡献，更是倍加崇敬。我注视他发表的各种长短文章，我丝毫没有因为他不曾回我的信而受到的委屈影响我对他的崇拜。我把他指的方向当作自己努力的方向，在写作的途程中，逐渐拨正自己的航向。当我知道了鲁迅参加并领导左翼作家联盟工作时，我是如何的激动啊！我认为这个联盟一定是最革命最正确的作家组织了。自然，我知道"左联"是共产党领导的，然而在我，在当时一般作家心目中，都很自然地要看看究竟是哪些人，哪些具体的人在"左联"实现党的领导。一九三○年五月，潘汉年同志等来找我和胡也频谈话时，我们都表示乐意即刻参加。当九月十七日晚"左联"在荷兰餐馆花园里为庆祝鲁迅五十寿诞的聚餐后，也频用一种多么高兴的心情向我描述他们与鲁迅见面的情形时，我也分享了那份乐趣。尽管我知道，他并没有、也不可能向鲁迅陈述那件旧事，我心里仍薄薄地拖上一层云彩，但已经不是灰色的了！我觉得我同鲁迅很相近，而且深信他会了解我的，我一定能取得他的了解的。

一九三一年五月间吧，我第一次参加"左联"的会议，地点在北四川路一个小学校里，与会的大多数人我都是新相识。我静静地坐在那里，没有发言。会开始不久，鲁迅来了，他迟到了。他穿一件黑色长袍，着一双黑色球鞋，短的黑发和浓厚的胡髭中间闪烁的是一双铮铮锋利的眼睛，然而在这样一张威严肃穆的脸上却现出一副极为天真的神情，像一个小孩犯了小小错误，微微带点抱歉的羞涩的表情。我不须问，好像他同我是很熟的人似的，我用亲切的眼光随着他的行动，送他坐在他的座位上。怎么他这样平易，就像是全体在座人的家里人一样。会上正有两位女同志发言，振振有词地批评"左联"的工作，有一位还说什么"老家伙都不行，现在要靠年轻人"等等似乎很有革命性，又很有火气的话。我看见鲁迅仍然是那末平静地听着。我虽然没有跑上前去同他招呼，也没有机会同他说一句话，也许他根本没有看见我，但我总以为我看见过他了，他是理解我的，我甚至忘了他没有回我信的那件事。

第一次我和鲁迅见面是在北四川路他家里。他住在楼上，楼下是一家西餐馆，冯雪峰曾经在这楼下一间黑屋子里住过。这时我刚刚负责《北斗》的编辑工作，希望《北斗》能登载几张像《小说月报》有过的那种插图，我自己没有，问过雪峰，雪峰告诉我，鲁迅那里有版画，可以问他要。过几天雪峰说，鲁迅让我自己去他家挑选。一九三一年七月三十日，我和雪峰一道去了。那天我兴致非常好，穿上我最喜欢的连衣裙。那时上海正时兴穿旗袍，我不喜欢又窄又小又长的紧身衣，所以我通常是穿裙子的。我在鲁迅面前感到很自由，一点也不拘束。他拿出许多版画，并且逐幅向我解释。我是第一次看到珂勒惠支的版画，对这种风格不大理会，说不出好坏。鲁迅着重介绍了几张，特别拿出《牺牲》那幅画给我，还答应为这画写说明。这就是《北斗》创刊号上发表的那一张。去年我看到一些考证资料，记载着这件事，有的说是我去要的，有的说是鲁迅给我的。事情的经过就是这样，是我去要的，也是鲁迅给的。我还向鲁迅要文章，还说我喜欢他的文章。原以为去见鲁迅这样的大人物，我一定会很拘谨，因为我向来在生人面前是比较沉默，不爱说话的。可是这次却很自然。后来雪峰告诉我，鲁迅说"丁玲还像一个小孩子"。今天看来，这本是一句没有什么特殊涵义的普通话，但我当时不能理解，"咳，还像个小孩子！我的心情已经为经受太多的波折而变得苍老了，还像个小孩子！"我又想："难道是因为我幼稚得像个小孩子吗？或者他脑子里一向以为我可能是一个被风雨打蔫了的衰弱的女人，而一见面却相反有了小孩子的感觉？"我好像不很高兴我留给他的印象，因此这句话便牢牢地留在我的记忆里。

从一九三一年到三三年春天，我记不得去过他家几次。或者和他一道参加过几次会议，我只记得有这样一些印象。鲁迅先生曾向我要《水》的单行本，不止一本，而是要了十几本。他也送过我几本他自己的书。我印象最深的是他给我的书都包得整整齐齐，比中药铺的药包还四四方方，有棱有角。有一次谈话，我说我有脾气，不好。鲁迅说："有脾气有什么不好？人嘛，总应该有点脾气的。我也是有脾气的。有时候，我还觉得有脾气也很好。"我一点也没有感到他是为宽我的心而说这话的，我认为他说的是真话。我尽管说自己有脾气，不好，实际我压根儿也没有改正过，我还是很任性的。

有一次晚上，鲁迅与我、雪峰坐在桌子周围谈天，他的孩子海婴在另一间屋里睡觉。他便不开电灯，把一盏煤油灯捻得小小的，小声地和我们说话。他解释说，孩子要睡觉，灯亮了孩子睡不着。说话时原有的天真表情，浓浓地绽在他的脸上。这副神情一直留在我的记忆里。我觉得他始终是一个毫不装点自己，非常平易近人的人。

一九三三年我被国民党绑架，幽禁在南京。鲁迅先生和宋庆龄女士，还有民权保障同盟其他知名人士杨杏佛、蔡元培诸先生在党和左翼文人的协同下，大力营救，向国民党政府发出强烈抗议。国际名人古久烈、巴比塞等也相继发表声明。国内外的强烈的舆论，制止了敌人对我的进一步迫害。国民党不敢承认他们是在租界上把我绑架走的，也不敢杀我灭口。国民党被迫采取了不杀不放，把我"养起来"的政策。鲁迅又转告赵家璧先生早日出版我的《母亲》，又告知我母亲在老家的地址，仔细叮咛赵先生把这笔稿费确实寄到我母亲的手中。

一九三六年夏天，我终于能和党取得联系，逃出南京，也是由于曹靖华受托把我的消息和要求及时报告给鲁迅，由鲁迅通知了刚从陕北抵达上海的中央特派员冯雪峰同志。是冯雪峰同志派张天翼同志到南京和我联系并帮助我逃出来的。遗憾的是我到上海时，鲁迅正病重，又困于当时的环境，我不能去看他，只在七月中旬给他写了一封致敬和慰问的信。哪里知道就在我停留西安，待机进入陕北的途中，传来了鲁迅逝世的噩耗。我压着悲痛以"耀高丘"的署名给许广平同志去了一封唁函，这便是我一生中给鲁迅先生三封信中唯一留存着的一封。现摘录于下：

> 无限的难过汹涌在我的心头……我两次到上海，均万分想同他见一次，但因为环境的不许可，只能让我悬想他的病躯，和他扶病力作的不屈精神！现在却传来如此的噩耗，我简直不能述说我的无救的缺憾了！……这哀恸是属于我们大众的，我们只有拼命努力来纪念世界上这一颗陨落了的巨星，是中国最光荣的一颗巨星！……

而鲁迅先生留给我的文字则是一首永远印在心头，永远鞭策我前进的一首绝句，就是大家都知道的《悼丁君》：

> 如磐夜气压重楼，
> 剪柳春风导九秋。
> 瑶瑟凝尘清怨绝，
> 可怜无女耀高丘。

前年我回到北京以后，从斯诺的遗作里看到，鲁迅同他谈到中国的文学时也曾奖誉过我。去年到中国访问的美国友人伊罗生先生给了我一本在美国出版的英译中国短篇小说集《草鞋脚》，这是一九三四年鲁迅与茅盾同志一同编选交他出版的，里面选择了我的《莎菲女士的日记》和《水》两篇小说。鲁迅在《〈草鞋脚〉小引》中写道："……这一本书，便是十五年来的，'文学革命'以后的短篇小说的选集。……它恰如压在大石下面的植物一般，虽然并不繁荣，它却在曲曲折折地生长。……"（《且介亭杂文》）鲁迅先生给过我的种种鼓励和关心，我只愿深深地珍藏在自己心里。经常用来鼓励自己而不愿宣扬，我崇敬他，爱他。我常用他的一句话告诫自己"文人的遭殃，不在身前的被攻击和被冷落，一瞑之后，言行两亡，于是无聊之徒，谬托知己，是非蜂起，既以自炫，又以卖钱，连死尸也成了他们的沽名获利之具，这倒是值得悲哀的。"（《且介亭杂文·忆韦素园君》）我不愿讲死无对证的话，更不愿借鲁迅以抬高自己，因此我一直沉默着，拒绝过许多编辑同志的约稿。①

四

我被捕以后，鲁迅在著作中和与人书信来往中几次提到过我，感谢一位热心同志替我搜录，现摘抄几则在这里：

《伪自由书》后记：〔一九三三年〕五月十四日午后一时，还有了丁玲和潘梓年的失踪的事。

一九三三年六月二十六日致王志之信：丁事的抗议，是不中用的，当局那里会分心于抗议。现在她的生死还不详。其实，在上海，失踪的人是常有的，只因为无名，所以无人提起。杨杏

---

① 初刊本有"今年是鲁迅先生诞生一百周年的纪念，我谨写此文，以纪念鲁迅先生所给我的影响"一句。

佛也是热心救丁的人之一，但竟遭了暗杀，①……（《书信集》第三八四页）

一九三三年六月三十日《我的种痘》：……整整的五十年，从地球年龄来计算，真是微乎其微，然而从人类历史上说，却已经是半世纪，柔石丁玲他们，就活不到这么久。（《集外集拾遗补编》）

一九三三年八月一日致科学新闻社信：至于丁玲，毫无消息，据我看来，是已经被害的了，而有些刊物还造许多关于她的谣言，真是畜生之不如也。（《书信集》第一〇五七页）

一九三三年九月二十一日致曹聚仁信：旧诗一首，不知可登《涛声》否？（《书信集》第四〇八页）（诗即《悼丁君》，载同年九月三十日《涛声》二卷三十八期）

一九三四年九月四日致王志之信：丁君确健在，但此后大约未必再有文章，或再有先前那样的文章，因为这是健在的代价。（《书信集》第六二二页）

一九三四年十一月十二日致萧军萧红信：蓬子转向；丁玲还活着，政府在养她。（《书信集》第六六〇页）

我被捕以后，社会上有各种传言，也有许多谣言，国民党御用造谣专门反共的报纸《社会新闻》以及《商报》，还有许多我不可能看到

---

① 初刊本有"我想，这事也必以模胡了之的，什么明令缉凶之类，都是骗人的勾当。听说要用同样办法处置的人还有十四个"一句。

的报刊杂志都刊载了很多。我真感谢鲁迅并没有因为这一些谣言或传说而对我有所谴责。但到后来，一九五七年以后，直到粉碎"四人帮"以后的最初年代，还有个别同志对于前面摘录的鲁迅的文字，作些不符合事实的注释，或说我曾在南京自首，或说我变节……这种言论在书籍报刊上发表，有些至今仍在流传，引起了很多读者的关心和询问，现在我毋须逐条更正或向他们作什么解释。我能够理解这些同志为什么这样贬责我，他们不了解情况。他们不是造谣者，也不是存心打击我，他们在那样写的时候，心里也未必就那样相信。这样的事，经历了几十年的斗争的人，特别是在十年动乱中横遭诬陷迫害的广大干部、群众，完全会一清二楚的。

最近翻阅《我心中的鲁迅》一书，在第二二三页[①]上有一段一九七九年六月萧军对鲁迅给他一信的解释：

> 关于丁玲，鲁迅先生信中只是说："丁玲还活着，政府在养她。"并没有片言只字有责于她的"不死"，或责成她应该去"坐牢"。因为鲁迅先生明白这是国民党一种更阴险的手法。因为国民党如果当时杀了丁玲或送进监牢，这会造成全国以至世界人民普遍的舆论责难，甚至引起不利于他们的后果，因此才采取了这不杀、不关、不放……险恶的所谓"绵中裹铁"的卑鄙办法，以期引起人民对丁玲的疑心，对国民党"宽宏大量"寄以幻想！但有些头脑糊涂的人，或别有用心的人……竟说"政府在养她"这句话，是鲁迅先生对于丁玲的一种"责备"！这纯属是一种无知或恶意的诬枉之辞！

一九七九年，北京图书馆得到美国图书协会访华参观团赠予的一些珍贵文物史料的复印件，其中有《草鞋脚》编选过程中，鲁迅与

① 第 223–224 页。

伊罗生来往通信的原始手迹，有鲁迅、茅盾写的《中国左翼文艺定期刊编目》等等。这七件来往书信中最晚的一封是一九三五年十月十七日鲁迅写给伊罗生的。从第一封信到最后的这一封信里，全都没有说过因为有了关于丁玲的种种传言而要改动原编书目的话，而是按照原定计划，照旧选入了我的《莎菲女士的日记》和《水》两篇。与此同时，鲁迅、茅盾在《中国左翼文艺定期刊编目》中对我主编的《北斗》杂志，也仍旧作了正面的论述，没有丝毫的贬义①。这七封信的原文，一九七九年十二月五日《光明日报·文学专刊》第一五六期已经刊载；鲁迅、茅盾合写的《中国左翼文艺定期刊编目》也将会在《鲁迅研究资料》刊出。

　　一九三四年九月鲁迅给王志之信中说"此后大约未必再有文章，或再有先前那样的文章，因为这是健在的代价"。我认为这话的确是一句有阅历、有见识、有经验，而且是非常有分寸的话。本来嘛，革命者如果被敌人逮捕关押，自然是无法写文章、演戏或从事其他活动的；倘如在敌人面前屈从了，即"转向"了，自然不可能再写出"先前那样的文章"。读到这样的话，我是感激鲁迅先生的。他是多么担心我不能写文章和不能"再有先前那样的文章"。我也感到多么遗憾，鲁迅先生终究没有能看到后来以至今天我写的文章。这些文章数量不多，质量也不理想，但我想这还正是鲁迅先生希望我能写出的。在鲁迅临终时，我已到了西安，而且很快就要进入鲁迅生前系念的陕北苏区、中共中央所在地的保安。现在纪念鲁迅先生诞辰一百周年，我想我还是鲁迅先生的忠实的学生。他对于我永远是指引我道路的人，我是站在他这一面的。

一九八一年一月于厦门

---

① 初刊本作"对我个人没有丝毫的贬义"。

补记：

一九八三年第三期《新文学史料》发表了一九三三年五月十九日鲁迅致申彦俊的一封佚信。申彦俊是三十年代初朝鲜《东亚日报》驻中国特派记者，是一位进步人士。他曾于一九三三年五月二十二日应约赴内山书店拜访鲁迅先生，并写了访问记，刊载于朝鲜《新东亚》一九三四年第四期，其中记录了会见时的谈话。申彦俊问："在中国现代文坛上，您认为谁是无产阶级代表作家？"鲁迅先生答道："丁玲女士才是唯一的无产阶级作家。"这很使我感动，更使我惭愧。那年，我才二十九岁。那以前发表过一些作品，就倾向说，虽然我自己也以为是革命的，但实际只能算是小资产阶级的革命作品吧。鲁迅先生为什么对一个外国的访问者作这样溢美的评价呢？我想，这恐怕是因为，我正是在他们这次会见的八天之前被国民党秘密绑架的，存亡未卜。出于对一个革命青年的爱惜，才使鲁迅先生这样说的吧。因为我是一个左翼作家，是一个共产党员，是因为从事革命活动而陷入险境，鲁迅先生才对我关切备至，才作了过分的揄扬。

一九八三年九月

我与雪峰的交往*

　　我这个人有一个大弱点，就是害怕斗争。我一辈子生活在斗争的旋涡里，可我很怕斗争。很多有关斗争的事情，我不是太清楚。三十年代我参加党，很快就被捕了。那时有人传说我死了。事实上呢，我只是离开了，在很多方面都离开了这个世界。后来我在延安，听从党的分配，做了一些事务性的工作。没有成绩。虽说写了几篇文章，不多，很少。我也不是搞理论的。关于文坛上的一些论争，我不愿讲。我现在讲的，就是雪峰和我个人的友谊。前天晚上我说，我们主要是文章上的知己。一九二七年，我在北京，没有参加社会活动，和过去的党员朋友、老师失掉了联系，寂寞得很。胡也频也一样，和我有同感。那个时候很年轻，也说不出道理来。胡也频就写诗啰！我被逼迫得没有办法，提起笔来写小说。

　　正在这个时候，王三辛（是我的一个朋友，他思想还是很进步的。是不是党员，我不清楚。可能是党员，但他没有告诉我。）介绍冯雪峰给我们做朋友，教我日文。但教了一天，他不教了，我也不学了。我和胡也频都感到他比我们在北京的其他熟人——也是一些年轻的、写文章的朋友——高明！所以我们相处很好。他告诉我们，他是党员。啊呀，那个时候，我一听到是个共产党员，就觉得不知道得到多少安慰！我还是同一个共产党员做朋友了。因为我的老的共产党员的朋友，

＊　本文原题"我与雪峰"，初刊于《社会科学》1983 年第 8 期。收入《丁玲全集》第 6 卷。

那时都不在我面前。

他先到上海，读到我的《莎菲女士日记》后，给我写了一封长信，我那个时候写《莎菲》也有点像现在一些青年女作家一样，很出风头，很有读者。我收到很多很多来信，把我恭维到天上去了。当然高兴啰！冯雪峰也来了一封信，他说他是不大容易哭的，看了这篇小说他哭了。他不是为"莎菲"而哭，也不是为我而哭，他为这个时代而哭！他鼓励我再写小说。他对我的估价也是高的。但有一点是我当时接受不了的，他说："你这个小说，是要不得的！"虽说小说感动了他，但他说这篇小说是要不得的，因为是带着虚无主义倾向的。他以一个共产党员，满怀着对世界的光明的希望，他觉得"莎菲"不是他理想中的人物。对这封信，我很不高兴。因为人家都说好，他却说不好；尽管他哭了，他还说不好！这一点我印象很深，而且牢牢的。经常要想：是不是《莎菲》有不好的倾向？

后来我也到了上海。在到上海前，他就告诉我，现在上海很多人在打听丁玲是谁。一听这话，我就烦了。我这个人有点偏脾气，湖南人的偏脾气。我在社会上很苦闷，没有知心朋友。我的文章写出来了，人家过分地对我表示赞扬的时候，我又反感了。我想管我是谁呢！所以我告诉他，我不住在上海，我想到杭州去。我想躲起来，躲在一个地方写文章。冯雪峰就到了杭州，替我和胡也频找了几间房子，在玛瑙寺后的小山坡上，我们就住在那里，写文章。那个时候，胡也频也好，我也好，我们仍感觉到苦闷。希望革命，可是我们还有踌躇。总以为自己自由地写作，比跑到一个集体里面去，更好一些。我们并没有想着要参加什么，要回到上海。我们只是换了一个地方，仍然寂寞地在写文章。

后来，我们和沈从文搞"红黑"出版社。我们三人都不会做出版生意，老是赔钱。叫做"红黑"出版社，湖南话的意思是不管赔钱倒楣，反正要办下去。那个时候，胡也频比较用功地读了鲁迅、冯雪峰翻译的进步的文艺理论丛书。他开始在变，而且比我变得快。我过去比他革命些，跑到上海，作了李达和陈独秀的学生，成了瞿秋白、施存统的朋友。他过去却是同革命绝缘的。他读这些理论书，一天天地往左走。我们去到济南以后，胡也频就成了一个红色的教员了。在学校里宣传无产阶级文艺，那当然不行啰！结果被国民党通缉，我们两人连夜逃到上海。到上海后，不记得是第二天，或是第三天，冯雪峰来看我们来了，他请胡也频在左联办的暑期补习班里讲无产阶级文学、马列主义文艺思想。实际上他只读了几本书，懂得不多，但他就在那里大讲特讲。最近，我从一个法国作家那里听到，她很欣赏孔夫子的一句话："朝闻道，夕死可矣！"那个时候，革命青年真是有这么一点精神：朝闻道，夕死可矣！得到这个真理了，看准前途了，就不顾一切地冲上去！就这样在国民党的专制统治下，胡也频在左翼作家里面成了第一批的牺牲者。他牺牲之后，我该怎么办？我本来在头一年就参加了左联，但我没有担任工作。因为那时身体不好，有了身孕，不愿意大着肚子满街跑，就在家里写文章。胡也频牺牲后，我就向左联提出来，要到苏区去，我说我要写文章，我要到工人那里去，农民那里去。可上海我能到哪里去呢？我能到工厂去吗？我不能到工厂去。哪里也去不了。我在一篇文章上回忆起潘汉年同志，那个时候潘汉年同志要我跟他走，做他所从事的工作。我心里想，我这个乡下人，湖南人，又僻，能做他那样的工作吗？我自知不行，不能做，我还是要求到苏区去。冯雪峰、潘汉年向上面请示，后来洛甫同志见了我，我坚决要到苏区去。洛甫同志说，可以考虑考虑，考虑好了，告诉我。但结果呢，仍是不同意我去。要我留在上海，编辑《北斗》。为什么要我来编呢？因为我在左联没有公开活动过，而且看起来我带一点资产阶级的味道，虽说我对旧的社会很不满，要求革命，但我的生活、思想、感情还有较浓厚的小资产阶级的味道。叫我来编辑《北斗》，不是因为我能干，而是因为左联里的有些人太红了，就叫我这样还不算太红的人来编辑《北斗》。这一时期我是属冯雪峰领导的。《北斗》的编辑方针，也是他跟我谈的，尽量地要把《北斗》办得像是个中立的刊物。因为你一红，马上就会被国民党查封。如左联的《萌芽》等好几个刊物，都封了。于是我就去找沈从文，当时沈从文是"新月派"的，我也找冰心、凌叔华、陈衡哲这样一些著名的女作家。这在当时谁也不会相信她们是左派。所以《北斗》开始几期，人家是摸不清的。撰稿人当中有的化名，外人一时也猜不着是谁。瞿秋白在这里发表不少文章就是用的化名。我编《北斗》有没有受到过左的干扰呢？有，我记得有些时候，有的文章，一发出去同我们原来想的好像有抵触。这不是又暴露了吗？我们原来不想暴露《北斗》是左联办的，但这种文章一发出去，就暴露了。结果，原来给我们写文章的一些人就不再给我写文章了。像郑振铎、洪深这一些老作家，本来是参加左联的；郁达夫，第一次左联开会有他，在这个时候，都不晓得到哪里去了。这时候，雪峰提出：还要想办法把这些人的文章找来。于是，我们想出个题目：请你们谈一谈对现在创作的意见——征文，这样有些人的名字又在《北斗》上出现了，显得我们这个刊物还是和很多著名作家有联系。那个时候冯雪峰在左联当书记，后来他调到文委工作，但是他还经常关心过问《北斗》的事。

说老实话，过去开会我是从来不发言的，总是坐在后头，一声不响，后来我参加演讲，参加活动，都是运动把我推上去的。有的人不敢讲，怕自己太红；有的太红了，不能去！于是就把我这个不算太红的人推上来了。那时候，我真不会讲。站在台上的时候，直发抖啊！前年蒋锡金对我说，当年他看到我在大夏大学讲演的时候，老在用左手摸面前的桌子；后来，戈宝权同志说我是用右手摸桌子。那时我一会儿大夏，一会儿光华，一会儿暨南几个大学到处讲演。[1] 这时上海有一个文化界救国会，参加的人各种党派都有，有国民党人，有第三种人，还有托派，里面左翼的、好的，是陈望道先生，是这个团体的头

---

[1]　初刊本此处有"后来'九一八'事变的时候，也是这样，也是雪峰点名的。"一句。

头。雪峰点名叫我、姚蓬子、沈起予三个人代表左联参加。讨论问题的时候只有我们三个人意见一致，别人都反对。表决时，看到人家是多数，沈起予就弃权，姚蓬子就跟着人家举手。我怎么样？我没办法，只好光荣地孤立，一个人反对。后来还得到雪峰的鼓励，他说：应该这个样子嘛！应该把你的意见讲出来，不应该跟人家走！这对我是见世面，受锻炼。

我讲，《莎菲》他看了，给我写了一封很长的信。可惜这封信没有保留下来，在上海被捕的时候遗失了。一九三一年当我发表《水》的时候，雪峰又写了一篇评论：《新的小说的诞生》。《水》引起了文艺界的注意。接着很多人写了文章，讲了一些类似的好话。后来，他到江苏省委宣传部工作，我被提名担任左联的党团书记，我们就没有联系了。一九三三年我被捕了，我们就更无法联系。一九三六年我想方设法，花了很多时间，偷偷地跑到北平，想在北平找到党的关系，找到李达那里。李达第一句话就说：以后老老实实写文章！别再搞政治活动了，你不是那个材料。原来我以为他一定认识得有党员的，但他不替我找，而且还警告我，真没办法。后来我听说曹靖华在中国大学，我同曹靖华不认识，但是我想曹靖华那儿也是有希望的，我便去找曹靖华。先托人问他，说我要见他，能不能见？他说：欢迎。我就见了曹靖华。曹靖华第一句话就问：你现在怎么样？我说我现在太痛苦了。这时我就跟他讲这次是逃出来的，想找到共产党。可是他不认识党员，曹靖华自己也不是党员，他是瞿秋白、鲁迅的老朋友。他和我商量，他讲："你还是先回去，不能在北平久留，你赶快回去，我写信给鲁迅。"我们两个估计鲁迅那里一定有党的关系。这样，我就只好回南京等候信息，我回南京只过了几天，果然张天翼便来看我，给了我一张字条，是冯雪峰写的。冯雪峰说：听说你想出来，非常好，你跟张天翼商量怎么走。以后张天翼就帮助我化装，他爱人陪着我，我们两个人到了上海。第二天或第三天，雪峰来看我。他看到我，第一句问："这几年怎么过的？"我想把什么话都跟他谈，然后大哭一场，痛痛快快地哭一场。我刚一哭，他马上把脸板起来了："你为什么老想着自己呢？世界上不是只你一个人孤独地在那里，还有很多人跟你一样的。"他这一句话，把我所有的眼泪都弄回去了。我是满腔的痛苦，他呢？就没有想到我的痛苦，而只想到别人去了。那我还有什么哭的呢？我当然不哭了。接着他就慢慢地对我讲，讲长征，讲毛主席。后来，他请示了中央作了安排，把我送到延安，我们又没有联系了。以后我当然听到他的一些情况，他可能也知道我的一些情况，我知道他当时不痛快，他也知道我的艰难。但是，我们没有什么再说的了，也没有来往。

一九四六年时，他在国统区给我出版了一本《丁玲文集》。他在前面写了一篇文章，把我在延安时写的小说，加以评论。还是说好话，说我成熟了。

日本投降后，我到了张家口，他给我写了一封信，把他的书寄给我。我把他的书转给了毛主席。

全国解放，我们在北京又见到了。他第一句话就说：《太阳照在桑干河上》写得好！一九五二年他写了一篇评论文章。经过几十年的风风雨雨，评论我作品的文章很多，但是我觉得有些文章，都是在雪峰论文的基础上写的，难得有个别篇章，个别论点，是跨越了他的论述。一九五七年那一段时间，我们在北京，他搞文学出版社，我在作家协会，我们来往很少。五六年底或五七年初，传说五五年给我戴的反党帽子要摘掉，我的历史问题又作了结论的时候，我觉得没有什么可以顾虑的了，不会太多地连累人家的时候，我同陈明两个人去看了雪峰。我们感到他生活很寂寞，没有娱乐，只有工作。我们两个人买了四张戏票，给他们两张，我们两张，他们在楼下前排，我们两个在楼上，我们看了一次戏。

不久，天翻地覆。我每天看着他挨批，人家批他，他在那里检讨。他听着人家批我，我在那里检讨。我们大约成了完全不相知道的人了。我实在不知道他有那么多的"罪恶"，他也不知道我有那么多的"罪

战斗是享受
丁玲散文精选

恶"，我们成了陌生人。从此我们没有再见面。

这是我们来往的始末。

人生啊，实在是太曲折了，也太痛苦了。我们要革命，要做工作。可是，我们不容易取得很好的条件和环境，发挥自己的能量。有时我们得在很重的压力底下，倔强地往上生长。我不能不想起一些事情。他主编《文艺报》是有人在会上提议我赞成的。因为我觉得我编《文艺报》不适合。我不是搞理论的，他是搞理论的。他编《文艺报》比我好。我向来是这样主张[①]：我工作的时候，对我的工作我完全负责；当我不做这个工作别人在做的时候，我决不插手。所以，一九五一年雪峰接手编《文艺报》，我就没有管《文艺报》的事。一九五四年批《文艺报》的贵族老爷态度。那时，我从外地刚回来，《文艺报》的副主编陈企霞也刚从外地回来，冯雪峰我还没有见着。当时我对作协党组的一位负责同志说，是不是我们开个党组会，在党组会上先谈一谈然后再拿到群众大会上去。那个大会是批胡风的。这时，我们这些党员都不知道会该怎么开，目的是什么？我们作为大会的一员坐在那里听。我想批胡风怎么批到《文艺报》贵族老爷呢？所以我提议，我们党内是不是先谈一谈呐？我觉得一个同志如果思想上有错误，我们应该批评他帮助他，而不是一下就拿到群众大会上批。但给我的答复是："我们再不搞这一套了！干嘛要让他们事前有所准备啊？"那时我心里想，就是不让人家有准备，就要这么突然一下，闷头一棍。后来，很多人众口一词，都说冯雪峰用贵族老爷式态度对付文艺青年。一九七九年我回到北京，《文艺报》的两个老编辑曾经对我说，他们想投书党报，拨乱反正，澄清事实，说明冯雪峰当时非常热情地接待了李希凡、蓝翎这两位青年文艺工作者的，而且送他们到大门外，替他们叫三轮车，还付了车钱，并没有压制他们。冯对青年人是非常热情的。

---

① 初刊本作"由冯雪峰来编，我向来是这样主张的"。

冯雪峰是一个受得起委屈的人，勇于承认错误。只要有人（其实个人并不能代表党）对他说，他错了，他就会写检讨认错。如果人家对他表示一点点自我批评或检讨，他就会被感动，不会去计较人家的检讨是真是假。雪峰这个人值得我们怀念和研究，今年我们在他的家乡开研究会，我想将来会在杭州、上海和北京开研究会的。①

一九八三年五月三十日

　　① 初刊本注"雪峰学术研究会整理供稿"。

怀念仿吾同志
——《成仿吾文集》代序*

　　一九三六年十月初，我随红军前方总政治部驻在陕北定边县绍沟沿村。这时红军正准备同胡宗南打最后一仗，指战员都很忙，没有时间与我交谈，我抢在这个间隙随几个同志去定边县城。别的同志去都有工作，我呢，只是怀着急切的愿望想去看看慕名已久的董老（必武）和成仿吾同志，还有我在上海平民女校的同学钱希君。

　　这绍沟沿是个小村，离沙漠区很近，虽说叫村，实在地面上没有房屋，只有几十孔窑洞散在辽阔的黄土高原上的一条小沟里。沟里没有水，是一条干沟。人们用水都是在一些深窑里把头年冬天埋下的积雪汲出来用。积水中杂有枯树叶子，碎纸头，破布片，驴粪羊粪……，除做饭、饮马外，每人每天限用一小盆。水成了最珍贵的东西，好像这时人们才懂得生活是不能没有水的。好在我是带着最丰富的幻想和热情投奔到这不毛之地的。尽管朔风习习，满目荒凉，我在全是陌生人中却处得愉愉快快，整天沉醉在这广大自由的天地里，感到四处都洋溢着勃勃生机。

　　这天，太阳刚从东边地平线上冒出来的时候，我在一群新集合起来的一伙人中间，策马东行。空气很冷，很新鲜。路很平，塬上极少树棵，偶然看见几棵长不大的杨树。满天红霞，不是灿烂如锦如火，倒似从冰霜中冷冻过的那样浮着一层既淡又薄的雾似的轻纱，笼罩大

＊　本文初刊于《文史哲》1985 年第 1 期。收入《丁玲全集》第 9 卷。

地，含着一种并不强烈的淡淡的温柔，却很能稳定我容易激动的心情。我极目环宇，悠然自得，脑子里浮现出古代的诗歌，那些印证着此情此景的诗句，是多么豪迈和使人舒坦！这里是冬日，又似霜晨；是征程，又似遨游；是战士，又似游子……蹄声得得，风沙扑面，我如在梦中，如在画中，只是从同志们那里传来的欢声笑语，才使我想到我是在哪里，正向哪里去。

忽然，从我后边跃过一匹枣红马，而且传来一声挑战的颤抖的声音："丁玲！敢撒开缰绳跟着我们跑几步吗？"这是贾拓夫同志，一个温文尔雅的陕北干部。他曾经告诉我，一九三四年陕北红军为了取得与中央苏区的联系，派他到上海，辗转到了江西，而后随中央红军长征，绕了一个大圈子，胜利完成了任务回到陕北。在这两年的艰难跋涉中，他从一个知识分子学生变成了一个老练的革命干部。他是一个平和的人，怎么今天也向我挑战了？欺负我是一个刚刚坐在马上的人吗？不行！我现在也骑着一匹马，也是一匹枣红马，是头一天任弼时同志批给我的，是一匹从草地来的马呢。我不答话，真的撒开马缰，站在马镫上，夹紧马肚子放马驰骋。于是我前边的马，后边的马，都跑开了。我们正走在大沙漠的边沿上，我只看见细沙像水似的在沙地上流淌，风在耳边轻扫，像腾云驾雾一样。我渐渐松弛了第一次跑马的紧张。过不一会儿，我的手没有劲了，腿也软了下来，可是我不服输，浑身无力地坐在马上，心中晃悠着望着遥遥跑到前边去了的贾拓夫。他忽然把马停了下来，哈哈大笑："好样的，丁玲！"马都停了下来，我的马也挤上前去。我安定了，赧然地傻笑起来，感谢那个聪明的贾拓夫同志。大家都兴致很好，缓缓地策马而行，不觉地到了定边城，时间才下午三点，太阳已经挂在西边的天际，这里日照真短啊！

晚上我住在钱希君的家里，又疲惫又舒畅地酣睡了一夜。第二天早饭后，她陪我去拜访董必武和成仿吾。董必武同志过去早有人向我介绍过，但讲得较简单。这次见面，觉得更加亲切。他嘱咐我："丁玲！到了这里，你一定不要'客气'，想什么，需要什么，都说出来，你讲客气就要吃亏了。"他送给我一件整狐狸皮，火红火红的，好看极了。后来一位女同志被派到大后方、国民党统治区工作，正用得着，我把狐皮转送给她了。董老给我的印象是无论在什么时候，他都对人亲切，很会体贴人。当我要去见成仿吾同志时，我的想象却很丰富。从创造社最初的老一辈作家，留给我的一些印象，我对成仿吾同志是有所想象的：在文学上，他主张浪漫主义，创造社最早就是这样主张的。他是从日本留学回来的，一定很洋气，很潇洒。因为我见过一些这样傲气十足的诗人，他们趾高气扬，高谈阔论，目中无人。他在国外学军械制造，或许是庄重严肃。又听说他在过黄埔军校，那一定又是一种军人气概。是的，他写过火气很重的文章，是不是又有一点张飞李逵式的气质呢？他是我们湘南人，是不是也有一点本乡本土的南方蛮子的倔强脾气呢？没有见到他之前，我确实对他作过各种揣测。但当我一见到他，第一个感觉，就是我想象的全部错了，错得简直有点失望的样子，他怎么只是那样一个土里土气，老实巴交的普通人呢？我后悔，为什么我单单忽略了他是一个经过长征的革命干部、红军战士，一个正派憨厚的共产党员呢？我们一谈话，我就感到舒服，他是一个使你可以在他面前自由谈话的人。他不会花言巧语，也不是谈笑风生，但他使任何见到他的人都觉得他是一个诚实的人，一个可以信赖的人，一个尊重别人，对什么人都平等对待的人。他是一个普通人，却又不是一般普通人能够做到的那么热情、虚心。这便是我在定边第一次见到的成仿吾同志。

后来，一九三八年他在延安主持陕北公学的时候，我去看他，他还是这样。一九四六年在张家口，他主持华北联大的时候我们又相见了，他还是这样。一九四七年我随华北联大的同学参加土改工作后，回到正定联大，住在文学院，虽不是天天见到他，却感到了他同联大师生们的亲密关系。他的原则性很强，态度却平易近人。在他领导下的工作人员对他总是这样认识，这样说的。当面是这样，背后也是这样。我以为这是极不容易得到的评论和鉴定。

成仿吾同志过去写过不少文章，有一部分是一九二八年他很年轻的时候写的。有一些是充满着革命的热情但也有极少的^①几篇是属于论争的文章，其中有的对鲁迅先生有所责备。其实，这一争论属于革命文学队伍内部的论争，而且很快就达到了同志间的一致。一九三一年仿吾同志担任鄂豫皖省委宣传部长和红安县委书记时，经过革命实践的锻炼，政治思想水平得到提高，对鲁迅先生有了比较全面和正确的认识，就痛感自己少年时的高傲和偏激；一九三六年鲁迅逝世不久，他就为文热情颂扬鲁迅先生是"中国文化界最前进的一个"，有着"划时代的功绩"，"应该高高地举起鲁迅的旗帜"。如果有人以为仿吾同志是一个狭隘偏激、成见很深的人，那就大错^②了。恰恰相反，成仿吾同志在这里正表现了共产党人的品格高尚。一九二八年他在欧洲加入共产党，参加编辑党的刊物《赤光》，读了许多马列主义的著作，提高了他的理论水平，打开了他的眼界，他看得更远了，也更实际了。一九三一年回国后在革命群众中做实际工作^③，他洗涤了几十年来知识分子常有的思想上的片面性。他深入下层，勤勤恳恳，和人民群众同甘苦，共命运。过去年轻人容易有的那一点意气、偏激，他早就抛弃了。反之，旁人对他的一些评论、指责，即使有过甚之处，他也超然豁达，不斤斤计较，不存在芥蒂。一九三四年底，张国焘藉口到苏区外围打击敌人，带着主力部队和仅有的四部电台，离开鄂豫皖，擅自远走四川，使留在鄂豫皖坚持工作的同志和党中央失去联系。仿吾同志受命去上海寻找党中央，恢复联系。他辗转跋涉，从秋到冬，好不容易才到达上海，但找不到规定的接头人，找不到党组织。在贫病交加的关头，他想起了鲁迅，他认为这是唯一可靠的战友。果然，他找着鲁迅，他们见面了，热情握手，一同在咖啡馆里亲切密谈。这便是伟大的见证。成仿吾同志全然不是一般人揣度的那种狭隘的讲究派性

---

① 初刊本无"极少的"。
② 初刊本作"大错特错"。
③ 初刊本作"在苏区做实际工作"。

的人，过去的那一点争执已经随着时间的推移而消逝了，现在他们之间只有一个大同，他们是革命同志，是亲密的战友。鲁迅帮助仿吾同志找到了地下党的关系，仿吾同志平安到达中央苏区。党中央和鄂豫皖苏区恢复了联系，仿吾同志留在中央苏区工作。他从此专门从事党的教育事业的开辟和领导，在教育战线上建立了功勋。五十年来，桃李满天下，为党和国家培养了一批又一批的政治坚定、作风扎实、具有真才实学的革命和建设人才。

我过去很早就认识仿吾同志，对他很尊敬，但因为工作关系，我们不在一起的时候多，同他接触很少。他平日是一个不爱多说话的人，我也是一个不爱无事奔走，浪费别人时间的人，我们即使偶然相遇，也很少机缘深谈，但我常常感到他对我的关心和友好。一九八二年春节，一位住在党校的朋友来告诉我，成仿吾同志要同他的老伴张琳同志来看我。这使我惶恐不安，我觉得应该我去看他，我确是几次都想去看他，只因为怕妨碍他的工作，听说他每天都仍在翻译校订马列著作；我也不愿占去他很少有的休息时间，所以我一直迟疑没有去。结果还是由于他的坚持，他们两老夫妇光临我的住宅；我实在不敢当。事后传话的那位朋友告诉我："成老一直对你很好，但他这人向来不愿表现自己，他不会对你说什么的。五八年他听说你去北大荒后，心里常为你不平，挂念你，为你难过落泪。他说过，丁玲是不搞宗派的人。"这些话就像一盆火放在我心上，常在我心中燃烧。只有真正以党的事业为重的人，才会顾念到一个与自己无任何干系的平凡的在苦痛中生活的人。这意外的奖赏真使我承受不住。我只有勉励自己，为党多做点事才对得起他对我的信任，才能不辜负千万个像仿吾同志这样对我怀有希望的人。

今年三月间，山东大学出版社约我为成仿吾同志的文集写序。出版他的文集，我是欢迎的，但为他作序，我不敢答应。我以为和仿吾同志在创造社一同战斗过的，也是我的前辈的还有人在；仿吾同志在教育界也有许多老同事；我自问不能担当这样的重任。我正拟婉辞，山东大学负责编辑的同志又来了，他们说这是仿吾同志自己的意思。这样我是不敢，也不应该再推辞了。我不顾自己有病，也不注意医生的劝告，我决心动笔。那几天正当六届人大和全国政协开会之际，听了总理的政府工作报告，全身充满了生命的活力，好像又回到四十八年前那样，我骑着枣红马，撒开缰绳，驰骋在无涯的沙原，春水在我的坐骑下缓缓流淌，软风在我耳边轻扫，我心情荡漾，想念着仿吾同志漫长的一生，我要写出他美丽的一生，写出他纯洁的心灵。成仿吾同志是一座尊严的雕像，就在前边吸引着我。我以为在这种心情下我很可以为他精描细写，表达我对他的爱和尊敬。可惜啊！痛心啊！正当我执笔的时候，一声霹雳，一道闪电，乌云布满天际，环宇大雨滂沱："成仿吾同志逝世了！"我惊愕了。一霎时，那天边的红霞，那马前的雕像都消失了，我从哪里再去寻找那书写的热情！我才发现我这个人真蠢，我追寻着的东西，却常常失之交臂，只落得无穷的悔恨和无限的怅惘。仿吾同志，我应该在你生命活跃的时候去做的事，却没有去做。我应该在你生前写出的文章，却留到了现在，一切都没有什么可说的了。但我为了对许多忆念你的学生和怀念你的读者践约，我仍不敢写序，只能留下我的一点印象和敬意。

一九八四年九月四日于北京

林老留给我的印象*

　　一九三六年冬天我到了保安。保安的一切对我都是新鲜的^①。保安就是现在的志丹县，那时是一个荒土村（北方叫屯子），城里的房屋都被国民党保安队烧了，只剩下一栋房子，做了苏维埃政府外交部办公的地方。外交部长李克农同志便住在这里。这栋房子边上有两个大一些的土窑洞，一间住的是我，另外一间住着三四个从白区上海来的学生。我刚来没什么事，整天串门，到党中央苏维埃政府的这个部，那个部，去看这个首长，那个首长。我进进出出，发现外交部外面的场院上，在一块石头上总是坐着一位老人，白胡子，白头发，穿一件老百姓的羊皮袄，老是笑眯眯地看着我。开始我以为这是一位老乡。后来一打听，人们告诉我，他就是林伯渠同志，那时在苏维埃政府担任财政部长。这位财政部长就坐在我们院子外面的大门口，我进进出出，他总对我笑眯眯的。

　　有一天，我挨着他走近去。他招呼我坐，问我在这里生活习惯不习惯。我说太新鲜了，什么都有意思，我便问他："好像我们两个沾点亲戚。小时候听说我们有个亲戚，姓林，参加辛亥革命，后来又参加北伐，那个人是否就是你？"他笑了，说："是我。"我说："我应该称呼你什么？是叔叔、伯伯、姑爹，还是什么？"他说："不，是表亲。"后来我又问他："我伯父有个孩子，是我的堂兄，也参加了北伐，你记

---

*　本文原题"一个最完整的人"，原载《怀念林伯渠同志》，湖南人民出版社
　　1986 年版。收入《丁玲全集》第 6 卷。

①　初刊本此处有"我几乎无往而不觉得新鲜"。

得他吗？"他说："我记得。他就是跟着我出来革命的。北伐失败后，革命更艰难了。他年龄还小，只有十五岁，我就劝他回老家了。这人还在吗？"我说："不，不在了。我这个堂哥从外面回家不久就疯了。因为他在家里待不住，亲戚、熟人，他的父母都逼他去自首，填脱党的自首书。他不愿意，他分辩说自己不是共产党员，始终不肯。但这样他就成了一个见不得人的人了。在乡下很可怜，慢慢地成了一个疯子，越来越疯，总是躲人，不见人。"九一八"事变，'一·二八'淞沪抗战那一阵，他又出来了，讲要打倒日本，打倒国民党。有一天他死了，怎么死的谁也不清楚。他算是我们蒋家第一个参加革命的人，但不幸却成为一个人人笑话、得不到同情的疯子，最后去世了。"谈到这件事的时候，我们心里都很难受。他也跟我谈到他怎么在北方满洲里参加辛亥革命，怎么跟着孙中山到日本去等等。这以后，我们的话就多了。今天坐在这个石墩上谈，明天也坐在这个石墩上谈。尽管他说我们是平辈，但对于他的经历，他的性格，他这个人，我是很尊敬的，是当他作我们革命的老同志那样尊敬。从他的谈吐中，我感到他是一个平和的人，是一个非常有感情的人，通人情的人。

后来我们同在延安好多年，但工作不在一起。他是边区政府主席，我在文艺界抗敌协会工作，或者编报纸副刊，守着一点编辑事务，写点小文章，同他就很少来往了。我这人还有个毛病，不喜欢跑首长家，我也不是一个爱交际的人，有时甚至偏激到讨厌那种喜欢交际的人。但是到林老那里去，我没有这个感觉，没有以为自己到他那里是交际去了，是讨好去了，或是去表现自己了，都不是。我去只是因为我很喜欢他，愿意和他谈天；我觉得有很多地方他同我很谈得来。

他是一个通达的人，从不拘泥于那种细微末节。有一次，几位老人到《解放日报》社来玩，有徐老、吴老等，大家谈到屠格涅夫的书信集，这是一些情书。屠格涅夫在法国和他的房东，一个什么夫人产生了感情，可是两个人从来没有在一起住过，那个房东有丈夫。屠格涅夫经常到法国去租住在他们家里。老人们聊天，称赞这些信写得好。

后来，有人就说笑话了，说他们两个人究竟有没有夫妻关系，有没有男女的关系？有人说，没有，他们完全是纯洁的恋爱，精神恋爱。另外的人就说，不可能没有，一定有。我问林老，他说："唉，有或没有有什么重要呢？只要他们是真的恋爱。"相形之下，林老显得更开通；按现在的话说就是思想很解放。但林老却不是风流人物。他觉得结婚也好，离婚也好，完全是一件很平常，很偶然，很自然的事。

他的一生，他的工作，他的为人，有口皆碑；在战争岁月中的边区军民群众，在建设年代的党内党外的干部人民，都认为他是一个最完整的人，最和气的人，最能理解人的人。他的作风最平和，最民主。我虽然没有机会和他在一起工作，而且有很长时间，我和外界隔绝，和他不通信息，他后期的工作、生活，我一点也不了解。但他最初给我的这么一点点印象却是如此之深，至今我常常叨念他，常常想到他。这位革命老人在世界上一辈子做了许多好事，有益处的事，他自然永远活在善良的人们的心中。

一九八五年七月二十九日于协和医院

忆弼时同志 *

　　我和弼时同志没在一块儿工作过，更没在一起打过仗，我们是文武两分的。但是，我是想他的，很怀念他。

　　弼时这位同志太容易接近了，没有一点儿首长架子。我碰到他是在定边绍沟沿。那时长征结束后，一九三六年在定边自卫反击，打胡宗南，他和彭总一块儿在前方。彭德怀同志是前敌总指挥，他是政治委员，杨尚昆同志是政治部主任。我是跟杨尚昆同志上的前方，住在政治部宿营的那个村子里，弼时同志到这里来开会，我们就在那个时候认识的。

　　开始见他时，我有点儿怕他。他的样子蛮严肃，两个眼睛很有神，两撇短胡子，很有威风。可一接触他，却非常平和，很容易一下子就接近了。他和我谈起旧事，他是长沙明德中学的，我是长沙周南女中的，两个学校在那时都是有名的，两校间只隔一条小巷子，就这样我们很随便地谈起来了。我过去习惯和搞写作的文人交谈，和红军首长谈话的机会很少，所以总是首长谈得多，我只注意听。对毛主席我是尊重他，喜欢他的。他博学多才，待人谦虚，从前对我们这些文人也是谦虚的，很好的。我同毛主席在一块儿，就听毛主席讲，我讲得少。

＊　本文初刊于《新观察》1987 年第 19 期。收入《丁玲全集》第 6 卷。
1983 年 10 月 19 日，中共中央文献研究室的同志在编辑《任弼时选集》的过程中访问了丁玲。原拟在选集出版时将访问录音整理成文，请本人核定发表。不料丁玲因病去世。在《任弼时选集》出版之前，文献研究室的同志整理了此文，发表前请陈明作了校核。

和弼时同志在一起却不一样，他总喜欢问，而且根据你讲的一再提问。我本来比较单纯，也很少世故，不懂得在什么时候，什么地方，什么该讲，什么不该讲，在他面前更是什么顾虑都没有，就把心里话都很坦然地倒出来了。他使你敢说，什么都敢对他说。我想这是因为他长期做群众工作养成的好作风。他使群众对他感到可亲、可敬、可以信赖。我和他随便什么话都谈，当然谈的不是打仗，而总是社会上人与人之间的一些事情。

还有一个很特殊的现象，我一直叫他"弼时"。这在当时红军里是很少的，那时一般都叫他任政委，同志之间都称呼职务。我初到根据地，不懂这些，似乎也不习惯这些。但我称呼毛主席，称呼周副主席，都很自然，也很亲切。后来在延安文协工作，我常到洛甫那里开会，对洛甫还加个"同志"，可对弼时同志从来就叫名字——"弼时"，不称他职务，也没加"同志"。后来，我自己发现了，这样不好，我就对弼时同志说："我这个人太乌七八糟了，应该叫你'政委'或'弼时同志'。"他说："这有什么要紧，叫我名字有什么关系？"他这人就是这样，使人感到亲近，不计较这些。这是他的一种作风，他认为我们是同辈人，是平等的。这是一种很好的作风。

可能是杨尚昆告诉他的，我的那匹马不好。我从保安出发，临行时后勤部门分给我一匹马，是首长交待的。我是个刚刚从白区大城市来的知识分子，从没骑过马，事务长分给我的马，是一匹瘸马，我不敢骑，更不忍心骑。途中宿营，我到弼时同志那儿玩，只隔三四里路，我们一路走，一路聊天。到了马房，他说："丁玲，你选一匹吧，这两匹马都是我的，看你要哪一匹？"我说："随你给一匹，我又不懂好坏。"于是，他就把那匹驮行李的马给了我，因为这匹马比较老实，不欺生。后来行军，我和总部一块儿往南走。他的那两匹马习惯在一块儿，离不开，他那匹马走在前边，我那匹就一定要赶上来。那时前方的指挥员我都不认识，我觉得弼时同志容易接近，所以一路便跟着他。一路上，他教我骑马，讲马的习性，帮助我，照顾我。一到宿营地休息，他就坐下来看书，读列宁写的《社会民主党在民主革命中的两种策略》。那时同我们一起行军的还有一个从白区来的男青年，也是知识分子。我们从保安出来，都不懂得要带党的组织关系，所以在前方没有参加组织生活，像做客一样，但是和同志们都很亲近。这样一直到了甘肃的一个县，我就同他们分开了。我说，我住在司令部里没事干，你们又很忙，我到下面去吧！他们就把我介绍到聂荣臻同志那里，又到贺老总那里。

后来，史沫特莱来了，总部把我叫回来，陪同她去延安，我在总部又待了几天。临走时，弼时同志说："丁玲，你把那匹马带回去吧！"说了好几次，我那时不懂得马的重要，心想：要马干什么？我说："我和史沫特莱一起坐汽车去，那马怎么带？"他说："你要的话，我就派人送去。"我说："太费事了，不要，不要。"后来，到了延安，长期生活在延安，常常下乡，我才知道马的重要。要下乡，要到工厂，动不动就得找总务科借马。这是一点儿小事，弼时同志实在是为我着想。他非常能体贴人，细致得很，对人非常负责。

当时，他和彭总一起，工作很紧张，一到宿营地就挂地图，看电报，忙极了。可是生活很艰苦，部队吃得很不好。他和彭总那里的伙食办得也不好，贺老总那里，比他们搞得好些。那时津贴很少，一个月他们每人五元钱。彭老总的钱由警卫员替他管。彭总有胃病，警卫员就给他弄点炒面糊，冬天有时买只鸡做给他吃，但彭总总要问，是不是从老百姓那里买来的？违反群众纪律没有？我跟着弼时走一路，没见过他的警卫员给他买鸡吃。他自己是不大花钱的。我陪史沫特莱回延安时，他还交给我五元钱，让我带给陈琮英同志。他对陈琮英特别好，陈琮英对他也很体贴。我曾听说，弼时同志被捕，她为了营救，冒着危险到处奔走。又有一次，我和陈琮英一起住延安中央医院，弼时同志几乎每天中午都抽空来看她，很耐心地坐一会儿，轻言细语地谈一会儿才走。

大约一九三七年底的前后，我常带着西北战地服务团在前方工作。

那时，常请朱老总和弼时同志来给我们团员讲课，讲抗战形势，讲马列主义。弼时同志是政治部主任，我常去向他汇报工作。有一次，我在演出费里报了点浮账，记不得是几元钱，有炭火费、钉子费等。他就问："你们不是有烤火费吗？为什么还领炭火费呢？"我说："当然有，那是在老百姓家里，办公用的，这炭火费是在露天舞台、后台用的，后台冷，演员化装需要烤火。""你们演出，住室的炭火不就省下了嘛！"接着他又问："钉子干什么用？"我说："挂幕布。"他又说："钉子用过后不是可以拔下来带走吗？"我说："钉在木头里可不好拔哩！"那时八路军就是这样艰苦，这样节约。我们的演出费很少，在农村演一次，才花两三块钱，可弼时同志工作作风是那么细，那样严肃认真。

关于我的事，他没有不清楚的。一九四〇年有人告诉我，康生在党校说：丁玲如果到党校来，我不要她，她在南京的那段历史有问题。这话是康生一九三八年说的，我一九四〇年才知道。我就给中央组织部部长陈云同志写信，让康生拿出证据来，怎么能随便说呢？我要求组织给作个结论。因为我来延安时并没有审查过，组织上便委托弼时同志做这项事。弼时同志找我谈话，我一点也没感觉到他是在审查我。他叮叮当当地问我，他过去也是这样叮叮当当地问的。我们像聊天一样，谈得很仔细。后来，中央组织部对这段历史作了结论，陈云、李富春同志亲笔签名，结论作得很好，我非常感激。

一九四三年，我在党校学习时参加了审干，那时康生又搞什么"抢救失足者"，白区来的知识分子很少逃得过的，也把我"抢救"了一下，可没给我另外作结论。审干后，我挺忙，一直在乡下，写文章。一九四五年，日寇投降后，中央办公厅批准，我们组织延安文艺通讯团到东北去。离开延安前，我去看弼时和陈琮英。他俩留我多住几天，给我安排了一间客房，还找了张弹簧床。我说我没有这个福气，一夜没睡好。可他们自己睡的是硬板床。临走的时候，我跟弼时同志说，一九四〇年陈云同志给我作了结论，可审干时又把我"抢救"了一下，没有给我甄别，这问题到底该怎么办？弼时同志说："你放心地走吧，到前方大胆工作吧！党相信你。不会有什么问题，我们都知道的。"他这样跟我讲了，那我就什么事情都不管啰，很放心啰。他向来讲话是负责任的。

我觉得我很愿意经常见着他，因为他总使你高兴，放心。在延安的时候，人家都说："丁玲怪得很，轻易不到杨家岭来的，就是来了，别的首长家不去，就到弼时家去。"那个时候，就是在别的首长家里开会，碰到要吃饭了，我就又到弼时同志家去了。陈琮英做湖南菜给我吃，大头菜蒸肉，在延安就是好吃的啦！

进北平以后，我还到香山去看了一次弼时同志和毛主席。新中国成立后，我就不找他了。我不愿去打扰他们，他们太忙了。

弼时同志在北京逝世时，我去他家凭吊，我哭得很伤心。李伯钊劝我说："你哭得那么伤心，琮英又要哭了。"我觉得他对同志真是负责任，真是关怀。他的逝世，使我感到特别悲痛。

我一直想写他。让我讲他的事情，我讲不出多少，也许是旁人写文章不值得一提的小事，但是我对他有一种感情，所以心里一直有这个愿望。